鳳雛龐統

朱红艳　汪禹同

著

中国文史出版社

冲淡平和乃真味

涂玉国

一

　　每一本书都有自己的味道。这种味道既来自作家的个性修养、气质内涵、品位格调，也来自作家对书写对象的定位、画像和创作趣味。

　　对此，唐人段成式在《酉阳杂俎》序中用饮食对书的味道进行了精彩譬喻，"无若《诗》《书》之味大羹，史为折俎，子为醯醢也。炙鸮羞鳖，岂容下箸乎？"正因为他对不同的书有不同味道的独特判断，才能别出心裁，在"饱食之暇，偶录记忆，号《酉阳杂俎》"，创作了这本传世之作，开创了志怪小说这种新文类。

　　段成式将书的味道分为"正味"和"野味"，这是一种简单的二分法，如果细究各种书的滋味，会发现每本书都如一道精美的菜肴：有的浓厚醇香，有的辛辣尖俏，有的酸爽冷峻，有的平和中正……

　　品读朱红艳、汪禹同的长篇小说《凤雏庞统》，则是另一番滋味。这是一种冲淡平和之味、清静温润之味，如一杯冒着氤氲气息的绿茶，初入口时淡雅清香，有味也似无味，只有闭上眼睛，平心静气，细细感受，那种幽香回甘的滋味才会一点点泛出来，让人越品越有味。

二

　　《凤雏庞统》是朱红艳的第六部长篇小说，此前她的几部长篇小说，都是先在晋江文学城、起点中文等网站连载后才出的实体书，因此，很多人都把她归为网络作家，其实不然。

　　一部长篇小说主要由三个要素构成：结构、故事、语言。从这三个要素来分析《凤雏庞统》这部长篇小说，不难看出这部小说属传统小说确凿无疑。

　　《凤雏庞统》这部小说采取了复线结构，一条是三国历史纵线，一条是主人公庞统的成长横线，这两条线明暗交织，相互推进，形成了复杂的双螺旋结构，增加了小说的历史纵深感与文本的厚重感。作家把庞统短暂而波澜起伏的一生，置身于三国纷争的大时代背景下来叙述，一开始就为庞统功名未就身先死埋下了伏笔。这是时势造英雄的必然，也是时势造悲剧的必然，在一个你方唱罢我登场的混乱时代，一身清骨、逆流而上的人，注定会成为悲剧式的人物。青少年时期的庞统，才情四射、锋芒毕露，对建立新秩序抱有雄心壮志，等到他进入政治权力角逐的圈子时，才发现不会察言观色、不会溜须拍马，即便屡出妙计，以身涉险献上连环计、火烧曹营立下重大功劳，仍然得不到重用。等到他无奈转投刘备集团后，先是被心机深沉的刘备冷落，后来虽获重用，却提心吊胆，终究昙花一现，匆匆落幕，不禁让人扼腕叹息。作家把庞统的一生放在大时代背景下进行讲述，与时下架空历史、任意虚构的网络小说写作是完全不同的。其实，作家创作的虽然是小说，却是当正史来写的。为此，作家查阅了大量史料，本着大事不虚、小事不拘的原则，进行审慎、严谨的创作，她笔下的庞统、诸葛亮、黄月英、刘备、周瑜、鲁肃等众多人物身上发生的重大事件，大都是有据可查、真实发生的。阅读这部长篇小说，明显可以看出作家对《三国志》《汉书》《后汉书》《汉晋春秋》《襄阳府志》等书籍是精研细读的。所以，这部小说是一部严肃的历史人物小说，她的这种大历史观是值得大家学习借鉴的。也因为此，她的这部长篇小说与时下网络小说是迥然不同的。

此外，这部小说中所涉及的人物众多，但个个人物形象鲜明、生动传神，这种多点式人物刻画的创作方式，与网络小说靠主角推动故事情节，对配角轻描淡写、一笔带过的写作是完全不同的。小说中除了笔墨聚焦庞统外，还着重描写了高瞻远瞩、智珠在握的诸葛亮，古灵精怪、聪明可爱、喜欢女扮男装的黄月英，温厚纯良、朴实憨直、话语笨拙的庞山民，风流倜傥、爱出风头、豪侠仗义的蔡显……

　　值得一提的是，作为一名女作家，大约因为对女性了解更透彻的原因，小说中对女性的描写十分老到、圆熟，往往寥寥几笔，一两个细节，几句对话，就活脱脱地塑造出一个个性鲜明的女性来：敏感多情、芳心暗许的司马皆罗，英姿飒爽、敢爱敢恨的周瑛，势利市侩的周福夫人刘氏，幽怨多情的刘莺儿，快嘴饶舌的丫头晴儿，宽厚隐忍、贤淑温良的周瑜正房夫人王睿，心思机敏的丫鬟小红，绝世风华、爱撒娇吃醋的小乔……特别是司马皆罗自荆州到东吴住进庞统宅院后与周瑛第一次见面时，两个人明争暗斗，你来我往的交锋，一波三折，十分传神，读起来犹如身临其境。

　　朱红艳长篇小说的叙述方式也别具一格，与时下的很多小说或短促热烈、或尖峭冷峻、或行云流水、或高潮迭起的叙事大不相同，她的叙事是平静平和，甚至有些平淡的，她更像是一个深夜的朗读者，轻声细语地向读者慢慢讲述。作为一部长篇小说，矛盾冲突是少不了的，她即便是在叙述矛盾冲突时，也是不紧不慢、温和而散淡的，她把很多矛盾冲突采取曲笔的手法进行了处理，或者把矛盾冲突隐藏于细微之处，隐藏于日常琐碎的生活事件中，需要读者细细品读，才能咂出其中滋味。作家就这样在不紧不慢的叙事中让你不知不觉地陷入其中，随着她的讲述一呼一吸、一起一伏，慢慢进入故事中人物的内心，随着人物的悲喜而悲喜，随着人物的痛苦而痛苦。她这种平和安静的讲述方式，既有女作家自身的写作特点，也有作家把控小说节奏与张力的能力，这种叙事方式在快节奏的当下，会让读者产生一种别样的阅读体验，会让你不断地放慢节奏，放空身心，在慢慢阅读中，体会到人性的复杂幽深，感受到当下的美好明媚。所以，读她的小说，最好的打开方式，是一个人在静夜的台灯下，在轻轻流淌的古琴声中，一边品茗，一边品读。其实，读书的真意，不就是如此？

语言是连通作家与读者的桥梁，也是一部小说是否好看的关键。朱红艳这部小说语言沿袭了上两部小说的语言特色，采取文白夹杂、适当运用方言的办法，使小说具有了空灵、悠长、隽永的特点。作家这种语言风格，颇有一种明清笔记体小说的味道，不经意间流露出作家的博学多才。这种用文白夹杂语言创作历史人物小说的好处是显而易见的：一是更接近于故事中人物所处时代的语言特点，作家描写的人物，无论刘备、孙权、曹操等政治人物，还是庞统、诸葛亮、周瑜、黄承彦、司马徽等士大夫阶层，都是有一定知识背景的，他们的语言是不同于普通人群的，是相对雅致高古的，是相对清丽明艳的，所以，阅读这种风格的语言容易与故事中的人物产生共通感，产生代入感，从而与作品产生共情共鸣；二是这种半文半白的语言，与当下语境有一种疏离感或者说隔离感、跳脱感，更容易激发读者的阅读兴趣；三是这种语言读起来有种清新旷远、淡泊雅致的感觉，让人读时如品清茶，顿时让人心静，产生阅读的舒适感。

作为一本历史人物的长篇小说，特别是写人们熟知的三国历史上的人物，对作家来说，是冒着很大的风险的，因为《三国演义》及电影电视剧产生的巨大影响，使三国时期的很多人物家喻户晓，这给作家的创作带来了巨大的挑战——能否做到既不落俗套，又能让人耳目一新？这也是我起初阅读《凤雏庞统》这部小说时所担心的。随着阅读的深入，我才发现这种担心是多余的，因为作家对人们所熟知的人物进行了再创造、再发现，并且这种再发现和再创造，是能够自圆其说，符合逻辑、符合审美意旨的。比如，书中塑造的少年时代庞统曾在广德寺学武，在街头测字，路见不平拔刀相助等故事情节，在当时社会是说得通的，因为在古代士大夫阶层习武是一种常态，学习阴阳五行、兵法战策、天文地理等知识，也是古代文人的必修课。至于在街头测字，则可以表现庞统年少轻狂、学识博杂的性格特征，又增加了故事的趣味性。特别是庞统初到东吴时，向周瑜献计攻打江夏，一边是故乡，一边是职责所系，作家对这种矛盾心理进行了时代化解读，文中借周瑛的心理活动进行表白，"生逢乱世，何尝有选择自由的权利，谁不是被命运裹挟着一步步往前走呢"，这是过去文献资料和小说中所没有过的，这让小说具有了当下性和时代性。小说对刘备、孙权、张飞、周瑜、诸葛亮等配角人物的塑造，都与《三国志》《三国演义》中有很大不同，其中，作家对刘备这个人物形象进行了再发现和再创作。小说中讲到赵子龙血战长坂坡救出小阿斗刘禅，刘备为了笼络人心故意摔子的故事时，作家对刘备这个人物进行了全新解读，"如今看来，这过人之处便是善于揣度人心。世人皆道刘皇叔以仁义立世，如今看来仁义多半是伪装的心术。便拿方才之举来说，做戏的成分居多，但身处其中之人，却会感动莫名，这便是他的高明之处。"这种对刘备人物性格的再解读，突破了过去好哭、懦弱、敦厚的人物形象，是一种突破与创新。

三

认识朱红艳大约有七八年了吧。

多年前，她在朋友介绍下到我办公室，送给我一本她刚出版的小说《萧妃传》，装帧不算精致，开本也不大，有点其貌不扬的样子。因为之前并不认识，简单地寒暄了几句，她放下书便走了。她走后，才发现对她的面目印象是模糊的，加之我这个人有点脸盲，就只剩下个轮廓了，但她文静而温婉的样子，却给我留下了很深的印象，因为她的气质，在我根深蒂固的观念中，就是一个女作家应有的模样。

很快，我就读完了《萧妃传》，感觉这部小说结构有些简单，故事情节也不复杂，但她小说中文白夹杂的语言、不紧不慢的叙事风格，给我留下了较深印象。

没想到，几年后，她又不声不响地出版了一部长篇小说《黄月英——诸葛亮身后的女人》，不禁让我大吃一惊。因为这部小说，比起她的第一部小说，面目大不一样，不仅故事生动，情节曲折，人物形象丰满，语言特点也更加鲜明。这让我十分惊诧。

　　果不其然，她的这部小说面世之后，得到社会广泛关注，不仅很多文化企业奉为宝典，更有灵醒之人受她书中的故事启发开发出了系列文创产品。

　　也因此书的缘故，我和她接触多了起来，多次听她讲述创作的艰辛，写作中的感悟，小说构思、人物形象的塑造等等。几次攀谈下来，才知道朱红艳原来是我市财政系统的一名机关干部，她从小就热爱文学，读书是她生活中最重要的事。书读得多了，就有了表达欲望，于是，工作之余，她开始写作。起初，她在榕树下写作，赢得了不少声誉。后来，又转到其他网络平台写作。随着岁月的流逝，她发现网络上的一些虚名都是浮云，只有真正的写作，才是人生最快乐的事。于是，她开始沉下心来，闭门写作，两部长篇小说便应运而生。

　　熟悉之后，我们会偶尔约着喝喝茶，约上三五个文朋诗友，谈谈文学、谈谈襄阳历史文化、谈谈写作计划等等。也是在畅谈中，我才知道，她为了写黄月英、庞统这两部小说，花费了几年工夫精研《三国志》《汉书》等典籍，往往为了一个细节，买来一本书进行求证，正因为她的严谨态度，她把大量时间都花费在了准备上，真正创作时不到半年便完成了小说，正所谓磨刀不误砍柴工。

　　6月中旬的一天下午，朱红艳约了几个文友，在樊城陈老巷一家茶馆相聚，征求大家对她这部长篇小说初稿的修改意见。等到谈完，才发现本来晴朗的天空突然下起雨来，让这条老街显得古朴沧桑、诗意盎然。因为大雨，一时不能离开，大家便坐在静室里一边听雨，一边品茶。忽然，有人发现茶馆里摆着两张古琴，于是提议，谁来弹奏一曲？没想到，朱红艳应声而出，席地而坐，屏息静气了三五分钟，便开始了弹奏。霎时，叮叮咚咚、高高低低的琴音，和着雨声，在黄昏的小巷里平平仄仄地回荡，让小巷顿时生发了无边诗意。虽然我不懂音乐，更不懂古琴，却在那一刻觉得心突然安静下来，世界突然安静下来，突然发现原来逼仄的人生，有了些从容不迫的味道。

　　也就是那一刻，我突然明白，朱红艳是一个安静从容的人，是一个骨子里就有着清风明月的人，也就是那时，我突然明白——书如其人，其人如书，说的正是她。

半个月前，朱红艳邀我为她的新书作序，这让我十分惶恐与焦虑，有一刹那，我想起了那个雨天的黄昏，她轻抚古琴的一幕，想到了她安静如竹、轻抚一曲的时光，灵机一动，便有了这个序的题目，是以记之。

2024 年 8 月 2 日

（涂玉国，中国作协会员，襄阳市作家协会主席，襄阳市文联副主席）

前言　岁月从不败英雄

《凤雏庞统》一书完稿了，回想这半年多的创作历程，可谓五味杂陈。于我来说，这不是一个故事的结束，而是探索中国悠久历史文化的开始。

襄阳是座钟灵毓秀的城市，历史悠久，古迹无数，如古隆中、习家池、米公祠、庞公祠、广德寺、承恩寺、鹿门寺、夫人城、水镜庄等等。每一处名胜都蕴含着无数的动人故事，也带给人不一样的震撼与感动。

这座文化古城曾孕育过无数优秀中华儿女。远的如卞和、伍子胥、宋玉，东汉开国皇帝刘秀，襄阳侯习郁，文学家王逸。东汉一朝更是出现了无数英雄人物。如襄阳名士庞德公、黄承彦、蒯越、蔡瑁，与诸葛亮齐名的"凤雏"庞统，发明家黄月英，后来的蜀汉名臣马良、杨仪、廖化、向朗，孙吴丞相张悌等。还有后来的东晋史学家习凿齿，唐代名相柳浑，五言律诗的奠基人杜审言，大唐宰相张柬之，山水田园诗人孟浩然，祖籍襄阳的诗圣杜甫，写下《枫桥夜泊》的诗人张继，诗人兼思想家皮日休，女词人魏玩，南宋初宰相范宗尹，北宋著名书法家米芾，文渊阁大学士单懋谦等等，不胜枚举。

作为一个土生土长的襄阳人，我深爱这片美丽丰饶的土地，常常希冀自己能为它做点什么，却又深恨自己才学不精，不能将这些先贤一一付诸文字。他们中的每一位都值得用无尽的深情与厚重的笔墨来祭奠。

我住在绵延辽阔的汉江边，每天早上醒来的第一件事便是打开窗子，对着温婉的汉江深吸一口气。目光所及，已有些年头略显笨拙的一桥与新修建的巧夺天工的庞公大桥隔江相望，远山如黛，高楼鳞次栉比，像极了一幅浓淡相宜的水墨画。

这是我热爱的汉江，这是我喜欢并深以为傲的城市。我目睹了这些年襄阳翻天覆地的变化。每一条街道、每一处园林、每一座大桥、每一个隧道、每一幢建筑，都倾注了无数建设者们的心血。而我家先生，有幸曾在这个领域挥洒过1800多个日夜的汗水，正是有无数和他一样不惧辛劳无私付出的劳动者，才有了如今美丽无比的襄阳。

我希冀用自己微薄的力量为这个城市做点什么。我只是一介羸弱的文人，我能做的便是拿起我的笔，在无数的亮点中去找寻有缘的那一个呈现给大家。最终决定写庞统这个人物，是缘于我的长篇小说《黄月英——诸葛亮身后的女人》一书。庞统的叔父与黄月英的父亲黄承彦同是襄阳名士，又是知己好友。作为他们的后辈，同是世族子弟中的佼佼者，二人定也有许多交集。但才华出众、谋略过人的庞统却晚婚。究其原因，定是有一段不为人知的伤感情事。通过对历史脉络的抽丝剥茧，我将他这份似海的深情定格在他与黄月英之间。故在《黄月英》一书里，读者们见识到了一个痴情、忠诚、智慧、奇谋的庞统。不过这本书里的他，只是一个不太起眼的配角。

我创作有个习惯，一般一本书完稿后会彻底放松一段时间，这期间是抗拒任何写作的。我觉得生命中还有许多有意义的事情需要尝试。故有两年多时间里，我未曾写过任何文字。

直到有一天和朋友再次去到隆中诸葛亮故居，穿行于群山环抱、松柏成荫的林间小径，我感慨于这位杰出的政治家、军事家那智计百出、灿烂辉煌的一生，突然便想起了与他齐名的"凤雏"庞统，虽短暂却也颇富传奇色彩的人生，于是生出了再次创作的欲望。

不久我专程去了趟庞公祠，在那里踟蹰良久，尝试着从早已面目全非的点滴建筑中领略这位神交已久的英雄人物的悲喜与欢欣。好在，我感觉自己找寻到了一些端倪。

回来后我开始着手准备庞统的一些资料。重温了一遍《三国志》《中国全史》中关于他的记载，虽只寥寥数笔，却总算有了点依据。后又查阅了一些民间典故，再将自己置身于他所在的时代背景里，静静思索他会怎样度过自己的一生。如此反复，终于对这个人物有了一个稍加全面的认知。开始动笔很顺利，仅用了不到一个月便写下了十三万字的初稿。后因琐事缠身暂且搁笔了，这一耽搁便是四个多月。

但人心里若挂了事，做什么都不能尽兴。《凤雏庞统》一书始终牵扯着我的心力，常让我休闲娱乐之时蓦地心惊，总觉得有重要事情尚未完成。终于我又再度坐在了电脑前，开始静心完善我的书稿，几经添加删减，最终以二十五万余字定稿。这本书写得较往常吃力，因为身体原因。写作时常会觉得腰酸背痛，码二千字左右便得停下休息。已到不惑的年纪，许多事都有些力不从心，让人不由得感叹岁月何曾饶过人。

《凤雏庞统》一书在遵循史实的原则上，加了许多新鲜有趣的东西。从庞统十岁时开始写起，到他三十六岁被蜀将张任射杀死于落凤坡结束。故事情节跌宕起伏，人物渲染各有特色。严谨中保持了人物该有的鲜活生动，对当时的襄阳文化也有所渲染，相信大家看后会有很好的触动与体验。

庞统的一生是传奇而又悲壮的。他少时成名，才干与诸葛亮不相上下，但发展轨迹却大不相同。有时代背景的原因，更多的是人脉关系的不相匹配造成的差距。当然，也有不可言说的命运之别。

诸葛亮的妻子黄月英家族势力极其强大。其姨丈是荆州牧刘表，父亲是荆州名士黄承彦，大姐夫是襄阳望族蒯氏蒯祺，二姐夫是庞德公之子庞山民。这也是诸葛亮能凭借自己过人的智谋获得成功的关键。而反观庞统，其夫人周瑛父亲周泰只是江东的一个将军，侧室皆罗更是一介孤女，叔父虽是名士，却生性淡泊，不喜权谋，故他的一生并无多少倚仗，全靠自己一己之力打拼，兼有一身傲骨，不肯折腰，自然许多事便失去了先机。用现在的话说，他一开始便输在了起跑线上，更输在了坎坷动荡的人生际遇上。

当然，本人无意比较，只是做一个客观阐述。本书虽已完稿，恐仍有些错漏之处，这是无可避免的遗憾，也请读者朋友们海涵。

感谢中国书法家协会副主席胡抗美先生为《凤雏庞统》一书题字，感谢襄阳市文联副主席、襄阳市作家协会主席涂玉国先生为本书作序，感谢湖北省美术家协会副主席刘仲杰先生为本书作画，感谢我先生汪厚安的殷殷鼓励，感谢关注本书的朋友们，是你们的支持给了我无尽动力。

愿《凤雏庞统》能给广大读者朋友们带来一些欢乐与思考，愿喜欢汉文化研究的同人们能从中获得一些灵感，这便是我写本书的全部意义。

一

公元 190 年，荆州刺史王睿被孙坚误杀。时任北军中侯的刘表临危受命，被举荐为新任荆州刺史。

此时的荆州，匪盗横行，政令不通，各种势力犬牙交错。为防意外，刘表隐匿行踪，单枪匹马进了宜城。选择在此处落脚，是因他与襄阳世家公子蒯越相熟，二人曾一同在大将军何进麾下效过力。且蒯越此人，品行端方，智谋双全，是个能干大事的人。故刘表甫一到任，便派人先联系上了他。

刘表一面请蒯越代为约见襄阳最负盛名的几大望族代表，共赴宜城商讨匪患治理大计，一面遣人去往庞府与黄府，欲请襄阳两大名士庞德公与黄承彦出山。

要说这襄阳的世家大族，以蔡氏为首的七大家族为盛：蔡氏、蒯氏、庞氏、黄氏、习氏、马氏、向氏。各族中皆不乏佼佼者，老辈中最负盛名的当数襄阳名士庞德公与黄承彦。中生辈最活跃的乃是蔡瑁、蒯良、蒯越、习珍、向朗。小一辈的则以庞统、蔡显、蒯祺、习祯、习温、马良为最。

这些年汉室羸弱，诸侯争雄，众世家为图安稳，皆蛰伏不出。没承想，新来的刘刺史却不循常理，主动相邀，反让众世家措手不及。

襄阳城东四五里处，有一个碧水环绕、林木繁盛的地方，名曰鱼梁坪，襄阳世家庞德公府邸便坐落在这里。

庞府的建造低调又奢华，一座五进的院子，前院中庭皆十分开阔。整个庄子遵循了太极八卦规律，门前的三条垂直小道象征着天、地、人三才，看着简单，实则玄妙。一般外客若无人引领，十有八九便会在此处迷了路。故庄子上住着的几户庞姓人家，常夜不闭户，也不用担心失窃。前些年荆州盗匪频频，此处却从未被侵扰过。而这一切，都得益于庞德公的睿智。

庞德公，字尚长，乃土生土长的襄阳望族，庞氏这一代的当家人。他学识渊博，通晓奇门，为人谦逊低调。平日里悬壶济世，医术十分了得。偶尔会在府中举办诗会及清谈会，为士子们提供一个比诗赛文、畅谈时政的场所，因此深受士子及百姓爱戴。

这日天刚蒙蒙亮，一向寂静的庞府外，来了个骑马的官差，满头满脸的汗，看样子跑得甚急。眼见庞府近在咫尺，奈何他在门前的土路上来回奔跑了十来趟，却始终无法靠近，只得下马停在半人高的竹篱笆院墙外，高声喊道："庞公先生在吗？"

一连喊了好几声，才见墙角的菜地里，慢腾腾地钻出来一个十来岁的半大小子，裤腿卷得老高，沾满了泥土的手上握了把杂草，脸晒得黝黑，样貌却十分清秀。他看了官差一眼笑着作了个揖回道："敢问大人有何事？先生出门访友去了。"

"你们府上有些邪门啊，看着近在眼前，偏是走不进来，莫不是布了啥阵？可把俺给急坏了。"来人抱怨着抹了把脸上的汗，神情焦急地连声问道，"可知去哪家访友了？何时能回？小公子是先生什么人？"

"不知去往何处了。小的是先生内侄庞统。大人有话可以留下，待叔父回后俺代为转达。"庞统笑着答道。

"也只得如此了，下官乃荆州府小吏，奉新任刘荆州之命，前来请庞公后日午时前去宜城一叙。小公子定要代为传达到，否则误了大事可就不妙了！"

"若叔父今明两日能赶回来，我定一字不漏转达。若赶不回，大人可不能怨我啊！"

"唉，也只得如此了！拜托小公子，下官这便告辞了！"来人叹了口气，转身上马匆匆离去了。

待来人行远，庞统转身一溜烟地跑进了内院。只见堂屋正中的桌子旁，两个四十多岁的中年人正说说笑笑地对坐品茗。旁边的矮凳上，一个约莫六岁、扎着小辫的姑娘，正拿着卷书在翻阅。见男孩汗津津地跑进来，三人都心照不宣地望着他笑。

"叔父，果不出所料，刚才是衙门里来人了，欲请叔父您去商讨大计呢！怕是黄叔父府上这会子也去了人了。"

"嘿嘿，不怕，今日去怕是也得吃闭门羹喽。老哥啊，看来襄阳的天要变了！"说话的正是庞德公的至交好友、襄阳名士黄承彦。

要说这黄承彦也不是一般人物，出身世家大族，乃南郡大士蔡讽的女婿。才高八斗，学富五车，对儒家、经学极有造诣。平日里深居简出，不事张扬。

"爹爹，往日里您教导女儿，大丈夫当为民分忧，可您和伯伯却躲在这里享清闲，是何道理？"庞德公未及说话，一旁的小月英却扬着稚气的小脸蛋质疑道。

黄承彦愣了一下，略有些尴尬地笑着调侃道："俺家的英儿长大了，开始忧心社稷了！哈哈……"

"闺女啊，你有所不知，情势尚不明朗，无须急于做决定。如今的天下，朝廷昏庸，董卓乱政，诸侯混战，百姓苦不堪言。我等一介村夫，能作何为，急不得啊急不得！"

"叔父所言甚是。汉廷名存实亡，天下战事不休，须得有真正的英雄出来主事，日子方能有些盼头。"十一岁的庞统紧握着拳头说道，清亮的眼睛里充满了对前路渺茫的忧虑。

"噢，好小子，你说说，何谓真正的英雄？如今的诸侯，为何算不得英雄？"黄承彦见庞统一脸严肃，遂生了考究一番的心思，便故作不解地问道。

"侄子今日献丑了，不当之处，还请叔父海涵。"庞统未作犹豫便脱口而出，"如今，关东诸侯举讨贼大旗，但盟军统帅袁绍，空有大志，谋略不足，否则便不会任由十万大军陈兵酸枣却动弹不得，算不上真正的英雄。其他州牧，智谋品行兼备者，更是寥寥，若真论起来，北方曹操、南方孙权，尚算是其中翘楚。"

"不错，少年老成，见识独到，少有人能及。尚长，看来你没少费心力哇！"

"不瞒老弟，这孩子天资聪颖，稍加指点，诸多事情便能自行领悟。比我家山民可是强太多了！"庞德公捋着自己稀疏的山羊胡子笑眯眯地说道。

"哈哈哈！瞅你那得意劲！莫如让他和英儿现场比试一番，谁胜出，你书房里的那方砚便是谁的！"黄承彦一脸戏谑地笑着说道。

"哈哈哈！就知道你个老东西早盯上我那方砚了，那可是俺老头子的案头宝。这样吧，谁赢了，就把英儿手上的这卷书拿走，也是不可多见的好物。"

"好好好，如此甚好！"一旁的黄月英听了，高兴得蹦了起来，她正看得尽兴，还想着一会儿回去时，向庞公讨要了看完再还呢。

"比什么？我可不比手工，也不比吟诗作对。对了，菜地里的草才除了一半，眼瞅着天要黑了，俺干活去了。"庞统一听要和月英比试，人立马就蔫了，神情也有些畏缩起来，借口田里的草尚未拔完，转身一溜烟地跑出去了。

"哈哈哈……"见他这样，庞德公和黄承彦忍不住相视大笑。庞统一向怕月英，两人见面真有点耗子见猫的感觉。皆因二人每回私下里较量，多以庞统输为结局。次数多了，渐渐便生了畏惧之心，还未比，自己便先怵了。

不出所料，去黄府的官差自然也落了空。连吃两道闭门羹，刘表甚是不悦，但听师爷说这二人生性淡泊，原刺史王睿曾几度请二人入府做幕僚，皆被婉拒，便也释然了。

好在蒯越办事甚是稳妥。得刘表力邀的他，当仁不让地做起了说客，他极力邀请其兄蒯良、世交蔡瑁、马伯常、向朗、庞季等人一同前往刘表下榻的地方。

刘表此次并未住官家驿站，谨慎的他怕情势不明易生枝节，故选择了一处普通的客栈暂居。

众人在店小二的引领下，进了二楼靠里的一间大客房。眼光所及十分简陋，一张长桌和两把椅子，几本翻阅过的旧书，外加一把带鞘的长剑，再无别物。

刘表热情地招呼众人落座，又让小二奉上了茶点。蒯越为刘表引见了蔡瑁等人，彼此寒暄了一番，便依次落了座，没椅子坐的便盘腿坐于蒲团之上。

众人皆知刘表乃西汉鲁恭王刘余之后，少时便知名于世，名列"八俊"之一，乃清俊士大夫代表，心中本就有好感，此刻乍见之下，见他英姿雄伟，仪态不凡，态度谦和，温润有礼，更是缓了戒备之心。

刘表缓缓呷了口盏中的茶笑道："本官初来乍到，没什么好东西招待大家，这茶味道尚可，诸位尝尝。"

蒯越见众人略有些拘谨，先端起茶品了一口，夸道："这是清明前的茶吧，味道着实不俗，大家都尝尝。"随后他敛了神色对刘表诚恳说道："大人，在座的皆是襄阳望族、忠义之辈，您有话尽可直言。"

刘表见他如此说，便不再刻意殷勤，郑重说道："吾受汉主所托，襄理荆州事宜。这一路行来，可谓危险重重，但与百姓们的苦难比起来，实是微不足道。"

说到这里，他停顿了一下，叹了口气接着说道："荆州连年战乱，加之盗匪横行，百姓们苦不堪言。各属地衙门自行其政，袁氏更是乘乱讨伐，荆州危急呀！刘某欲征兵讨逆，又恐不能聚集，各位可有应对之策？"

蒯良率先起身进言道："若大人能行仁义之道，百姓自然来归，何愁无兴兵之策呢？"

蔡瑁也进言道："现如今流寇众多，人心不附。大人可恩威并施，安抚与清剿并举，方能成事。"

刘表听了连连点头，转身问一旁的蒯越道："异度有何良策？"

蒯越道："治平者以仁义为先，治乱者以权谋为先。兵不在多，在能得其人。袁氏为人勇而无断，不足为虑。宗贼首领大多贪暴，为其属下所忧。我手下有一些人，可遣去示以重利，宗贼首领必持众而来。大人届时可诛其无道者，任用才德出众之人。如此百姓听闻大人之盛德，必扶老携幼而至。那时再兵集众附，大人南据江陵，北守襄阳，荆州九郡可传檄而定。袁氏即便来了，亦无所惧也！"

刘表听了高兴地频频举盏叹道："异度之计甚好，便由你依计而行。来来来，各位共饮此盏，大家勠力同心，共襄盛举。待来日平定荆州，刘某定论功行赏，绝不敢忘了各位的功绩。"

众人一听忙起身共饮，心中皆激动不已。刘大人这是和自己这一行人定下了盟约，他若坐稳荆州，自己加官晋爵指日可待。那无论如何，也得铆足了劲往前冲啊！

在揣度人心这一块，刘表无疑是擅长的。他知道自己势单力薄，不依靠当地这些士族行事，定会功败垂成。现如今，大家坐上了同一艘船，自然便风雨与共了。有了这些世家望族的参与，自己的剿匪大计已然成功了一半，余下的便是耐心等待。

这日庞季到堂叔庞德公府中拜访，说起不日便要与蒯越一同前去清剿匪寇，问堂叔有何良计。

庞德公瞥了他一眼淡淡道："自古有训，擒贼先擒王，那些匪徒若没了首领，自然便如同一盘散沙，何足惧哉！"

"叔父，那群人皆是穷凶极恶之徒，硬打怕也是不易。"庞季皱眉说道。

"嘻，大堂兄，不可硬攻，莫如以计取之。便说新刺史上任，许以重利，让大家一同前来议事。届时让重兵守候在侧，一锅端了岂不爽利。"原本安静坐于一旁温书的庞统忍不住插言道。

庞季一脸惊异地看着庞统笑道："士元弟今岁十一了吧，不承想竟已如此老道。自然是叔父言传身教的缘故，当真是令人羡慕。"

说完他看向庞德公恭敬地说道："叔父，昨日异度与我商量过了，欲遣人先去各处游说，以重金邀各首领前来议事，到时候管叫他们有来无回。我是恐出什么岔子，故走前来征求下叔父意见，哪想竟与叔父的建议不谋而合。"

"我只叮嘱一句，与那些脑袋别在裤腰带上的人打交道，万不可掉以轻心，定要保重好自身。"庞德公爱怜地看着庞季，语重心长地说道。

“我省得，叔父。”庞季郑重点头说道。

庞统见二人说得差不多了，上前抱住了庞季的胳膊央求道：“堂兄，你带我一同去吧，也好见识一番。”

“不行，我此去可不是游玩，而是身涉险地，焉能带上你？”庞季一听，吓得赶紧将庞统的手拂了下来，站起身道：“叔父，侄儿走了，明日五更天便得出发。”

“好，万事小心，且不可冲动行事。”庞德公不放心地再次叮嘱道。

“晓得了。”庞季说完大踏步走了出去。他向来性情洒脱，不拘小节，和年轻时的庞德公有几分相似，故庞德公对他有些偏爱。

庞统怔怔地看着堂兄远去的背影，扫兴地噘着嘴，显然有几分失落。庞德公笑着轻轻拍了他一掌说道：“你个浑小子，毛都没长齐便妄想着去会匪盗，当真是胆大包天。你堂兄做得对，带你去岂不是害了你。”

“我就是好奇。叔父，我跟着你也算是学了一些本事，真想出去长长见识。”庞统赶紧狡黠地逃了开去，撒着娇说道。

“就你这半吊子水平，还敢妄称本事，真是不知天高地厚哇。你叔父我活了大半辈子，都不敢如此卖弄。士元啊，人要学会收敛锋芒，否则日后不知何时便会栽了跟头。你可记住了？”庞德公一听此话，脸色忽地阴沉了下来，看着庞统不客气地教训道。

庞统见叔父动了怒，忙羞愧地跪下说道：“叔父我错了，日后定谨慎谦逊，戒骄戒躁。”

“人外有人，天外有天，千万记住了，起来吧，今日去将《尚书》多读几篇，不到子时，不许就寝。”

“侄儿领命。”庞统怏怏起身往自己居住的西院而去。他心里清楚，叔父为了自己的前途当真是殚精竭虑，对自己的亲生儿子庞山民都不曾有对自己上心。叔父说过，在读书一途上，自己颇有几分天赋。故从两岁起，他便将自己带在身边亲自教导，倾注了无尽心血，自己方才有了如今的模样。

作为荆州名士和知名医师，叔父的时间异常宝贵，但他每日都尽量抽出时间来指点自己。这些年来，自己也算勤勉努力，尽量做到不令他失望。今日是自己情急之下太过孟浪了，日后定要沉稳些。

心里想着事，庞统并未注意看路，差点和一个人撞了个满怀。抬眼一看，却是堂兄庞山民急匆匆跑过来，见他神色蔫蔫的，关切地问道："咋的了？挨爹爹训斥了？走，跟我去河边捞鱼去，昨日涨潮了，今日定然鱼多。"

"叔父让我温书呢，不到子时不许就寝的。"庞统眼神亮了一下，有些许心动，少顷又泄气地说道。

"爹爹立时便要出门去医馆了，又不能时时监督着你，回来再温书一样的。走吧，咱们偷偷从后门溜出去。"庞山民极力鼓动着，强行将庞统拉了出去。

二人去后厨找了一个筛子和一个篾筐，一路飞跑到了河边，拣了处僻静些的浅水地，挽了裤腿便下了河。果然，涨过潮的水有些浑浊，鱼儿也比往常多，二人将筛子放置于有水草处，自己则在前面蹚水，如此反复，不费多少气力便网了半篾筐鱼，见天色渐晚，二人才意犹未尽地回了府。

次日，蒯越与庞季二人出发前往各地利诱宗贼，许以重利，邀他们共赴宜城商讨具体封赏事宜。因二人皆是本地世家望族，流寇首领并不曾怀疑，五十五人皆欣然赴约，尽被斩首。

随即刘表以迅雷不及掩耳之势，派兵奔袭各部。群寇无首，很快便作鸟兽散。江南扰民已久的一众匪寇，终被悉数平定。

此役后，蒯越被任命为章陵太守，蔡瑁为江夏太守，蒯良为主簿，庞季、马伯常为谋士，向朗为临沮县长，当初参与讨逆大计的一班人，皆被论功行赏。

刘表自此将治所搬到了襄阳。他大力兴办公学，广邀名士，积极发展农业和贸易，当地的经济与文化得以快速复苏。饱受动乱的荆州百姓，终于盼来了太平安定的好日子。

比起其他州郡战乱频频，民生疾苦，荆州无疑成为一方净土，吸引了大量文人志士相继来投。一时间，前往荆州的官道上，车马辎重之声整日络绎不绝。这些前来投奔的士子中，代表人物是河南桐柏县人韩嵩、湖南永州人刘先、山东济宁金乡人伊籍，皆先后被刘表委以重任。

不同于荆州现下的安稳，其他各州仍战乱频频。以袁绍为盟军首领的关东各郡讨伐董卓的十万大军，正陈兵酸枣，声势惊人。奈何雷声大雨点小，各路诸侯打着自己的小算盘，只驻守观望，却无人肯率先出兵。

时任代奋武将军的曹操失望至极，一腔孤勇带领自己的三千农民军率先向西挺进，却遭遇重挫，兵力折损大半，甚至差点丢了性命。但此举却让董卓感受到了来自联军的威胁，他权衡再三，下令敛财焚城，迁都长安。

一时间，洛阳城中的富商豪门府中财物被洗劫一空。稍有反抗者，就地格杀。略有姿色的年轻女眷，则被强行带走，充为婢、妓。

董卓临行前又下令焚城。往日恢宏庄严的南北两宫，刹那间变成了一片火海。紧接着庙宇衙门、民宅私房，皆轮番起火。大火绵延不绝，烧了整整三日。方圆二百里内，尽化为焦土。

曾经繁华热闹的故都洛阳，经此一劫，只余下焦尸遍野，满目疮痍，再不闻往日的鸡鸣犬吠，欢声笑语。目光所及的，是一座衰败、阴森、令人窒息的空城。

洛阳城东巷子口，原有一大户人家，姓司马，虽家财万贯，却人丁稀薄。司马老爷有一妻六妾，除正室夫人和三姨娘各生了一女外，其他皆无所出。此次大难，作为城中首屈一指的富户，司马家自然也未能幸免，除了几个姨娘被掠走，司马老爷及二小姐和府上一众仆役全被虐杀。幸得前日一早，嫡小姐司马皆罗随娘亲携老管家前去四十里外的城外山上姨母家贺寿，被强行留宿了两晚，才免于此难。

待皆罗母女风尘仆仆地回来，看到的却是一座烧焦了的空城，到处是残垣断壁，还有令人作呕的恶臭，那是死亡的味道。惊呆了的几人驱车狂奔，却见巷子东头原本富丽堂皇的司马府只剩下衰败的院落和几堵残墙，到处是烧焦了未燃尽的梁木及横七竖八早已辨不出面目的焦尸。

司马夫人疯了般号哭着奔走寻觅，终于在院子角落里一具早瞧不出模样的尸骨旁跪了下来，哭得伤心欲绝。皆罗流着泪在一旁的废墟里疯狂地扒拉着，残瓦里露出的半块玉玦，是阿爹一直带在腰上的东西。她曾问过阿爹，为何此玉一直不离身，阿爹说，那是祖爷爷传下来的东西，每任家主须得好好保存。

终于，玉玦被拽了出来。挂玉玦的绳子早已烧断，玉玦也残缺了一角，但到底是阿爹的东西。皆罗顾不上指头被瓦砾刺得鲜血淋漓，只颤抖着将玉玦紧紧握在手里，泪水像决了堤。而一旁的司马夫人却一口气没接上来，昏死过去。

皆罗使劲将阿娘扶了起来，学着大人的样子又是掐人中，又是拍背部，忙乱半晌，司马夫人才悠悠醒转过来。

一旁的管家赵叔红肿着眼睛说道："夫人，如此景象太过凄惨，您和小姐先去马车上候着吧。老爷和大家伙儿去得冤枉，不知哪个丧心病狂的畜生干的。这些东西，造孽哇！"

老赵哽咽着说不下去了，他心里清楚，自己的老婆、儿子也遭了难，如今不知在哪个角落的冰冷地上躺着呢。可他顾不得细细寻找，他得先安顿好夫人、小姐，再来处理府中亡人的身后事。

他用袖子胡乱抹了把泪，接着说道："您放心，老奴定将老爷的身后事安置好！"

身心疲累的司马夫人含泪点了点头，和皆罗一起被送上了马车，母女二人又抱头痛哭了一场。

老赵和顺子一起搜寻着尸骨，二人边哭边骂，在这场灭绝人性的屠杀中，府中的几十口家仆全都遇了难，摞起来的尸骨竟堆成了一座小山。二人一盘算，除了自己这幸存的四个，应该还跑出去了几人，却不知是谁。

痛不欲生的二人在屋后的菜地里隔着百十米远距离，用已烧没了把手的锄头刨出了一大一小两个坑，小坑埋老爷，大坑埋余下的尸骨。

主仆四人一起举行了个简单的祭奠仪式。看着突兀的两座新坟，四人又放肆痛哭一场。

还是老赵先止了泪，他红着眼睛问道："夫人可有什么打算？日后老奴跟顺子，定誓死护您二人周全。只是这洛阳已是一座死城，阴气太重，横竖是住不成了，只能择地另居了。"

"阿娘，俺们前去襄阳，投奔表爷爷去。"皆罗突然嘶哑着嗓子说道。她想起来遥远的荆州襄阳，有自己的亲人。

皆罗的外祖婆是襄阳人，后来远嫁到了洛阳。娘亲有一个表哥，乃襄阳名士庞德公。前年她还随爹娘拜访过，在庞府住了一月有余。

庞府家风良善，表爷爷满腹经纶，山民表哥和庞统表弟皆是好相处之人。相信住在那里，多少会有些亲人间的慰藉。

司马夫人略想了想，叹息着点了点头。襄阳气候适宜，如今在刘荆州治下甚是安宁，听说有不少士子都前去投奔，况且庞表哥府上家风纯良，的确是如今最适合的去处了。

临行前，老管家让顺子前去整理马车，自己则领着夫人和小姐，在后院烧焦的桃树下挖出了个用泥土封着的大坛子。抱着坛子的刹那，老管家止不住老泪纵横，他絮絮叨叨地说道："这是大前年秋天，我陪着老爷埋下的。老爷说，天有不测风云，人有旦夕祸福，说不定哪天遭了难，可以派上点用场。如今，唉！"

老管家呜呜咽咽地再说不下去，只颤抖着身子紧紧地抱着坛子，哭得涕泪纵横。

皆罗泪流满面地上前扶起老管家，哽咽着说道："赵叔，爹爹已然遭难，眼下当务之急，是寻一个出路。其他的，日后再徐徐图之。"

老管家听了皆罗一番话，如梦方醒，赶紧收了泪。絮絮叨叨地说道："夫人，这里面是二百两金子，俺们省着些用，够吃大半辈子的了。等去了荆州，我和顺子再找点活计，补贴些家用，定不让夫人、小姐吃半点苦。"

说完起身砸碎了坛子，将里面的金子拿出来分作两份，脱下外衣层层包裹起来，小的一份放在了自己身上，另一包大的则乘顺子不备，悄悄放在了马车上装衣物的大檀木箱子里面的隔层。

司马夫人感动地说道："赵大哥，日后我们娘俩，都仰仗你和顺子照顾了！"

"夫人折煞老奴了，能照顾主子们，是老奴的福分。这次要不是姨奶奶舍不得小姐，非得留夫人、小姐再住上两晚，俺们才躲过了这场天大的灾难，说起来都是沾了小姐的福气，唉！"

司马夫人见管家如此说，又红了眼圈，她抓起女儿的手，紧紧握在自己手中，仿佛生怕一不留神，女儿就离开了自己。经此大劫，她早已全身虚脱没了力气，便靠在马车壁上闭目养神。

皆罗小声嘱咐："赵叔，阿娘要小憩会儿。天快黑了，得赶紧出城，不行先去姨母家歇两日，养足了精神再出发吧！"

"好的，小姐您和夫人坐好了！顺子，出发，稳着些。"

"嗯，驾！"顺子瓮声瓮气地应了声，一扬鞭，马车便稳稳地跑了起来。这辆由两匹壮马拉的豪华马车，是平日里司马老爷专用的。那日因心疼夫人、女儿进山，怕太过颠簸，便让管家套用了，如今竟派上了大用场。

皆罗明白，这些金子和马车是爹爹留给自己和母亲最后的倚仗了。她不清楚前面等待自己的将会是什么，但她别无选择，只能一往无前。

三

　　眼见荆州在刘表的治理下河清海晏，百姓安泰。精明的蔡瑁欣慰之余，也打起了自己的小算盘。作为本地世家的代表人物，他明白，要想在人才辈出的荆州站稳脚跟，光靠世家头衔和拥护之功是远远不够的，还得有长远的打算，而眼下便有一个好机会。

　　刘荆州的原配夫人去岁病逝，如今尚未再娶。而蔡瑁的二姐蔡襄才貌出众，却一向眼高于顶，至今尚待字闺中。倘若能嫁去刘府做续弦，岂不是美事一桩？

　　蔡瑁先找父亲商量了此事，蔡讽自然满口应承下来。毕竟于他来说，蔡府一门的荣耀高于一切，况一个早已过豆蔻年华的大龄女子，能嫁给荆州牧做续弦，已是最好的出路了。

　　蔡瑁有了父亲旨意，却并未急于做决定，他尚要征询二姐的意见。虽说婚姻讲求的是父母之命、媒妁之言，但二姐性子高傲，应该有的知情权还是要给的。

　　谁知蔡襄一听却甚是吃惊，哭着说道："亏阿弟想得出来，竟让我嫁给一个年近五十的老头做续弦。即便是荆州牧又如何，我不稀罕！"

　　蔡瑁早有预料，只得软了语气商量道："阿姊，你不用急着答复我，三日后便是一年一度的中秋，届时阿弟邀请刘荆州到府中来赏月，阿姊先见上一面再说。"

　　蔡襄见阿弟说得恳切，只得点头应允了下来。心想若是个糟老头子，自己是断然不会嫁的。

　　八月十五这日，蔡府早早地便张灯结彩，各式各样的灯笼挂满了长廊和屋檐，戏台下面的四方桌上，摆满了果点、月饼及各色小吃，几坛子沉了十几年的老酒，也从地窖里启了出来，未及开封便香气四溢。

申时刚到，刘表便兴致勃勃地来了。早听说蔡府极尽奢华，今日一见，果真是富丽堂皇，饶是刘表见多识广，也暗自咋舌。穿过镶金的垂花门楼，眼前是石子墁成的甬道和绿植环绕的抄手游廊，异石垒成的假山浑然天成，山上古木苍翠，旁边水流潺潺。

还来不及细赏，便到了二进门，此间景色又是不同。小桥流水，荷桂飘香，见之让人心旷神怡。待进了书房，迎面一张紫檀大案，上面放着一摞名人法帖，十几方各色宝砚、毛笔等，一看就价值不凡。

刘表环顾了一下四周，在墙上挂着的一幅蔡邕的飞白书"翠鸟诗"前停了下来，细细观赏了一会儿，才在书桌后的正椅上落了座。

正待开口，他的视线被眼前一幅酣畅淋漓、笔走龙蛇的草书吸引了，却是卓文君的"白头吟"。

> 皑如山上雪，皎若云间月。
> 闻君有两意，故来相决绝。
> 今日斗酒会，明旦沟水头。
> 躞蹀御沟上，沟水东西流。
> 凄凄复凄凄，嫁娶不须啼。
> 愿得一心人，白头不相离。

诗未写完，最后两句笔力尤为遒劲。看得出，写诗的人是带了特殊情感的。

刘表拿起诗作又细看了一遍，神情竟有些怔怔的。好一会儿才看似漫不经心地问道："这是大人手笔？"

"非也，主公，此乃下官二姐所书。她的字略有几分功力，在闺阁女儿中，算是有些名气的。说了不怕大人笑话，就因一向酷爱诗画，一般男子皆入不了眼，至今仍待字闺中呢，待会儿大人便见着了。"

"噢？"

刘表略有些吃惊，他没想到一介女子，笔法竟如此洒脱有力。听说尚待字闺中，脸上有一掠而过的好奇，但很快便淡了去。他顺手拿起余下的书帖字画欣赏了起来，却明显有些心不在焉。

蔡瑁见了心下窃喜，看来不枉自己这一番不着痕迹的安排。他笃定二姐的琴棋书画定能引起刘荆州的兴致。下一步，就看晚膳时两人的会面了。他有信心，大人定会对阿姊一见倾心。

果然，当美艳迷人的蔡襄落落大方地出现在刘表面前时，一向淡定从容的刘荆州失了神。只见眼前的女子，身形高挑，鹅蛋脸，柳叶眉，一双凤眼含娇带俏，灿若繁星。身上着一件绣着牡丹的鹅黄色长衫，淡青色锦缎裹胸，看起来明艳华贵，仪态万方。

蔡襄微笑着向刘表行礼，笑容和煦温暖，似五月的阳光，让人麻酥酥、懒洋洋的周身舒坦，连带着周遭的景色，瞬间都仿佛悦目了几分。

刘表暗中吸了口气，稳了下心神，才笑着说道："小姐不必多礼，快请入座。"

蔡襄略红了脸，福了一礼才缓缓移至桌前坐下。眼前的男子看着四十出头的样子，没有想象中的老态与发福。相反温润儒雅，英气逼人，言谈举止貌似谦和，却有着上位者凌人的威势。

蔡襄原本关于刘表的诸多猜想，此刻全部土崩瓦解，心里只剩下一个念头：若是这模样，嫁了倒也未尝不可。如此想着，神态上便有些娇羞起来，越发显得美艳不可方物。

蔡瑁见阿姊如此，心里更笃定下来。再看刘表，时不时瞥向阿姊的目光里，多少带了些欣喜和热烈，便知道婚事可期。

晚膳时众人各怀心思，刘表喝得尤其痛快，明知蔡瑁是醉翁之意不在酒，他却乐在其中。直喝到皓月当空，才在薄醉中摇摇晃晃回了刘府。

不久，心有默契的蔡瑁和刘表便商定了婚事，于次年初春正式完婚。为彰显诚意，刘表亲自射了一对大雁作为纳彩礼。随后是烦琐地问名、纳吉、纳征、请期等婚前礼仪，刘表一样不落，认认真真全过了一遍。

这场预料之外又在情理之中的政治联姻，激起了襄阳士族豪门的无限热情。它彰显的是刘表对本地世族的重视与倚仗，这才是他们渴望看到的东西。

一时间，蔡瑁府上的门槛都快被踩烂了。亲近的世家大族、熟悉的远亲近邻、慕名而来的陌生朋友，都想借着这次婚礼跟蔡府套上关系。

蔡襄出嫁这日，襄阳城内外的官道上被挤得水泄不通。到处是看热闹的人群，大家都渴望着一睹荆州牧大人和新妇蔡氏风采。

辰时刚过，浩浩荡荡的迎亲队伍便出了城门，往蔡州方向而去。刺史刘表骑着高头大马走在前列，微笑着对道路两旁的百姓点头算作招呼。看热闹的人群立马沸腾起来，高兴地喊着大人，一窝蜂地跟在了队伍后面。越往后人越多，滚雪球似的，乌泱泱的挤满了通往蔡州的官道。

此刻的蔡府，张灯结彩，鼓乐喧天。正是早春时节，偌大的长廊庭院，皆系满了喜庆的红绸。奇山异石林立，小桥流水淙淙，最让人惊异的是后院几十株怒放的梅花，红蕾碧萼缀满枝头，冷香扑鼻。踏足其间，香气沁人心脾，让人怀疑身在仙境。客人们暗地里嗟叹：早听说名士蔡讽喜梅，却不知竟偏爱至此。

此次蔡府嫁女，襄阳但凡是有头有脸的人物都来了。大部分是蔡氏旧友亲朋，也有慕名而来的外地新贵。前庭中院都摆上了席面，总有两百多桌。这是招待男客的地方。后院还有百十桌，是专招待女眷们的地方。

蔡瑁和父亲蔡讽一早便笑容满面地站在府门口迎客。大姑爷黄承彦负责将客人往院里引，管家和支客先生则负责前厅和中院的接待。

蔡夫人刘氏和姑母张夫人，辰时刚过便忙碌着在后院接待女宾。襄阳城内稍有些名望的夫人小姐皆来了，此刻一院子的温香软玉、娇声燕语，好不热闹。

黄夫人蔡钰及蒯越夫人李氏，此刻正在蔡襄闺房陪着她梳妆打扮，时不时聊上几句，以舒缓她的焦虑情绪。

蔡府长孙蔡显和长孙女蔡婉，自然是在后花园的凉亭里招待他们的小伙伴们。这一大帮跟随家长前来贺喜的半大孩子最怕拘束，早早地便离了客房，偷跑了出来。大家本就相熟，此时便不再拘礼，只一味地嬉笑疯闹着。

众人先是在花园玩捉迷藏游戏，但很快便意兴阑珊。一向古灵精怪的蔡婉率先说道："咱们还是去凉亭里坐着吃茶，玩猜谜对对子可好？"

"这主意好！"月英笑眯眯地点头附和道。

"猜谜可以，但得有奖惩才有趣。"庞统拊掌笑着道。

"不错，是得有个好彩头。"少年老成的习温点头响应。

蔡显胳膊一挥，豪气干云地说道："成，俺大舅去年送了把铁杉木制的弓，上好的牛皮做筋，今日谁拔得头筹，弓就是谁的。"

众人一听都雀跃起来，蔡显那张弓不少人瞧见过，平日里当作宝贝，今日倒肯拿出来作筹，算是大气了。蔡婉让一旁侍候的下人们，又添了些茶水果点到凉亭里，孩子们围坐在一起，边吃果点边开始了今日的游戏角逐。

"今日每人都可以出谜题，未猜到的算出题人赢。"蔡婉大声宣布着规则，并抢先出了一谜，"风里去又来，峰前雁行斜"。

众人低头正寻思，月英脱口而出："凤仙。"

庞统不服气地也出了一题："南望孤星眉月升。"

"庄子的庄！"这次是习温抢了先。

"画时圆，写时方，有它暖，没它凉！"蔡显见大家速度极快，也抢着出了一谜。

哪想话音未落，庞统便笑着说出了谜底："这个太简单了啊，日头的日字。"

蔡婉冲着庞统翻了个白眼说道："就你能！英妹，你来灭灭他的威风。"

"他向来速度快，我抢不过！"月英知道表姐素来爱争强好胜，颇有些无奈。

"那咱们不比猜谜了，来比对对联。"蔡婉大眼睛骨碌碌几转，又重新提议道。她知道对对联是月英强项，素来所向披靡。自己和兄长这方面才能不显，但今日蔡府是主人，万不能被客人抢了风头。英儿好歹是自家人，彩头落她身上，算不得输。

月英和蔡显都知道蔡婉那点小心思，遂也点头附和。众人便也同意了。

"一行飞雁，避霜雪南去。"向条皱着眉头先出一联。

月英一听，不假思索地说道："数只啼鸟，破烟云北来。"

见月英如此快便接了下联，庞统也出了一联："山上古松，探龙头望月。"

"园中翠竹，揽凤尾朝天。"月英正凝神思索，突见一旁竹子在风中婆娑，灵机一动答道。

"妙哇，此联出得好，对得更好，不愧是襄阳双杰，让我等自愧不如啊！"马良一听拊掌大笑着赞道。

众人都服气地点头，这一群人里头，论思维敏捷，庞统第一，但若论才学智慧，却数月英为最。

"过奖了！"

月英嘴上客气着，思绪却未停，当即又出了一联："风寒霜露重。"

"雨急百花凋。"蔡婉不待众人思索便急急嚷了出来，算得上对仗工整。

"雨骤归心急。"庞统也对了下联，相较而言，他的这句更显高明。

见众人对得热闹，蔡显又出一联："亭中对联趣事多。"

"院里品茗意味长。"习温一向不急不缓的性子，这次却抢了先。

"池中鱼游欢。"向条见一旁池中鱼游得正欢，见景生情又出一联。

"林间鸟鸣脆。"话音未落月英已接了下联。众人见答案已出，便都噤了声。

这时，府上的管事婆子过来请众人去前厅用膳，大家才意犹未尽地站起身来。

蔡显想起刚答应的弓，正欲让一旁侍候的小厮去取了来，却被月英制止了。她笑着说道："表哥，你那弓留着下回来玩吧，现时去用膳要紧，我都有些饿了。"说完还假装拍了拍自己的肚子。

马良戏谑道："放心，没人惦记你那张弓，英妹是个女娃儿，要去也无用，你留着自己打鸟兽玩吧！"

蔡显憨直地挠挠头，脸上的神情如释重负，他高兴地说道："别说，还真是有些饿了。走喽，吃饭去喽！"说完率先站起来冲出了凉亭。

众人笑着一脸欢快地跟在后面。

这一群半大不小的孩子，都是襄阳望族之后，自小便受着严格规范的家族培育，对未来充满了憧憬与向往。此时的他们虽略显懵懂，却从不懈怠，因为他们肩上背负的，是一族的兴盛与繁荣。

这场盛大恢宏的婚礼，让酒楼茶肆的说书人，津津乐道了一月有余，也让其他州郡的有心人，评头论足了好些时日。甭管是士族豪门，还是贩夫走卒，皆渴望有一个德才兼备的领军人物带着大家前行。而刘表出身汉室，身份高于"四世三公"的袁绍，声名也更为显赫，更别论他形象俊雅，性情谦和，怎么看都比那些只会打仗的粗俗武人强，自然备受天下文人志士尊崇。更遑论如今的荆州，在刘表的治理下，百姓安居乐业，四野升平，哪里还有比这更好的地方？

几番比较后，人们对于荆州的向往达到巅峰。此后经年，不少文人志士辗转来到襄阳定居，如徐庶、石广元、崔平州等。但此时的荆州因前来投奔的俊杰太多，已无力一一妥善安置，不少人便闲居于襄阳，以结交名士高人为乐。

四

时间过得飞快，一晃就到了来年春天，正是沾衣欲湿杏花雨的时节。一向寂静的庞府这日却分外热闹，原来是司马夫人携女儿皆罗到了，还带来了两名随从。好在她们来前便差人给庞德公捎了信，庞府早有准备。母女二人一入府便得到了妥善安置。

低调的庞德公生平第一次兴师动众，专门设了欢迎宴，邀请世家故友及众乡邻前来为表妹接风。众世家接了帖子，自然都十分重视，部分家主出席。实在有要事分身无术的，也遣了夫人携子女前来。

午时将近，客人陆续前来，庞德公携十七岁的儿子庞山民亲自站于院门外迎客。身为好友的黄承彦自然是第一个前来捧场的，他携妻女带了半马车的礼物进了庞府。其次便是蔡瑁、蒯良、习珍等，也都携带重礼前来。

庞德公笑着挽了黄承彦的手礼让着众人进了前厅，留下庞山民一人站于门外迎宾。笑容满面的管家庞荣亲自上前奉了茶点。很快向朗及马伯常也到了，如此七世家人便齐了。

庞德公对管家使了个眼色，管家领命而去。

众人寒暄着刚喝完一盏茶，便见一个体态丰腴、三十多岁的美貌妇人，拉着个十四五岁模样、皮肤白皙的小姑娘，在管家庞荣的陪同下从里屋缓缓走了出来。

庞德公笑着站了起来对众人介绍道："这位是我表妹司马夫人，这丫头是她女儿皆罗，从洛阳城过来，日后会在襄阳定居，还请诸位亲友多多关照。"

众人忙不迭站起来一一见礼。

有不知情的宾客问道："听说洛阳城现已成一片废墟，不知夫人家中可还安稳？"

"不瞒各位大人，妾身府中也未能幸免，先夫及仆从几十号人皆遭大难，故才前来投奔娘家表兄。"司马夫人红着眼眶说道，声音里已止不住带了颤音。

众人一听脸色都沉郁了下来。心直口快的徐庶说道："董贼这老匹夫，如此丧尽天良，可惜了讨逆大军，尽是些无能的庸碌之辈。如今无功而散，再想讨贼竟不知何时了！"

"袁氏有勇无谋，不堪大用。其他诸侯也都各有算计，能成事才怪。且容这老贼再猖狂一阵子吧。唉！"向朗叹了口气，惋惜地说道。

"诸侯们各自为战，最终目的皆是为分一杯羹，岂管汉室危亡。我等空有报国之心，却无处着力，不过是徒增伤悲罢了。"一旁的习珍满腔悲愤地说道。

"习老弟一身功夫，总会有用武之处的，且耐心等待！"黄承彦看着习珍温和地宽慰道。

"袁术野心勃勃，年初竟于寿春称帝。听说孙策去信劝谕未果，两人已决裂。"说此话的是向朗。一向关注学问的他，甚少插言时政，此时却也忍不住聊上几句。

"何止于此，孙策去信给心腹吴景、孙贲等人，说袁术倒行逆施，必不久矣，让他们速速归吴。吴景接信后弃了广陵太守不做，很快便东归。袁术见情势不对，为收拢人心，便任命孙贲为九江太守。孙贲也是条汉子，未曾就任，被困江北长达数月。由此可见孙策这人，是非大局把控得清楚，且擅长笼络人心，手下众人皆死心塌地，日后必会脱颖而出。"黄承彦语气淡淡地说道，但众人皆听出了他欣赏之意。

"诸位，还是先喝口茶缓缓，社稷大事稍后再讨论不迟！"庞德公见群情激愤，深恐表妹觉得受了冷落，遂赶紧岔开了话题。

庞统乘机向众人告退："各位叔伯，我带皆罗姐姐与英妹去后院玩耍，不打扰你们议事了，小子告退！"

说完上前拉了月英的手，边向外走边笑道："英儿，你和皆罗姐姐年岁相差不多，日后可以多多走动。她初来乍到，人生地不熟的，不免孤单。"

月英听庞统如此说，连连点头笑道："姐姐若不嫌弃，日后我便常来叨扰。"

庞统在后面介绍道："皆罗姐姐，这便是我曾和你提起过的月英妹妹，比你小几岁，可聪明了。在襄阳我庞统唯服一人，便是她了！"

"原来是月英妹妹，早听说妹妹高才，一直盼着见面，如今可算是见着了，想不到妹妹竟如此谦逊有礼，让姐姐汗颜。日后若妹妹得空常来庞府，咱们可以说说私房话。"皆罗听后忙郑重福了一礼说道。

"客气了！我和姐姐一见如故，日后定会常来探望的。"月英的心中满是对皆罗的怜惜。自小家境优渥的她，爹娘恩爱和睦，家风纯良开明，并未曾受过多少岁月的磋磨。对于眼前这个小姑娘的不幸遭遇，她深感同情，却又无能为力，便想着尽可能多给予她些温暖与帮助。

司马皆罗感受到月英的善意，感动之余，又有几分酸楚。从前的自己，何尝不是金娇玉贵的富家千金，如今却沦落成了寄人篱下的异乡客，这其中的失落，外人又岂能感同身受。

月英见皆罗眸子里有泪光闪现，便知她想起了自己过去的不幸，忙握紧了她有些冰凉的手，笑着打岔道："皆罗姐姐，庞士元小时候可调皮了，有次去隔壁大婶田里偷黄瓜，被抓住了，回来被庞伯父用荆条抽打，鬼哭狼嚎的，可惨了！就是远处那片菜地。哈哈哈！"

"哼，又在败坏我名声，看我饶不了你！"后面的庞统知晓月英用意，假装生气地跑上前，转身朝月英她们做了个鬼脸，冷哼一声。模样多少有几分滑稽，逗得两个女孩子咯咯笑个不停。原本有些尴尬的初次相见，在这爽朗的笑声里，催生出了最本真的友谊。

自此，襄阳世家孩子群里多了个敏感倔强的女孩。话不多，却极有主意。成日里跟在庞统身边，踏青、访友、捕鱼、集会，大凡庞统去哪里，后面皆有她的身影，无形中成了庞统的跟班。

五

这日庞统从蔡瑁处得知，城西二十里开外的广德寺里来了个得道高僧，不仅佛法深厚，还自创了一套阴柔相济的拳法。前些日子他随父亲前去拜访，还得大师亲授了几句练功的心法，貌似甚是管用。

庞统大喜过望，决意前去拜师。他翻遍了书房，将那卷叔父亲自抄写的《心经》找了出来，藏于袖中，预备当作拜师礼。

为防皆罗跟着泄密，庞统背着她悄悄出了庄子，乘马车出城而去。行至半路，想起月英也钟情武功，便又前往黄家湾，约上月英一同前往。

马车行了一炷香时辰，方到了隐于山间密林中的广德寺。只见眼前的寺院并不大，周围古树参天，苔藓匝地，显得异常幽静神秘。迎面便是威严的天王殿，二人肃穆拜了三拜，便移步进了后院，却被眼前的景象惊呆了。

只见一株高二十来米、三人合抱方能围住的硕大银杏树，赫然立于院内。如今正是盛秋时节，银杏树的叶子金灿灿的，在阳光下泛着夺目的金光，晃得庞统赶紧半眯了眼睛。

俏皮的月英早忍不住低呼了起来："哇，早听爹爹说广德寺里有棵硕大的银杏树，今日总算是开了眼了，真好看呀！"她说着开心地跑上前去蹲于地上，小心翼翼地拾起几片叶子，轻轻握于手中。

庞统见月英一派天真烂漫的模样，显然十分高兴，忙跟过去抱着粗大的树干叹道："树干长成如此粗大的模样，不知经历了多少岁月的风雨呢！"

月英正欲说话，却见一个清瘦的四五十岁模样的和尚，从拐角处缓缓走了过来，忙正色提醒道："士元兄，大师来了。"

庞统慌得忙正了正衣冠，上前扑通一声跪下俯身说道："可是慧明大师？小子庞统，此乃世妹黄月英，我们二人冒昧前来，欲拜大师为师，万望大师首肯。"

"阿弥陀佛，施主见谅！老衲何德何能，敢收二位为徒。二位想必是鱼梁坪庞府的小公子和黄家湾黄府的千金吧？"

来者正是广德寺的住持慧明，见庞统如此说，忙双手合十回礼道。

"咦，神了，初次见面，大师何以知晓我们二人身份？"庞统惊诧地问道，脸上的神情越发兴奋，深觉自己这次来是找对人了。

慧明大师讳莫如深地笑看着二人，并未答话，只自顾自地向前走，径直进了禅房。庞统赶紧向月英使了个眼色，急行几步跟了过去。一进门，便又扑通一下跪在了地上，磕了个响头说道：

"大师，小子诚心拜师，还望大师念我一片赤诚，收我为徒吧！"

"施主缘何拜我为师？"慧明大师沉吟了半晌，无奈问道。

"听闻大师佛法深厚，且自创的拳法威力无穷，小子要拜师学艺，日后为朝廷效力。"

"何为佛法，其根基为何？老衲从不收无慧根之人。"

"这——"庞统搔了搔脑袋，迟疑着说道："小子理解，佛法是指修行方法，而修行应是慈爱、祥和及利他的。其根基嘛，是仁爱？"

他说完，有几分不确定地看了看大师，又转身看了月英一眼，见她脸上带着一丝浅浅的笑意，似是肯定他的说法有几分道理。

慧明大师显然有些意外，这几句话出自一个十二三岁的少年之口，还真是让他大为震惊。显然，眼前这个气质清冷的少年本性纯良，颇有慧根。倒是个可以教导的好苗子，倘若愿意遁入空门，佛学上或许会有大成。

想及此，慧明大师脸上露出了一丝不易觉察的笑意。他点了点头说道：

"孺子可教，你可愿意遁入空门？"

"大师，家中尚有父母叔父需要孝顺。况当今天下，诸侯争霸，战乱频频。好男儿当为民请命，建功立业，小子不愿拘泥于一方天地。若大师首肯，我愿做个俗家弟子，还望大师成全。"

"大师，您就答应了庞兄吧，他秉性纯良，聪慧好学，日后定能将大师您的修为发扬光大的，定不会给大师您丢脸。"黄月英也在一旁跪下恳切地说道。

"你这个女娃儿，可是机敏得很啊！听说远近乡里娃儿们玩的纸鸢，是你最先做出来的？还有你黄府看门的狗，也是你用木头做的，还能跑动，可是当真？"慧明大师见月英跪在地上一本正经地替庞统说情，突然来了几分兴致，微笑着打趣道。

月英展颜一笑，尚未开口，庞统便抢着答道："大师，皆是真的，英妹妹是我见过的这世上最聪慧的女子。不仅是你说的这些，她前段日子才研发了一种黄酒，味道可好了，改天让她给大师带两坛子来，大师尝尝鲜。"

话音刚落，月英白了他一眼说道："大师修行之人，未必会贪恋这些俗物。"

"老衲心领了，已吃素多年，早不知酒肉滋味了！"慧明欠了欠身子，算作感谢，脸上的神情却很是愉悦。

这些年来，他孤身一人守在寺庙，陪伴他的唯有同样寂寥的山风野草，他的心早坚如磐石，轻易不会动容，如今却被两个半大的孩子破了心防。他慈爱地看着庞统与月英，清亮的眼神里比往常多了些许温柔。

庞统一看和尚神色，便知拜师可成，忙机敏地重重磕了三个响头说道："师父在上，请受徒弟一拜。"

慧明笑着虚托了一把，嘱咐道："做老衲的徒弟，需谨记两点：第一，永远发善心，行善事。第二，不管身处何地，皆要以所学救济世人，万不可背离初心。"

"徒儿谨记师父教导！"庞统郑重地点头应道。他看了眼一旁眼巴巴看着的月英，怯怯地问道："师父，英妹妹也可以跟着您学法吗？"

"老衲不收女弟子，英丫头就免了吧！若是有兴致，老衲讲法时可旁听，但切不可对外说是我的徒弟。"

机灵的月英听了倒头便拜，也磕了三个响头后说道："师父放心，我做您的外门弟子，悄悄学就好，绝不声张。"

慧明大师无奈地笑着摇了摇头，算是默认了。庞统这才从袖中小心翼翼拿出《心经》，献于师父。

慧明狐疑地接过长卷展开一看，只见是一幅手抄的《心经》，卷轴上的字遒劲有力，一看便不是凡品，忙问道："恕我眼拙，何人所书，缘何不曾落下名讳？"

"叔父亲自手书，只此一卷。"庞统颇为自豪地说道。

"原来是庞公亲书，难怪有此笔力。"慧明叹道，对着卷轴又细细观摩半晌，方才不舍地移开眼神。他审视了庞统半晌，突然问道："方才刚一进来为何不拿出来？"

"徒儿不想师父为难。倘若师父因《心经》的缘故不得不收我为徒，那便是徒儿的不是了，徒儿只想凭自己的诚意进师门。"庞统瓮声瓮气地说道，眼中有一抹不易察觉的倔强。

慧明大师看着这个有几分老成的少年，暗自赞了一声。这一刻，他甚是庆幸自己收到了一个好徒弟。

自此庞统便跟着慧明大师学艺，有时在山上一待便是一两个月。看似憨厚的他实则聪明异常，许多东西一点便透。慧明对自己这个徒弟甚是爱重，几乎是倾囊相授。如此过了两年，庞统的佛法武功皆有了长足进步。

如今的庞统已是个十八岁的小伙子了。中等身材，面色微黑，两条浓眉生得甚是醒目，眼睛狭长有神，看上去清冷之余又添了些许温润，整个人谦和有礼，颇有其叔父的君子之风。

在庞德公的亲自培养及慧明大师的精心教导下，庞统琴棋书画、诗词歌赋、骑马射箭、剑术兵法、药理针灸，几乎样样精通。他还尤爱看闲书，对兵书奇谋更是极有兴趣。在襄阳的一众世家子弟里，他算得上出类拔萃，加之他颇有侠义之风，无形中便成了襄阳本地这一帮世家豪族少年中的领军人物。

客居于庞府的司马皆罗，也长成了亭亭玉立的大姑娘。自小未拘于闺阁方寸之地的她，眉目间比一般女子多了股英气，看上去精干又利落。

而庞统心仪的女子黄月英，更是出落成了姿容出众的少女。她身形高挑，聪慧多才，有着这个年龄的女子少有的沉静与睿智。年方十四的她，已风姿绰约，明艳无双。

但月英出门皆扮男装，又以青纱遮面不露真容，加之她爹爹黄承彦戏谑中起的小名黄阿丑，外界便盛传，黄月英虽才高八斗，却十分丑陋，故从不敢以真面目示人。

此流言不知起于何时，沸沸扬扬。熟悉她的人皆为之愤愤不平，黄月英自己却丝毫不以为意，每每只一笑了之。

襄阳世家这一茬的公子小姐，已悉数成年。年少时常聚在一起谈天说地，如今大了反而要开始避嫌，毕竟男女大防还是要顾着些的，自然不能如年幼时那般随心所欲，见面便有些寥寥。只偶尔在哪家府上有红白喜事时方才能一聚。

对于生性洒脱的庞统来说，便觉日子有些难熬。他时常想起和月英一起相处的时光，清晰又甜蜜。在这样淡淡的想念里，他日渐明白了自己的心意，那一份年少懵懂却又日渐蓬勃的情事，常让他患得患失。

这日，庞统随父亲及叔父去给蔡老爷蔡讽祝寿，席间听闻一件奇事。即张绣自去岁率军投降刘表后，屯兵于宛县，对许都形成较大威胁。于是曹操亲率大军攻之，哪知曹军刚进至淯水，张绣便率军投降。

谁知这曹操纳降后，却犯了老毛病，竟强纳张绣叔父张济之妻为妾，激起张绣不满，私下里怒骂曹操非君子所为。

曹操听闻后以重金收买了张绣亲信胡车儿，欲行刺张绣。岂料事情泄露，张绣遂反，率军袭击曹操。曹军大败，曹操右臂被射中，坐骑也受伤。曹操长子曹昂将战马让与曹操，曹操方幸免于难。

"此一役，曹操的中军校尉典韦、长子曹昂及侄儿曹安民皆死于乱兵之中，其卫士也折损殆尽。曹操没奈何只得退回许都，舞阴等地皆被张绣占领。哈哈，如今的情势于主公十分有利。"蒯越说着颇有几分激动，狭长的凤眼里光彩熠熠，不知是否喝多了酒的缘故，面色异常红润。整个人看起来甚是生动，与素日里的严肃判若两人。

"张绣虽反复无常，算不得什么英雄，如今却让曹操吃了个大亏，双方也成了死敌，自此荆州的北大门，便由他张绣拒守了。主公的压力自然也轻了，哈哈哈……来来来，大家喝一盏相庆。"蔡瑁明显也甚是高兴，说完起身率先将杯中的酒一饮而尽。众人跟着举杯豪饮。

"这曹操也算得是当世枭雄，却改不了酷爱抢夺人妇的毛病，若非他一意孤行，也不会有如此惨败。看来这人啊，还是得时时警醒自己，莫做那些背德离心之事方好。"说这话的是习珍，他是个耿直刚正的人，酷爱武艺，拳脚功夫甚是不弱，一心想从军，奈何习府老太爷不让他出山，让他观望两年看看局势再说，他心中好不憋屈。

"美貌女子便如祸水，需避远些。虽说男子本性皆好色，却应取之有道。"向朗将杯中的酒一饮而尽，微眯着眼摇头晃脑地感叹道。

"得，谁不知你府上夫人美貌贤良，向兄啊，你就甭吃焦米说脆话喽！"蔡瑁佯装羡慕地打趣道。

"哈哈哈，就是，饱汉子不知饿汉子饥！"众人附和着大笑道。席间的气氛一时间达到了高潮，众人推杯换盏，高谈阔论，不亦乐乎。

坐于偏桌的庞统听着众人的谈话，却有些笑不出来。心想，又是战争，却不知又死了多少人。以曹操的性子，必不会忍受这屈辱，回去后定会整顿兵马，卷土重来。看来这一两年，西北方边境的百姓难得有太平日子了。

难怪庞统如此悲天悯人，自跟着师父修习了佛法，他便渴望着这天下能早日一统，所有人都过上祥和安宁的日子。为此他每周两次去街东头的那家医馆出诊，期望用自己的微薄之力解救一些百姓。世道艰难，倘若能做些自己力所能及的事情，也算是不辜负自己的一身本领。

六

　　这日庞统又在医馆看诊，门口进来了一对母子，衣衫褴褛，老妪看模样似得了重病，面色灰暗，走路都颤颤巍巍，男子半扶半托着吃力向前，眼神躲躲闪闪的十分拘谨。

　　医馆老板见了，不耐烦地上前驱赶道："此处可不是收留叫花子的地方，你二人速速离去，别耽搁了我店里生意。"

　　男子一听双膝跪地央求道："大叔行行好吧，我阿娘快不行了，求您救救她吧，日后俺定当牛做马报答您老人家。"

　　"去去去！休得在此处胡搅蛮缠。"

　　庞统见此情景，起身上前对店家说道："这位老人家的病由我来看，今日的出诊费一文不取如何？"

　　店家听了尴尬地笑着说道："庞小爷说的哪里话，这样吧，今日该付的诊金我分文不少，但此妇人的一应费用由庞小爷承担，你看如此是否可行？"

　　"可行，你二人跟我来吧。"庞统笑着同意了，遂招呼二人随他往后看病。

　　"谢过公子，谢过店家。"年轻男子感激涕零地连连道谢。

　　庞统仔细给老妪把过脉，却是心疾，且已是重症，最多活不过两月。他给老妪开了两副补心气的方子递于男子，嘱咐一旁的堂倌跟着一起去抓药。

　　待他们拿了药，母子二人千恩万谢地出门去了。

　　庞统想了想，找店家预支了二两银子，追出了门外，他喊住男子在他耳边低语道："这段日子便好好陪陪你阿娘吧，这二两银子你去买些好吃好喝的，多尽尽孝道吧。"

男子听懂了庞统的言外之意，泪水一下子涌出了眼眶，但他竭力忍着，不敢哭出声来，只扑通一声跪下给庞统磕了两个响头，方接过银子，扶着老妪缓缓去了。

庞统惆怅地看着二人背影，心绪难平。自己虽医术精湛，行医这半年多来，救治过无数危重病人，但偶尔仍会遇到这种命悬一线、无法救治之人，每当这个时候，他便会痛苦难过，甚至深恨自己当初为何不再学精一点，那种无力改变的挫败感，常人当真无法体会。

这日艳阳高照，庞统心情大好，便拿了弓箭出门，欲射几只野兔或者野鸭带给月英。哪想没走几步，贴身侍候的小厮阿盛也追了出来，嘴里还叨咕着打野味不带他。

二人来到江边，将平日里泊于岸边的小船划了出来，找了个茂密的芦苇丛，安静地蛰伏着。还好运气不错，很快江中便有十来只野鸭悠哉乐哉地朝这边游了过来。他瞄准其中两只张弓搭箭，如此反复几次，伴随着惨叫声和扑水声，江中的野鸭已被射杀殆尽。

阿盛高兴地欢呼起来，起身将小船急速靠了过去，伸出桨把鸭子尽数打捞了起来，置于舱中。二人正欲划船离去，却见江对岸似有一人在招手，并发出些微弱的呼救声，虽听不清楚，但看样子似是受了伤。

庞统忙吩咐阿盛将小船划到对岸去，阿盛虽有几分不情愿，却不敢违逆。

很快船便靠了岸，二人下得船来，却见一个二十七八岁的年轻人半卧在地上，头发散乱，面色煞白。右胸靠肩胛部位插了支短箭，箭头已被折断。鲜血染红了他的长衫，呈半凝固状态。青年整个人已有些迷糊了，却硬撑着不肯倒下，一看便是个硬汉子。

见有人来，汉子嘴唇翕动半晌，却未发出声音，旋即便晕了过去。庞统忙上前伸手搭脉，见脉象虽很虚弱，却并无性命之忧。他又摸了摸汉子额头，有些滚烫，便知是伤口发炎了。忙使劲将汉子扶了起来，和阿盛抬着放进了小船，快速往对岸庄子划去。

一路上阿盛边划桨边埋怨道："公子，此人来路不明，你却要将他救回去，倘若让老爷发觉了，定会重罚你。"

"休得啰唆，难道见死不救吗？快点，他得赶紧喝些退热散。伤口也急需清理，否则……"庞统有些不耐烦地喝止道。见此人嘴唇干裂，眉头紧蹙，显见十分难受，庞统甚是心急。思忖着过会儿要用些什么药，方能快速止住病势。

船刚靠岸，皆罗便远远迎了过来，庞统忙大声吩咐道："快回去让人准备些开水和烧酒，还有干净的白布，另外准备些退热的草药，这人受了箭伤，伤口有发炎迹象，须得赶紧救治。"

皆罗满腹狐疑地看了伤者一眼，想说什么却终是没有开口，应了声好便转身往来路跑去，边跑边喊道："我回去让刘叔他们来替你，你们小心些。"

庞统并未答话。伤者十分高大，抬着竟有几分吃力。好在很快管家刘叔便带着两名家丁迎了过来，几人合力，总算把伤者抬回了庄子，安置在了僻静些的后院客房。

刘叔忍不住埋怨："公子，幸亏老爷去鹿门山挖草药去了，否则你随便带个来路不明的伤患回府，定会挨骂的，少不得连我都得捎带上挨几句。"

"刘叔，这人昏死在我眼前，总不能见死不救吧。师父常说，救人一命，胜造七级浮屠。我可不能做那袖手旁观之人。你快去准备些热水、烧酒之类的东西过来。"

"是是是，少爷向来心善，老奴晓得的。造孽啊，我这就去找人准备。"刘管家唠叨着，看了眼伤者，见他双眉紧蹙，似是很痛苦的样子，大体是扯到了伤口，却仍无半点要苏醒的迹象。心知这伤者一日两日的不会好，怕是要在府上滞留一阵子。看来老爷这一顿说是免不了的，便叹了口气匆匆出门去了。

这时皆罗带着自己的贴身丫头小翠过来了，后面跟着个提了桶热水的小厮。她带来了平日备下的干净白布条，以及治疗外伤用的一应东西。交给庞统后便退了出去，房间里只留下了庞统与阿盛主仆二人。

庞统净了手，将剪刀用火烧了消毒，伤患带血的衣服已经凝固，根本脱不下来，只能用剪刀一点点剪掉。庞统又把了遍脉，见脉象有几分紊乱，想是移动加上听到了众人的对话，乱了心智。好在此人体质很好，身子强壮，箭伤失血虽多却并未伤到要害，救治起来并不难。

庞统暗自舒了口气，先用烧酒给器物消毒，给伤口也仔细消了毒，示意阿盛按着病患四肢，随后他深吸一口气，快速地拔出了残箭。不出意外，血立时便喷涌了出来，他将专用于止血的白及粉快速敷于患处，随后用布条绕着胸肩缠了好几圈，才算大功告成。

"公子，你现在技术越发熟练了，比医馆里的医师手法都好，简直能开馆坐堂了。"阿盛看着自家少爷不无钦佩地赞道。

"让你学着点，我不在的时候，也能帮忙看看病人，你可倒好，就是不用心，至今仍只能干些辅助性的事。快去拿身我的干净衣服，帮忙给他换上吧，兴许短了些，先凑合着穿吧。"庞统边用盆子里的水净手边吩咐道。

阿盛一听忙往外跑，庞统立于榻前仔细观察了一会儿病人，见他呼吸平缓有力，再一探额头，烧似乎未退，便将烧酒倒于白布上，给伤患擦拭额头、脖颈、腋窝等处，如此来来回回四五遍，热度总算退下来不少。

待阿盛拿来衣物，庞统帮着给伤患换了干净衣服，叮嘱阿盛在一边侍候着，若有事便去叫自己。这才疲惫地出了客房，如此一番折腾下来，很耗了些力气。眼看天色已近黄昏，庞统才惊觉有些饿了，忙折身往膳房而去。

哪知皆罗也在膳房，正鼓捣着将一盘盘热气腾腾的饭菜往食盒里装，见庞统进来，喜得上前拉了他衣袖说道："快看，我给你准备了好多吃食，正预备给你送过去呢。既然你来了，便凑合着在此处吃吧。"说完又一盘盘从食盒里往外端。

庞统感动地道了声谢，顾不上多说，便端过饭菜狼吞虎咽起来，很快便吃了大半。急得皆罗不停提醒："慢些吃，别噎着了。"

庞统吃饱喝足，将余下的食物重新装入食盒，预备给阿盛带去。二人又说了会儿话，皆罗听闻伤患已得到妥善救治，已无大碍，便也放了心。只是颇有几分担忧地问道："表叔估摸快回来了，恐会喊你去询问，你可想好如何回答了？"

"实话实说啊，这有什么可想的。叔父也是医者仁心，必不会多加苛责。"庞统轻描淡写地说道，他知道叔父也是有大爱之人，至多埋怨他没有摸清那人的底细便带他回府，恐日后给庞府招来祸患。至于救人一事，他定是赞成的。

果然，庞德公掌灯时分才采药回府，听管家禀报了救人一事，便将庞统喊去问了原委，得知病人已得到妥善安置，便也放了心。只叮嘱庞统，待那人醒来后问清来路，伤略好些便送他出府。全程并未责怪庞统一句，倒是让刘管家他们颇有些意外。

是夜，庞统在客房陪坐了一夜，他担心伤者夜里有突发状况。好在一切都很正常，三更时分，伤患醒了，看见坐于榻侧打瞌睡的庞统，便知是他救了自己，又见他如此费心彻夜守护，更是感激涕零。

庞统见伤患醒了，十分高兴，忙上前察探了一番，见血已然彻底止住，高热也退了，脉象也恢复了正常，十分欣慰。高兴地说道："兄台身体底子好，脉象已然恢复了正常，放心，再有十天半个月，便能行动如常了。"

"敢问恩公尊姓大名？我乃江东孙策将军麾下孙贲，遇难至此，谢恩公相救大恩，卑职没齿难忘，容我日后再报。"孙贲未作迟疑便言明了自己的身份。

庞统听后却大吃一惊，心道：原来此人竟是孙策手下大将孙贲，也是孙策与孙权的堂兄。要说这孙贲，也算是半生坎坷。其父母早亡，幼弟孙辅尚是婴孩，孙贲一人独力养育。初时他曾为郡督邮守长，堂叔孙坚于长沙起兵后，孙贲弃官跟随孙坚，出生入死。孙坚战死后，孙贲统领其部众扶送灵柩。后袁术迁移到寿春，孙贲前去依附。袁术上表孙贲领豫州刺史，转丹扬都尉，行征虏将军，参与讨平山越。

后来袁术登基，任命孙贲为九江太守，孙贲誓死不从，拒绝就任，几次欲返回江东皆不能。此次是逃回江东途中被袁术追杀，才受伤至此。

庞统睁着亮晶晶的眼睛迟疑着问道："我乃鱼梁坪庞士元。冒昧问一句，兄台是欲回江东，遭袁术追杀才辗转至此？"

"不瞒庞小兄弟，正是如此。我前些时日好不容易找了个机会，抛妻弃儿欲绕道返回江东，却被袁术亲信一路追杀受伤。慌不择路逃至襄阳，今幸得庞兄相救，大恩不言谢，来日有用得着我孙贲的地方，尽管开口，我定尽心竭力报答。"孙贲激动地抱拳说道。

庞统恍然地点了点头，连连摆手道："举手之劳耳，何足挂齿，孙兄不必放于心上，安心在此处疗伤便可。"

孙贲见庞统欲言又止，便知他心中仍有疑问，遂接着说道："自袁氏登基，我便彻夜难安，一心想归吴。后接到将军书信，更是归心似箭，心心念念筹谋着返回江东，终被我逮着了机会。半月前袁术老母过寿，大半官员皆去了，盯梢我的人守备松懈，我便打晕了门外看守的士兵，跑了出来。一路逃向江东。哪知不久追兵便至，我一人力寡难敌，被乱箭所伤，才一路奔逃至此。"

孙贲一口气说完，有些上气不接下气，庞统忙给他倒了杯水，他接过一饮而尽，又歇了半晌，才缓了过来。

庞统听了肃然起敬。孙贲如此恋旧情，实乃忠肝义胆之人。那袁术本就有勇无谋，不过是靠着祖宗基业享受着无上荣华。而反观孙策，却是豪气干云的少年英雄，的确比袁术更值得信赖。

庞统拍着胸脯说道："孙兄乃大义之人，我辈敬服。放心，你且在府上安心养伤，待伤好后小弟亲自送你回江东，管保你毫发无损。"

孙贲听了激动得热泪盈眶。见他情绪激动，恐又牵扯到伤口，庞统忙笑着安抚道："你病情虽已好转，却尚未稳定，仍有潜在风险，还需静养些时日。万不可过于激动，今日先安心休息，日后有的是机会闲谈，你且睡会儿。"

孙贲点了点头，不再说话，复将眼睛闭上，很快便进入了梦乡。庞统见状才安心回了自己卧房。忙了一天，他也委实累了，刚沾床便沉沉睡了过去。

此后大半个月，孙贲都留在庞府养伤。在庞统的精心照料下，不过十几日，孙贲箭伤便好了大半。想着自己失踪多日，孙策定是心急如焚，便再待不住，向庞统告辞回江东。

庞统听了二话不说，找蔡显借了辆挂有蔡府标识的马车，让阿盛驾车，亲自送孙贲回去。

一路上甚是平静，未曾遇到追兵。即便是沿途各县守城的兵士，见了蔡府马车，也只是象征性地看一眼便恭敬地放行。

庞统不免感叹权力的好处，也欣慰几年前还不太平的荆州，如今竟如此安宁。这一切皆要归功于刘表这个刺史，是他的智慧与宽仁，才让荆州有了如今的繁盛与和平。

三人一路疾行，不过六七天便到了靠近江东的地界，从此处乘船过江，便是孙策势力范围，才算是彻底安全了。庞统让阿盛去包了条渔船，亲自送孙贲上了船，这才拨转马头回了荆州。

此事于庞统来说，不过是机缘巧合救了人一命，他并未放于心上。但于孙贲来说，却是永生难忘的救命之恩。自此他便对襄阳这个宝地多了份神往。

七

日子平淡地过着，很快便到了盛夏。想着过两日便是月英十五岁生辰，又可以见到心上人了，庞统心里便有些雀跃。昨日夜里，他在梦中得一灵感，月英设计的那些能行走的马和犬，若能在机关处稍稍改动一下，行走便更为顺畅，此次见面定要告知她。

至于生日送个什么礼物好呢，庞统还没有想好。月英酷爱读书，送本诗集予她吧，又似太随意。不行今日去市集一趟，淘上几样好物来。心里想着，正欲喊上阿盛出门，却见皆罗急步走了进来。

"士元要去哪里？快帮我看看，这副耳环送英妹妹可好？"皆罗兴冲冲拿了副碧玉耳环过来询问他的意见。

"好看是好看，却似有几分俗气，英妹妹如此高洁之人，恐不会喜欢这些，还不如送些书画。"

"你懂什么呀，女子的心思只有女子才懂。闺阁女儿，岂会不钟爱这些装饰之物？爱美可是天下女子的共性。"

"真的吗？你确定？"庞统狐疑地问道，有些半信半疑。

"当然真的，你可别傻乎乎地送卷书去，丢死个人了。人家月英现在是大姑娘了，也开始爱美了，断不会喜欢这些无多少价值又不实用的东西了。"

庞统心里咯噔一下，庆幸听了皆罗一席话，否则还真送书简了。他突然想起外祖婆去世时留给自己的一根玉簪，白莹莹的，说是留给日后的孙媳。自己一直压在箱底，不如就送这根簪子吧。反正在他心里，月英便是他日后的夫人，除了她，自己谁也不会娶。如此打定了主意，庞统顿感安心了不少。

次日天高气爽，庞统一大早便骑马出了府门。尚未出庄子，皆罗便从后面追了上来，远远喊道："士元，你是去黄家湾吗？我随你一起。"

庞统有几分不情愿地勒马说道："表姐也去给英妹过寿辰吗？那便一起吧。"说完赌气地一扯缰绳，马如箭般射了出去，一下子便将皆罗抛在了后面。

庞统是有着自己的小心思的。皆罗常跟在他身后打转，不了解内情的人见了，难免误会，也招惹了不少闲话。上次去蒯府，蒯祺兄弟还拿他开玩笑，问他是不是预备娶皆罗，唬得他当即差点翻脸。自此后，他便开始有意无意地躲着她。毕竟，他可不愿意让自己的心上人月英妹妹误会。

二人一前一后沉默地骑着马，快进庄子时，竟遇到了蔡显和蔡婉兄妹俩。四人打了声招呼便合于一处，你追我赶很快便到了黄府。几人说说笑笑地进了前院，却见刘刺史夫人蔡襄和蒯夫人已然早早来了，此刻正坐在前厅上首的椅子上，和黄承彦夫妇有说有笑地聊些闲话。

今日的寿星黄月英，此刻正乖巧地坐在姨母身旁的软凳上，笑眯眯地听长辈们说话。只见她身着一件簇新的鹅黄襦裙，头上难得插了根淡绿色的玉簪子，整个人看上去清雅婉约，端庄贵气。

见蔡显兄妹与庞统他们结伴而来，月英高兴地迎上前笑道："劳你们大驾，倒叫我汗颜了。"

"嘿嘿，妹妹生日自是要来恭贺的，阿爹衙门里有事，阿娘要照顾生病的阿爷，今日便由我和婉儿自己过来了。"

蔡显笑呵呵地说着，转身朝黄承彦夫妇及蔡襄、蒯夫人恭敬地鞠了个躬道："姑爹姑母不要怪罪才好。见过小姑，见过夫人！"

"无须多礼！坐吧，大家都坐。贤侄、贤侄女，这边坐，管家，快奉茶！"蔡钰热情地让管家上茶，迎众人入座。

庞统他们喝了盏茶，又寒暄了几句，便笑着告退。跟这些大人们在一起，众人都觉得拘束。黄承彦也体谅小辈们的不自在，便让他们随月英往后院去了。后院右侧厢房有个布置清雅的大书房，是月英专用的，她平日里便在此处会客。

大家拿出了各自的礼物。蔡显送的是方名砚，蔡婉送了个足金麒麟挂坠，皆罗的是一对翠玉耳饰。轮到庞统，向来洒脱的他，扭捏了半晌，才从袖子里摸出个绸布包裹着的东西递给月英。

月英未及打开，却被蔡婉一把抢了过去，嬉笑着说道："我来看看是啥好东西，包裹得如此紧，难不成是什么了不得的宝贝。"

庞统见蔡婉动作粗鲁，忍不住变了脸色，深恐她将簪子弄坏了，却又不便出声，只能紧张地憨笑着搔搔头皮。众人见庞统这样子，皆好奇地伸长了脖子，巴巴地盯着蔡婉手里的东西。

蔡婉揭开绸布，却见里面是一支成色极好的白玉簪子，色泽温润，泛着莹莹的微光，一看便不是凡品。蔡婉不禁好奇地问道："这么好成色的簪子你何处得来的？不会是祖传的物件吧！"

"这是外祖婆留下的东西，想着适合英妹。"庞统强作镇定地说道，面色却开始泛红。他紧张地搓搓手，温柔又热烈地看着月英，眼睛里似有无数风月拂过，虽未曾言语却似已诉说了千言。

一旁的皆罗面色立时暗了下来，虽仍勉强在笑，那笑容却比哭还难看。

蔡显和蔡婉面面相觑，一时竟不知说什么好。那些少时曾经的，似乎一下子便有了答案。只是这礼物，却不知英儿是否喜欢。

月英看见簪子的刹那，心里咯噔一下，面上却不动声色。她看着庞统一字一顿说道："这簪子太过贵重，我不能收，今日你和皆罗姐姐来，便是给我最好的礼物。这份心意我收下了。"

"你这什么话，送给你了便是你的，你是留是弃，悉听尊便！"

庞统一听变了脸色，赌气说完便忙不迭跑了出去，生怕迟一步月英便将簪子还给了自己。

"那我先替你保管着，晚点你再拿回去。"月英见庞统恼羞成怒地出去了，无奈只得迟疑着收了下来。她思忖着这东西早晚得还回去。庞统的心意她怎会不明了，这么些年自己一直装糊涂，便是不欲伤他的心。他们之间，除了好友，不可能有别的关系。

皆罗懊恼地瞅了月英一眼，想说什么却终是没有开口。只神色黯然地低着头不知想些什么。

"英姐姐！"气氛正有些许尴尬，月英表妹张秀蹦跳着跑了进来。这一轮世家孩子中，她算是最小的，性情宽厚，活泼伶俐，平日里最得众人喜爱。

"秀妹妹，让我看看你准备了什么礼物？"蔡婉上前亲昵地揽了张秀的肩，将她拉至身边。

张秀忙将自己的礼物拿了出来，却是一个绣得异常精美的荷包。里面装了晒干了的桂花、百合，香气袭人。

月英接过荷包喜道："绣功越发好了，比你芝姐姐的手艺也不差分毫。"

"还真是，比我们府上的绣娘绣得都好，啧啧，我也要，给我绣个牡丹图案的。"蔡婉半真半假地说道。

"婉儿姐姐，早给你绣好啦！过几日去府上便给姐姐拿去。"

"那便先谢过妹妹了。"

蔡显见女人们叽叽喳喳说个不停，不免头疼，便出去找到庞统，两人坐在游廊里的长椅上有一句没一句地说着话。

"士元，听说隆中山上新迁来了户叫诸葛的人家，父母早亡，叔父原是太守，后来不知怎的又来襄阳投奔了我姨父。貌似身体不好，去岁也走了。如今当家的是长子诸葛亮，据说极有才华，自比管仲、乐毅呢，还真是狂士啊！"

"偶有所闻，听说年方十六，十分俊美，比我俩还小上几岁呢。不如这几日约上蒯祺他们一起去会会，看看是如何了不得的人物。"庞统前些日子便听叔父提起过这个风流少年，语气里甚是欣赏。故听蔡显此时说起，竟有了想见一下的冲动，便提议道。

"成，要不明日便约上蒯祺、习温、向条他们，去瞅瞅，还真不信了，难不成比庞兄你更胜一筹？"

"我无才无德，蔡兄可不要折煞我了。况山外有山，人外有人，保不齐还真是什么惊才绝艳的人物呢！"

"谁啊，谁是个人物？"蔡婉见哥哥和庞统说得欢畅，跑了过来好奇地问道，月英她们一见也跟了过来。

"隆中山上的诸葛孔明，刚从外地迁来的，自比管仲、乐毅呢，就这副狂放样子，浪得虚名也未可知！"蔡显不服气地撇嘴讥讽道。

"噢？竟不曾耳闻。"月英淡淡地说了一句，心想这人还真是不谦虚啊。

"明日约上蒯祺他们一起去会会，英妹去吗？"庞统看着月英颇有几分讨好意味地问道。他见月英神色如常，似乎并没有要还簪子的意思，不免暗自松了口气。

"不去，没兴致。"月英毫不客气地说道。她见皆罗神情凄惶，便知她对庞统有着不一样的心思，便故意做出一番冷淡的姿态，欲让庞统知难而退，同时也叫皆罗明白自己根本无意与她争锋。

"那好，我们自去会会！"庞统见月英拒绝得干脆，不免有些失望。但他知月英的性情一向如此，不会委屈自己做违心的事，便也不强求。

"明日我同你们去，看看究竟是何方神圣！"蔡婉有些兴奋地说道，显然她对这个神秘的男子颇有兴致。

"一边儿去！男人们待的地方，你凑什么热闹？"蔡显听了不耐烦地训斥道。

"为何英妹去得我却去不得！"蔡婉见哥哥一脸嫌弃，不服气地噘嘴嘟囔道。

"英儿自小就跟着我们四处行走，姑爹姑母从未干涉。而你日日待在闺房，爹爹叮嘱不让你随意出门，倘若知道我带你出去，还去见个素未谋面的少年，还不打折我的腿？你便安分点吧！"蔡显对这个不太安分的妹妹向来有些厌烦，丝毫不顾忌其颜面地说道。

"哼，哪有你这样的兄长？对亲胞妹也毫无顾惜。还是英儿让人羡慕，日子过得轻松恣意，姨爹姨母也事事纵着你，我们羡慕不来的。"蔡婉有些醋意地酸溜溜说道。

"瞧婉姐姐说的，姐姐美丽聪慧，琴棋书画样样不俗，襄阳城里的世家公子，谁不爱慕姐姐？妹妹不过是爱游历，会些粗浅玩意儿，怎的反倒让姐姐羡慕上了。要不我二人换换？我也想做个知书达理、温婉宜人的俏佳人呢！"

月英见蔡婉被表哥训得面色通红，便知她会借机发作，不想竟将矛头对准了自己，忙笑着温声宽慰。这一番话说得极为高明，蔡婉听了心花怒放，脸色立时便好看了许多，显然这些话说在了她的心坎上。

"英姐姐说得是啊，婉儿姐姐最棒啦！一手出神入化的琴技，襄阳城的姑娘们无人能及，上次阿奶还让我多向你请教呢！"张秀见月英如此说，知道她不欲做靶子，便附和着亲昵地抱了蔡婉的胳膊恭维道。

蔡婉见二人皆如此会说话，终于开心地笑了起来，娇嗔着说道："哪有你们说的这么好，不过是平日里略勤奋些罢了，你们日后多加练习，定会超越我的。"

"嗯嗯，日后定多加努力。"月英一本正经地点头说道，那模样竟有几分逗趣，惹得一旁的庞统扑哧一声笑出声来。蔡婉扭头警告地斜了他一眼，他忙收声看向了别处。

这边几人各怀心思，暗地里铆着劲。一旁的皆罗更是心绪不宁，她不想在这里虚于应对，只盼着赶紧回府，便走上前催促庞统道："统弟，时候不早了，咱们回去吧，路上还要耽误些时辰呢！"

"那怎么行，好歹用过晚膳再走。水都没喝上一口便回去，岂不是让人嘲笑我姑母家礼数不周！"蔡显一听便大声反驳。留客是真，怕一个人面对几个表妹也是真。女人多了叽叽喳喳的让人头疼。若自己再一不小心说错了话，岂非众矢之的。他可不想捅了马蜂窝，落得一头一脸的包。

庞统自然是不想走的。今日的月英美得像个仙子，他的眼神不经意间便会粘在她身上。曾经青梅竹马的两个人，近两年却日渐疏远了。男女之间需避嫌是一方面，更多的原因却是月英在下意识回避。

庞统清楚，月英对自己的心思十分单纯，如兄妹般亲切，其他的已无可能。如今的月英于他，就如那天上的明月，可望而不可即。明明两人之间只隔了一线的距离，可这一线，却像云山雾海，无法跨越。为此，他苦恼至极。

次日，庞统用罢早膳便出了府，他和蔡显约好了在城门口集合。待他赶到时，蔡显、蒯祺、习温、向条几人正说说笑笑地候在那里。见庞统驰近，众人吆喝一声，马齐齐如箭般射了出去。这一群衣着华丽、英气勃发的少年郎，引得沿途百姓纷纷侧目。

少年人心性，什么事都想论个输赢，这骑马便是头一桩。众人铆足了劲狂奔，平日里一炷香的路程很快便到了。

隆中，位于襄阳城西十三公里处，群山环抱，松柏成荫。沿途溪水潺潺，鸟语花香。众人感叹着，竟不知离城如此近的地方，还藏着这么一个游春踏青的好去处。

一行人边赏景边赶路，行至山腰处，突然被一阵高亢嘹亮的歌声给吸引住了。

> 步出齐城门，遥望荡阴里。
> 里中有三坟，累累正相似。
> 问是谁家墓，田疆古冶氏。
> 力能排南山，又能绝地纪。
> 一朝被谗言，二桃杀三士。
> 谁能为此谋，相国齐晏子。

正是诸葛亮平日里爱唱的"梁甫吟"，众人凝神听着，忘记了催马前行。紧接着又是一阵行云流水般的琴曲传了过来，弹的却是《长歌行》，和着优美的琴音，高亢的歌声又响了起来。

青青园中葵，朝露待日晞。

阳春布德泽，万物生光辉。

常恐秋节至，焜黄华叶衰。

百川东到海，何时复西归？

少壮不努力，老大徒伤悲。

众人一时间恍了神，庞统扬声喊道："谁人在此高歌奏琴？可是诸葛孔明？"

"正是在下！"话音刚落，一个青衣少年从青葱小径里走了过来，不一会儿便到了眼前。

只见眼前的少年身长九尺，面如冠玉，头戴纶巾，看上去丰神俊朗、气宇轩昂。他微笑着抱拳对眼前鲜衣怒马的少年郎们团团一揖，算是打了招呼。

蒯祺不服气地问道："你就是孔明？那个自比管仲、乐毅的少年？还真是不知天高地厚啊！"

"襄阳人杰地灵，诸位一看便知出身世家，自然心胸气度皆非同一般。亮只是一介乡野凡夫，自然比不上各位见识广博。"

诸葛亮并未理睬蒯祺的挑衅，而是看着庞统别有深意地说道。他一眼便看出来了，面前的少年虽穿着朴素，却相貌清雅，气质出众，看上去十分老成持重，被这一群华衣美服的少年簇拥在中间，应是这里面的领军人物。

庞统见诸葛亮不卑不亢，说话进退有据，忙笑着打圆场道："我等正欲前去拜访孔明兄，不嫌叨扰的话，劳烦前面带路。"

略顿了下他又介绍道："我叫庞统，他们皆喊我庞士元。这是蔡兄、蒯兄，这二位是习兄弟，这位是向兄弟，皆是本地人。"

诸葛亮一听众人姓氏，便知眼前这些人皆是襄阳的世家公子，七大家族今日便聚齐了五个，不可小觑。他忙点头做了个请的姿势："诸位远道而来，茅舍蓬荜生辉，快请！"说完便在前面大步流星地带路。

众人下了马，牵着马缓缓跟在后面，山路不似平地，有些难行，又走了小半炷香时间，便看见了掩映在竹林深处的两间简陋的茅屋，这便是诸葛亮的住处了。众人将马找地方拴好，好奇地打量着随诸葛亮进了院子。院子50平方米左右，修理得较为平整。左侧放个石桌和几个锯得光滑的老木头桩子，大体平日里围坐着喝茶用的。

迎面便是堂屋，算不得宽敞。一张榻，上面摆了个案几，案几左手边一摞翻旧了的书，手工做的竹筒里插了三四支毛笔。右边一把陶制茶壶配四个杯，还有包自制的粗茶，算是这房中最值钱的东西了。右侧角落里摆有一条长凳，其余再无旁物。屋内虽十分简陋，却纤尘不染，可知主人是个爱干净的人。

众人四处看了看，竟不知何处落脚。孔明将长凳搬到了榻前，脱了靴上榻盘腿坐下招呼道："凳子可以坐两人，其余的都上来挤挤，寒舍简陋，诸位兄台凑合着坐吧。"

众人见他如此豪放，便也不再拘泥，习温与向条坐在了长凳上，其余三人都脱了靴子上了榻。诸葛亮高喊一声："阿姊，烧壶热水过来，来客人了！"

屋外有脆亮的女声应和，不一会儿便有人将滚烫的热水送了过来。众人一打量，只见这女子生得凤眼星眉，天然一股英朗之气，长相和诸葛孔明有三四分相似，正是诸葛亮的大姐诸葛楠。

诸葛楠笑着对众人福了一礼，落落大方地说道："诸位都是阿弟的朋友，没什么好东西招待，中午便留下用膳吧，粗茶淡饭莫要嫌弃。"

众人见此女样貌不凡，大方有礼，忙都站了起来见礼。早先有的几丝轻视之意，顷刻间便荡然无存。单这姐弟二人的胆识气度，便远超常人。到底是官宦人家出身，如今虽落了魄，但那份深厚的底蕴是在的。便是这从容不迫的气度，没有多年诗书礼仪的浸淫，是成就不了的。众人皆出身世家，这一份阅人的眼光还是有的。

诸葛楠给众人沏好了茶后便退了出去。她一路思量着：今日来了这么多人，看来只能把那只公鸡给杀了。缸里还有块腊肉一直没舍得吃，今日倒派上了用场。不管咋样，都不能怠慢了阿弟的客人。地里还有些时令蔬菜，可炒几盘。她一边合计着中午的菜式，一边匆匆往园子里走去。

这边几人介绍完毕后，已开始聊了起来。年轻人在一起，自然少不了谈论时局。习祯先问道："孔明如何看待当下局势？"

"刘荆州治下，百姓安宁，士子悦服，实大善也。"

诸葛亮看了众人一眼不紧不慢地说道。

"老话早听厌了，能否说点新鲜东西？"说这话的是蔡显，耿直的他向来不喜看人眼色，这话别人是不敢说的，毕竟刘荆州是他姨丈。

"亮说的是实话。但若想睥睨群雄，来日在中原拼得一席之地，便不能只立意自守。尚需扩张军队，广集兵粮，为他日一决胜负做准备。"

"战祸一起，百姓遭殃。我宁可过这样安宁自守的日子。"向来斯文老到的向条反驳道。

"就是，为何非得争个输赢，偏安一隅也未尝不可。你们看那袁术，争得头破血流，争来了个皇帝当。却空有大志，无能治国，还背了个汉室逆贼的罪名。上月被曹操、刘备、吕布、孙策四路人马攻击，大败逃往汝南，估摸着他的好日子也到头了。你们说，这争来争去的究竟有何意义呢？"习温连连点头附和，一脸感慨地叹息道。

"就怕是树欲静而风不止。别人且不论，单说曹操便是欲雄霸四方之人。一旦实力允许，绝不会满足于北方一州一郡。"庞统惆怅地摇了摇头，心道：诸侯争战，胜者为王，岂会长久容你偏安一隅。

诸葛亮见庞统如是说，心下一动，抬眼打量了他一番，心道：此人倒是个睿智有远见的，样貌虽有些普通，但见识却不凡，日后倒是可以多些来往。

如此想着，诸葛亮再看庞统的眼神明显开始柔和起来。他装作不经意地问道："士元兄平日里都做些什么？"

"不过是些寻常之事。每日卯时习武练箭，晨时早食后开始温书，巳时抚琴，午时休息，未时、申时出门访友或是去医馆，酉时归府。我日子过得较为刻板，基本不会大变。"庞统见诸葛亮如此问便老老实实说道。

"啧啧，我总算知道士元为何如此博学多才，看看这一日的时间皆安排得满满当当的，哪能如我等俗人般喝酒听曲哦。"蔡显一脸戏谑地打趣说道。

"哈哈，就是！"向条大笑着附和道。心道：早听说庞伯父管庞统甚严，哪知成年了还如此用功。也难怪他事事总为人先，原来竟是以十分的刻苦磨炼出来的。

平日里一向话多的蒯祺，此刻却寂静无声。心绪不宁的他不时看向屋外。刚才的诸葛楠虽只匆匆一瞥，他却惊为天人。已经二十出头的他尚未娶妻，这两年媒婆几乎踏破了蒯府门槛，却也没为他觅得一个中意之人。眼瞅着年岁渐长，可把自己父亲蒯通气得够呛，连带着叔父蒯良、蒯越也连连催婚，他不胜其烦。

顾不上众人相谈甚欢，蒯祺借口上茅厕出了前厅。他一路寻寻觅觅，摸到了后厨，果见诸葛楠正在吃力地揉一个硕大的面团，想来是要做馒头。她娇俏的、沁了汗水的脸，在阳光的照射下泛着薄薄的金光，窈窕的身段随着用力起起伏伏，竟有一股明艳的、生机勃勃的野性之美。这一刻，蒯祺的心融化了，他打定主意回去后便让媒人前来提亲。

谁也不曾料到，一趟本欲滋事的行程，却在诸葛姐弟俩和风细雨的笑谈里化为友情，甚至还因此成就了一门好姻缘。诸葛亮更不曾想到，初来襄阳的他们，便是因为这一桩不经意间的亲事，再次回到了大众的视野，也从此站在了襄阳世家一众年轻子弟的身边。

襄阳世家蒯府眼高于顶的长子蒯祺，不久后便遣了媒人上诸葛府提亲，更是抢在初秋前便三媒六聘，八抬大轿娶了诸葛亮长姐诸葛楠进门。

初到荆州本无倚仗的诸葛亮，从此多了一个实力雄劲的亲家。出身官宦之家的他，虽年纪轻轻，却精明善谋。如今作为诸葛府当家人，行事为人自然比旁人更多了几分谨慎。他清楚，和这些名门世家维系好关系，以自身实力获得他们的称赞与认可，才是在襄阳站稳脚跟的唯一途径。

此后诸葛亮陆续拜访了名士庞德公、黄承彦，尊他们为师，有时会上门虚心求教，见识学问都得到了长足的进步与提升。令他奇怪的是，他三次去黄府，竟都未见到黄师那个古灵精怪、一身本领的女公子月英。她设计的会跑的木狗、会拉面的木驴，他倒是都有幸见识过，心中对这个才华卓绝的女子充满了好奇。

而庞统自上次在隆中和诸葛亮见面后，对其交口称赞，奉为知己，此后便三天两头去往隆中，和他谈论时政，切磋棋艺，偶尔也斗诗赛琴，很快便成了莫逆之交。惺惺相惜的两人常约在一起参加些诗会、打猎之类的活动，对他极为维护。日子一长，那些原本傲慢的本地世家子弟，便渐渐接纳了这个洒脱狂放的外乡学子。

如此一来，诸葛亮并未费多少工夫，便快速融入襄阳最杰出年轻人的核心圈子，成为他们中的一员。

八

这日，庞统带着自己的贴身小厮阿盛去街上溜达。在北街拐角处见到一个冒充老道的算卦老头，正满嘴胡诌地骗一个傻乎乎的胖大婶。

"我观你印堂发黑，不日恐有血光之灾，贫道可助你消除灾厄。我这里有一辟邪圣物，你拿十两纹银来，可便宜给你。"

说完，他拂尘一甩，从袖子里拿出一个似鼎非鼎的器物出来，炫耀似的在大婶眼前一晃。

庞统见了气不打一处来，上前揪住老头衣服喝道："你个老头又在行骗呢，我不是警告过你，让你不要再来了吗，当小爷我的话是放屁呢？"

"小公子饶命，贫道这便离去，请小公子高抬贵手。"老头一看见庞统唬得脸色大变，忙低声下气讨饶。

"还不快滚，若再让我看到，小心见一次打你一次。"庞统松了手骂道。

一旁惊呆了的大婶双手叉腰道："哪里来的毛头小子，焉知人家老道说的不是真话。你将别人打跑了，这一时半会儿的，可找谁给俺消灾呢！"

庞统不禁目瞪口呆，他头疼地说道："大婶，这人真是个老骗子，他也不是道士。原是城西头破庙里行乞的老丐，不知何时竟换了个身份，跑城里来行骗了。"

说完他看了大婶一眼说道："找他算还不如找我算呢，我会测字、卜卦、梅花易数、阴阳八卦，一般的问题还真难不住我。"

阿盛在一旁连连点头附和道："我家公子真的会噢，有问题的不妨排队来问。"

大婶一听半信半疑，四处瞅了一眼，见好几个百姓皆驻足好奇地看向这里，似是想瞧瞧热闹。便心一横说道："我家昨日丢了两只鸡，可否请小公子帮忙看看是去了何处？"

庞统让大婶报上一个字，大婶说自己不识字，恰巧此时有一条狗从她面前跑了过去，大婶便随便报了个"狗"字。庞统掐指一算道："你往西南方寻，有一处半人高的篱笆院，鸡便在此处。"

大婶狐疑地问道："当真？"

庞统微笑着点了点头。

大婶正欲转身回去，却见自家男人急火火走了过来，隔老远喊道："死婆娘，买个盐去如此久。家里昨日走失的两只鸡今日找回来了，一只瘸了腿，我干脆宰了，晚膳时添两个菜，我去西街喊张屠夫过来，晚上好喝上几盅。"

"在哪里找回来的？"

"嘻，村西头的老李头家，我今日从他门前过，见篱笆墙院子里围了十几只鸡，我们家的两只也在里面，当即便进去抓回来了。还和老李头吵了一架。"

大婶一听呆了，看着庞统喃喃说道："小公子还真是神了！老李头就在村子的西南方，他家里还真有一个很大的篱笆院墙。天啊，全算对了。大家有什么疑问赶紧来问这小公子啊，简直是半个神仙啊。"

大婶这么大声吼了一嗓子，附近的百姓全围了上来，大家你一言我一语地问个不停，可惜声音太吵，一句也听不清。

无奈庞统只能让大家排好队，阿盛在一旁维持秩序。如此一个接一个的问题庞统皆耐心一一作答。直忙到日落西山，方才口干舌燥地回府安歇。

自此，庞统"神算子"的名头便响了。他未曾料到自己的一次无心之举，竟让自己声名大噪。

这日刘表听人说起庞统测字算命十分神奇，每日会抽两个时辰在街边摆摊测字，为民解忧。刘表误以为是江湖人士自我吹嘘，决定前去试探一番。

刘表这日带着随从，扮成一个普通百姓来到庞统的测字摊前，提笔写了个龙飞凤舞的"人"字，说道："以此字测测我从事何种营生？"

庞统仔细端详了一眼手中的字，又抬头看了刘表一眼，当即说道："先生是个大官。"

刘表心中大吃一惊，表面上却不露声色，只不置可否地笑笑便离开了。随后他让自己的一个随从也去测字，仍在手心里写了个"人"字，庞统看了看此人的手，笑道："你是官员的随从。"

刘表听了，心里暗暗称奇，但仍不服气，便从监牢里找了个囚犯，让他头戴乌纱，身穿官服，坐着八抬大轿，前呼后拥来到庞统跟前。囚犯因不会写字，便口说了个"人"字让庞统来测。庞统仔细打量了来人一番，斩钉截铁地说道："先生应是个吃牢饭的。"

众人见他如此慧眼如炬，莫不佩服至极。刘表听属下回来如实禀告后，仍不死心，又找了个乞丐，让他穿金戴银扮成富贵之人，来到庞统面前再次测个"人"字。

庞统见此人虽穿着华贵，眼神却躲躲闪闪极不自信。又见他随手拿了根棍子在地上画出了个"人"字，略一思索说道："先生可是以行乞为生？"

刘表听了心悦诚服，当即前去请教庞统，为何每次皆能测得如此准。

庞统笑着说道："俗话说人有各类，必现乎神情。今日所测的四个'人'字，先生的'人'字写得左撇如刀，右捺如戟，字势横行得意，以此推断此人定是达官显贵。第二个'人'字写在来人的手心内，古谚道，手背为上，手心为下，而且来人小心翼翼，唯唯诺诺，面有犬马之态，因此便推断他的职位必定是随从。而第三个'人'字，来人虽身着华服却面有菜色，虽坐有肩舆但行色惶恐，此'人'出于其口，正合一个囚字。第四个'人'字更易辨别，来人骨瘦如柴，且用棍子在地上画了个细溜溜的'人'字，一看便知是乞丐。"

刘表听了心悦诚服，当即送了庞统四个字：才智过人。

自此庞统更是名扬荆州。

蔡显、习温他们听说后，专门在福轩楼摆了一桌，为庞统庆贺。

在一片赞扬声中，庞统也有些飘飘然，竟喝了个大醉，二更时分才被阿盛接回府。回去便被叔父罚跪了一夜，让他反思一下自己为何最近一段日子如此招摇，竟悖离了庞府谨慎淡泊的家训却不自知。

庞统这才惊觉自己竟日渐偏离了原先的处世宗旨，一味追求那些虚假的名声。他发誓再也不出去为人测字算卦，做这些博人眼球之事，而是在府中潜心向学，提升自己。

九

这日庞统奉叔父之命护送司马夫人和皆罗母女俩去广德寺行愿，行至半路，却遇一伙六七人的流窜官兵，抢劫一个挑担的老农。受惊的老农扔了担子，边拔足狂奔边喊着救命。

庞统见了急忙打马上前阻拦，喝道："尔等何人，青天白日竟敢抢劫，襄阳已久不闻匪盗了，从外地来避难的吧？何苦招惹麻烦。"

众兵一听面面相觑，其中一个领头的年轻人不耐烦嚷道："听他说这些没用的作甚？咱们只抢一点吃的，又不劫财，怕什么！遇到这些不长眼的教训一下也无妨。"说完挥拳便往庞统所乘之马身上招呼。

马吃痛，扬蹄长鸣，向前奔跑起来，庞统使劲勒紧缰绳，又安抚地拍拍马脖，马才猛地停了下来。

庞统抽出身上佩带的长剑，跳下马上前厮打起来。哪知此人竟有些武功，两人战了十几个回合，庞统才瞅准机会将他打翻在地。

庞统用剑指着此人的脖子喝道："你有些武功，不知报效朝廷，却在此拦路抢劫，岂非给祖上蒙羞？"

"要杀便杀，哪来这么多废话！"士兵羞愤地躺在地上梗着脖子说道，脸涨得通红，大概是从未受过此等羞辱。

一个十五六岁年纪的兵伢子惶急地上前求情道："好汉，请剑下留人，我等已两日没进粒米了，实在饿得受不住，才行此不义之事。想着抢些吃的便走，不曾伤人的。"

"哦！"庞统一听生了恻隐之心，遂将剑收了起来问道：

"起来吧，你们是谁的部下，为何行至此地？"

地上的兵慢腾腾站了起来，也顾不上拍打身上的灰尘，只默默站于一旁不出声。

还是刚才的兵伢子接着回道："我等原是长沙太守张羡的部下，老家都在襄阳郡。去岁张羡率零陵、桂阳两部叛逆，我等气不过，便申请解甲归田，奈何上司不准。两月前张羡病死，其子张怿继位。刘荆州率兵围攻，大获全胜，如今已收复失地，我等才获准回乡。"

兵伢子说到这里有几分羞涩，偷偷瞥了兵头一眼接着说道："许是接连打仗耗尽了钱财，走时并未发一文兵饷，我等身无分文，一路上风餐露宿，靠捡些残食为生。今日实在饿得狠了，才欲劫些吃食果腹，不巧便遇上了好汉。我发誓，今日是第一回，我真的没撒谎，可以性命起誓！"兵伢子说完想起了什么忙又紧张地补充道。

庞统听完叹息了一声，转身抽出马鞍上的褡子，从里面拿出一壶酒和几个烧馍递给挨打的兵士道："原来如此，乱世皆不容易，今日只带了这些，你们将就着先用些吧。"

说完又从袖子里摸出二两银子递了过去，诚恳地说道："这点银子也拿着吧，虽无大用处，却能勉强救救急。"

兵士犹豫半晌，还是接了过去，瓮声瓮气地说了声谢谢，将馍馍分成六份，自己留下半块，其余的递予其他兵士。银子也全部给了众兵士。

一行人早饿坏了，看见吃的皆两眼放光，不客气地一把接过便开始狼吞虎咽起来。领头的兵又将壶中的酒递予众人，大家分着一人喝了两口，总算是勉强填了些肚子。

为首的兵士将空壶递还给庞统，抱拳谢道："好汉，谢了，可否告知好汉姓名，日后有机会了或可报答一二。"

"区区小事，何足挂齿！不知各位日后有何打算？"

"我们此次都预备回乡务农了。我叫蔡威，乃蔡州蔡大老爷族亲。阿爹替大老爷管着两处庄子，平日里十分忙碌。前年便写信让我回来帮忙，因着打仗，请不了假。此次回来，便预备老老实实在家待着了。"领头的少年恭恭敬敬地回道。

"可惜了，你一身武艺，又年纪轻轻，本大有可为。"听说是蔡氏族亲，庞统未免有些吃惊，停顿了一下略觉遗憾地说道。

"如今刘荆州治下有方，百姓安稳。我等再也不想打仗了，在家安心给阿爹帮忙，或许来年能娶个媳妇继承香火。"蔡威说到这里，有几分羞涩地挠挠自己的后脑勺，阳刚的脸上露出了久违的笑意，看上去竟十分俊气。

庞统也忍不住笑了，抱拳说道："祝心愿早遂。好了，我尚有事，就此别过，各位兄弟后会有期！"

"后会有期！"兵士们抱拳回道，目送庞统一行人打马而去，直到背影彻底消失在视线里，才转身往城西方向而去。

这一次有惊无险的城外之行，庞统并未放在心上，也从未对人说起。但不久的后来，蔡威却成为他们这个世家圈子里的新成员，也成了庞统最得力的跟班和兄弟。

襄阳的名人雅士，常自诩风流，喜聚在一起谈论时政、附庸风雅。清谈会便应运而生。鱼梁坪的庞德公府、黄家湾的黄承彦府，每隔两月便轮流举办一次这种集会。

初夏时节，正是雨水渐多的季节。这个时候的鱼梁坪甚是美丽。榴花照眼明，枝间子初成，江中鲤竞跃，塘间荷青青。整个庄子一片清新朦胧，当真是如诗如梦。

五月的清谈会，便在这样的如画美景里开始了。远近百里有为的青年和那些自命不凡的江湖浪子，再次云集于庞德公府。他们期待着这次的时政交流，会有一些新鲜有价值的东西。

庞统一早起来便开始忙碌。他指挥下人布置会场，准备果点茶水。按照惯例，午时前人便会陆陆续续来了，而且规模只会愈来愈大。细心的他，将府门外的场子里也放上了草垫，并抬了口盛满清水的大缸，以备不时之需。

府里虽准备了大量茶水，但若人数太多，是照应不过来的。好歹让那些远道而来的人，有口水喝。

午时将近，远地的士子们陆续到了，这些慕名而来的外乡人，为了听一场精彩辩论，大多天未亮便出发了。庞统和山民哥赶紧端出准备好的馒头和清汤，分发给大家。虽算不得丰盛，但好歹也能饱腹。

正忙碌间，月英和表哥蔡显一起到了。她这次依旧扮了男装，青纱遮面，混杂在来来往往的人群中，并不显眼。饶是这样，她刚一进门，庞统便乐颠颠地上前将二人引至中厅靠窗的矮几边坐下，亲自给他们斟了茶，也不再理会旁人，坐下来陪着二人有一句没一句地搭话。

士子们三三两两地又进来了不少，很快便将前厅中院挤了个满满当当。庞德公这才出来，和众人打过招呼，双眼环视了一周，似在搜寻着什么人，随即便凝神静气地居中而坐，并没有要开始的意思。

又过了小半炷香时间，诸葛亮匆匆忙忙地急步而来。正准备随便找个地方坐下，庞统却在一边招手道："孔明，到这边来。"诸葛亮闻声走了过去，和庞统、月英表兄妹坐在了一处。因会议马上开始，彼此不便寒暄，只点头算是招呼。

庞德公清了清嗓子悠悠说道："今日请诸位俊杰来，是想听听大家的志向抱负，对天下大势的看法，尽可畅所欲言。这里虽无官府之人，但仍需言行得当，不可冒失。下面便开始吧！"

众人齐声称是，坐于左首邻桌的孟建率先开了口："如今诸侯争战，连年不休。在我看来，唯有北方的曹操可称一代枭雄。我的志向便是有朝一日北上，在曹公手下效力！"

此话一出引得众人窃窃私语，诸葛亮却漫不经心地说道："遨游何苦归乡？"

孟建吃了一惊。这话道破了他内心的真实想法，他的确是想回家乡去。目前虽流落隆中，但家乡才是他魂牵梦萦的地方。

"孔明也会想家吧，阳都多少还有诸葛家几亩薄田呢！"蒯祺的族兄蒯震，一向不喜诸葛亮清高，又觉得自己族兄娶了他大姐为妻，没获半点助力，很是不屑，便开玩笑地挤兑道。

诸葛亮未及开口，一旁的黄月英却反唇相讥道："燕雀安知鸿鹄之志？"

众人循声望去，见说此话的人着一身青灰色长装，细纱蒙面，看不真切容颜，唯有露在外面的一双眼眸黑亮深邃，带着几分洞悉人心的犀利。

蒯震心下恼怒，却见庞统对此人甚是殷勤，一时摸不清对方底细，便没有发难。

诸葛亮带着些许疑惑的眼神在月英脸上停留了片刻，见她神色淡然，似乎浑不在意，便只礼貌地微笑着点了下头示好，随即又不动声色地望向了别处。

徐庶忙打圆场地岔开话题："如今襄阳虽是太平之地，但荆州牧刘表却似并无称霸之心。反观江东孙权，年少却计谋深远，更有周瑜、张昭之流辅佐，日后必成大业。众兄台以为如何？"

说完不待众人议论就转而笑着问诸葛亮："孔明，所记不差的话，你兄长在江东任职，不打算前去团聚？"

"鸡蛋岂能都放进一个篮子里。"诸葛亮淡淡一笑说道。

习温好奇地接话道："孔明要去北方吗？"

"亮永生不出仕曹操。他虽是枭雄，但战乱无数却因他而起，亮绝不助他。"

"你要留在襄阳助刘荆州？"

"非也。元直兄对景公的评价很是中肯。"

"西川刘璋？"

"刘璋智谋德能皆不足！"诸葛亮缓缓摇了摇头，再一次否定了庞统的猜测。

众人议论纷纷起来，一时猜不透诸葛亮究竟意欲何为。就连一向淡泊的庞德公，也忍不住问了句："孔明究竟作何想？"

面对庞德公的问询，诸葛亮不好再回避。他刚预备说话，远处有人阴阳怪气地说了句："他自然要做管仲、乐毅呀！哈哈，笑死我了！"说话的是本地一个富家子弟，平日里嚣张跋扈惯了，却不知此地并非他能撒野的地方。

"管仲、乐毅又如何？也算不得什么！"又是刚才清脆的声音，语气里的狂放自信和诸葛亮如出一辙。

"你究竟是谁，竟如此狂妄？"蒯震恼怒地站了起来，欲揪出此人痛打一顿。蒯家在荆州是大姓，竟然有人不长眼地和他作对，他早就窝了一肚子火了。

"凭你？也配问我的名字！蒯府素来家训甚严，怎么就出了你这号鲁莽无知的人物。"黄月英轻蔑地说道，她早就看蒯震这小子不顺眼了，无知又莽撞，仗着是荆州大姓，成日里争强好胜瞎出风头。今天撞在自己手里，怎么着也得好好教训他一番。

"好小子，有胆报上名来！"蒯震气得几步上前，一把揪起黄月英的衣领喝道。

庞统一看急了，对着蒯震面部便是一拳，将他打得嗷嗷乱叫。一旁的诸葛亮忙一把将庞统拉开劝道："士元兄切莫动手，不值当！"

徐庶也忙跑了过来，对蒯震扬了扬眉说道："庞公内室可不是能撒野的地方，不行咱俩去场子里会会拳脚？"他年轻时因行侠仗义杀过人，拳脚功夫甚是了得，蒯震哪里会是他的对手，一听立马蔫巴了下来。

庞德公呵斥道："统儿你太轻率了，怎能对客人动手！快给蒯公子道歉！"

庞统一听，梗着脖子不作声。黄月英忙劝道："此事因我而起，还望庞公给在下几分薄面，便由我来了结。"

庞德公见黄月英如此说，只得作罢，叹了口气道："罢了，你们年轻人的事自己解决吧。大家继续！"

蒯祺早就恼恨这庶出的堂弟不争气，忙出声呵斥道："快回来坐下，别在这里丢人现眼了！"说完他起身遥遥对着月英施了一礼，不卑不亢道："让尊驾受惊了，不过尊驾的话在下并不敢苟同。想我蒯氏一向家训甚严，从不做欺压蒙骗之事，不知何以让尊驾如此不满！"

"刚才是在下失言了，蒯兄，小弟在这里赔不是了！"月英见蒯祺着实有些恼了，只得拱手作揖笑着赔礼。

蒯祺见他当众致歉，便不好深究。又觉此人颇有几分面熟，恐是故人，遂点头坐下了。

也难怪他今日感觉面生，虽然昔日曾数次和月英一起玩耍，但女大十八变，月英如今已是亭亭玉立的大姑娘了，且又扮了男装，他一时竟未能认出来，只觉依稀有几分旧日相识的感觉。

众人重新坐了下来，继续刚才的话题。"孔明兄究竟作何想？"这次是习祯提问。

"纵观天下，北方曹操、江东孙氏，都称霸一方。荆州暂且尚能与之抗衡，但若不思进取，只期守成，来日许会落得被吞并的下场。倘若能有个第三方势力出来与之抗衡，成三足鼎立之势，或可延续多年安稳。"诸葛亮本不欲多说，但身旁这个神秘的蒙面人，引起了他的兴趣。他感觉自己若再不拿出点真东西，便对不起他的全力维护之情。

"谁会是第三方势力呢？"庞统又问。

"这个目前还不明朗。"诸葛亮皱着眉头说道。这个问题他还真没有答案，他也在等这个第三方势力的出现。

众人皆吃惊地看着诸葛亮，觉得他的话未免有点石破天惊。屋子里一时间鸦雀无声，每个人都在安静思考，似乎在思索他此话的可能性。

黄月英目光炯炯地看着诸葛亮，脸上的表情似惊似喜。今日他的一番话，让自己有种拨云见日的豁然开朗。单只这份远见卓识，便远非寻常男子可比，看来他并非浪得虚名。

迎着蒙面人灿如星辰的眸子，诸葛亮如释重负地笑了。笑容坦荡奔放，如夏日暖阳，一下子便灼化了月英的心。这感觉于生性骄傲的她来说很是新奇，甚至让她有些惊慌，有些不知所措，忙掩饰似的低头佯装沉思，以便遮掩住激情澎湃的心绪。

后面那些人说了什么，黄月英再无心思聆听，她借口如厕逃也似的离去。临走前依依不舍地看了眼密密麻麻的人群，心想：倘若有缘，总会再逢。

庞统眼瞅着月英去而未返，忙跟了出来。寻觅半晌，只来得及瞧见她一骑绝尘的背影。他痴痴望着月英远去的方向，一个人呆呆站了许久，树上的杏花不经意间落满了发间、身上，正应了那句话：春日游，杏花吹满头。陌上谁家年少，足风流。

建安三年三月，曹操再次进兵南征，围攻张绣的根据地穰县。张绣据城坚守，曹军久攻不下。不久刘表派兵援救张绣，欲断绝曹军退路。此时恰好有袁绍属下前来投降曹操，密报袁绍与谋士田丰商量预备偷袭许都。

曹操无奈只得匆忙退军，张绣随后来追。前有刘表军队拒险，后有张绣追兵，曹操前后受敌，形势危急。

关键时刻曹操甚是冷静，他思索半晌想出了个妙策，命军士连夜凿险阻为地道，让辎重先撤，随后将精兵埋伏在后。天明时分，张绣、刘表等军以为曹操已全军撤退，倾全力来追。曹操伏兵俱起，步骑夹攻，大败追军。安然退回许都。

刘表此次出兵，竟无功而返，本就郁闷。谁知交州牧张津竟也与其渐生离心。这张津原是大将军何进所亲近的门客，才能并不显著，却擅长交际，与袁绍、曹操皆有些交情。建安二年，交趾太守士燮上书朝廷要求单独划设一州，故设置交州，张津被任命为交州牧。

曹操一直试图染指交州，为了拉拢张津对抗刘表，竟私下答应日后会将零陵郡和桂阳郡的土地划拨给他。张津当了真，为此不惜与刘表反目，几次教唆手下在两州接壤的边境挑事，意图试探荆州。

刘表见张津如此不识时务，十分生气。又听说张津终日沉迷"鬼神事"，常着绛帕头，鼓琴烧香读道书，不遵礼教，更生厌恶，便欲教训他一番，让他吃吃苦头。于是，刘表便找来蔡瑁与蒯越二人商议对策。

蔡瑁想了想说道："我家夫人有个远房表舅便居住在交州广信，偶尔有些来往。去岁年关还派人送了些交州特产过来。莫如派犬子前往交州一趟，以探亲名义探探张津虚实，再作下一步决定。蒯兄，你若愿意，便让蒯祺那小子一同前往，二人也好做个伴，遇事有个商量。"

蒯越听蔡瑁如此说，自是不便反对。刘表见二人皆无异议便同意了，再三叮嘱让孩子们注意自身安全。

蔡瑁回府后立时便将蔡显唤进了书房，叮嘱道："你常说为父不给你机会历练。现下便有个事情需要你跑上一趟。明日你约上蒯祺与庞家那小子庞统，一同前往交州你表舅家一趟，去打听下刺史张津的情况。这人不自量力，竟意图与主公作对，虽不至于构成大威胁，却甚是惹人讨厌。"

蔡显一听十分激动，当下便承诺道："爹爹第一次交予我任务，我定当尽心竭力完成。您就放心等我的好消息吧。"

"记住，遇事多和庞统商量，这孩子比你稳成，又素有计谋，凡事多听听他的意见。去吧，明日去找他们商议，最好后日便出发。"

"晓得了。"蔡显爽快地答应一声便退出了书房。他心里颇有些得意，想着如此重要的任务阿爹竟放心交付予他，显然是对他有所肯定，甚是开心。想着横竖此刻也无事，干脆偷偷出了府，骑上马便去了庞府。

蔡显到时庞统正在前厅用晚膳，见蔡显此时过来，不免吃了一惊。知其尚未用饭忙让阿盛添了副碗筷。蔡显也不扭捏，跟着一起用了膳。庞德公及众人见蔡显似是有事找庞统，饭后便找理由各自回了自己卧房，留下二人在前厅议事。

蔡显忙将父亲吩咐的事情一一告知了庞统，并说此次邀请他一起去交州，是父亲特意交代的。庞统听了自然也有些兴奋。自己虽一身本领，却未有用武之处，如今倒是可以派上用场了。

二人决定立时便去找蒯祺，明日一同前往交州。既有了计较，便立时动身去了蒯府。如今的蒯祺已娶妻，自然没有以往单身时那般洒脱，三人已有些时日未见了。到了蒯府，说明来意，蒯祺也很激动。年轻人都盼着能建功立业，如今终于有了机会，自然便渴望着一展抱负。三人商定，今夜便收拾好行装，明日卯时在城外十里处的岔路口集合，一同出发前往交州。

从蒯府回去的路上，庞统突然想起那日路遇的蔡威，想着他在军营待过，又有一身好武艺，倒是个不错的帮手，便向蔡显推荐了他。蔡显竟不知本族中还有这么一个人，倒显得有几分吃惊。二人当下又一同前往蔡州外庄里寻找蔡威。好一阵问询打探，方找到他家中。见到庞统，蔡威十分高兴，听说另一人竟是少主蔡显，吓得当即变了脸色，不知二人是为何事找寻自己。

蔡显见蔡威如此，显是有些惧怕自己，忙温和地笑着说道："我们二人来是有事相商。明日我们要出发去交州一趟，有任务需完成。听士元说你功夫了得，又在军营历练过，想是有些本事，故邀请你一道前去，相助于我等，你可愿意？"

蔡威听了略有些迟疑，但他见庞统带着几分渴望的眼神紧盯着自己，心一软，便立时点头答应下来。

"那好，你今晚便收拾一下。那边天气炎热，只需带些薄衫便足够。明日卯时，在上次见面的那个路口集合，还有个兄弟一起。咱们不见不散。"庞统见蔡威答应了下来，高兴地叮嘱道。

"好，不见不散。"蔡威点头应道。

见夜色已深，庞统与蔡显二人也不多作停留，当即告辞回府。蔡威直将二人送出了庄子，才依依不舍地回去。

第二日卯时，天刚蒙蒙亮，四人便准时在岔路口会齐。皆只一人一骑，肩上挎了个简单的包裹。四人会心一笑，意气风发地催马直往交州方向而去。虽不知前路如何，但他们却信心满满。所谓初生牛犊不怕虎，更何况他们皆是见过世面，身负武功的少年。在他们眼中，只有想与不想，没有能与不能。

因路途遥远，一行人风餐露宿，走了大半个月，方到了交州治所广信。蔡显表舅爷李顺乃当地一大户，家境十分殷实。见有亲人自遥远的荆州来，且带来了许多珍贵的礼物，不免欣喜，自然是尽心款待，又特意叮嘱自己的幼子李安，殷勤照顾一行人的饮食起居。

李府少公子李安，年方二十，正是爱交朋友的年龄，几人只相处了一天，便成了无话不谈的朋友。广信地处偏僻，远没有荆州的富庶与发达。但李安自小跟着祖父和父亲走南闯北，见多识广，气度与格局倒比一般人强上许多，且李安深谙人情世故，将几人照顾得甚是周到，故大家相处起来十分愉悦。

次日用罢早膳，李安说带几人去城中转转，领略一下当地的风土人情。蔡显等人自是正中下怀。一行人出了府门，便往东而去，只见沿途商铺颇为简陋，门可罗雀，和襄阳城里的车水马龙相比，显得颇有几分萧条。

穿行了两条街，见几人兴致索然，李安便带他们来到一处茶楼。却只见寥寥三四个宾客，零零散散地坐着。店小二见来客人了，笑容满面地迎了上来。李安吩咐将茶楼里最好的果点皆上上来，小二高兴地去准备了。

李安见众人神色有几分失望，遂怏怏介绍道："听说荆州甚为繁华，奈何我尚未去过。交州跟襄阳比，确是闭塞多了。传闻刘荆州仁义爱才，近几年前去投奔的文人志士甚众。若非祖业在此，还真心向往之。"

他略顿了顿又道："对了，论起来刘荆州娶了表姑，便也算是我的表姑夫了。听别人夸赞他，我也甚为自豪呢！"

"表弟，等你有空了，定要去襄阳走上一走，到时候我亲自带你去刘荆州府上认门。"蔡显一听豪气地拍拍李安的肩膀说道。

"那敢情好，谢谢表哥！"李安听了激动得直搓手，那崇敬的神情仿若他眼前站的便是刘荆州。

庞统见了微微一笑，心道，原来是个热血青年，对许多人和事都抱有热烈的期待与憧憬。这样的人易打交道，且多半不会设防。他装作无意地问道："听闻此地早先是犯人流放之地，十分荒芜，看样子这些年发展得尚可。"

"是啊，多年前这里是不毛之地，如今才变了些模样。"

"听说交州刺史张大人勤政爱民，不知是否当真？"庞统一听立时又问道。

"嗤嗤，他勤政爱民？这当真是我听到的最好笑的笑话了。"

李安四处张望了一番，见无人注意，方表情复杂地低语道："你们肯定不知，这张大人他一心痴迷道术，一味寻求渺茫的修仙一途，每日头上裹红头巾布，弹琴烧香，诵读道家经书，根本没心思管百姓死活。你们说说，岂非荒谬？"

庞统与蔡显等人对视一眼，蔡显知其用意，压低了声音问道："此地便无人敢建言？主政的地方官若如此行为怪癖，受苦的可是百姓，当有人劝诫才是。"

"当然有人劝说，他手下许多大将都劝过，奈何他非但不听，还苛责众人。时日久了，皆保持沉默。"

"表弟，按说这些皆是秘事，你怎知道得如此清楚？"蔡显有些狐疑地问道。

"这你便有所不知了吧，我府上管家周叔，其妻刘氏有个侄女是张津侧室，十分得宠，故张津府上的事，我和爹爹也听说许多。"

"哦，原来是这层关系，难怪你知晓如此多内幕。"蔡显恍然大悟地说道。

庞统怕一时打听得太多，引起李安怀疑，遂给蔡显使了眼色，岔开了话题，随手拿起盘中的一块糕点咬了一口，假装很有兴趣地问道："这是什么果点，味道不错。"

"哦，此乃本地特产，益智子棕，味道尚可，听说去岁年关，张刺史还给曹将军寄去了几盒呢。"

"曹将军，曹操？"蒯祺忍不住问道。

"正是。"

"他二人还有交情？"蔡显明显有几分紧张地追问道。

"好似有些交情，但并不深厚。"李安仔细想了想说道。

"为何有此判断？"庞统忍不住问道。

"听说曹操并未回礼，故有此说。"

"按理说一州刺史相互赠送礼物，应有回礼才是。曹操却没有，显然是没将你们张刺史放在眼里。"蒯祺一听煞有介事地分析道。

"这我便不知了，毕竟我们只是平头百姓。虽略有些薄财，却做不到手眼通天。"李安见蒯祺话中带有一丝不屑，虽不是针对自己，心里还是有几分不舒服，故拿话怼道。

庞统见李安面色不悦，知不能就此话题再讨论下去了，忙笑着恭维道："李公子过谦了，年纪轻轻便如此知情达意，这些旁人完全不晓得内幕你也能弄得清楚明白，还真是这交州城里的头号大商之家。佩服佩服！"

　　蔡显一听跟着说道："表弟，没想到你比我小上几岁，却如此通达，生活历练加上天分不俗使然，看来表舅爷对你定是较为严苛，估摸着自小也吃了不少苦吧！我阿爹对我便异常严格，读书慢了挨打，做错事了挨打，反正从小挨了不少鞭子，现在看见鞭子就心里发怵。"

　　李安一听，满心怜悯地看着蔡显说道："我阿爷和阿爹也对我管教甚严，但我比表哥略好些，唯一一次挨打是因为我七岁那年私自下河玩水，差点溺亡，被揍了一顿。"

　　"哈哈，那就好，那就好。"蔡显见李安注意力被成功转移了，忙大笑着拍拍李安的肩膀说道。

　　蒯祺忍不住白了蔡显一眼，心道，我怎么不知道你有如此惨。蔡叔父平日里忙得顾不上在家，也不能时时盯着你吧！

　　蔡威却信以为真，毕竟他和蔡显虽为同门宗亲，往日里却来往甚少，对他的事情知之不多，此时也以同情的眼光看着蔡显，看得蔡显心里发毛，忍不住给了他一记白眼。

　　庞统见识到了几人的微表情，感觉有些好笑，便低头自顾自地品茶吃果点，不亦乐乎。此次来交州，未费吹灰之力便探听到如此重要的情报，他委实没料到。按说此行的目的已然达到，几人便可就此打道回府。但他还是想留下继续探听下虚实，看能否有机会再添上几把火。

　　庞统一行人故意和管家周福套近乎。蔡显送了他一个荆州带来的玉佩，他感激涕零。并不是因为玉佩本身的价值，而是蔡显拿他当自己人看待，这份尊重显得与众不同，故周管家待几人也越发厚道殷勤。

这日李安父亲出门办事去了，留下李安及蔡显一众人在府，几人便商量着在中院梨树下的石桌上摆了酒点，坐着聊天，周福亲自在一旁照应着。

蔡显喝了口酒佯装奇道："咦，这是何酒？我们襄阳也算是酒乡，什么九酝酿、百末旨、麦酒、金浆酒，还有英妹酿的茅庐春，也都是尝过的，却未喝过这款。"

"哈哈，表兄这你便有所不知了吧，这是当地人爱喝的椒酒，用花椒泡的，听说蜀地之人也爱这个，估计是和本地的地域、气候有关系吧。"

"难怪有些辛辣，初入胃时有些闹腾，稍后便觉温暖。"蔡威喝了一口咂摸了几下细细评道。

"威弟说得是，便是这感觉。初始不太习惯，继而又觉得暖心。若用于军营，倒是款好酒。"蒯祺也点头应和道。

一旁的周福忙上前将另一坛子酒移了过来，给每人满上一盏说道："大家尝尝这个，这是府里新来的酒匠自己酿制的果酒，味道温和些。"

庞统喝了一口，只觉得香气扑鼻，回味甘甜，还真的是好味道。只可惜口味太过温和，似乎更适宜于女子饮用。

蔡显喝了一口嫌弃地说道："这款酒虽好，却过于甜腻，明显更适合女子。咱们还是喝椒酒，带劲。"

庞统见说了半日酒，尚未绕到正题，忙叹道："此地虽好，却没甚好玩的地方。听说刺史府中常有道法活动，请的皆为本地道术名流。我向来酷爱道法，却未有机会近身观摩一番。"

庞统一边说一边眯缝着眼睛观察周福的动态。果见周福听他说到这些，明显愣了一下，倒酒的手也停滞了一下，随即又不动声色地立于一侧。

"是啊，咱们前来探亲，一应亲人也算是见到了，与李安表弟也一见如故，结下了深厚情谊。不如明后日便出发回襄阳吧，也叨扰了这么些天了。怕是周叔都快烦我们了，日日闹哄哄的，闹得这府里头也没个清静。"蔡显见庞统起了个头，也假装遗憾地应和道。

李安一听急了，当即便蹦了起来阻拦道："看表哥这话说的，这么远来探亲，不玩上个把月岂能放你们回去？想去刺史府倒也不难，周叔便能安排。周叔，你说呢？"李安巴巴地看着周福，一副乞求的神情。

"表少爷不远千里而来，老爷反复叮嘱我等要好好招待，怎可让你们心生遗憾。只是交州不似荆州那般繁盛，确是没甚好玩的地方。不过如若表少爷和这个公子喜爱观摩道术，想去刺史府倒也并非不能。我那老妻有个侄女便是刺史大人侧室，不瞒诸位，一向颇受宠爱。可让我那老妻以探亲名义带你们去一趟刺史府。只是兹事体大，可千万马虎不得，你们去了一切都得听我那侄女吩咐行事。如此，我才敢冒险安排。"

"我就说嘛，还是周叔靠谱。表哥你们不知，周叔在我们府上待了快三十年了，是看着我出生的老人，平日里最疼我了，但凡我所求，便没有不准的。"

李安扬扬得意地说道，脸上满是对周福的赞赏与信任。看得出来，他非常依赖周福，而周福也确是对他甚为偏爱，看他的眼神里都满是宠溺。

"少爷快别说了，反让客人看了笑话。"周福一张胖脸上满是笑意，出言阻止李安继续说下去。

"不会，这里都是自家人。我府上的老管家蔡叔，也是侍候了我祖父几十年的老人，祖父对他十分倚仗。说句掏心窝子的话，住一个府上时日长了，早变成一家人了，哪里还分什么主仆呢？那些规矩礼仪，皆是做给外人看的。"蔡显假意感慨万分地说道。

周福听了越发热泪盈眶，心道：表少爷看着洒脱，却有颗博爱之心，对下人竟如此礼遇，实乃少见。今日便是有困难，也得将表少爷一行人的心事给了了，否则便对不起他们的知遇之恩。他思忖着赶紧去给老妻说下这事，看看如何安置，便向众人告辞道："表少爷，你们先喝着，我这就去找贱内商量，看能否尽快安排。"

蔡显一听十分高兴，忙笑眯眯地说道："周叔去吧，我们自己在这里喝酒聊天，也蛮有趣。"

众人笑眯眯地跟着点头附和。眼见周福急步去了后院，庞统等人方松了一口气。见目的达成了一半，几人皆开心不已，喝起酒来便洒脱了许多，却也不敢放量，留着清醒晚上还要商量事情。

不过半炷香的工夫，周福便喜颠颠地前来回话，他眉开眼笑地说道："也是巧了，后日便是我那老妻侄女刘莺儿的二十岁生辰，可借着送礼的机会带表少爷你们前去。但人数不宜太多，至多只能带两人，还得委屈你们扮成家仆模样，随她一同前去。"

"周叔，谢你费心安排，便如此定吧。"蔡显笑着对周福说道。几人商议了一下，决定由庞统与蔡显一同前往。蒯祺与蔡威则假扮车夫在府门外策应。

蔡显本欲将自己身上挂的玉佩取下来给刘莺儿作寿礼，却被蒯祺制止了。他劝道："你这玉佩跟了你十几年了，我记得是你七周岁时你祖父送你的生辰礼物，还是不要送人了。玉带久了便有了人气，轻易不能易主。我这柄折扇倒是不错，乃当世名家张衡的画品，我自己去岁从画坊里淘来的，送出去又不心疼，便权当是送刘氏的礼物。"

李安一听忙阻止道："我府上虽没有表哥府上底蕴深厚，但这点礼物还是有的，无须表哥你们费心。"

"听说这刘氏一向爱附庸风雅，或许我这礼物更能入她的眼。一柄折扇而已，大家快别争了。"

庞统一听点头说道："蒯兄所说有理，便送这柄折扇吧。早知道当初来的时候多带几样好物打点用，如今只有些黄白之物，还真拿不出手。"

"嗯，还是没经验，我府上向来由管家料理这些，还真不用操这份闲心。好在蒯兄素日里爱风流，身边还留了柄折扇，否则要出去现买东西了。"蔡显笑着打趣道。不用将心爱的玉佩送出去了，他还蛮高兴的，语气也轻松起来。

"嘿嘿，看来风流自有风流的好处。关键时候还能派上用场。"蒯祺满不在乎地自嘲道。自小和蔡显打惯了嘴仗，两人都是爽直的性子，说什么都不会介意。

第二日，庞统与蔡显二人打扮成家仆模样随周福之妻刘氏一同前往张府，蒯祺与蔡威则寻机在张府外接应。结果临行时李安不放心，怕他二人出什么闪失，便也跟了上来，手里还抱着大箱子。一见蔡显他便有些发忧地解释道："表哥，只你们去我不放心，恐出什么纰漏，这箱子里是十几匹上好的绸缎，刚好送与刘姨娘做几身衣裳，进府时咱们几人抬着进，也说得过去。"

蔡显见他如此说，知他担心，便点头应道："还是你考虑周到，好吧，咱们便一起去。"

刘氏不明就里，一个劲高兴地说道："少公子如此周到客气，老奴怎生受得住，我那侄女见了少公子，怕不是得欢喜坏了。自她入了张府，你们二人怕是有许多年未见了吧。"

"总有四五年了吧。"李安有几分不自在地说道。见蔡显与庞统皆饶有兴致地看着他，迟疑了一下解释道："我和刘莺儿也算少时相识，小时候周婶常带她来府上走动，在李府上也住了有四五年，直到后来她因偶然入了张刺史的眼，嫁去了刺史府，才断了来往。"

"哦，原来还有这么个过往。"庞统意味深长地笑着说道，眼神里略带一丝戏谑。

"你们是不知道，那会儿我家侄女，一门心思在少公子身上，盼望着哪怕是当个妾室也好。哪知一次老爷宴请刺史大人，我那侄女自小弹得一首好琴，被叫去献艺，便被那刺史大人看中了，非要讨要了去。可怜我那侄女如花少女，竟嫁个半大老头为侧室，她自然是不愿意，在老爷书房门前跪了整整一日，可惜也未能让老爷改变心意。唉，老爷也是没法子，谁让人家权势太大，打个喷嚏就能淹死人的权贵，老爷也得罪不起。"

说到这里，刘氏竟还装模作样地抹了把泪，又接着说道："为此事我那侄女哭了三日，粒米未进，最终还是嫁了。唉，也是个要强的性子。好在如今她在刺史府倒是还得意，刺史大人样样依着她，过得倒还不差。"

庞统与蔡显对视一眼，心中皆惊喜不已，如此一来，便又多了层保障，至少此行不会有性命之忧。倘若真遇到意外，那刘姨娘也必会保李安与自己二人安全无虞。

一路上刘氏叽叽喳喳说个不停。言道此次侄女生辰，刺史大人亲自交代夫人要置办得热闹些，听说还请了戏班子入府唱戏，当真是宠爱至极。

庞统二人自是跟随着刘氏话音极力奉承，夸得刘氏那叫一个心花怒放。她越看二人越顺眼，便笑着对李安说道："少爷，您这两个亲戚当真是明事理，没个主子架子，不似有些府上的主子们，颐指气使的，我刘婆子是越看越欢喜，少爷可要留他们多住些日子。"

李安笑着点头称是。这刘氏虽嘴碎，心肠却好，对自己也是极好。故他才放心让表哥他们一同前来。尤其是有刘莺儿在，也决计不会让自己一行人涉险，故他才要跟着前来。

蔡显将手中准备好的折扇递给李安，说道："一会儿你便送这礼物给刘姨娘，是一幅张衡的画。我和士元抬箱子。"

李安迟疑着接过扇子，打开来一看，便知是蒯祺拿在手中把玩的那把。听说张衡的画千金难求，表哥这一行人，当真是大家子弟，如此珍贵的东西随便带在身上，可见世家底蕴到底是非同一般。

当刘莺儿听姑母说少公子李安带仆人亲来给自己庆生，如今正候在前厅，激动得起身便往外跑。跑了几步又折回去悉心打扮一番，才赶忙往前厅去见客。果见自己以往心心念念的人正端端正正地坐在那里，分明又成熟了许多，不免潸然泪下。又觉如此煽情当着客人的面有些不妥，忙强自忍了泪，坐下叙话。

李安与刘莺儿分坐两侧，庞统与蔡显沉默地立于李安身后。李安明显有几分拘束，蔡显咳嗽了一声，提醒他别露了马脚，他才勉强安定了下来。

刘莺儿显然一门心思皆在李安的身上，未曾注意到其身后的侍从。她呷了口茶急切开口道："安哥哥如今可好？多年未见，你倒是比以往更成熟些了。"

"谢莺妹妹记挂，我还是老样子，妹妹一切都好？听说刺史大人一向很看重妹妹，如此便教人放心了。"李安欠了欠身答道，眼睛却不敢与刘莺儿对视。

刘莺儿幽怨地看着李安说道："安哥哥今日能来，我别提有多开心了。我略坐会儿便要去迎客了，还有些大人府上的夫人要来，恐不能时时陪你左右，到时便让我身边的大丫头晴儿近身照顾，你们出入也能方便些。喏，这个便是。"

刘莺儿话音刚落，一旁穿绿衫的那个丫头便笑着上前福了一礼说道："晴儿见过各位公子，大家有事只管吩咐我。我们夫人在老爷面前得脸，任谁都会给几分薄面。"

李安微微一笑道："有劳晴儿姑娘。"

说完他转头看着刘莺儿笑道："我这个随从，不知从哪里听说刺史大人精通道学，欲来长长见识，我便顺便带他过来了。"

"咦，这两个下人我怎地看着有些面生？"刘莺儿这才注意到李安身后的随从。定睛一看，竟都不识，便随口问道。

"哦，府上近些年新招了一批人，这两个皆是前年进府的，用着甚是得力，便跟随在我身边了，帮我办些自己不方便出面的事。极少在人前露脸，故大多数人都不识得。"李安不慌不忙地解释道。这些话来前大家都通过气了，故编起来十分自然。

"原来如此，既然是安哥哥身边最得力的人，自然便是可靠的，你们二人好好替少公子办事，自然日后能有个好前程。"刘莺儿恍然大悟道，温和地看着庞统二人贴心交代。

"小的省得，定不负少主所托。"庞统与蔡显二人看着刘莺儿齐声答道，声音铿锵有力。刘莺儿满意地点了点头。

"想看老爷布置的道场却是不易。他最是信奉这个，寻常不让人进，我也只被他带进去过一次。就在书房旁边的道室中，平日里上了锁，钥匙他自己随身带着。要我说真没什么好看的，瞧着甚是无趣。"

刘莺儿打量着庞统二人徐徐说道。她见蔡显气宇轩昂，不像是做下人的。

庞统虽相貌平庸，看着也是气定神闲，二人皆不像寻常的仆从那般唯唯诺诺，却有大家之风，心里还真有几分疑惑。但她料定李安不会坑害自己，故也未曾放于心上。

庞统见刘莺儿似乎有些生了疑，忙低头回道："夫人，小的只是有几分好奇，看不看也没什么打紧。此次前来主要是陪少公子给夫人过生辰，那箱子里的绸缎是少公子昨日亲自挑了许久才选出来的，给夫人做衣裳。"

刘莺儿听了又惊又喜，看着李安的眼睛竟又有些泛红，但她竭力忍了下去，一脸温柔地说道："劳安哥哥如此费心，莺儿甚是感动。你们要是不嫌弃的话，今晚便在府中客房住下，明日便是十五，老爷会在这天做道场法事，届时你们可悄悄观看。"

李安偷偷瞥了下蔡显和庞统，见他们微微点了下头，便知二人皆同意留下，便装作十分勉强地说道："留下会不会给你惹麻烦？府上毕竟不是莺儿你当家。"

"安哥哥你这说的什么话，这点小事我自然当得了家。我娘家的亲戚今日来为我过生辰，让管家安排几间上等客房是应当应分的事，能有何麻烦？"刘莺儿一听有些许不悦，觉得自尊心受到了伤害。

"公子还真是小看了我们夫人，这府中老爷一门心思求仙问道，完全不理俗务，实际上便是我们夫人当着家呢。府里大管家便是我们夫人的人，唯夫人之命是从呢。"晴儿听了李安的话，不服气地辩解道。

"你插的哪门子嘴，莫让安哥哥看了笑话。"刘莺儿沉了脸低声训斥道，晴儿吓得赶紧闭了嘴。

"如此甚好。我是怕给莺妹妹添麻烦，才多此一问。如今知晓你过得好，我自然比谁都高兴。"李安放低了声音温言说道。

刘莺儿如何经得起他如此放低身段讨好，立时便开心起来。对着几人巧笑嫣然，妙语如珠。众人又聊了些交州城里的趣事。直到管家来报，说前厅来了几位夫人，请刘莺儿过去，她才撇下众人喜滋滋地出去了。

庞统与蔡显交换了一下眼神，决意出去看看。蔡显咳嗽了一声说道："少公子，小的们待在堂内好生拘束，莫如您带着小的们出去看看，想必有晴儿姑娘的面子倒是无妨的。"

李安会意起身说道："也好，早坐得有些闷了，晴儿，你便带我们三人四处走走吧。"

"好的公子，夫人嘱我照顾好你们，便带你们在府中转转吧。"晴儿恭敬地笑着说道，率先走了出去。

几人出了前厅，便是一个硕大的庭院，院中假山嶙峋，林木森森，游鱼成群，花香阵阵。穿过一个雕花的拱形游廊，便是中院，左侧一间是张津的书房，另一间大白天却上着把锁，明显透着些许古怪。右侧是待客的中厅及膳房。外表皆建得中规中矩，看不出有什么不同。

三人对视了一眼，心道：看来上锁的这间便是修道的道场了。这刺史也真是怪，书房不锁锁道房，寻常人对问道修仙这些根本没什么兴致。平日里温饱尚且不足，何来闲心管这些。庞统仔细记下了书房的方位，预备夜里来探察一番，看看能否找到些有用的线索。

晴儿又带几人去后花园里转了转，园子里姹紫嫣红，桃李争芳，奈何几人怎会有心思关注这些，草草游览了一下，便回了前厅。

十二

午膳时分，刺史张津回了府，回卧房换了便装，略微收拾了下，才出来会客。刘莺儿的生辰宴，他自是要给面子的。况且来的宾客大多是自己下属的家眷，年年如此。

庞统细细打量了一番，见张津长得也算有几分轩昂，却面色无光，甚至有几分晦暗，怀疑他是否吃了什么丹药。正欲和蔡显说话，却见张津已端起了酒盏，笑着说了几句客套话，敬了众人三盏酒，便借口公务繁忙回了书房。这张津，除了一心修道，妄图长生不老、得道升仙外，其他俗务一概不理。

见张津急匆匆走远，庞统偷偷用胳膊肘撞了蔡显一下，附耳悄声说道："我观张刺史面色不愉，似有隐病，抑或是误食了丹药，身体似不是很好。"

"是的，面色晦暗，定非长寿之人。不过识人看病，士元你是内行，比我看得准。你欲如何安排？"蔡显点头说道。

"等三更子时我们俩再行动。我欲去书房看看，看是否能找些有用的东西。"庞统悄悄观察了一下四周，见吵吵嚷嚷的根本无人注意，方压低声音耳语道。

"正合我意，到时我们俩蒙面而行，切不可暴露行踪。免得惹出祸端，连累了表弟一家。"蔡显郑重叮嘱道。

"这个自然。"

两人商量妥当，当夜便宿在了一室。

二人分头小憩了下，自亥时起，两人便都没了睡意，索性起床坐在桌旁悄声说话。

"一会儿到了书房，我们二人分头行动，你在屋顶上望风，我潜进去找寻有用之物。"庞统说道。

"不行，你望风，我来找东西。"蔡显急了眼反驳道。

"也行，桌子上的火折子带上。今日我大致观察了下，书房里似有暗格，墙壁上挂了幅山水画，你看见了没，我怀疑机关便在画后面。"

"好的，你倒是仔细，隔着几米远的距离，便都瞧见了。"蔡显吃惊地看着庞统说道。

"我是猜测而已。房间里的东西看似一目了然，肯定内里大有玄机，以常理度之，应是有异。白日里我观察了下，见院里护卫似是半炷香工夫巡一次岗。以此推算，巡查到书房那里会在近三更左右。我们的行动只有小半炷香时间。"庞统皱着眉头分析道。

"应是够了。我会抓紧的，以布谷声为号，若有险情，你知会一声。"蔡显颇有信心说道。他一向以胆大著称，并不觉得夜探书房有何危险。

"好，一会儿去了看看书房后窗那里是何情景，不出意料应该是后花园，若遇突发情况便从后窗撤离。收集情报重要，性命更重要，千万保证自身安全。显兄，你说呢？"

"便依你所言。"

二人说了会儿话，便到了二更，遂蒙了面乘着夜色一路疾行前往书房。刚行至游廊处，便见有巡逻兵探察，忙闪身隐往假山后。待人过去，方又前行。

很快二人便到了书房，不承想房门却锁上了。蔡显掏出一根丝捅了几下，铜锁应声开了。他闪身进了房间，庞统却依照约定跃上了房顶望风。

屋内黑黢黢的，蔡显忙找出火折子打燃了，一路搜寻着直奔画作而去。他在墙壁后面摸索了半晌，终于找到一处凸起的按钮。用劲一旋，画后暗门忽地打开了，一间别有洞天的暗室闪现出来。

蔡显激动地走了进去，却见大大小小的箱子琳琅满目，里面装满了奇珍异宝。他无心看这些，径直往前找寻，果然在最里面一个紫檀木的箱子里，找出了几卷字画和几封书信。他打开信件看了下，基本都价值不大，唯有两封交趾郡太守士燮写给张津的信，他发觉了些端倪。信中写道：

> 听闻曹将军许你南郡部分县郡之利。兄却以为不必贪图，他之本意是拉拢，意在让你与荆州刘表抗衡。刘表此人，相对仁义，若弟不主动挑事，双方皆可安稳度日。切不可因尚遥远的小利而忘大义，得不偿失。切记切记。

蔡显读到这里，怒火中烧，拿信的手都止不住地颤抖起来。他勉强平复了下心绪，又接着看士燮写给张津的第二封信。信是半月前寄的，墨迹犹新，上面写道：

> 刺史大人：听闻你欲兴兵讨伐荆州，万不可冲动。交州兵力寡弱，而荆州兵精粮广，对之全无胜算，如今民生多艰，万望大人体恤，士燮泣血谏之。

蔡显心思沉重地将信放回了箱子里，依原样整理好。又环视了一圈，见再无可疑的东西，便闪身出了隔层。

正在此时，他忽听三声布谷叫，两短一长，是和庞统约定的险情信号，想是巡逻兵过来了。

蔡显忙旋转按钮，将暗门关上了。可重新挂画时却因为慌急，怎么也挂不回原位。他正急得手心冒汗，却听前面一声响，巡逻兵喝道："什么声音？走，过去看看。"

一群人急急的脚步声往前面而去。蔡显知是庞统解围，忙定下心神，将画挂回了原位，又闪身出了书房门，将门锁重新锁好，才一路往自己居住的后院客房而去。

待他回到房间，不一会儿庞统也从窗子外跃了进来。蔡显急问道："刚才是你引开他们的吧？尾巴甩掉了？"

"我将他们引至后花园，学了声猫叫，哪知后花园真有几只野猫，蹿出去将他们吓了一跳，他们才作罢了。我自然是一路畅通无阻地回来了。"

庞统扯下蒙面黑巾，换下夜行服轻描淡写地说道。顿了顿又急切地问道："可有收获？"

"自然，这张津真是糊涂，曹操不知何时许诺给他南郡几个县，他竟利欲熏心妄图攻打荆州。"

"什么？你说的可是真的？"

"自然，你且听我慢慢道来。"蔡显气愤地将他在信中所看到的内容一一转述给了庞统。

庞统一听当即说道："幸亏交州还有个明白人。这士燮是个人物，关键时刻能把控得住局势。就是不知张津会否听从他的建议。为保险起见，明日我们便去刺史衙门口与城外营地两处探探虚实。若真要打仗，必会调集粮草，征用士兵，一切皆会有迹可循。等打探清楚，便立即回荆州报信。"

"正是如此。赶紧睡会儿，明日一早便告辞回李府，叫上蒯祺他们一同去城中各处探探消息。"

"好，休息。"二人当即倒头便睡。庞统翻了半晌却了无睡意。他想着明日该当准备的一切，迷迷糊糊中天便亮了。

为防刘莺儿疑心，二人耐着性子用罢早膳，便催着李安告辞，心急火燎回了李府。四人一合计，当下便向李安告辞。因李老太爷和李老爷二人出门尚未回来，便让李安代为传达谢意。

李安再三挽留，蔡显等人却执意要回。李安知几人定有不想告知自己的急事，便也不再强求。直将众人送到城门口方回了府。

四人佯装回去，见李安的马驰远了，庞统和蔡威去往刺史衙门口打探消息。蔡显和蒯祺则去城外的军队驻扎营地探听虚实。四人约好了，午时在城外十里处的岔路口集合，一同回荆州。

果然不出所料，庞统与蔡显二人到了衙门口，见里面的官员出出进进，皆行色匆匆。庞统找了一处不远的摊点坐下，买了两碗豆腐脑，悠闲地喝着。蔡威不明所以，心想这庞公子当真是好兴致，此刻大事未办，竟还吃得下去。

庞统见蔡威一脸疑惑，也不解释，只自顾和摊主不咸不淡地拉着家常。"老人家，您这摊子一天能挣几吊钱哇？"

摊主见庞统面色和善，遂笑着答道："小本生意，能混个全家肚儿圆，便算不错喽。"

"倒也是，这年头干啥都不容易，您这也是挣的辛苦钱。"

"客官说的是。听口音客官不是本地人？"

"是的，从东吴那边过来的。"庞统扯了个谎，称自己是东吴人。蔡威初始不明白，想了想便也理解了。

"哟，那地儿远，过来总要走上个把月吧。"

"是的，走了个把月。老人家，我看这衙门里出出进进的，人人都十分严肃，似有什么大事要发生哇。"

"听那些在我这里吃豆腐脑的官兵悄悄议论，似是要打仗了，好像是要打荆州。看这一日日的，刚过上几天舒心日子，又要兴兵了，老百姓怕的就是这出。"

"此话可当真？那交州百姓又要受苦了。"

"谁说不是，打仗坑的就是老百姓。唉，这些当官的，何时管过我们死活。我家大孙子，前天便被强行拉去军营了，唉，造孽哇！"老汉说着红了眼圈，连连摇头叹道。

"老人家心放宽些，或许你家大孙子此去立了战功回来，也能光耀门庭。"庞统假意宽慰道，探听到了自己想要的消息，他便不再多作逗留，从袖子里掏出一串钱放于桌上，起身说道："这点饭钱留给您老人家吧，晚辈告辞。"

说完和蔡威牵过拴于一旁木桩子上的马，旋身绝尘而去，倏忽便没了踪迹。只看得老汉怅惘地盯着二人远去的方向，愣怔了半响。

不久，张津果然兴兵讨伐荆州。幸得有了庞统及蔡显他们带回的情报，荆州早有准备，故杀得交州节节败退。刘表犹不解恨，占了张津两座城池，方才作罢。

蔡显、庞统、蒯祺和蔡威四人，因此次探察情报有功，皆被荆州府衙褒奖为襄阳有志青年，一时间受到了当地文人士子的大力追捧。庞统为人低调，谢绝了一大批故人新贵的邀请，只专心在府中读书。蔡显却热情主动，有宴请必到，当着一众襄阳世家大族儿郎的面，讲起当日交州的情形，那叫一个痛快，直说得唾液四溅，热血沸腾，酣畅淋漓。自己开心的同时，也收获了一大帮崇拜的眼神。

皆罗私下里埋怨庞统，说他太过憨直。明明一起做的事情，功劳全被蔡显占了去。如今襄阳城里的年轻人说起蔡显，个个伸大拇指，而庞统却待在府中无人问津。

庞统淡淡笑着说道："我只无愧于心便好，不管旁人如何。"

一旁的堂兄庞山民却点头赞道："不以外物喜，不恃宠而骄，方乃真君子也。阿弟做得对，我们庞府一向以谨慎立世，无须去争那些没用的浮名。"

庞山民质朴忠厚，虽比不得庞统有才华，也算得上满腹经纶。只是平日里深居简出，口舌较为笨拙，故没有庞统的名气。

因庞统与诸葛亮往来甚密，庞山民常随庞统一起前往隆中。一来二去的，庞山民便和诸葛姐弟三人熟识起来。日子久了，美丽大方、心灵手巧的诸葛玲，便闯进了庞山民心里。但他生性内敛，不敢表达，只将心事深埋心底。

这日，庞山民带了只田里捉的兔子到隆中。刚进屋，却见徐庶正在和诸葛亮下棋。诸葛亮见庞山民进来，高兴地说道："山民兄来得正好，我和徐兄正杀得高兴，来来来，一旁坐，自己倒水喝。哈哈，晚上的肉有着落了。"说完瞥了眼他手中的兔子，手上的动作却是不停。

"俺先将兔子拿去后厨，过会儿再来观战！"庞山民说着话转身便往厨房走去。差不多有十几日没见到诸葛玲了，想着一会儿便能见面，他心中十分雀跃。

果然，诸葛玲正一个人在厨房里忙碌着。淘米洗菜，准备午膳用的东西。一旁的案板上有萝卜、豆角等常见的田间之物，一碗三指膘宽的肥肉片已经切好摆了盘。

诸葛玲貌似心情不错，嘴里咿咿呀呀地哼着小曲。见到庞山民，脸上的笑容更灿烂了，高兴地说道："哇，山民哥，这兔子这你自己打的吗？晚上可以做个土锅呢。"

"是的，今日在田里捉的，已经在河边剥了皮洗净了，我来帮忙剁好你再烧。"

"这怎么好意思，我自己来吧！"

"你弄别的，我这个很快便好了。"庞山民拿过刀"嘭嘭"在案板上剁了起来，三两下便弄好了。

诸葛玲看着眼前忙碌的男人，从他炽热的眼光里看出了一丝不同，忙敛了笑容说道："这里不用你了，快洗洗手，出去和阿弟他们聊会儿吧，饭做好了喊你们。"

庞山民憨厚地笑笑，说了声好便出去了。诸葛玲对自己忽冷忽热，这感觉让他的心像猫抓似的，痒兼着痛，但他不敢深究，更不敢表白。他怕那张窗户纸一戳破，连朋友都做不成了。

晚膳的气氛初始还算和谐，但庞山民很快便感觉到了气氛不对。徐庶看诸葛玲的眼神，大胆又热烈，而诸葛玲待徐庶，亲昵中饱含深情，两个人分明是互生情愫，暧昧至极。庞山民刹那间觉得天都要塌了，眼前的一幕幕他深觉刺眼，却又作声不得，只能闷头喝酒，竟至酩酊大醉。最后被诸葛亮与诸葛均兄弟二人赶着驴车给送了回去。

夜间庞山民不停做噩梦，一会儿梦见诸葛玲与徐庶成了婚，一会儿梦见自己伤心欲绝地大闹婚房。醉梦中他不停呼唤着诸葛玲的名字，呜呜咽咽哭得满脸的泪。惊得睡在隔壁卧房的庞统慌慌张张地披了件衣裳前来察看，安抚了半晌，才算是明白了堂兄隐匿的心事。

看着向来稳重的堂兄睡梦中哭成这样，庞统既心疼又心酸。暗道：难怪上次媒婆上门说亲，山民哥听都不听便要赶人走，原来是心有所属啊。看样子他早已情根深种，这种爱而不得的滋味他最明白。想着自己那注定无结局的事情，便下定决心要帮堂兄一把。他决定禀告叔父，为堂兄提亲。但在这之前，他得先去隆中一趟，探探孔明姐弟的意思。

这日晌午诸葛亮忙完地里的活儿刚回屋，却见庞统跪坐在榻上看书，显是已来了一会儿。便笑着问道："士元几时来的？亮一早便去田里了。"

说完扬了扬手中拎的一筐子才掰的苞谷棒子说道："刚好一会儿煮了吃，新鲜着呢。"

"来了有一炷香时辰了。好啊，现在的苞谷香着呢。"

"你先坐会儿，我去洗把脸。"

"兄台请便，这本桓谭的琴书我正看得入神。"庞统话未说完又将头埋在了书里。

诸葛亮笑着转身走了出去。到卧房一番洗漱后，换了身干净的衣裳回到前厅坐下。

庞统见四下无人，悄声问道："孔明，我此来是有事相问，一时间却又不知如何开口。"

诸葛亮见他欲言又止的样子，不免有几分好奇。庞统素来豁达，并非扭捏之人。如今这样，难道是因为二姐？莫非也看上二姐了？这下子麻烦了，徐庶与二姐情投意合，庞山民对二姐似乎也情有独钟，若再加上个庞统，还真是……诸葛亮心里走马灯似的盘算着，面上却不露声色。

"我想问问玲阿姊是否许配了人家？"

"尚未，士元兄你……？"诸葛亮略带狐疑地看着庞统答道。

"哎呀，索性明说了吧。昨日阿兄在你府上喝得大醉，半夜喊着玲阿姊名字，哭得不像样子，我才知晓阿兄的心事。昨日可是遇到了什么事？他伤心成这模样。"庞统看着诸葛亮质疑的眼神，心一横便和盘托出。

"怎会如此？昨日一切如常啊！"诸葛亮皱眉回想着昨日之事，庞统却已经高兴地站了起来，飞快地边穿靴子边道："既然玲阿姊尚未许配人家，我回去便禀告叔父，让他尽快来贵府提亲。"

说完也不待诸葛亮回话，撒丫子便跑，少顷便没了身影。只留下一脸茫然的诸葛亮，兀自喊着："别忙，如此仓促做甚？"

诸葛亮心里喜忧参半。庞府是襄阳清贵之家，为人低调，累世贤名。庞山民朴实勤奋，人品厚重。阿姊若能嫁入此等人家，必然日子过得舒心。可一想到徐庶与阿姊的情分，他又觉得头疼。

徐庶来自异乡，孤单飘零。认识了自己一家后，方觉出些人世温暖。尤其是二姐与他互生情愫，两人早已情投意合，虽那层窗户纸一直未曾捅破，但在二姐心里，徐庶定是那个早已认定的人。

诸葛亮心里左右摇摆，一时间竟不敢再往庞府去。哪知庞德公却托人给他带话，让他去庞府一趟。诸葛亮没法子只得硬着头皮去见先生。进庞府时，一向洒脱的他竟有些许的畏缩。

庞德公见他这样子，情知有缘由，却并不说破，只开门见山道："孔明，今日邀你前来是因有一事相询。犬子中意令姐多日，老夫有意为他提亲，你意下如何？"

诸葛亮心里咯噔一下，心道：真是怕什么来什么，如今恩师亲自做媒，这份信赖和爱重，自然不能轻易辜负，这可如何是好？

诸葛亮迟疑着回道："多谢恩师爱重，亮自是赞成。奈何二姐向来有主意，此事学生尚需问过她本人才好回话。"

"这是自然，山民虽不才，但性情温厚纯良，日后定能善待你二姐。他母亲走得早，庞府一直没个当家的女主人，玲儿嫁过来，也能帮着管家理事，倒是极好的。你仔细考虑下吧！"

庞德公眯着眼睛淡淡说道，心里十分笃定，这门无论如何看都十分妥帖的好姻缘，诸葛亮最终是不会拒绝的。

"学生明白！"诸葛亮恭声说道，告辞退了出去。一时也无心再去找庞统，直接回了隆中。

一路上他都在思考，要怎么和二姐开口。玲和徐庶，一个是最亲近的阿姊，一个是惺惺相惜的朋友，他都不忍心辜负。但他心里清楚，这门婚事自己会全力促成。

心事重重的诸葛亮回了隆中，将庞德公为儿子说媒一事告知了阿姊。出乎意料，玲并未有想象中的激烈反应。她沉默地收拾碗筷，如往常一般洗洗涮涮，将土灶台擦了又擦。过了半晌，才哑声问道："亮、均，你们希望我嫁过去吗？"

"阿姊不是喜欢徐庶兄吗？我以为你们要谈婚论嫁了！"懵懂少年诸葛均，睁大了眼睛诧异地说道。

"均！"诸葛亮狠狠剜了阿弟一眼，责怪他没心没肺，哪壶不开提哪壶。

原本尚算镇定的诸葛玲，被这话彻底击溃了，她身子如风中的柳絮一般抖动个不停，眼泪也不争气地流了下来，扔下抹布便呜咽着跑了出去。

看着阿姊远去的背影，诸葛亮异常郁闷，他知道阿姊心中的苦闷。但他清楚，阿姊最终会同意这门亲事。为了诸葛家族能在襄阳立足，她定不会得罪庞氏这一望族。况且山民兄忠厚质朴，足堪托付终身。不管从何种角度来看，这都是一门极好的亲事。

果然，诸葛玲痛痛快快地大哭一场后便同意了亲事。于是诸葛亮一身轻松地去往庞府向恩师回话，庞德公自然欣喜不已。他亲自卜了日子，和诸葛亮商定于十月初八这日迎亲。

眼见只有四个多月的准备时间，要在这期间走完三书六礼这些繁杂的仪程，时间自然是有些赶。好在庞府资产丰厚，仆役众多，加上司马皆罗母女也十分得力。亲事很快便开始紧锣密鼓地准备起来，依次走完了纳采、问名、纳吉、纳征、请期等婚前仪式，只待二人大婚。

眼见得女儿日渐大了，蔡钰和妹妹蔡襄合计着要为月英找门合意的亲事。于是这年中秋，荆州牧夫人蔡襄，在府中大宴宾客。请的都是襄阳名流士族家的夫人小姐和公子少爷，名义上是举办诗会，实则是为自己娘家三个适龄的表小姐择婿。

庞统自然也接到了请帖。想着马上便能见到心上人月英，不免异常高兴。庞统一夜睡得都不太安稳，天刚蒙蒙亮，他便起床拾掇自己，早膳都未用便急急去约了蔡显、蔡婉一同前往刺史府。

大公子刘琦在府门口迎宾。见了他们三人，忙亲自将人引进中院。只见偌大的庭院里已分两侧摆放好了案几，上面配有精致的果点和笔墨纸砚，看来此次诗会便是在此处举行。

三人显然来得最早，除了家仆，尚无其他宾客。蔡显埋怨道："我说不会如此早，你偏不听，害我瞌睡未醒便被你扯起来了。"

说完他转向刘琦笑道："表哥，我们三人尚未用早食，可否让下人拿些包子过来。这些吃食虽精巧，可不耐饿。"

"呀，怪我考虑不周。表弟、表妹、士元，我带你们去膳房，那里吃食多。"刘琦忙热情地邀请道。

三人于是随着刘琦去了膳房，待他们吃完回来，月英也笑吟吟来了，却故意扮丑。肤色被涂得黄黑，脸上还鬼斧神工地不知用什么东西点了一脸雀斑，那丑陋滑稽的样子让众人皆吓了一跳。

蔡襄见侄女月英如此装扮大吃一惊，她狠狠剜了月英几眼，当着众人的面，却也不便发作。只将月英拉往一旁悄悄说道："英儿，今日诗会原本另有深意，你怎可如此打扮来了，岂不枉费我悉心安排？"

"姨母，世人大多见色忘义，我若盛装而来，怎能识别谁乃真性情。今日英儿特意乔装一番，便是要考考众人的心胸气度。"黄月英调皮地笑着狡辩道。

"哼，只怕你这样子，任谁都要被你吓得退避三舍了！"蔡钰在一旁无奈地跺了跺脚连声埋怨道。

蔡襄宠溺地看着自己这个古灵精怪的外甥女，有些头疼地说道："唉，英儿呀，你未经世事，殊不知这天下男人，又有几个能慧眼识人的呢？况这首面之缘，大家自然先求个养眼，又有谁不看重容颜呢。想来你要大失所望了，只是倘若因此日后落个丑名在外，看谁还敢求娶于你！"

"哼，凡夫俗子，我也不屑！"月英翻了个白眼无所谓地说道。

"你呀，你就傲吧，今天怕是连你姨母的面子，都要被你丢尽了！"蔡钰恨铁不成钢地悻悻说道。

"无妨，英儿你就混在中间赏诗逗乐，仔细观察，姐姐和我也会在一旁留心着。一会儿这边你琦表哥、琮表哥他们会过来照应，我和你娘亲要去前厅迎一迎夫人们，不能怠慢了。"蔡襄说完匆匆忙忙拉了姐姐蔡钰的手，一同往大门口去了。

门外又有几户客人递了拜帖陆续进府。门房接到一位就大声吆喝通报一下，好让厅里的夫人小姐们心里有数。

见母亲出去了，刘琦暗中舒了口气。正欲开口，一旁的庞统歪着头大笑着说道："英妹这样子哪里是来参加诗会的，怕是专程来唬人的吧！哈哈……"

"哼，要你多管闲事。"月英翻了个白眼耸耸肩，轻描淡写地说道。

蔡婉无奈地摇摇头，假意嫌弃地说道："英儿你真是太调皮了，这副尊容我实在不敢恭维，姨母怕是要被你气坏了吧。唉！"

月英正欲搭话，又有四五个年轻公子小姐相继走了过来，刘琦忙吩咐道："我先去迎客，你们自己找位置坐。右侧第一桌是专给英妹和婉妹你们留的。显弟，你和士元便坐左侧第一桌吧。"

众人答应一声，各自找位置坐好。不一会儿月英表妹张秀，在二表哥刘琮的陪同下款款走了进来，乍一看见蔡婉她们，又惊又喜，忙跑过来打招呼。

初始张秀并未认出来月英，端详半晌才知是表姐，不免惊诧地说道："天啊，是英姐姐，我竟未认出来。姐姐今日这样子装扮却是为何？难不成你不知姨母的用意？"

今日的张秀着一身鹅黄的缎面长裙，头上斜插了一根碧绿的翡翠簪子，更衬得一张脸白皙水嫩，娇艳欲滴。坐在美艳明媚的蔡婉身边，竟不输分毫。

"就是啊，英儿，你也不怕自己这副样子吓着那些夫人公子？ 真是太丢脸了！"伶牙俐齿的蔡婉见表妹一脸震惊，也恨铁不成钢地附和道。

"嘿嘿，山人自有妙处。你们就别盯着我看了，瞧瞧又进来了几位，婉儿姐姐好好瞅瞅，看有没有你中意的吧！"黄月英赶紧打趣着转移了话题。

果不其然，依次又进来了十几个衣着华丽的夫人、小姐和公子，大多都是老相识，有习珍夫人李氏及其长子习温、女儿习芝，侄子习祯及其妹习昭。主簿蒯良之妻及其子蒯钧，次女蒯文。章陵太守蒯越之妻及其子蒯卫，马氏五常中的马良，临沮县长向朗夫人王氏及其子向条、其女向红。

如此，襄阳士族名门家的公子小姐尽数出席。前后有四位夫人、七位小姐和十位公子，都算得上襄阳的豪门世家。一眼看去，女的婀娜多姿，含羞带怯，男的仪表堂堂，英气勃勃。

刘琮忙着安排众人分两侧坐下，男的右首，女的左侧。或两人一桌，或一人独处。很快便有侍女上来斟酒倒茶，侍候众人吃喝。

蔡襄和众人见完礼，客套了几句后，便识趣地带着夫人们去了后堂，把前厅留给了这些朝气蓬勃的年轻人。

这时黄承彦和庞德公及向朗，水镜先生司马徽及其儿子司马琛，在大公子刘琦的陪同下也走了进来，坐到了正厅的主位上。原来他们四人是今天诗会的评委。

年轻才俊们都甚为激动，忙站起来恭敬地行礼问好。这四位评委的大名众人早如雷贯耳，皆是荆州名士，且都淡泊名利，除了庞德公、黄承彦定期会举办些诗会外，其余二人平日里都深居简出，难得一见。今日若能得这几人亲自指点，确是一大幸事。

刘琦笑着环顾了一周说道："今日来的都是世家公子小姐，才学见识自然是极好的。咱们第一个议程是才艺表演，每人至少选择一个曲目，多者不限。第二个议程便是命题诗文，两项总分最高者，奖励水镜先生亲笔书画一幅。次之者，奖励如意丹砚一方。"

众人一听皆摩拳擦掌，跃跃欲试。庞统更是暗中发誓，今日定要好好表现，争取能胜过月英拿到头名。他偷偷瞅了月英几眼，却见她正襟危坐，神情清冷，偶尔抬眼环顾一圈，却也是一副生人勿近的模样，配上她那身花里胡哨的行头，竟有些莫名的扎眼。

月英冷眼打量着四周，见对面坐着的公子大多都有过几面之缘，只有三人甚是面生，但能得姨母邀请，家世定也不凡。他们或踌躇满志或拘谨不安，但无一例外地，只要一遇上自己的目光，都躲躲闪闪地赶紧避开，好像生怕被自己看中了似的。她心中不免暗自好笑。

刘琦宣布才艺表演开始。蔡婉先抛砖引玉，抚琴演奏了一首最近才流行起来的"陌上桑"。

不得不说，蔡婉的琴音确属一绝。只见她白嫩的手指灵活拨弄，一曲动听的琴音便四散开来，众人听得如痴如醉。有几个公子看向她的眼神里，渐渐有了不加掩饰的热烈。

接下来陆陆续续又有些公子小姐开始表演，有的弹琴，有的吹箫，有的吟诗，有的吹笛。大多数人表现都相当惊艳。司马琛的古琴、习温的短笛、习昭的舞"踏歌行"，马氏五常中马良的舞剑，都十分不俗。

轮到庞统，他邀请月英与他合奏一曲"归风送远"，月英迟疑半晌，最终还是答应了。

随着庞统激昂的箫声，月英的琴声伴随着她清亮的吟唱而起。这首赵飞燕亲自作词的"归风送远"，被她的吟唱赋予了新的灵魂，声音铿锵有力，又饱含深情，如珠如玉般，极富感染力地沁入了每个人的心里。

"凉风起兮天陨霜，怀君子兮渺难望，感予心兮多慨慷！"

庞统目光炯炯地看着月英，眼神里是毫不掩饰的深情。这个古灵精怪的女子，早就以自己的卓尔不群，深深烙入了他的心。可他从不敢表白，因为他知道，月英就如那天上的明月，她追逐的不是小情小爱，而是无上光明。

二人合奏完，全场报以热烈掌声。最后压轴出场的是张秀，这个美丽羞涩的姑娘，跳了支自己最擅长的踏歌舞。她身姿曼妙，舞技高超，腾挪旋转，步步生辉。

二公子刘琮沉醉了。以往他只知道这个小表妹如兔子般可爱单纯，却没想到还有如此妖娆灵动的一面。或许，明日便和母亲提上一提，自己的亲事，应该要开始操办起来了。相信这样的亲上加亲，母亲定是乐见其成的。

才艺表演结束后，接下来便是赛诗。先是道命题诗"逐鹿"，体裁不限，时间以一炷香为算。

小厮上来发放好了笔墨纸砚。庞统略一思索，便伏案奋笔疾书起来。一旁的蔡显却苦思冥想了许久，才开始动笔。

庞统写完搁笔的时候，一炷香才烧了大半。刘琮笑眯眯地过来收走了他的诗稿交给了主位上的黄承彦和司马徽。二人并不感到意外。他们清楚，在座的这些年轻人中，庞统与月英绝对算得上翘楚。

司马徽拿过庞统的诗细看了起来，只见诗作立意新颖、磅礴大气，痛批时弊，一针见血。整首诗作如行云流水，酣畅淋漓，让人看后有如醍醐灌顶。他一口气看完小声叹道："好诗啊好诗，来，你们也瞅瞅。"

黄承彦、庞德公和向朗依次接过看了一遍，都连连称好。

待众人都交了卷，四人便入后室阅卷磋商去了。

评委一走，年轻人皆放松了下来。众人开始高声交谈，论时政，聊八卦，气氛又开始热烈起来。刚才未参加比试的刘琮一时技痒，约了习温、蒯钧、蒯卫，四人合奏了曲"宫廷乐"。向条、习芝及习昭三人则合弹了曲"采桑"。时间在欢笑与热闹中流逝了过去。

阅卷完成后，由司马徽宣布获奖名单。第一名毫无悬念，是庞统和黄月英，第二名则是司马琛、习温与蒯钧。

刘琦将庞统和黄月英的诗作，抑扬顿挫地当众诵读了一遍，众人听了暗自心惊。庞统的文采大家早就知晓，毕竟在公学里早有所闻。但黄月英一介闺阁女子，竟有如此心胸与胆识，实是令人折服。想起民间早有的那些关于她颇为传奇的见闻，想着她才华出众却如此丑陋，不免深为惋惜。

毫无悬念地，蔡婉和张秀，一时间成了少年公子们争相献殷勤的对象，毕竟襄阳蔡氏显赫的家世和两姐妹的相貌才情，都是显而易见的。

庞统见月英独自萧索地坐于一旁，忙上前笑着打趣道："别人都争奇斗艳，只你偏偏另辟蹊径，扮个丑女出来吓人，哈哈，自食恶果了吧！"

"要你管！"月英满不在乎地哂了一声抢白道。

"咦，你们俩怎的见面就吵？庞兄向来温和，怎么只在英妹面前得理不饶人！"随后而来的司马琛在一旁笑着解围道。

"天生八字不合。"月英狡黠地笑着说道。她看庞统，亦兄亦友，两人自小玩到大，随意惯了，开开玩笑倒也不觉得有什么不妥。

"嘿嘿，你如此凶悍，看哪个男人敢娶你！"庞统不甘示弱，扮了个鬼脸打趣道。

"反正又不嫁你，闲吃萝卜淡操心。哼！"月英翻了个大大的白眼呛道。

"哼！"庞统气得一跺脚，扭身不再理月英。月英对着他后脑勺扮了个鬼脸，扭头对着司马琛调皮地吐了吐舌头，不再接话。

司马琛看着如此调皮可爱的月英，一时间竟有些愣神，往日里高冷淡然的女子，突然如此鲜活生动，他不免有些紧张地红了脸。虽不知月英今日为何如此装扮，但在他看来，跟院内那些争奇斗妍的女子相比，月英的装扮竟是另有一番情趣。尤其是她诗词上的功夫，更是炉火纯青，他深为折服。

此次诗会不久，蔡婉与张秀都相继定下了亲事。蔡婉许配给了南郡望族章陵太守蒯越的儿子蒯卫，张秀则许配给了荆州牧二公子刘琮，习昭与庞统弟弟庞林也定了亲事。几大豪门世家联姻，算得上是门当户对，珠联璧合。

刘琮的婚事，是他自己据理力争的结果。诗会结束当晚，他便去央求继母蔡氏，说自己心仪张秀表妹，请母亲为自己做主。

刘琮清楚，自己的婚事必然是由继母蔡氏说了算，既然怎么都得娶蔡氏之女，那么不如娶个自己心仪之人。

依着蔡襄的意思，她更愿意让刘琮娶自己的亲侄女蔡婉。故她听了刘琮的话沉吟了半晌才徐徐道："母亲以为你会选蔡婉，以她的样貌才情，应更与你相配。"

"婉表妹的确冰雪聪明，才情不凡。但儿子对秀表妹，算得上一见倾心。她温柔娴静，灵动可人，儿子甚是仰慕。"

"呵呵，为娘的这些侄女，皆算得上是人中之凤，秀儿嘛，倒也确是乖巧可爱。好吧，既然你心意已决，为娘便准备准备，过两日亲自上门为你提亲。"

"谢母亲大人费心，儿子告退。"刘琮开心地揖了一礼便躬身退了出去。

看着刘琮高大英挺的背影，蔡襄若有所思。这桩婚事虽与原来的想法不尽相同，但毕竟要娶的是自己姑母的孙女，仍是亲上加亲，自己日后要为这个儿子多做些打算了。

十四

日子缓缓地过着，很快便到了初八这日。天刚四更，庞府上下便忙作一团。大公子娶亲，自然要无比隆重。

一大早庞府门口与院子里的长廊上便挂满了红绸，每个人脸上都喜气洋洋。伙房里也开始杀鸡宰羊，帮厨比平日里增加了三倍，到处一片热火朝天的景象。

庞统更是不敢怠慢。堂兄娶亲于他来说更是意义非凡。他笑逐颜开地跑前跑后，指挥调度，忙得脚不沾地。

辰时刚过，一向与庞府交好的世家便相继来了人，许多都是携妻女子侄全家出行。远近十里的乡亲也都来了，偌大的前厅后院坐满了人。

自然，各世家公子与小姐也都来了。大家平日里难得有机会相聚，这样的日子自然都甚为踊跃。

用完午膳，黄月英和蔡婉、习芝她们十来个少女全挤到了皆罗的闺房说话。

"皆罗，你新表嫂子听说是诸葛府上的二小姐，不知性情如何？"心直口快的蒯玉问道。

"表嫂出身官宦之家，想来人品样貌皆不会差。否则庞府如此好人家，一般女子自然难入他们的眼。"说这话的是习芝。诸葛楠嫂嫂她是见过的，十分出众，想来她的妹妹不会差到哪里去。

"你们蒯府和诸葛府上说起来还是亲戚呢，阿玉你先前和这新嫂子难道未曾见过面，这会儿倒是来问我？"皆罗未曾理会习芝的话，却反问了一句。她想起蒯玉大哥蒯祺是娶了诸葛府大小姐诸葛楠为妻的。

"对啊，你府上大嫂和这新嫂嫂是亲姊妹呢，不知脾性是否相近。"众人都将探究的眼光转向了蒯玉，盼着她能说出点有价值的东西。

"我家大嫂品貌才干皆没挑的，从她过门，我母亲那样较真的人，都从未说过我嫂嫂半个不字。想必你们也知道，我那大哥一向高傲得紧，却跟我嫂嫂甚是恩爱呢！"蒯玉见众人饶有兴味地盯着自己，一脸骄傲地抬了下巴说道。

"哇，若是这样，就不用忧心了，原先还怕新嫂嫂过府，日后不知如何相处呢。"听了蒯玉一番话，皆罗似乎松弛了下来，眉开眼笑地说道。

"是啊，一般亲姐妹间性情相近，看来玲嫂嫂也是品行上佳的女子，皆罗你便放宽心吧。日后新嫂嫂过了门，你便不用如这般日日操心庞府内务了，岂不是落得轻松。"月英听了忙宽慰道。

岂知这话正触到了皆罗痛处。如今的她帮衬着掌管些庞府内务，府里下人都对她甚是恭敬。眼瞅着新嫂子进府，这料理家务的大权肯定要交出去。心里正不情愿，月英的话她听着便觉格外刺耳，于是毫不留情地讥讽道："英儿妹妹当真是爱管闲事，庞府内务何时轮到一个外人操心了？"

众人见她如此牙尖嘴利，说话刺耳，皆吃惊地看着她。要知道皆罗在人前一向都是一副恭谨温良的姿态，甚少有如此张狂无忌的时候。月英不欲与她相争，便淡淡回道："我不过说的人之常情罢了，你何以如此介怀？"

"就是，人家新嫂嫂过了门，本就是庞府女主人，你不过是个寄住在府里的亲戚，难不成还轮到你一个外人当家做主了？当真是可笑至极！"向来爱争强好胜的蔡婉，见表妹受了委屈，如何能忍，立马反唇相讥。

此话虽不中听，却道出了实情，众人也觉得并无过分之处，便都附和着点头。皆罗见无人为她说话，一时间深觉委屈，指着蔡婉"你、你"半晌说不出话来，眼泪却不争气地流了出来。

心软的蒯玉见了，忙上前安慰道："皆罗姐姐，大家说的也是实情啊，怎地还哭了？"

蔡婉见皆罗悲悲切切一副受了千般委屈的模样，一时间觉得气闷，便拉着月英率先出了房门，边走边道："这屋子里闷得很，妹妹随我去花园里透透气。"

"等等，婉姐姐，我们也去。"习芝拉着张秀也随后跟了出来。作为月英最好的朋友，她自然是看不惯皆罗今日的尖酸模样。平日里大家聚得少，倒也不曾起过什么冲突。今日见她如此针对月英，也替月英抱屈。

几人出得门来，张秀奇道："英儿姐姐，你一向对皆罗姐姐甚好，为何她却如此不留情面？"

月英未及答话，蔡婉抢先说道："还不是个拈酸吃醋的性子？你们不知道，皆罗喜欢庞统那小子，庞统又喜欢英儿，故她处处针对英儿，枉费了英儿的一片善心了。"

"表姐，莫要浑说！"月英见蔡婉口无遮拦，忙跺脚拦道。可惜蔡婉早已经竹筒倒豆子，和盘托出。

"啊？原来如此。"习芝连连感叹道，脸上的表情又惊又疑，极为丰富。

"哈哈，我说呢，早觉得士元哥哥对英儿姐姐态度不同，原来是心慕姐姐啊。"单纯的张秀拊掌大笑道。

"嘘，甭听婉姐姐浑说，她一向惯会捕风捉影，完全没有的事。"月英十分懊恼地说道。

庞统的爱恋她虽有感应，却从未回应。在她心中，庞统始终是和兄长一般的亲人。但这一段不曾被人知晓的情谊，若在大庭广众之下被人当作笑谈，却是对庞统的极端不尊重。以他那高傲的性子，必会觉得受了伤害，这是自己最不忍心看到的。

"怎么没影了？前些日子你生日，庞士元送你的玉簪，便是他外祖婆留下来的东西，肯定是要送给未来外孙媳妇的。当时你还坚辞不受，不会这么快便忘记了吧？"蔡婉见月英不承认，索性一竿子捅到底。

"那根簪子我早说过了，只是代为保管，定要还回去的，放我这里终是不妥。表姐，你便少说两句吧，服了你这张利嘴了。"月英此刻忍不住变了脸色埋怨道。

蔡婉的口无遮拦让她十分不悦，遂出言阻止。

"英儿你对士元兄竟有无半分动心？"习芝见月英如此介意此事，忙打趣问道。

"嗯，只有兄妹之义，绝无男女私情。"迎着习芝探寻的目光，月英语气坚定地说道。

众人若有所思地看着月英，知她所说不假。尤其是蔡婉，她知道表妹向来志存高远，一般凡夫俗子是万难入眼的。庞统虽满腹经纶，极有才华，但他与英妹自小便玩在一处，亲如兄妹，如此熟悉的两个人，的确很难生出别的心思来。

说者无意，听者有心。却不知几人的谈话恰巧让刚走到外间来喊众人用膳的庞统听了去。他虽知月英对自己并无男女之情，但如此在众人面前直白地坦露心迹，却令他大受打击。他一面痛苦自己的情感终是落了空，另一面也觉得月英在众目睽睽之下说出这些话，让自己失了面子。

失魂落魄的庞统一时间竟不知自己身处何地，只浑浑噩噩地折身出了院子，也无心再迎宾客，只踉跄着往自己的卧房走去。他需要好好安静一下，这一段无处安放的情感，究竟何去何从。

这一夜，外面宾客喧哗，庞统却独自绝望地抱着一坛子酒狂饮，最后醉倒在冰冷的地上睡了过去。

十五

　　此后一段日子，心灰意冷的庞统不再出门，只专心在府里弈棋温书。庞德公见他如此用功，专程请了个外地来的教习先生指点他拳脚功夫。庞统武功底子本就不弱，如此一来拳脚功夫更是突飞猛进，寻常六七个人根本不是对手。

　　这日庞统与教习先生一道去郊外练习马术，刚行至岘山脚下，便听见前面一阵嘈杂，间或还夹杂几声女子呼救的声音。二人勒马一看，却见一群地痞围着个模样俊俏的年轻女子正动手动脚，旁边一个丫头打扮的人边哭边恳求着什么。

　　庞统顿时火冒三丈，打马直奔他们而去，高声喝道："住手，光天化日，尔等宵小之辈竟敢行此龌龊之事，这里可不是能撒野的地方。"

　　"哟，哪里来的莽撞小子，不知天高地厚。你可知咱们公子是谁，说出来怕吓死你。"一个样貌猥琐的二十岁左右的人叫嚣着，全不把庞统放在眼里。

　　"我管你是谁，即便是皇亲国戚，也得遵纪守法。"庞统轻蔑地望了那人一眼，不屑地说道。

　　"小子，真是敬酒不吃吃罚酒啊，弟兄们，给我上！"为首那个一袭蓝衫的富家公子气急败坏地撸着袖子喊道。其余众人一听，皆摩拳擦掌地围了上来。

　　庞统毫不在意地迎了上去，只听噼里啪啦一顿响，不过转眼工夫，这些人便横七竖八躺在了地上，哎哟哎哟叫唤个不停，原来全是些不中用的绣花枕头。

　　庞统拍了拍手掌喝道："还不快滚，下次再敢为非作歹，要尔等小命！"

地痞们吓得赶紧爬了起来，一窝蜂地跑远了，边跑边喊："你是何人？有种报上名来！"

"大爷我行不更名，坐不改姓，庞统是也！"庞统毫无惧色地喊道。一旁的教习先生想制止已然来不及，他埋怨道："何必让这帮歹人知晓你真实身份，恐会惹来不必要的麻烦。"

庞统正待说话，一旁被救的小姐对着他深施一礼道："感谢恩公救命之恩，恩公可是鱼梁坪庞氏？我乃东城向氏夫人外甥女周瑛，家住东吴，此次是来荆州探亲。曾数次听表哥提起过恩公威名，故有些印象。今日蒙恩公搭救，他日必定上门重谢！"

"小姐客气了，路见不平拔刀相助，换了谁皆会如此。只是小姐为何孤身出门？"

"今日本是带了丫头马夫去寺里还愿，谁知下山途中马车坏在半路了，无奈我便和丫头下来步行，不想竟碰上这一伙歹人无耻纠缠。"小姐红着眼圈说了大致情形。

一旁惊魂未定的丫头哭着问道："小姐你没事吧？吓死奴婢了！"

"我没事，幸得恩公相救。"

"谢谢好汉！"丫头自然是感激涕零地千恩万谢。

"无妨！只是此处并无车马行，你二人如何回去？可会骑马？"庞统体贴地问道。见周瑛点了点头，便转身对教习先生说道："师父，莫如我二人先护送她们回府，尔后再去校场不迟。"

此处离襄阳城尚有七八里路程，单靠步行至少要三个时辰。两个弱女子多有不便，倘若方才那伙人转回来报复，后果不堪设想。故庞统才有如此顾虑。

教习先生赞赏地点点头，心道这小子还挺心善。如今乱世，人人自危，肯冒着性命危险帮别人一把的人已寥寥可数。这庞统倒是条真汉子，看来日后教功夫时更要多上些心。

一行四人两骑又拨转马头回城，周瑛与丫头共乘一骑。到了向府门前，不待门房禀告，庞统与教习先生已回身打马远去，倏忽便没了踪迹。只留下周瑛神思怅惘地在门外站了许久，直到二人消失在视线能及的地方，她才折身进了府门。

向夫人听说此事后心有余悸，第二日便携周瑛带了重礼到庞府致谢。自此，周瑛便常缠着表哥向条一同来庞府找庞统，奈何庞统却待之甚是冷淡，有时半晌不同她说一句话。时日一长，反而激起了周瑛的逆反心理。高傲的她从未遇到过如此不解风情的人，故找了各种借口前来。今日请教诗文，明日求解论语，反正是变着法子找庞统。

神经大条的向条以为表妹感激恩公相救之恩，并不疑有他。但庞统却不厌其烦，后来干脆躲去了广德寺，避而不见。时日长了，周瑛才知难而退，不再叨扰。

周瑛每次来庞府，皆罗都如临大敌。她十分热情地款待周瑛，几乎无微不至，内心却满是防备。这么些年，从不曾有过女子如此明目张胆地对庞统示好，如今突然冒出来个情敌，她自是打起了十二分精神应对。好在据她暗地里观察，庞统似乎对这个有几分娇纵脾气的大小姐，态度相当冷淡。皆罗心里才略放松了些。即便如此，对美貌窈窕又出身将门的周瑛，皆罗始终严防死守，让她无机可乘。

好在如此情形只过了两月，周泰将军便派了副将来荆州接女儿回去，周瑛无奈之下只得挥泪告别众人。临行那天，坐于马车中的她一步三回头，期期艾艾哭得眼睛都肿了，众人以为她是舍不得姨母，却不知她真舍不得的却是庞统。她盼望着庞统能来送自己一程，可直到出城，等来的依然是无边的失望。

这几日庞统觉得心中烦闷，欲出门远行，想起颍川名士司马徽学识广博，有知人论世的才能，颇受文人学子敬重。便起了拜访的心思。一向行事果决的他，说走便走，背了个简单的行囊便一人一骑乘兴出发。

庞统边走边游览大好河山，遇到好的景致，便停下来住上一两日再走，如此两千里路程竟走了个把月，才到了颍川。他一路问询着总算是到了司马徽的住处，正遇上一老农爬在树上采桑叶，一问方知正是司马徽。

庞统骑在马上十分不解地看着司马徽说道："大丈夫处世，应地位显赫，哪能屈身做治丝妇女的事。"

司马徽见眼前的年轻人说话十分憨直，貌似有些不忿，遂淡淡一笑说道："您只知走小路快，却不担心迷了路。从前伯成宁愿耕作，也不羡慕诸侯的荣耀，原宪宁可住在桑木门轴的简陋屋舍里，也不愿住官邸。难道唯有住在豪华的屋子里，外出骑马坐轿，左右十几个侍女侍候，才算是与众不同和身份高贵？老夫不敢苟同。"

庞统听了司马徽这一番语重心长的言论，十分惭愧，忙不迭地下马向司马徽躬身施礼，请求赐教。

司马徽依旧在树上边采摘桑叶边与庞统交谈，二人从午时说到黄昏，竟十分投契，彼此都深感诧异。

眼见天渐渐黑了，司马徽热情地邀请庞统入府小憩，庞统欣然应允。二人晚膳后又秉烛夜谈，遂成忘年交。

庞统在司马徽府上住了两日方回襄阳。司马徽对他甚为赏识，笑称庞统乃南州名士之首，自此庞统的名声渐为更多人所知。

春去秋来，转眼又是半年过去了。眼看便到了蔡婉与蒯卫的婚期。庞统想着要各送两边府上一个称心的礼物，便带上自己的随从阿盛直奔城里最大的珠宝行金玉坊。

主仆二人进得门来，门口的小二见来了个儒雅俊秀的公子，虽穿着朴素，但气质不俗，忙点头哈腰地迎了上来："敢问公子需要点什么，小的为您介绍介绍？"

"我们先自己看看，有喜欢的了，再找你问询可好？"

"好的好的，公子您请！"店小二连连点头答应着，转身朝门口迎去，又有新客来了。

庞统边走边看，视线被一个羊脂玉的玉佩一下子给吸引了。此玉通体莹白光润，在阳光下发着暖暖的微光，虽无特别精巧之处，却胜在浑然天成。

他对着小二招了招手，小二忙跑了过来，热情地说道："公子是有中意的了？"

"将左边第三个玉佩拿与我看看，羊脂玉的那个。"

"公子眼光真好，这玉佩大前天才到的货，刚才也有人看中了，可惜带的银子不够，说是明日再过来买呢。"

"如此抢手？莫不是诳我们吧！"阿盛半信半疑地说道。

"天地良心啊。"小二边说边麻利地取出玉佩递了过来，热情地介绍道："公子您瞅瞅这成色，一看就是上好的羊脂玉。不是小的吹牛，这样好的东西，也只我们金玉坊有。"

"多少银子？"庞统拿在手里端详了会儿，触感温润，确为上品，便装作漫不经心地问道。

"一百二十两纹银。"

"这么贵？"阿盛在一旁惊叫道。公子的全部私房银子，也不过区区百十两，要买两样礼物，岂不是差得甚远。

"你这价要得太离谱了。你看啊，这玉佩虽成色不错，侧面却有些瑕疵。

看到没？这里有一处断纹，稍稍留意就注意到了。"庞统将玉佩递予小二，作势要走。

"价钱还可以再商量嘛，我看看，咦，还真有个纹路，竟未曾有人发现，公子您可真是细心之人。"小二疑惑地拿过玉佩细细察看，见真有纹路，脸上的表情颇为震惊。

"送礼物嘛当然得仔细着点，免得费力还不讨好。你这东西有瑕疵，还如此贵，不划算。再瞅瞅别的吧。"庞统边说边对阿盛使了个眼色，径直朝前走去。

"公子，买东西要相信自己第一眼的缘分。这样吧，您开个价，如若合适就卖。"小二忙追上庞统妥协道。

"四十两。"庞统漫不经心地说道，并未停下脚步。

店小二的脸色瞬间变得难看起来，他惊呼道："这个价本店从没有卖过，亏本了，不成不成。"

"那就算了。走，去那边看看。"庞统气定神闲地转身欲走。

"这样吧，再加点，这价实在卖不成，八十两吧。"

庞统根本不理店小二，照旧往前走。小二一急喊道："七十两，这是底价了，不行就真的卖不了了。"

"五十两，同意就成交！"庞统转身莞尔一笑说道，心里笃定这价能成。

店小二有些为难地犹豫了半晌说道："我找大掌柜说说，看看能成不？您请稍等。"说完他匆匆忙忙地跑向后堂。

阿盛有些埋怨地说道："公子，七十两已经很优惠了，您说的价格太离谱了，我都不敢看小二脸色。"

"你就等着吧，这价肯定能成。"庞统神色淡然地笑看着阿盛说道。

店小二很快便出来了，他对着庞统抱拳说道："公子，您是第一个敢这么压价的。掌柜的说，这玉只卖有缘人，既然公子看上了，就赔本让给您了。"

庞统咧嘴笑着回礼道："谢了。"对一旁目瞪口呆的阿盛挑了挑眉。阿盛偷偷伸了个大拇指，然后屁颠屁颠地跟着一脸苦瓜样的店小二付账去了。

这时有人在一旁喊道："士元兄，好巧啊，你也在这里？"

庞统循声看去，原来是月英。她身边跟着的是她的贴身丫头环儿，二人正在卖头饰的柜上挑挑拣拣。

"英妹你也来了？买首饰吗？"庞统惊喜地招呼道。

"是啊，婉表姐和秀表妹的婚事都定下了，我过来挑两件称心的礼物。你呢？"

"我也是。刚挑中了一个玉佩，准备送给蒯卫那小子。婉妹妹这边的礼物尚未挑呢。刚好你来了可以帮着选选。"

"我也不是很在行，自己还头疼选些什么好呢。对了，你阿弟庞林和昭儿的亲事也算是定下来了吧？婚期定在何时？"

"估计要到两年后了，阿弟年岁尚小，不急。"

"倒也是。对了，你看看这对耳坠子咋样？送给秀儿应是不错。"月英说着突然拿起一对碧玉耳坠比画着问道，脸上的表情颇有些犯愁。她一向对这些金银首饰不感兴趣，自己也甚少佩戴，如今要挑选礼物还真是难为她了。

两个人挑挑选选，花费了两炷香功夫，才总算选到了几件可心的礼物。眼见要分别，庞统依依不舍地说道："英妹，莫如将蔡显、蒯祺他们喊出来，一起去酒楼用膳，过后再送你回庄子。"

"今日出门时便和母亲说好了，要回府用膳的。也不用你送，黄府的马车在外面候着呢。走了，回见。"月英笑着拒绝，不待庞统回话便领着环儿出了店门，上了自家马车。

庞统急忙跟了出来，却见马车已缓缓向前驰去，渐渐消失在了视线里。

他呆呆站在街边，心中无比惆怅。襄阳世家大族中适龄的公子与小姐，大多数都相继定了亲，有的甚至已有了孩子，唯自己与月英，仍形单影只。

他知月英一向心高气傲，一般人定是看不上。自己虽对她有意，却始终不敢表白。他不知月英是否明白自己的心意，以她的聪慧，定是明白的吧。但既从未给过一丝回应，那便是不情愿吧。也罢，自己便如此陪着她吧，她一日未嫁，自己便一日不婚，这也算是一种变相的承诺吧。

庞德公对于侄儿的心事，是有几分了然的。他私下里数次问庞统，是否中意黄月英，若是便上门为其求亲，却遭庞统否认。他清楚自己对月英的感情，终究是落花有意流水无情，注定得不到丝毫回应。若鲁莽提亲，只怕会断送了两人之间的友谊。

　　远近有不少媒婆上门为庞统说亲，但他始终拒不同意。庞统心里早已打定主意，月英未嫁，他绝不成婚。在他心中，儿女情长并非人生中最重要的事，男子汉当建功立业，为自己谋个锦绣前程，这才是最紧要的。为此他一面刻苦求学，一面寻求着脱颖而出的机会。

十七

荆州这两年，实力早远胜从前。刘表南收零陵、桂阳，北据汉川，坐拥数千里土地，甲兵十余万，非昔日可比。爱好和平的他，志在振兴荆州的经济文化，无称霸四野的打算。

而野心勃勃的曹操，却连年扩充军队，抢占有利地域。羽翼渐丰的他，意图统一北方，称霸中原。众人皆清楚，日后他和如今的北方霸主、四世三公的袁绍必有一战。

建安五年六月，正是麦子初黄的季节，袁绍挑选精兵十万南下许昌攻打曹操。但他急于进军，缺乏对延津一线地形的了解，反被曹操占据了有利地理位置，战事陷于胶着。

次年二月，袁绍进军黎阳。曹操采取声东击西之计，佯攻袁绍的后方大营，迫使袁军分兵援救。曹操以张辽、关羽为先锋，自己亲率大军随其后以解白马门之围。颜良在毫无准备的情况下被关羽斩杀。袁军首战溃败。

袁军经此大败士气低落，但仍明显占据优势。而曹军内部则出现了严重的粮草短缺。曹操为了避免不必要的消耗，大军退至官渡与袁军僵持。谋士许攸的家眷被袁绍扣押，许攸一气之下投靠了曹操并献乌巢之计。

曹操派遣轻骑兵伪装成袁军，奇袭袁军乌巢粮仓，并成功夺取了袁绍的大本营，袁军粮草尽失全线崩溃。官渡之战曹操以少胜多，以其非凡的才智和勇气，创下了他军事生涯中最辉煌的战绩。

袁绍无奈退回冀州，遣使求助刘表，欲和刘表结成抗曹联盟。刘表口头答应，却并不派遣军队助战。显然，他存着坐收渔翁之利的心思。

从事中郎韩嵩、别驾刘先陆续向刘表进言道："曹、袁相争，主公应乘乱起事，如若不然，便择明主追随。以曹操智谋，必能灭袁绍。将军不如举州依附，曹公必然重待将军。如此便可以长享福祚，子孙晏然，此乃万全之策。"

少时便与曹操交好的蔡瑁也劝道："刘大人所言甚是，主公须得早做决断。曹操一旦灭袁，必带兵攻打荆州，到那时便悔之晚矣。"

刘表虽觉三人言之有理，却狐疑不决，便委派韩嵩去见曹操以观其虚实。韩嵩到了许都，自然得到了曹操盛情款待。擅长攻心的曹操，轻而易举便赢得了韩嵩的嘉许。韩嵩回荆州后，对曹操大加推崇，劝刘表遣子入质许都以证忠心。

这一句遣子入质彻底惹恼了刘表，他疑心韩嵩已被曹操收买，一气之下将其囚禁起来关入了大牢。如此一来，荆州再无人敢建言亲曹。

刘表此举，虽暂时让荆州避免了战火。但对于那些追随刘表多年的官员来说，刘表的不作为在他们看来，却是一场隐蔽的灾难。诸侯间争霸，向来都是成王败寇，难有中庸选择。如今这看似安稳的背后，不过是繁华落尽前的最后一点哀荣。故此他们常心有戚戚。

是年秋天，颍川名士司马徽迁居襄阳。这个精通道学、奇门、兵法与经学的一代大儒，受到了刘表及属下官员的热情接待，更被襄阳当地的文人士子热烈追逐。

为了一睹司马徽的风采，他下榻的客栈被挤了个水泄不通，成日里都有不知名的倾慕者前来拜见，甚至有人悄悄帮他预付了半年的房费。

庞统去客栈拜见先生，再三邀请先生入庞府暂住，皆被婉拒。他知先生一向喜爱自在，受不得那些凡俗的拘束，便也不再坚持。

刘表微服去请司马徽入仕，被婉言谢绝。失望的他表示尊重先生的选择，并反复叮嘱蒯良，尽快为先生择一块风水宝地建府邸，让先生安心在襄阳定居。

蒯良自然满口答应。他亲自带工匠四处考证，最后在中庐北部选了块风景秀丽的地方，修建了气势恢宏的大院，作为司马先生居所。

司马徽搬家那日，无数文人学子争相前去恭贺，偌大的庭院挤满了人。先生的独子司马琛笑容满面地站于门口迎客，庞统、诸葛亮、徐庶、向朗也都去了。不久，他们四人相继拜司马徽为师，一同在其门下受教。

暮年他乡的司马徽，自打收了这几个颇有天分的学生，也是老怀甚慰，自然倾囊相授。尤其是诸葛亮与庞统二人，天分极高，司马徽更是将自己精通的奇门阵法、兵术诡道尽数传授，并自豪地称二人为"卧龙""凤雏"。

此话传到庞德公与黄承彦耳中，二人莫不快慰。作为叔父与恩师，自己的得意门生能得名士大儒肯定，自然是值得庆贺之事。故此二人联袂去往水镜庄请见司马徽。学识渊博的三人竟一见如故，谈经论道，弈棋赛琴，不亦乐乎。二人在水镜庄待到次日黄昏，方兴致勃勃地回了襄阳城。自此，三人便成了莫逆之交。

十八

说来也怪，大概是丑名在外，黄月英已近二十了，却无人上门提亲。黄夫人嘴上不说，暗自却愁得头发都快白了。

这日，月英正陪父母用早膳，膳房外枣树上的一对喜鹊叽叽喳喳叫个不停。黄夫人蔡钰打趣道："莫不是有什么喜事？"

话音刚落，管家喜滋滋地进来禀告，说前厅来了个媒婆，是南郡望族蒯越托人为其次子蒯震前来说亲。

黄夫人一听，饭都顾不上吃了，忙站起来一迭声地说："快，老爷，咱们赶紧去见见，这可是门好亲事啊！"

难怪黄夫人激动。同为襄阳望族，蒯姓仅次于蔡姓排名第二，实力更是远胜黄家，算得上是门当户对。且蒯越机智有谋略，其次子也颇有些才情，二十出头的年纪，论起来和月英乃天作地设的一对。

"娘亲，女儿不愿嫁人。"黄月英生怕父母一激动，便定下了她的终身大事，便不放心地起身跟了出去。

媒婆一看到黄老爷和夫人，立时便堆了一脸的笑说道："黄老爷、夫人，老身今日上门可是来报喜的。蒯家的二小子看中您府上丫头啦，托老婆子我上门提亲。这门亲事当真是天作之合啊。那蒯府门楣，在这襄阳郡除了夫人娘家，还真无人可与之比肩。况蒯老爷平日里深受刘荆州器重。要我说啊，这真是门打着灯笼都难找的好亲事。你们说是也不是？"

这一番话说得黄夫人喜笑颜开，连连点头称是。在她心里，蒯、黄两大世家联姻，是再好不过的选择了。

黄承彦却颇有些为难，觉得蒯震之才与自己女儿相去甚远，怕是女儿不愿。故迟疑了半晌方说道："蒯家自然是好人家，只是我独此一女，性情刚烈，她的亲事尚需她自己做主。"

说完黄承彦对着神色不悦的女儿说道："英儿，这门婚事你自己拿主意吧。"

媒婆乍见月英，惊得满脸肥肉都抖动了一下。心想：都说黄阿丑相貌粗鄙，哪承想竟生得如此花容月貌。看来真是耳听为虚，眼见为实。可惜外人竟都不知传言有假，这婚事若成了，倒让蒯震那小子捡了个大便宜。

蔡钰听丈夫如此说，嗔怪地瞥了他一眼反驳道："我看蒯家这门亲事极好，蒯越兄弟一家皆是好相与之人，且又是英儿姨爹的倚仗。此事成了也算得上是亲上加亲。"

月英一听气得脸都白了，她埋怨地瞪了母亲一眼，转头语气不善地对媒婆说道："我是断然不会嫁入蒯府的，不劳婆婆费心。况我心中已有中意的男子，不日便会来府上提亲，婆婆您请回吧。"

月英此话本是搪塞用的。可此时她的眼前，竟莫名浮现出诸葛亮的身影。想起那个芝兰玉树的男子，她的心里便一热，立时便有了无穷的勇气。

黄夫人情知女儿在说谎，气得瞪大了眼睛盯着月英，恨不能将她的嘴巴给堵上。

"环儿，送客！"黄月英转头吩咐自己的贴身丫头环儿，对她使了个眼色。环儿立时不客气地走到媒婆面前，做了个请的姿势。

媒婆悻悻地剜了月英一眼，转眼看了看黄老爷及夫人，见他们皆默不作声，不免又气又恼。

黄承彦见女儿这样，便知这门亲事不成。只得婉言拒绝道："小女自小娇纵惯了，她的婚事全凭自己做主。劳烦阿婆大老远跑一趟，管家，拿二两银子来，权作一点辛苦费。"

管家听闻忙取来了二两银子递给媒婆。媒婆脸色这才稍微好看了些，她摇头说道："别人家都是父母之命、媒妁之言，独黄老爷府上新鲜，什么都由着姑娘家自己决定，老身也是长见识了！"

说完便起身走了出去，临出门还埋怨道："罢了，您黄府的媒难做，走喽！"

黄夫人忙赔着笑脸送了出去。回来后便恨恨地嚷道："你父女二人倒好，将人气走了，我看日后还有哪个媒婆敢登我家门。哎哟，我这是造的什么孽哟！"

月英见了忙走上前，揽住娘亲的肩膀宽慰道："娘，您哭什么吗？放心好了，我定给您找个好女婿回来！"

"惯会瞎说，八字还没一撇呢，净知道哄我！"黄夫人红着眼圈有气无力地说道，"蒯氏这门亲事多好啊，门当户对的，何况除了他家，也并无旁人前来提亲。你倒好，自己将这门好好的亲事给搅和了。为娘知你才情卓绝，眼高于顶，想要找一个配得上你的，可究竟去哪里找一个好女婿啊！"说完竟伤心得抹起眼泪来。

"相信女儿，最迟明年，定给你们找个女婿回来。"黄月英表情严肃地郑重承诺道。

黄承彦见她如此说，心知有情况。便有些好奇地问道："英儿，你真有意中人了？谁？"

"没有，我那是哄骗媒婆的说辞。"黄月英一口否定道，但脸上的表情却有些扭捏，脸上甚至飞起了一抹绯红。

黄承彦和妻子一看，情知有戏，彼此对望了一眼，心里都涌上了一丝好奇。看这样子，女儿是真的有中意之人了，究竟会是谁呢？

黄承彦心想，不论是谁，只要女儿中意，他便会真心接纳。看来，女儿的嫁妆，要好好准备起来了。

听说蒯府上黄家湾提亲，庞统心里便堵了口气。哪知媒婆上门却吃了顿瘪，气得四处嚷嚷，说黄府丫头缺乏家教，竟赶自己出门。庞统听了方才舒坦。想着那个皎洁如月的女子，今岁已二十了，这个年龄的别家女子，许多已为人母，她却仍形单影只。偶尔甚至能听到那些对她的不实言论，说她丑陋异常，形如夜叉，故才未嫁出去。他不免又为她愤懑不平。

十九

日子过得甚为无趣。这日庞统无事，前去水镜庄看望恩师。司马徽见他进来高兴得朗声大笑着说道："士元来了，管家，快去书房将我珍藏的那包好茶拿来。"

管家乐呵呵地答应着去了。两人寒暄了几句刚坐下，便听院外又有人声。出门一看，竟是黄承彦和黄月英父女二人。

司马徽笑着打趣道："今日是什么风，竟把你俩也吹来了。士元和你们前后脚，莫不是约好了？"

"哈哈，还真是巧。书院里的一众学子，首推士元才学出众。尤其是最近，似有大长进。莫不是跟着老兄你学了些不传之术？"

"叔父谬赞，晚辈愧不敢当。英妹妹来了！"庞统一听红了脸谦虚道。眼睛落在月英身上，脸上的惊喜藏都藏不住。

"上次的清谈会，士元兄舌战群雄，可不像这般谦逊。"黄月英狡黠地打趣道。

一众人边说边走至前厅坐下。闲聊着喝了盏茶后，黄承彦装作无意地问司马徽："老兄如何看待当今天下大势。"

"如今群雄割据，但最终能逐鹿天下的，终不过北方曹操、江东孙权，还有荆州这一方势力。"

"先生指的是刘荆州吗？"庞统忍不住插话道。

"或许是他，或许不是。恕我直言。刘荆州如今虽兵多地广，但他志不在扩张，只一味发展经济，百姓倒是享福，却于形势不利。"

"刘备如何？"黄承彦突然语出惊人地问道。司马徽诧异地看了他一眼，神情明显有几分意外。

"刘备倒是个人物。我前段时日陪习温送习叔父他们去新野，在刘将军军营里待了大半个月。此人温厚仁义，擅长笼络人心。目前虽兵马不多，实力薄弱。但其性格坚韧，手下还有关羽、张飞这些悍将，着实不可小觑。"

月英听了愣怔半晌，突然问道："若你出仕，会辅佐谁呢？曹操还是孙权？或者其他？"

"曹操虽为枭雄，但其行为已背离了汉室，辅之不义。若我选择，或许会投奔孙权。他乃少年英雄，文武兼备，可与一试。但不是现今，如今我只想好好读书，静待时机。"庞统见月英有此问，便老老实实将心中所想和盘托出。

司马徽与黄承彦听了，彼此对视一眼，却并不予以置评。脸上的表情高深莫测。庞统的话虽有道理，二人却并未在意，只道他是有感而发。

"看来你内心已经选择好了，只是在等一个合适的时机。刘备虽素有贤名，可惜帐下除了关羽、张飞两大猛将及军师徐庶外，并无其他可用之人，我看前途堪忧。"月英皱着眉头若有所思道。

"士元为何未选刘荆州？他也素有贤名。况且他如今的势力远胜东吴孙权。"

"刘荆州仁厚爱民，吏治清明。但生逢乱世，作为主政一方的霸主，万不能小富即安，不思锐进，否则霸业难成。"

庞统侃侃而谈，有理有据。众人知他所说有理，一时间皆陷入了沉默。

几人在水镜庄用过晚膳，天色渐暗方才回去。庞统骑马护着黄府马车一路前行，至岔路口方才告辞独自回城。

不久，孙权西伐江夏太守黄祖。谁知尚未开战便听闻江东鄱阳等地山越大起。孙权无奈只得还军，很快便镇压了起义军及一众山越。

黄祖虚惊一场。但他清楚，以孙权的个性，自己杀了他兄长孙策，早晚有一天他必会卷土重来。为此他日夜练兵，积极做好迎战准备。

庞统本想着，若战事一起，自己便报名上前线，好好磨炼下意志，学些实战经验。哪知战事却无疾而终，像极了一场闲来无事的闹剧。

这日庞统陪着叔父在前厅弈棋。黄承彦和舅官蔡瑁联袂而至。庞德公知是有事相商，便径直将二人带入书房，简短寒暄几句后三人便直入正题。

"庞公德高望重，蔡某今日过来是有事相商，还望直言不讳。"

"太守不嫌老夫见识浅陋，老夫定坦诚相告。"

"前些日子韩嵩大人因劝说主公择曹操为主而被关押，叔父对此事如何看？"

"当今天下，若说能称霸者，曹操定是其一。其胆识谋略，确是非比寻常。刘荆州作为一方霸主，一心为民，佛口慈心，自然也不失为一代仁主。若以荆州如今的实力，自守并不成问题，不必急于作决定。明面上保持中立，暗地里积极扩充军备，操练兵马，倘若真有相争那一日，定不会输。"

"不瞒叔父，主公始终犹疑不决，难下决断，怕是铁了心要守成。如今曹、袁二人尚未翻脸，尚能有几天安稳日子。只怕日后想求稳也是不能了。"蔡瑁懊恼地说道，显然对刘表这般瞻前顾后甚是不满。他顿了顿又道："敢问庞公，此事可有应对之策？"

"黄兄如何看这情势？"庞德公并未立即作答，而是将目光转向了黄承彦问道。

"立意自守倒也未错，起码于百姓来说免了战乱之苦。可如今曹操野心太大，看样子一州一郡并不能满足其胃口，他早晚是要逐鹿中原的，待他打败袁绍，怕是下一个就轮到荆州了。一味守成终不是长久之计，乘如今曹、袁二人对峙，举全州之力一拼并非毫无胜算。只可惜，刘荆州怕是并无此志。"黄承彦倒是毫不忌讳，这些话他憋在心中好久了，今日干脆说个痛快。

"嗯，正是此意。"庞德公连连颔首道。

"可惜主公并无争雄之意，我等也劝过。"蔡瑁慨然叹道。

一旁斟茶的庞统忍不住插话道："我观各州诸侯，目前能与曹操争雄者，或东吴孙策是也。此人胆识过人，若日后曹操吞并袁绍，刘荆州或可派人联络孙策一同抗衡。"

"哦？你小子倒是个有主意的，这是个法子，或可一试。只是孙策之父死于荆州，这世仇恐他尚且记着。"

"大丈夫行事不拘小节。值此生死存亡之际，想那孙策应顾全大局，同抗曹敌。若他因一己私仇忘了大义，便是命数了，结局可想而知。除非……"黄承彦若有所思地说道。

"除非荆州另出贤能，或未可知。"庞统突然接了一句石破天惊的话，众人皆吃了一惊。尤其是蔡瑁，看向庞统的眼神里竟起了点点寒意。

"你个浑小子，瞎说什么？还不去让人再烧壶热水来。"庞德公见蔡瑁变了脸色，忙起身呵斥道。庞统不服气地看了叔父一眼，转身出门去了。

"太守见谅，这孩子让我给惯坏了！"

"无妨，初生牛犊不怕虎，这孩子倒是有几分胆识。日后可去衙门中谋个差事。"

"他如今才识低微，尚需温书，日后若真成了才，再去太守麾下效力。"庞德公谦逊地推辞道。

"哈哈哈，叔父太谦逊了。本官尚有些琐事需处理，便先行告辞了。"

"好，我送您出去。"庞德公说着亲自送蔡瑁和黄承彦到大门口，见他们走远，才折身回了前厅。

他脸色铁青地将庞统叫到跟前，痛心疾首地训斥了他一顿。"今日你有两不妥：一是大人说话，你一个小辈擅自插话，实不礼貌；二是明知蔡太守与刘荆州的关系，却贸然发表不当言论。焉知今日之事他不会放在心上。你呀你，这莽撞性子倘若不改，日后必闯大祸。"

"我只是顺着黄叔父的话提了句……"庞统小声嘀咕道，觉得叔父有些小题大做。

"愚钝啊，黄叔父说得你却说不得，人家毕竟有着亲戚关系，自是不会介意。但你一个外人，说出来却是冒犯了。枉你竟然尚不知错在哪里。许久不罚你了，去，今夜在祠堂里跪上一夜，不到天明不许起来。"庞德公气急败坏地教训了庞统一通。

"跪就跪！"倔强的庞统一听，转身便去了祠堂。跪在庞家先祖牌位前，他思索着当今荆州的局势，一时竟陷入了沉思。

夜半时分，饥肠辘辘的庞统正昏昏欲睡，祠堂大门被悄然推开了，一个窈窕的身影蹑手蹑脚闪了进来，却是皆罗。她一只手拿着件男子的披风，另一只手提着盒热气腾腾的吃食，显然是刚从伙房出来。

"晚膳时分，才知你被表叔罚了，却苦于没有机会过来。现下他们都睡了，我才能溜去厨房，做了些饭菜过来。这件夹棉的披风是前几日才做好的，原本预备在你生日那天送你，如今你便先穿上吧，秋日天冷，切莫着了风寒。"

皆罗将食盒放于地上，将手中的衣裳顺势披在了庞统身上，心疼地埋怨道："你怎如此傻？表叔没在跟前，又无人盯着，你偷会儿懒不成吗？竟一直这么跪着，膝盖怎受得住？快起来吧，在这蒲团上坐着歇会儿。快看看我给你带什么好吃的来了。"

庞统犹豫了会儿，还是听从皆罗劝告站了起来。奈何腿跪得太久有些僵了，竟差点摔了一跤，幸亏皆罗手疾眼快地扶住了他。

庞统笑着打趣道："这点惩罚算不得什么。记得小时候，有次我和山民哥去隔壁邻居地里偷果子，回来被叔父拿荆棘抽打。鲜血淋漓的，才叫吓人呢！"

"快别说了，怪瘆人的，日后可得注意些。先吃点东西垫垫，想必饿坏了吧，赶紧用些。"皆罗嗔怪地瞥了庞统一眼，拿出盒子里的吃食一一摆好，竟有三菜一汤，难为她深夜还准备得如此丰盛。

庞统一时间很受感动。他自幼跟随在叔父跟前教养，叔父虽对他亲如父子，但平日里却甚是严厉，并不会关注这些琐碎小事。下人们虽然也勉强算是尽心，却也难以照顾得十分周全。

皆罗见庞统怔怔地看着自己，眼睛里明显有雾气，忙打趣道："咋了，难不成我脸上沾了灶灰？"

自此后，两人的关系较之往常亲近了许多。庞统不再刻意避着皆罗，偶尔还会打趣逗笑几句。但也止步于此，并未如皆罗期望那般更进一步。

皆罗如今已是二十有六的大姑娘了，年龄比庞统还大两岁。这些年曾有几户襄阳望族前来提亲，皆被她婉拒。司马夫人知女儿钟情庞统，可庞统显然另有心上人。眼瞅着别的府上娶亲嫁女，热热闹闹的，这两人却毫无动静，司马夫人不免急得头发都白了。

这日早膳后，司马夫人鼓足勇气对庞德公提及了女儿的亲事，恳请表哥为自己做主，让庞统娶了皆罗。庞德公沉吟半晌，让管家唤来了庞统，欲当着司马夫人的面商讨此事。

"士元，你也老大不小了，婚事应提上日程了。你表姐皆罗，人才出众，这些年对你更是情深意长，大家有目共睹。你表婶意思是皆罗如今年岁渐长，不如你们二人择个好日子成婚，如此便圆满了。"庞德公看着庞统开门见山道。

庞统吃惊地看着庞德公，连连摇头道："叔父，您明知我无意于皆罗，此事万难从命。"

司马夫人听了眼圈立时便红了，她指着庞统哑声说道："士元，你也是我看着长大的。我家丫头对你的情谊，相信你早已感知到了。这些年上门给她提亲的，她总是找各种理由拒绝，我知道她是在等你开口。女子的青春是有限的，耗费不起。她大你两岁，大好年华竟都蹉跎了。表婶也是没有办法，才厚着脸皮给表哥说。如今你竟如此绝情，让我家丫头怎生是好哇！呜呜……"话刚说完，司马夫人已伤心地号啕起来。

庞德公急得站了起来，手足无措地劝说道："表妹，快快止声，让旁人听去了终是不妥。我再劝劝士元。"

庞统见司马夫人哭得失了体面，也觉十分尴尬。他红着脸劝慰道："表婶说的我都明白，也甚为抱歉。可婚事终究要讲求个你情我愿。我自小将皆罗当亲姐姐看，全然无男女之情。叔父清楚我喜欢的女子是谁，除了她，这一生我谁也不娶。还请表婶莫要为此伤怀，表姐那里，我自去说个明白。"

庞统一口气说完，头也不回地出去了。他生怕叔父因司马夫人的哀求而答应了这门亲事。便急匆匆去了后院，他要找皆罗当面说清楚。

皆罗正悠闲地坐在后院石凳子上绣荷包，这是预备送庞统的礼物。忽见庞统怒气冲冲而来，不免吓了一跳。忙站起来招呼道："这是咋了，谁惹着你啦？"

庞统见皆罗一脸茫然，方知此事并非皆罗授意，心中的怒气便散了大半。他迟疑了一会儿，还是字斟句酌地说道："表姐，我们二人从小便玩在一处，如亲姐弟一般，你对我好我也是知晓的，也充满感激，但仅限于此。你知道我自小便喜欢月英，是那种非她不娶的喜欢。我虽未对你明言，但以表姐的聪慧，怕是早就知晓。今日对你说这些，算是表明一下我的立场，还望表姐见谅。"

皆罗吃惊地听着庞统好一顿噼里啪啦，心里万分屈辱。那双明亮的大眼睛里盈满了泪水，却倔强地不肯让它们流出来。待庞统说完，她压低着嗓子讥讽道："表弟不分青红皂白地上来便说了一大通，却不知为了何事震怒。你喜欢月英大家都知道啊，也没人拦着不让你喜欢。只可惜流水有意落花无情，人家对你却并无半分男女情分。但这又关我何事呢，你犯不着来我面前发泄。"

"你娘亲找叔父提此事，叔父方才喊我前去问话，我已拒绝了，抱歉！此来便是知会你一声。我走了。"

庞统迟疑着说完，转身头也不回地出去了。只留下失魂落魄的皆罗，坐在原处泪流满面。她疯了似的拿起箩筐里的剪刀，将手中绣了一半的荷包剪得粉碎。这一刻，她感觉自己死的心都有了。

此后一段日子里，皆罗都躲着庞统，不跟他说话，也不再如跟屁虫似的随着他出门。一向开朗的她，突然便安静了下来，整日里待在府中刺绣温书，竟似变了个人。

二十

这年冬天，庞府新添了桩喜事。入府近两年的诸葛玲，生下了一个大胖小子，软软糯糯的十分招人喜爱。满月这天，庞德公在府中摆了宴席，远乡近邻都前来相贺，甚是热闹。

诸葛亮作为诸葛玲娘家人，自然一早便来了。他亲手打了个银项圈送于外甥，并带了两斤自己炒制的青茶，送于庞德公。

庞统借口去看师父，躲去了广德寺。事实上他是不知如何面对诸葛亮和月英。自上次无意中听到月英的心里话，他便知自己这辈子注定娶不到心上人，便彻底死了心。

但心里明白是一回事，彻底放下又谈何容易？眼见着和他差不多年龄的世家公子，皆陆续成了婚，有的已儿女成群，唯独自己还形单影只，孤身一人。他自己倒无所谓，可那些熟悉的长辈却瞅着机会便问东问西，弄得他十分尴尬。故他宁可避着些，好歹落个耳根清净。

慧明师父见庞统闷声不响地上山，便知他有心事，却并未追问。后见他捧着本经书半天不曾翻页，显然并未看进去。便摇头叹道："看不进去便去伙房，帮我挑几担水，缸里的水浅了。过十几日怕是要降温，届时会有一场大雪。"

"不会吧师父，这天还暖和着呢，我穿个夹袄都冒汗呢！"

"年轻人火刚硬，自是不怕冷。我让你学的梅花易数和奇门遁甲学得咋样了。若会了你便能随时窥探天气变幻了。"

"尚有几处不甚理解，相信再有两月，我便能将这些东西融会贯通。前些日子我给堂兄卜了一卦，卦象大吉，生贵子，他还半信半疑。果不其然，如今得了个大胖小子，叔父跟堂兄都高兴坏了。"

庞统说着，脸上的表情总算明朗起来。他站起身径直往伙房走去，边走边道："我先去担水，回头再向师父请教。"

庞统一口气挑了五担水，才将那口硕大的缸装满。如今山上越发冷清了，除了师父和一个新收的小师弟，再无旁人。佛教传入中原不过百余年光景，除了洛阳官建的白马寺，其他的小庙皆未成气候，自然香火也算不得旺盛。

庞统曾数次邀请师父下山居住，奈何师父不同意，他总觉得师父是有什么苦衷未对他言明。只能暗中合计，此次下山定要找机会去面见蔡叔父，请他代呈衙门，出资将广德寺修建一下。如此灵气充沛的地方，荒废下去当真是可惜了。

夜里庞统睡得正沉，却听一阵急促的打斗声从师父居住的禅房传了过来。他惊得翻身坐起，胡乱套了件外衣便奔了出去。

只见五六个蒙面人正呈扇形朝着师父轮番进攻，眼见师父渐渐不敌，庞统忙闪身加入了进去。奈何他未拿兵器，只能徒手和人搏斗。哪知这些人皆是一等一的高手，庞统以一敌二，渐渐便落了下风。一个未留神，左臂被刺了一剑，立时鲜血如注。

慧明见爱徒受伤，忙大喝一声道："住手，我跟你们走，切莫伤及无辜。"

为首之人停了下来，斜瞅了庞统一眼说道："好吧，只要你乖乖跟我们回去，我便不伤害这小子。来人，将他给我绑了。"

慧明毫不犹豫地丢了手中的木棍，立时便有两人上前，将他五花大绑起来。庞统欲挣扎着上前，却被慧明喝止了。他平静地说道："听着，为师和这些人乃是旧识，他们不会伤害我的。如今为师要去和他们了结一桩旧怨，你切莫插手。不过一月，为师便又回来了，你替我好好看着这寺院，照顾好你小师弟，听到了吗？"

"师父，你切莫孤身犯险。这些人是谁？有何旧怨非得以这种粗蛮方式了结？"庞统焦急地问道，心知师父大体是安慰他才如此说。

"小子，这不是你能管的事情。你师父是朝廷钦犯，我等追查了许久，才知他竟逃窜至此地。我也不欲乱杀无辜，你少打听尚能有活路，若不听劝，下场便如他一般。"蒙面人傲慢地瞅了庞统一眼，出言警告。

庞统听了大吃一惊，心道：以师父的心性，何以便成了朝廷钦犯，这其中定有误会。但看这拨人来势汹汹，绝不会善罢甘休，自己也不可硬来。

他正思索对策，却听师父大声喝道："为师的话不起作用了吗？我让你好好守着这里，切莫轻举妄动，听到了没有？"

"听到了。师父放心，我会照顾好小师弟的。"庞统见师父急了，忙大声应道。

"走吧，别磨磨蹭蹭的了。也不必玩什么花样，否则将这二人抓起来一并带走。"为首的蒙面人不耐烦地说道。一行人推搡着慧明出了寺院，跨上马往来路奔去。

庞统捂着胳膊追了出来，见他们已去远了，忙折身跑去找小师弟，叮嘱他好生在寺庙待着，自己则回城找人去救师父。他一直猜测师父绝非一般人，但师父素来对自己身世一字不提，他对此一无所知。

庞统打马回了城，先去书房见了叔父，问及师父底细，叔父却也并不知晓。庞统又匆匆前往黄家湾，欲找黄叔父询问一下究竟。

黄承彦见庞统满头大汗跑了进来，脸上神情焦灼，便知是有要事。待庞统心急火燎地说了事情原委，方知慧明师父被一伙强盗模样的人抓了去。他阴沉着脸思索了半晌，方缓缓劝道："此事你休要再管，你也管不了。"

"那是师父啊，教导我多年，如今他遇难，学生怎可袖手旁观？黄叔父，那伙歹人说他是朝廷钦犯，您可知是为了何事？"

黄承彦长叹一声说道："据我猜测，此事想必与衣带诏之事有牵连。你说的前来抓捕慧明师父的人，可能是曹操麾下的卢洪或者赵达。这二人担着曹军校事一职，是曹操监察各级官吏和百姓的耳目，平日里为非作歹，极尽诬陷之能事。因他们直接受曹操本人指挥调度，故权力也颇大。"

"您说的可是传言中的'不畏曹公，但畏卢洪，卢洪尚可，赵达杀我'这两个当世阎罗？"庞统疑惑地反问道。

"正是他们二人。曹操为加强对军队和朝臣的掌控，专门设置了校事一职。虽说担任校事的人大多身份卑微，却皆是曹操的亲信心腹。这些人对上欺瞒曹操，对下任意恐吓构陷，这两年造的孽可不少，百姓们皆畏之如猛兽，你师父倘若真是落他们手上，怕是凶多吉少。"

"衣带诏乃当今天子写给他老丈人董承的密诏，与我师父有甚干系？"

"我也只是猜测。或许你师父与这密诏上的四位中的一位有所关联。说来也是讽刺，不久前曹操还打着'奉天子以讨不臣'的旗号，打算与袁绍奋力一搏。不承想他自己却成了天子最想讨伐的人，曹操心中的震惊与失落可想而知。唉，以往的他或许还会遮掩一二，此后行事怕是再无顾忌。汉室危矣！"黄承彦长叹了口气说道，眼底是无可排遣的忧虑。

"还真是不可言说。此次听说牵连甚广，参与的有车骑将军董承、偏将军王子服、长水校尉种辑、议郎吴硕，还有左将军刘备。这些人在曹操眼皮子底下密谋，却不做得隐秘些，岂非可惜。"庞统颇为惋惜地叹道。

"唉，世事难料。抵不住有人告密啊。此次刘备也牵扯进去最是让人意外，想想两年前他与曹操还同处一室，青梅煮酒，言谈甚欢，听说曹操对他也很看重。如今却要成为死敌了。"黄承彦一时间也感慨万千。

"是啊，天子之所以找上刘备，大抵是因他担了个皇叔的贤名。以他如今的实力，和曹操对上无异于鸡蛋碰石头。叔父，朝廷近日怕是会血流成河。"

"听说曹操为防止董承等人逃跑，连幕府都未回，直接到行帐大营下令兵士们将皇宫团团围住，捉拿谋反者，格杀勿论。显然此次曹操犯了大怒。毕竟以往是他打着讨逆的旗号四处征战，如今自己却被当成了逆贼。衣带诏一事曹操必会视作奇耻大辱，对相关人等也定会重重惩罚，为自己泄愤立威。"

"唉！那依叔父推断，我师父会是这几个派系中哪方的势力？"

"按你师父的籍贯推算，他或许是董家人，只是不知因何原因遁入了空门。听说车骑将军董承此次被夷了三族，就连怀上龙种的董贵人都未被放过，被赐了缢刑。他们能千里追踪至此，你师父必是董承三代以内的近亲。"

"看来师父是凶多吉少了，我要去救他。告辞！"庞统急得眼睛都红了，转身欲离开，却听身后一声暴喝："庞士元，你给我站住！"

却是黄月英走了进来，她厉声说道："这事大了，你掺和不了，只能从长计议。这段日子寺庙都不要去了，免得招惹是非。"

"英妹你这说的是什么话？好歹师父也教了你几年，你便一点不着急？"庞统见月英如此说，气得高声质问道。

"急有什么用？想必师父此时已在被押解回许都的路上了。若想救他，绝不可蛮干。"黄月英狡黠地眨眨眼说道。

"那你说怎么办，我听你的。"庞统一看月英这样，便知有戏，忙凑上前低声说道。

"你们二人可不许自不量力。对上那些人，真要被抓了去，不死也得脱层皮。"黄承彦急了，忙插言警告道。

"放心吧爹爹，没有十足把握，我们绝不会贸然出手。"月英知爹爹担心，忙温声安慰。

转头对庞统说道："庞士元，上次你说的那梅花易数，很是晦涩难懂，有几个疑问尚需弄清楚，莫如出去探讨一番？"

"好。"庞统知月英另有打算，忙向黄承彦告了辞，二人一同出了前厅。

"此事只能去找表哥商量，他如今在衙门里领着差使，手下有几十号人。况且他的功夫绝不弱于你，是一大助力。我想赵达他们回许都必走宜城这条线，咱们不妨抄近道过去，扮成山匪的样子劫回师父。如此既不给自己添麻烦，也能免除后顾之忧。"

"此计甚好，却不知显兄会否答应。"

"放心吧，表哥这人向来仗义，况他也曾多次前去请教师父，我不信他会无动于衷。"月英胸有成竹地说道。

二人商议妥当，便立时骑马赶去蔡州。蔡显听了二人来意，迟疑了半晌方道："此事若败露，恐会给家中惹来祸端。那卢洪与赵达，本事不大，却都是无耻小人，缠上了怕是会落一身臊。"

"表哥，他们远在许都，这里是荆州，在我们自己的地盘上，岂会怕他们一群外人？他们敢千里迢迢前来冒犯，难不成是欺我大荆州无人，不给他们点教训怎成？"月英见表哥有些犹豫，无奈只得使出了激将法。

"哼，咱荆州人才济济，岂会怕了他们这区区几个阴诈小贼？英儿说得对，他们都敢明目张胆来荆州抢人了，我们还顾忌什么颜面？"蔡显这人有个毛病，便是最经不起激，一激必冲动。作为表妹，月英深知其脾性，故才如此说。眼见表哥上了套，她得意地对庞统使了个眼色。

说干就干，于是蔡显紧急调集自己的卫兵，选了十来个武功底子好的亲信，全部换上粗布便装，一行十三人快马连夜往宜城进发。

众人抄小路不歇气地追赶，终于在一处山凹追上了赵达一行人。此处地形复杂，山峰险峻，以往常有匪徒出没。被刘表遣兵收复后，方才安定了许多。

众人见前面背风的地方燃着一处篝火，估摸着便是赵达一行人点的。众人停了下来，庞统和蔡显二人弃了马，悄悄摸到了山背后。借着火光一看，果然是前往寺庙的那一帮人，此刻正坐在地上歇息。不远处慧明师父被五花大绑着坐在一边，有两人一左一右看管着，丝毫动弹不得。

二人悄悄折了回去，和月英商量了一番，决定立时采取行动，好打敌人个措手不及。于是众人皆以黑巾蒙面，以迅雷不及掩耳之势从两侧杀了过去。

蔡显边跑边学着山匪的样子喝道："此山是我开，此树是我栽，若想从此过，留下买路财。"

赵达等人突遇险情，未及反应便被抓了个现行，自是心中不甘。见对方人多势众，便只得软声求饶道："好汉，我等路过宝地，无意冒犯，我这里有些碎银赠予好汉，望行个方便，让我等过去。"说完从怀中摸出个钱袋递了过去。

"妈的，你这是打发叫花子啊，这点银子只够两人赎金。"蔡显掂了掂钱袋，粗着嗓子骂骂咧咧地说道。

"好汉，只带了这些，我身上玉佩尚值些银子，也给你吧，还请好汉放我们回去。"赵达咬牙将腰间的玉佩也扯了下来，恭恭敬敬递给蔡显，心里却恨不得将此人千刀万剐。

"看在钱财的分儿上，放尔等离去，还不快滚。"蔡显接过玉佩大声喝道。

"这个人乃是要犯，我等要一同带走。"赵达指着慧明师父说道。

"嘿，你还有条件了，再不走信不信我一刀砍了你。一个逃犯，你带走不也是杀掉，莫如到山上给我当伙夫，还能派上点用场。或者你换他，我看你似是有两把子力气，伙房里恰好缺个砍柴挑水的村夫。"蔡显作势举起手中的刀，癫狂地说道。

赵达听他如此说，吓得后退了两步，见众匪徒已围了上来，恐又生变，只得不甘心地带领几个手下呼啸而去，转瞬便没了踪迹。

庞统忙下了马，跑步上前扶起慧明，三下五除二给他解了绳子。心疼地说道："师父，您老人家受苦了。"

"士元，你何苦为我犯险。我孤老头子一个，早已看淡了生死。"

"师父，您是我的亲人，无论您身处何种险境，我皆会来救您，此次幸亏有惊无险。对了，英妹和显兄他们都来了。"

"师父，您还好吧？此处不是说话的地方，咱们先行离开，以防赵达他们回过味儿又来抢人。为保险起见，今日咱们先去宜城城内住上一宿，明日一早再赶路。"月英上前搀起师父说道。

"英儿说得对，咱们立时便上路，以防夜长梦多。"蔡显见慧明师父并无大碍，也放了心，便低声下令道："上马，回城。"

众人马不停蹄往城内奔去，刚到城门口，便见两个英俊少年候在那里，却是马良、马谡兄弟俩。原来月英早就暗中派人给他们送了信，说今夜要在宜城留宿，客栈不安全，让他们安排个地方。两兄弟遂亲自安排众人住进了马家在城东的一处别院。这里马良偶尔会过来住上几日，在此处温书十分僻静。

因已夜深，众人草草洗漱了睡下。第二日一早蔡显正在前院打早拳，马良便过来了，大声说道："显兄，到了此处不去府中，岂不是我失礼了，好歹过去歇上两日再走不迟。"

"季常，非是不去，而是此次来是有任务在身，不可长时间逗留。"蔡显见了好友，自然十分高兴，亲热地挽了马良的胳膊说道。

"哦，有任务？何事弄得神神秘秘的。士元兄和英姐姐他们呢？"

"这会儿士元应在后院喂马，英儿怕是尚在屋内，我同你一起进去寻他们。"

二人进了中院，果见庞统和几名士兵正在喂马。月英却在后院屋里，蔡显忙去喊了表妹出来。

庞统迟疑着问道："季常，你这小院有人住没？"

"没有，这个别院平日里没人，只我和马谡偶尔过来住上几日，图个清静。"

"那能否让我师父在你这里借住个把月，待避过了风头再回去。本应接师父去家里，奈何庞府人多口杂，恐多有不便。"

"嘻，这有何难。慧明大师，您尽管安心在此处住着，一应饮食起居我会安排专人料理。有您老人家坐镇于此，我再有不通之处便有高人指点了。再者，自此显兄、士元他们便会常来小住一两天，如此我这平日里无人问津的小院，便多了生气。岂不美哉，说到底，竟是我兄弟二人沾了您老人家的光了。"

"哈哈哈，几月不见，你小子越发会说话了，听得人心情无比舒畅。"蔡显听了哈哈大笑着打趣道。

众人知晓马良插科打诨，是为了免除庞统与慧明师父的尴尬。虽知他一向贤名在外，但如此通晓世情，仁义豁达，还真是让人十分愉悦。庞统心想：世人皆道"马氏五常，白眉最良"，看来此说法的确实至名归。

众人用过早膳，依依惜别了马氏兄弟与慧明大师，起身往襄阳方向而去。看着他们远去的背影，马谡羡慕地说道："兄长，好羡慕他们这一群人，自小一起长大，一同玩耍，享同样的秘密，有同样的梦想，这才是好兄弟之间该有的样子。"

"好兄弟并非要时时处处在一起，只要意趣相投，心灵相通，彼此间便能肝胆相照。他们如此信任我们俩，将慧明师父托付于我们，我们定要好好照顾。这段日子我们俩便在此处居住，平日里小心些，万要确保师父安全。"马良拍拍弟弟的肩膀，语重心长地说道。

马谡若有所思地点点头。对于这个兄长，他一向十分敬重。否则按他这快意恩仇的性子，早就恨不得去行走江湖，大杀四方，哪里还能如此安静地待在家乡，做个自由闲人。

为防赵达一行人卷土重来，庞统回去便直接去了山上，将师弟接往庞府中暂居。果然不出他所料，赵达一行人竟杀了个回马枪。他们召集来许多部众，去遇山匪的地方搜寻了一番，却连山匪的影子都未见着，方知上了当。

　　赵达带人又去广德寺蹲守了几日，却连人影都没见着一个。他们在襄阳城中秘密搜寻了多日，后来打听到慧明师父的大徒弟便是襄阳世家公子庞统，明着不敢打扰，便决定夜里去庞府探察一番。

　　是夜庞统正在睡觉，突然听到屋顶上有轻微响声，便知有人来了。他不动声色地握住了枕头下的软剑，闭目仔细听着动静。他常年练武，耳力自比常人强上许多。

　　却听屋顶有人悄声说话："大人，整个庞府皆搜寻了一遍，未看到慧明身影，便是那小和尚，也未在庞府。"

　　"你等可看仔细了？"赵达的声音里充满了不耐烦，似是已耗尽了耐心。

　　"看仔细了，后院住的是两个女子，似是母女，还有两个丫头。中院左厢房住了个中年男子，应是庞府当家人。右厢房是一对夫妻加一个小孩。前院便是这小子和几个家丁。我都前后来探察两次了，绝不会错。"

　　"奇了，难道真不是这小子带人劫的？那会是谁呢？撤吧，看来真与此人无关。我就说他年纪轻轻，绝不会有此等本事。算了，不过是个无关紧要的逃犯，回京复命时便说已诛杀了此人。听到没？"赵达疑惑地自言自语道，随后便如此吩咐手下。不久屋顶便没了动静。

　　庞统起身探察了半晌，见府内的贼人已走得无影无踪，方才放心回去安睡。他知道，自此便可以高枕无忧了。

　　赵达撤走这日，恰巧蔡显带兵在城中巡防，见到一股人马鬼鬼祟祟地四处张望，细看便知是赵达等人。故意让亲信蔡亮上前盘问道："昨夜衙门里遭了贼，万幸没偷到什么重要东西。一看你们这贼眉鼠眼的样子，便不是什么好人，通关文牒拿出来瞅瞅。"

　　赵达见眼前的将领英气逼人，眼神里满是傲气，便上前讨好道："不知将军姓甚名谁？在何人麾下高就？"

"别给老子废话，通关文牒拿出来，否则治你个奸细之罪。"蔡亮却不吃他这一套，黑着脸不耐烦地训斥道。

赵达气得心里暗骂一通，面上却堆满了讨好的笑，人在屋檐下，不得不低头，这个道理他还是懂的。况且已经准备离开了，他可不想再节外生枝。便乖乖地从怀中拿出通关文书递了过去。

蔡亮一看，果真是许都的文书。他审视地盯了赵达半晌说道："无事莫要在此逗留，这几日城中进了贼，我等正日夜巡逻。恐误会了各位，奉劝尔等还是速速离去。"

"谢谢小将军好言相告，我等这便出城。"赵达拿回文书恭敬地说道。手一挥，这群人便簇拥着他整齐划一地往城外而去，很快便消失在了众人视线里。

蔡显对蔡亮使了个眼色，蔡亮领会，遂带上两名士兵悄悄跟了上去。三人一路尾随，盯着赵达一行人出了襄阳地界，才放心回了城。

此事总算尘埃落定。庞统亲自去接师父，却被告知要再等上两月。原来是慧明师父见马氏兄弟天资聪颖，便传授了二人几招功夫。如今二人正学得用心，自然不肯放师父离去。

如此一来庞统便常约了蔡显、月英他们一同去马良的别院探望师父。一来二去的，众人的友情更深了一步。

是年，荆州暂且安定，其他州郡却战事四起。

袁绍战胜了公孙瓒，自此坐拥冀、青、幽、并四大州，成为实力最为强大的诸侯。雄心勃勃的他，欲与曹操决一死战，妄图尽快收复中原。

六月，袁绍挑选精兵十万南下许昌。他急于进军，却疏于战略布局，反让曹操占据了有利地形。不久，曹、袁两军对峙于官渡。曹军兵疲粮乏，明显处于不利形势。

深谙兵法的曹操，采用谋士荀彧的良策，巧施火攻，一举焚毁了袁军粮草，彻底打乱了袁绍的整体部署。刚愎自用的袁绍一再错失良机。后曹操奇袭乌巢，袁绍派张郃领重兵集团前去相救，哪知张郃却直接率军投降曹操。袁绍听说后气得吐了一口血，知大势已去，便带领儿子逃到了黄河北岸。

曹操出奇制胜，以两万左右的兵力击破袁绍十万大军，为自己的军事生涯写下了辉煌的一笔。此战一年后，曹操再度北上，曹、袁两军又在仓亭对战。

有人劝袁绍坚守不出，静待援军。但愤怒的袁绍却并未听从建议，而是集结全部兵力于仓亭津，与曹操决一死战。奈何仍以失败收场。若说官渡之战，曹操以少胜多，赢得了决定性胜利。那么仓亭之战，则彻底终结了袁绍妄图染指中原的霸业，自此他逃回冀州，一病不起。自此中原再无人能与曹操争锋。

其他与曹操接壤的州郡皆有些惴惴不安。他们清楚，野心勃勃的曹操必不会止步于此，平定中原才是他的终极目标。

就看下一步，他要攻打谁了。

自曹操大败袁绍，刘备便开始坐卧不安。他十分清楚，曹操的下个计划必是剿灭自己。自衣带诏事发，一同参与计划的另外三个人，车骑将军董承、王服及种辑皆被曹操屠灭三族，唯有自己侥幸逃脱。睚眦必报的曹操势必不肯放过自己。如今他最大的敌人袁绍已逃回了冀州，下一步恐怕便会轮到自己了。

每思及此，刘备便如芒在背。他屡次召集手下将领商议，欲制定个妥善的应对之策。奈何双方实力太过悬殊，怎么看自己这方都毫无胜算，这让他感觉无比沮丧，每日都生活在惶惶不可终日的忧惧里。

果不其然，曹操很快便率军亲征刘备。刘备仓促应战，被曹军一击而溃，刘备夫人及大将关羽皆被曹操生擒。刘备无奈只得逃往邺城，投靠袁绍。

袁绍自然喜出望外，亲自出城十里相迎。但因刘备曾经剿灭过袁绍的弟弟袁术，且袁绍手下大将颜良、文丑皆死于关羽手中，故袁军中许多将领皆十分恼恨刘备，对他并无好脸色。

袁绍对刘备也始终心存戒心，并未让他领兵，只将他闲置在那里。日常军事方面，也不愿采纳他的一些有益建议。

刘备见袁绍并不信任自己，他手下大将也无人与自己交心，便知此地终究是留不住。他思索良久，总算是找了个借口。一次他装作无意间提到，与荆州牧刘表关系不错，可代袁绍前往荆州联络刘表，共同举事，袁绍听了将信将疑。

这日刘备听人说以往追随公孙瓒的小将赵云，在自己老家邺城，拉起了一支人马。平日里除暴安良，甚得民心。

刘备听了大喜。心道：天助我也。原来他与赵云竟是旧识。刘备救徐州的时候，曾向公孙瓒借了三千人马，顺带着将赵云也借走了，此时的公孙瓒并不知赵云的才干。

但经徐州一战，刘备发觉赵云智勇双全，仁义无比，对其十分赏识，便刻意与之结交，二人遂结下深厚友谊。后来赵云回到公孙瓒身边，见其昏庸无能，难成大业，注定会被袁绍消灭。便借奔丧之机回了自己家乡，再未回去。为求在乱世里能够自保，他利用自己的影响力拉起了一队人马，如今已近两百人。

刘备赶忙派人联络赵云，二人在邺城见了一面。擅长攻心的刘备，再次拿出了拉拢人的看家本领，对赵云极尽夸赞，畅谈了自己的宏图伟略，期盼着赵云与自己一起，创立一番基业。二人聊到兴起，夜晚共卧一榻促膝谈心，抵足而眠。

次日刘备离开时和赵云商定，让他再招募一些人，届时称是刘备将军部曲。并再三叮嘱，此事不可告知旁人。赵云见堂堂皇叔竟如此平易近人，且雄才大略，勇敢坚韧，自然便一口应承下来。二人约定在汝南会面，届时再一同投奔荆州刘表。

不久，刘备带着本部人马到了汝南，与赵云的兵马合为一处投奔刘表而去。

一行两人走在前往荆州的官道上，刘备不禁潸然泪下。如今的他，只区区几百人马。二弟关羽被擒，三弟张飞失散，结义三兄弟如今只余下他一人。若非自己千方百计找来了赵云，否则手下便无一人可用。想着自己这风雨飘摇的半生，一无所成，他便不由得悲从中来。

赵云见刘备神情凄惶，知他心中所想，本欲劝慰几句，却又觉得说什么都甚为无力，只好一言不发地由着刘备独自伤怀。

二十二

　　殊不知刘备遣人送往荆州的书信，却在当地掀起了一场不小的风波。对于这个颠沛流离半生的不速之客，荆州大部分官员都十分抗拒。尤以蔡瑁、蒯越为首的本地豪族，皆明确表示不欢迎。

　　为了商议此事，刘表召开了专门会议，荆州的大小官员尽皆出席。这日的荆州治所，气氛格外肃穆。刘表阴沉着脸居中而坐，一应官员分列两旁。满屋子的人，却鸦雀无声。

　　刘表抬眼扫视了一圈，清了清嗓子沉声说道："刚接到探子来报，刘备的车驾离此只余百里，他亲书的手信在此。各位大人都议议，看此事如何应对？"

　　"主公，刘备虽有贤名，却乃善变之人。从他的履历来判断，他这半生，先后投靠了不少人，无一而终。当然，有的是不得已，有的却是刻意为之。他先是投奔同乡老友公孙瓒，被拜为别部司马。后去青州协助刺史田楷抗拒袁绍，又被任命为平原令、平原相。再后来陶谦病危之时向其托付徐州，刘备又成了徐州刺史。后遇吕布前去徐州投奔。吕布这个三姓家奴，不讲仁义，竟夺了徐州，刘备不得已败逃。要说他这人也算有贵人运，幸得家财万贯的麋竺慷慨相助。后他与吕布和解重返徐州，却遭吕布二次背叛，才又转投曹操。若说这之前的一切，尚在情理之中，那他之后的境遇变化，却有些不地道。"

　　蔡瑁说到这里环顾了一下四周，咳嗽了几声方接着说道："刘备欲杀吕布报仇，却因功夫不敌落败。之后曹操亲征，在白门楼斩杀了吕布，才算是间接替刘备报了仇。可以说曹操对刘备有救命之恩。后来曹操派遣刘备和朱灵截道打击北上的袁术，刘备趁机进军下邳，斩杀了徐州刺史车胄，才再度拿回徐州。这也可以理解，毕竟是夺回原先属于自己的领地，无可厚非。我要说的是，曹操对刘备有收留之情、相助之谊、救命之恩，这点各位大人毋庸置疑吧。可刘备他不仅不思回报，竟秘密参与衣带诏，欲和董承一起诛杀自己的救命恩人，这便有些说不过去了吧。今日咱们姑且不论孰是孰非，单就这一点来说，他对曹操是有愧的。故此才有后来的曹操亲征徐州，刘备兵败投奔袁绍。投奔没几日，便又瞒过袁绍，前来投奔主公。请诸位大人好好想一想，将如此善变之人留于身边，怎能安心？"蔡瑁一口气说完，眼神犀利地环顾一圈，见众人尽皆点头，方才暗中舒了口气。

众官员议论纷纷，莫衷一是。蒯越见了忙上前一步奏道："诚如军师所说，刘备此人素有野心。他先后投奔卢植、朱隽、刘恢、公孙瓒、陶谦、曹操、袁绍，现又来投靠主公，虽大多为情势所迫，却也说明此人不甘于人下，野心勃勃。现如今主公犯不着因为他而得罪了曹操。莫如直接回信，命其在远郊扎营，歇息几日后再奔赴他处。"蒯越知刘表一向爱惜自己的名声，恐已做好了盛情相迎的准备，忙接过蔡瑁的话题建言道。

"你们二人说的什么话？虽说刘备履历复杂，却算得上为情势所逼。生逢乱世，又有谁敢说自己便能从一而终。莫说他是中山靖王之后，名义上和本官沾亲带故。单论一条，此人向来贤名在外，若置之不理，世人将如何看我？岂不落人口实？况且若任由他去了他处，岂非又给他人增添一大助力？"刘表一听很是生气，当即变了脸色训斥道。

蒯良见蔡瑁、蒯越二人的建议未被采纳，本欲劝说的话临出口却变了调："主公打算如何安顿刘将军他们？虽只几百人之众，但粮草器物等消耗却不是小数。"

刘表听了紧蹙眉头。他嘴上说得义正词严，内心对刘备的到来还真是感到头疼。刘备名声虽响，却势力低微。如今又与曹操成了死敌。自己虽不惧曹操，却也不愿与他为敌。接纳了刘备，便是站在了曹操的敌对阵营。当然，曹操野心勃勃，早晚与荆州有一场硬仗，只是迟早的问题。如今的重点是如何安置刘备，还真是件颇费思量的事情。

刘表垂着眼睑轻敲着案几，不时地抬眼环顾一下四周，见众人皆肃着脸紧张地看着自己，显然是想从他这里得到一个答案。他思索半晌，心道：倘若让刘备驻守于襄阳城周边县郡，莫说襄阳这些世家大族不同意，自己也委实不放心。但若将其远派，似乎又有些不地道。莫如便让他屯守新野吧。刘表心里打定了主意，脸上的神情也渐渐松弛下来。

"主公，那刘备素有贤名，又有自己的兵马，若任其步步坐大，恐无法掌控。故只能择一离襄阳城不远不近的地方，让其屯兵。"蒯越思索着建言道。

"莫如让他前去江夏，那里由大公子镇守着，谅他也翻不了天。"伊籍对刘备十分敬重，见众人皆十分排斥他，便以退为进建言道。

"江夏断然不行。刘备此人一向擅长蛊惑人心，大公子耳根子软，怕是经不起他诱惑。还是不要走得太近为好。"蔡瑁一听忙出言劝阻，生怕刘表答应下来。

他略微思忖了一下说道："下官以为，适合刘备屯军的便数南郡，南郡有十多个县，又在咱们眼皮子底下，何不分一小县之地让刘备驻军？"

"军师所虑不无道理。我看莫如让刘备屯兵新野方为妥当，诸位大人觉得如何？"

"妙啊！主公这步棋下得委实精妙，再没有比这更妥善的去处了。"蒯越一听高兴得拊掌连声赞道。

众人这才恍然大悟。深觉论算计人心，还是主公棋高一着。刘表见众人领会了其用意，微眯着眼不再多语，脸上神情淡然却又带着几分高深莫测的意味。

不得不说，让刘备屯驻新野的确是一步好棋。自张绣投降曹操后，南阳郡的大部分县郡便落入曹操之手，而新野则成了刘表和曹操对峙的最前线。新野疆域狭小，离襄阳只一百四十华里行程，进可攻退可守。倘若让刘备屯兵此处，外可帮荆州抵御强敌曹操，内又方便监管挟制，实乃最为妥当的安置之地。

　　地方选好，余下的便是一些安置细节。待一切商议妥当，刘表亲率文武官员到城门外迎接。沿途百姓见刺史大人如此慎重，亲自出城迎刘皇叔，无不夸赞其贤良，有海纳百川之量，刘表听后淡淡一笑。

二十三

刘备一路上恓恓惶惶，既忧心刘表是否真心接纳自己，最终会将自己安置于何处，又恐襄阳的世家同气连枝，容不下他这个外乡人。想着往日虽艰难，尚有关羽、张飞两员大将忠心扶持，如今身边却唯有赵云一人，不免凄凉。他一路上眉头紧蹙，心里七上八下始终无法安生。

离襄阳城近五十里地时，刘备令手下几百残兵在郊外扎营，自己只带了赵云一人前往襄阳拜见刘表。

行至城门口，远远便看见刘表的将旗迎风招展，知是刘表亲迎，刘备心里这才缓缓松了口气。二人急急打马跑到近前，未及停稳刘备便赶紧下马，红着眼眶朝刘表倒头便拜，模样十分谦恭。

刘备泣道："备何德何能，竟劳刺史大人亲迎。大人与备同出汉室，若容备高攀一句，大人便如同备之兄长。如今小弟处境艰难，全赖兄长收留，弟感激涕零。日后必定肝脑涂地，以报厚恩！"

刘表听了，十分高兴，急忙上前双手托起刘备道："刘将军过谦了。到了荆州，这里便是你的家。放心，我会划出一地给你驻军，由你管辖。自此你我兄弟二人便同荣辱、共进退。"

"谢过兄长，谢过兄长！"刘备感动地擦干了眼泪连声道谢。

刘表环顾一下四周，疑惑地问道："你身边的关羽、张飞将军呢。"

"我与二弟、三弟失散了。二弟或许已到了曹操处，三弟尚未可知。这位是谋士徐庶，这位是赵云将军，如今备身边只余这二人了。"

刘表颇有几分遗憾地安慰道："久闻两位将军威名，故才有此一问。相信他们吉人自有天相，你们兄弟三人必有相见那日。"

说完他仔细打量了赵云一眼接着说道："赵将军飒爽英姿，是可用之材。"他嘴上虽如此说，心里并未将赵云放于心上。毕竟此时的赵云虽看上去威风凛凛，却没太大名气，较之关羽、张飞二人的赫赫威名，尚差之甚远。

赵云知刘表说的是场面话，笑着不卑不亢地谢过夸赞。立于刘备身后不再出声，由着他与荆州众官员见礼寒暄。

刘表一一介绍自己身后的几人。"这几位是蔡军师、蒯主簿、蒯太守、刘将军、张将军，此次便由他们五人协同招待将军，希望将军在此过得舒心。"

"四位大人皆是栋梁之材，备久仰大名，如雷贯耳。如此便劳烦四位大人了，谢过刺史悉心安排。"刘备谦逊地抱拳谢道。

他知此五人便是刘表的核心成员，蔡瑁与他是姻亲之谊，刘磐乃其内侄，张允则是其外甥。蒯良与蒯越更是功勋卓著，曾助刘表平定了荆州，他们皆是刘表最为倚仗的属下。自己必须与他们处理好关系，至少要尽力维系好明面上的和平。

蔡瑁与张允二人打着哈哈与刘备见礼，心里却都憋着一口气，故面色算不上好看。倒是蒯良耿直些，对刘备为人一向颇有好感，如今见了面，倒是有几分真心。蒯越与刘磐二人却深知其中玄妙，故态度不冷不热的，难以捉摸。

刘备心中早有准备，故并不感到意外。只一味热情地周旋于众人之间，满脸的笑意与恭顺。

荆州的官员们早听说过刘备，此刻见到了本人，不免皆有些好奇，时不时打量他几眼。

蔡瑁与蒯良热情地招呼刘备入城。蜂拥而至的百姓，有胆大的高声呼喊着刘皇叔，激动得热泪盈眶。这其中最狂热的莫过于守城士兵魏延，他一直仰慕刘备的仁义，如今得睹真容，竟激动得泪湿衣襟。

环顾着这些疯狂的路人，蔡瑁甚为不满。心道：早知刘备惯于收买人心，不承想在荆州也如此有威望。他偷偷瞥了刘表一眼，见其面上虽不动声色，眉头却微皱着，显然心底也不悦。忙朝自己的心腹手下使了个眼色，耳语了几句，手下领命而去。

此后通往治所的路上，除了整肃严明的士兵列于两旁，再没有了围观百姓的身影。到了治所，手下早已备好了盛宴，一行人依次入了席。刘表、蔡瑁、蒯越、蒯良、刘磐、张允陪着刘备坐一桌，黄忠、文聘、甘宁等武将则陪着徐庶、赵云坐一桌，其余参与陪同的官员们另坐了一桌。众人边吃边喝边聊，气氛颇为热烈。

蔡瑁等人面上笑得爽朗热情，心里却多少有些戒备。尤其是蔡瑁，他自认阅人无数，总觉得刘备温和谦逊的外表下，藏着颗不安分的心。因此看他的眼神里，多少带了些批判与审视的意味。这目光让刘备心里很不舒服，但他故作不知，依旧谈笑风生，席间频频举杯，以期落个谦逊守礼的好印象。

遭遇过无数次生死危机的刘备，每次皆能全身而退，又岂是全靠运气。世人只知其仁义厚德，殊不知他最大的本事却是擅长伪装，以真诚谦恭为武器，在任何场合都能快速打开局面。即便面对威压十足的曹操，他都能装得气定神闲，又岂会惧了眼前这些人。

一顿饭众人吃得各怀心思。好在刘表的地主之谊尽到，也算是宾主尽欢。

临别时刘表亲切叮嘱刘备休整几日后再去新野，刘备高高兴兴地答应了。于是刘备三人暂时被安置在了驿所。

是夜刘备在榻上辗转反侧，畅想着日后去了新野，如何开创出一片新局面。正思索间，听见客房门响了几下，他疑惑地披衣起床，原来是小将魏延来访。

魏延见到刘备倒头便拜，说自己仰慕刘皇叔已久，今日写下辞呈，自此愿转投刘备将军帐下，恳请收留。

刘备见眼前的少年生机勃勃，眉目间一股英武之气，看着便心中喜欢，立时便爽快地答应下来。让其跟随在自己身边做个亲兵。自此刘备阵营又多了一员能征善战的小将。

此后，刘备屯兵新野，开始休养生息。饱经战乱之苦、四处奔忙的他，开始了一段较为安定的生活。

不久，关羽、张飞二人闻讯先后寻了来，兄弟三人终又团聚。刘备热泪盈眶地问起二人分手后的境况，又是如何寻来此地。二人便将各自的境遇简要说了一遍，众人听了不胜唏嘘，关羽、张飞见大哥身边又添了智囊徐庶及赵云、魏延两员猛将，也由衷感到高兴。

关羽、张飞两位将军的归来，让刘备重新燃起了生活的激情。因着刘备贤良仁义的好名声，加上关羽、张飞将军的赫赫威名，不少英雄豪杰相继来投，刘备的势力得到了快速提升。

卧榻之侧岂容他人酣睡。这自然引起了刘表帐下不少官员的猜忌，尤其是刘表舅官蔡瑁，他断定刘备不是甘居人下之人，早晚有一天会与刘表兵戈相向。为此他数次向刘表进言，找机会除掉刘备。奈何刘表非但不听，还将他厉声训斥一顿。

对于大多数老百姓来说，荆州突然来了如此几个闻名遐迩、搅弄风云的英雄人物，众人自然兴奋莫名。传说中的刘、关、张桃园三结义之情，历经世事变迁，更增添了不少传奇色彩。

庞统、习温这些血气方刚的襄阳世家公子，听说威名赫赫的关羽将军被曹操俘获后，曹操许给他高官厚禄，却被拒绝。知道了刘备行踪后，毅然单枪匹马千里迢迢寻来了新野，这份忠义，更让他们叹为观止。

庞统心想，刘备如今屯驻新野，有关羽、张飞他们珠玉在前，无异于是给刘备的人品做了最好的宣传。那些崇拜英雄的年轻人，恐会头脑发热，跃跃欲试。

莫如自己也喊上蔡显、蒯祺他们一起去拜会一下，听听他们有何见解。毕竟刘备、关羽、张飞的名头，已响了这么些年了。如今离得如此近，岂不是天赐良机？

谁知不久后的一次聚会，却让庞统打消了这个念头。

这日庞统早起在前院习剑，门房跑来递给他一张请帖，原来是蒯府邀请叔父及堂兄三日后去参加蒯祺与诸葛楠次子的满月宴。

蒯氏是襄阳除蔡氏之外的又一大族。蒯祺这一支如今虽比不上叔父蒯良、蒯越他们官袍加身，但祖上蒯通曾为韩信谋士，辩才无双，也是个了不得的人物。府上钱财颇丰，嫡孙的满月宴，自然是广下名帖、极尽铺张。

接到帖子的刹那，庞统甚为高兴。想着此去必能见到习温、诸葛亮他们，刚好一同商议下前去新野的事情。一时间他也不想练剑了，回屋洗了把脸，便将帖子给叔父送了去，说自己要一同前往。

庞统叔兄三人到蒯府的时候，客人已到了不少，正三三两两聚在一起闲谈。庞统用目光搜寻了一圈，见月余未见的诸葛亮、习温、向条他们，正围坐于院中的石桌旁聊得起劲。庞统走近一听，正是在说刘备和他手下的将军们。

"都说刘将军有容人之量，待下亲厚，帐下三员大将关羽、张飞、赵云更是有万夫不当之勇。如此人物，来了荆州，还真是想去拜会一下。"说这话的是血气方刚的诸葛亮。

"好啊，大家约好了一起去。听说去岁关羽斩杀颜良于万军之中，枭首而归，万千敌军竟无人能挡，当真是勇猛异常！"习温满脸羡慕地说道。

"关将军自然是英勇盖世，但我更钦佩他舍无上荣华回归故主的忠义，这份感情实为难得。"庞统接过话题叹道。

"桃园三结义之情，经历过世事沉淀后，弥久愈坚，当真是羡煞我等。要不，咱们哥几个也来结拜一下如何。"向条说着话突然从石凳上弹跳而起，目光炯炯地看向众人道。

"得，一边去，咱们光屁股蛋子便在一起的情义，难道比不上半路的结义之情？"众人尚未及答话，却听蔡显的声音由远而近，抬眼一看，他正一脸嫌弃地瞅着向条。他的身边，是一身男装打扮的黄月英。

"得，你顺风耳啊？"向条扭身瞅了蔡显一眼，快快地抢白道。

"可拉倒吧，就你那声如洪钟的大嗓门，我们在门口便听见了。"月英撇了撇嘴逗趣道。

"哈哈哈……"众人大笑着站了起来迎接兄妹俩的到来。都是老熟人，也见惯了女扮男装的黄月英，众人并未觉得不妥。唯有诸葛亮，这是第二次见到月英，上次的清谈会二人虽打过照面却未作交谈，如今乍然又见，他不免又惊又喜，看向月英的眼神带着些许的疑惑与欢欣。

庞统正欲给二人做介绍，却见月英对着自己连连眨眼睛，便清楚她不想暴露自己身份。遂对着蔡显抱拳施了一礼道："蔡兄你们来了，快请这里坐！"

"这位是？怎的有几分眼熟？"诸葛亮直视着眼前这个长相清丽、风姿不凡的少年问道，那双深邃清亮的大眼睛，他绝不会认错，便是那日庞府替自己解围的少年。

　　月英抱拳笑着说道："黄硕见过各位兄长。你就是诸葛孔明吧，久仰大名！今日得见，甚幸！"

　　"不敢当，快快请坐，硕兄弟。"向来自命清高的诸葛亮，见少年如此豪爽，忙谦逊地站起来俯身见礼。

　　"表弟一心向学，极少出门，今日出来凑凑热闹。大家无须拘束。"蔡显忙笑着帮忙打圆场。

　　庞统自上次月英义无反顾地帮着自己救师父后，对月英的那点感情上的芥蒂早就消失无踪。此刻见月英左右张望，忙拿出袖中的汗巾帕子，铺在自己刚才坐的石凳上，喜滋滋地请月英坐了，又殷勤地倒了盏茶递了过来。月英不动声色地接在了手里。

　　诸葛亮诧异地看了庞统一眼，心道：这家伙平日里甚是骄傲的性子，为何在这少年面前竟如此殷勤。

　　"你们继续，别被我们俩扰了雅兴。"蔡显呷了口茶，环顾一下四周说道。

　　"适才正说着新投奔来的刘将军及他麾下三员大将，都是了不得的人物呢。"习温讨好地看着月英笑着说道。他一开始竟未认出月英。毕竟二人已有两三年未见了，女大十八变，月英个头又长高了不少，褪去了往日的少女肥，如今已长成了亭亭玉立一大姑娘。今日又扮了男装，也难怪他眼拙。直到见庞统对她分外殷勤，诧异之下仔细端详，才惊觉竟是月英。

　　"听说甘宁将军前些日子私自去了新野领教关将军的偃月刀法，可惜只打了二十几个回合便败了，可见关将军的确威猛。不过听说这关将军，素日里有些傲慢，并不怎么理会人，一般人难以见到。"蔡显神情颇有些遗憾地说道。

　　"显兄，你父亲是刘荆州身边最得力的军师，请他知会一声，咱们去会会这些英雄啊。"习温忍不住提议道。众人一听忙跟着点头附和。

"我可不敢提这些，你们知道的，阿爹待我一向严苛。况且我观他似不喜刘备，有次我无意中多问了几句，他差点大发雷霆。"

月英一听直肠子的表哥说话有些口无遮拦，忙假装咳嗽几下以示警醒。蔡显抬眼看了她一眼，果然不再往下说。

"不知各位兄台发现没有，刘备的经历透着些许怪异。平心而论，他出身不如刘荆州，家世不如袁绍，谋略比不上曹操，武功不敌孙坚，怎么看都似是个平庸之人。但这样一个人，却能将云、关、张三员猛将收入麾下，且个个忠心耿耿，是否有些奇妙？"月英看似漫不经心地问道。

"这便是他的过人之处，此人不简单啊。或许除了仁义，还另有不为人知的一面。"习温连连点头应和道。

"黄兄弟说的也正是我等深感疑惑之处。是啊，他依仗的究竟是什么？"向条皱着眉头附和道。

"此话问得精妙。刘备收服这三人，依我看来，一靠他皇叔的身份，二靠他笼络人心的本领。听说他对待手下，甚是尊重，和军士们同吃同住，甘苦与共。想必这也是因他出身贫寒，深知民生疾苦吧。"庞统知月英并非真心提问，她是在为众人理清思路。

"士元的话有道理。刘备此人，素有仁义厚德之贤名。虽和皇室沾亲带故，他这一支中山靖王刘胜后裔却早已没落。一个少时便以织席贩履为业的皇亲，他能依仗的唯有自己的人品。这人极其聪明，他深谙人性民心，擅长把控时事。"

诸葛亮目光炯炯地看着月英分析道。见众人听得入神，他略微停顿了一下接着说道："据说刘将军家东南角有一桑树高达五丈余，形如车盖，长得不似凡间之物。刘备少时与同宗小孩在树下玩乐，曾指着桑树说他将来一定会乘坐这样的羽葆盖车。由此可见此人少时便有宏图大志。只可惜事与愿违，他半生皆在颠沛流离。"

"孔明兄所言甚是。现如今刘备投奔荆州，实为情势所逼。但焉知他不是在下一盘大棋？此人屡战屡败，却从不气馁，是个百折不挠的性子。又顶着皇叔的名头，更是便宜行事，当真不可小觑。"月英深以为然，神色凝重地附和道。

"或许刘备终究非池中之物。但他如今雄居于此，若刘荆州能用好他，也可做一把遏制曹操的钢刀。如今袁绍退回冀州，曹操占据北方大部，两雄并立之势已不会太久。荆州若偏安一隅，任曹操一人坐大，日后终究免不了被攻击的风险。还不如未雨绸缪，拼死搏一个锦绣将来。"庞统听了月英的话，越发觉得情势逼人，遂正色说道。

蔡瑁听了眉头紧皱着长叹了口气说道："父亲向来不许我插言政事。但隐约听他说过，有人曾进言杀掉刘备，刺史大怒，差点将此人下了狱。还是父亲劝诫半晌，说此人也是一片丹心，刺史才勉强饶恕。如今刺史与刘备将军二人已认了同门兄弟，相处十分和睦。"

"刘刺史乃忠厚之人，向来爱重声誉。那刘备一向效忠汉室，说起来也算是皇亲，和刺史有兄弟之名分，刺史自然会善待于他。人在微末时对于别人给的善意，定会好好珍惜，否则便是枉为人了。算了，不说这些了，不过是平白操些闲心罢了，说多了还恐惹来是非。"月英见表哥如此说，不欲再谈此事，免得被有心人听了去，便故意岔开了话题。

众人听了，虽觉意犹未尽，却也知月英所说皆是实情。此时客人越来越多，再议论如此敏感的时政已然不妥，便逐渐转移了话题。

此次小聚，庞统也算清楚了蔡瑁和月英的立场。作为荆州牧刘表的亲戚，他们与刘备阵营是有着一定的隔阂的。如今虽表面上维系着一团和气，但其实双方都有所防备。作为月英的仰慕者，庞统自然要坚定地和月英站在一起。为此他彻底打消了前去拜会关羽、张飞等人的念头。其他的世家公子见庞统、蔡瑁二人都不提，自然也心照不宣地保持了一贯的默契。

在蒯府分别时，众人约定三日后去习府后山打猎，那里丛林茂密，常有野兽出没，最是狩猎好去处。习温听了自然欢喜万分，本就仗义好客的他，回去后便开始着手安排，准备好大量的弓箭及吃食，只待贵客上门。

习府坐落于襄阳城南五公里的凤凰山南麓，早先乃习氏先祖襄阳侯习郁所建的鱼塘。因风水极佳，习氏后人便扩府建院，长居于此。

骑马穿行在茂林间的山道上，随处可见的苍松古柏和一些叫不出名字的花草，散发出一股森林里独有的清香。远处亭台掩映，山涧溪水潺潺，环境十分清幽。

庞统边欣赏美景边赶路，临进山门时，遇到了打马在前的蔡显和月英表兄妹及蒯祺，三人皆一身劲装，看起来十分英姿飒爽。

庞统欣喜地上前看着月英欢快地说道："此处环境极佳，一路行来竟似自己是来踏青的。英妹莫如下马缓行，也可赏了这一路新奇景致，岂不快哉。"

"便依士元兄的。"月英觉得有理，笑着应了。一个旋身便率先下了马。众人皆下马牵缰而行。

早已候在路上的小厮见来了人，飞跑着递信去了。不一会儿习祯和习温堂兄弟俩便匆匆迎了过来，后面跟着的两个下人颇有眼色，笑着上前接过众人的马缰，找地方安顿去了。

习府占地甚广，穿过山门有一个硕大的前院，并排两口古井，一旁粗大的古槐枝繁叶茂，形似华盖。再往前百米便是前门，穿过曲曲折折的回廊，才算是到了前厅。

迎面的案几上早摆满了各色点心果盘，习夫人亲自张罗着温酒煮茶。早到的向条正悠哉乐哉地吃着点心笑看着他们。

见众人进来，习夫人笑容满面地招呼道："孩子们快过来坐，茶点早准备好了。"说完上前亲昵地拉了月英的手说道："英儿，大半年不曾见你了，如今出落得越发标致了。你娘还好吧？上次还是在祺儿的婚礼上见面说了两句，回去帮我代问个好。还有显儿，回去问你娘好。"

"多谢婶娘记挂，我和阿娘皆好。倒是听温兄说婶娘上次小染风寒，如今全好了吧？阿娘让我带了根老参过来，给婶娘补补身子。"月英说着从布袋里掏出来一个小包裹递了过去。

"哎哟，你这丫头，真够贴心的，替我谢过你娘。"

"婶娘，咋未见叔父？"蒯祺环顾了一圈，未见主人习珍身影遂问道。

"阿爹被刘备将军请去叙旧了。"习温说道。

"哦？"蔡显带着疑问的口气回头瞥了习温一眼。

习夫人忙笑着岔开了话题："快来尝尝婶娘自己酿的青梅酒，味道应是不错的。"

"哇，婶娘酿的酒喝起来回味甘甜，上次那个桑葚酒，也很好喝。"月英见习夫人表情尴尬，忙笑着解围。

"对，快来饮上几盏，我早就渴了。"庞统说着端过习夫人刚倒好的一盏酒咕咚饮了下去，略带夸张地咂咂嘴赞道："婶子，真好喝。"

"你们喜欢就好。要我说，还是英儿酿的桂花酒好喝，上次你差人送来的两坛，你叔父宝贝得什么似的，根本不让别人碰。"习夫人谦逊地笑道。

"我娘说的是真的，那桂花酿被爹爹搬去了书房，每次看书累了便酌上几盏，就赏了我和阿哥几口，小气得紧。"习温在一旁接腔道，语气里颇有些埋怨。习祯听了只哧哧地笑，并不接腔。

"如今就差孔明兄了，咱们先吃着茶等会儿，想必也快到了。"习祯环顾了一圈说道。

众人边吃着茶点边等。又过了小半炷香工夫，诸葛亮方悠哉乐哉走了进来。大笑着说道："各位仁兄，这一路风景甚美，边走边赏，竟至误了时辰。"

习温、习祯兄弟俩忙急步迎了上去，笑道："孔明兄，快这边坐。后山尚有不少景致呢，一会儿定叫你们流连忘返。"

"前面的六角亭与荷花池，亮已先行赏过了，的确名不虚传。想来习侯爷当初所建时，已存江湖大志。站于亭边观远处，亭台楼榭、茂林修竹，当真是相得益彰，颇有情趣。"

"哈哈，孔明兄过奖了，快快请坐！"习温开心地大笑两声，热情地迎诸葛亮入内就座。

众人重又起身见礼寒暄。习夫人热情洋溢地说了几句场面话，便识趣地回了后院，留下一众年轻人自娱自乐。

蔡显早等得有些不耐烦，此刻见诸葛亮茶也喝了几盏，是时候出发了，便率先起身道："大家伙都迫不及待了，咱们还是早点去后山，再晚猎物便不好寻了。"

众人纷纷点头称是，各自起身拿上早已备好的弓箭去了后山。

"咱们一起行动目标过大，莫如分成两组，既保证安全又不至于打草惊蛇。"行至上山的岔路口时，习祯提议道。

"如此甚好！我和硕弟一组，还有谁愿加入我们？"

"我加入你们一组吧！"庞统忙举手说道，生怕迟一步被别人抢了机会。

"这里没人引路可不成，山上树木茂密，一些小径只我和兄长识得。这样吧，我和兄长各带一队。刚好一队四人，我便跟你们一起吧。"习温笑着摇头说道。

"那这样吧，你们照顾好我表弟，我便和祺兄、祯弟、向弟一组，对了，最终要比战利品的哈。"蔡显看似无奈地说道，实则心中颇为开心。他根本不用担心月英的安全，只要有庞统在，她便不会有任何闪失。

"比就比，还怕你们不成！"月英偷偷地瞥了诸葛亮一眼，心里一阵窃喜。明明前几日才在蒯府见了面，竟似已隔了月余。她对眼前这个儒雅俊逸

143

的男子，终究是存了一份好感与新奇。

诸葛亮未作多想，笑着点头同意。庞统自然更是开心，只要能和月英分到一组，他便无异议。

"如此甚好，显兄，咱们从右边这条小路上去。温弟他们往左。"习祯爽快地同意了，率先往右边的小径走去，蒯祺等人忙跟了上去。

月英一行人自然是往左边。这边的路相对好走一些，并没有那么陡峭阴森。

沿途不断有鸟类闻声扑簌簌惊起飞走，一行人忙张弓搭箭，十有九中。只可惜，有的猎物好捡，有的却掉入了密林，无处追寻。

正行走间，一只毛色鲜亮的雉鸡探头探脑地出现在不远处。月英凝神静气地拉开弓欲射之，却未看到一旁的树上，一条斑斓花蛇游弋而下，正对着她无声地吐着信子。

站在月英左侧的庞统却注意到了，此时提醒显然已来不及。庞统急得全身起了层薄汗，他一边小心翼翼地移过身子妄图护住月英，一边闪电般地出手向蛇快速抓去。蛇受了惊，呲地一下往庞统手腕上咬了一口，快速往一边蹿去，倏忽便没了踪影。

月英这才惊觉，却见庞统面色痛苦地捧着右手，手臂处已经显而易见地肿胀起来，她急得一下子慌了神。

诸葛亮几步奔了过来，撕了衣服下摆，将庞统的右手快速绑了个结，又掏出随身携带的匕首，用行囊里的烧酒喷了消毒。他皱着眉头说道："士元兄，你且忍忍，这伤口处须得放血，会有些痛。"说完已经手起刀落，快速在伤口处划了个十字。

"无妨，你只管处理。"庞统的脸色已然煞白，却假装若无其事地说道，他见月英神色紧张，忙强笑着宽慰道："英妹别怕，不碍事的。"

"你别说话了，攒下气力好好疗伤吧。"月英咬着唇，眼中有泪水在打转，她知道，刚才若不是庞统出手相救，如今被蛇咬的便是自己了。

走在前面的习温见众人停滞不前，也折转了回来，方知庞统被毒蛇咬了，唬得变了脸色。急忙上前问道："可有我帮忙的地方？"

"有干净的帕子吗？这伤口才上完药，须得用干净布条缠盖住，以防再度感染。"诸葛亮边说边手不停歇地将黑血挤了出来，待血色渐渐变红，才舒了口气。

"我素日里很少带那玩意儿，总感觉有些娘气。"习温不好意思地挠挠头皮说道。

"有的，我这里有，还带了瓶金创药，撒些在伤口处吧。"月英忙掏出一方绣着荷花的白色丝帕合着药瓶递了过去。虽是姑娘家贴身之物，不应随便示人，可如今情势危急，却也顾不上许多了。

诸葛亮笑着接过，麻利地撒了些创伤药在伤口处，三两下包扎好，余下的药瓶仍递回给月英。随后扶着庞统站了起来。庞统故作轻松地抖了抖身上的灰，对着诸葛亮拱手谢道："哈哈，孔明兄真是个精细之人，狩个猎还准备了如此多的备用之物。今日得你的福了，在此谢过。"

"士元兄无须在意，不过是举手之劳。我常在田间劳作，有次也被毒蛇咬伤过，同村的大爷便是如此施救的。"诸葛亮轻描淡写地说道，仿佛刚才的事微不足道，并非是从死神手中抢人。

月英见诸葛亮遇事沉着冷静，且不居功贪大，心里越发多了些好感。但她是个稳重内敛之人，面上却是不动声色。

庞统生怕扰了众人兴致，坚持要继续向前，奈何其余三人一致决定先行回府，说吃着茶谈天说地更为快活。

待蔡显他们打猎归来，见几人正在前厅围坐闲聊，身边除了六七只斑鸠、野鸡外，并无他物。细问才知遇蛇险一事，众人莫不庆幸有惊无险。尤其是蔡显，十分感激庞统救了自己表妹一命，也相当于救了自己。姨爹姨母只此一女，视若掌上明珠一般，倘若跟着自己出门有了差池，那简直比杀了他还难过。

庞统对自己的伤处浑不在意。只要月英完好无损，他便觉欣慰。只是自山中回来，他便发觉月英看诸葛亮的眼神情意绵绵。虽她极力掩饰，却仍瞒不过了解她胜过了解自己的庞统。好在诸葛亮竟似不知月英的女子身份，一直在硕弟硕弟地叫着，庞统才略松了口气。

习温看出来庞统的失意，了然地夹了一大筷子肉放于他碗中，连连催促道："士元，快吃些肉补补，毕竟才因硕兄弟受了伤，且得要好好休养几日呢。"

庞统尴尬地笑笑做了个噤声的手势，又赶忙抬眼看了看月英，生怕她听了这话不舒坦。哪知她竟似未听到一般，正在往诸葛亮碗里夹一株青菜。他心头一滞，脸色立时便阴沉了下来。

月英并未在意庞统的这些小心思，她的心此刻全被诸葛亮占满了。这个洒脱机智又长相俊美的男子，每多了解一点，她心中的爱慕便多一分，看他的眼神便深情几许。一向率性的女子，竟添了些羞涩的小女儿情态。

众人大快朵颐，对这些丝毫未觉。作为主人的习温却有所察觉。作为庞统最好的兄弟，他心里自然是向着庞统的。在他眼中，爽朗率性的月英从未像今日这般娇羞妩媚，安静沉默。因着这份不同，他竟有些许莫名的酸楚，同时也为庞统感到伤心和难过，毕竟都是自小玩到大的伙伴，庞统对月英的感情，他心里十分清楚。

庞统心中憋屈，却因刚受了伤又喝不得酒，只得借口不太舒服需上趟茅房。习温见他出来，立时也关切地跟了出来，二人便留在院子里弈棋。奈何庞统却静不下心，手里拿着棋子，耳朵却支棱着，假装无意地留心着里屋的动静。习温见他魂不守舍的样子，不好说破，只能心累地陪他下着这时停时续的莫名臭棋。

庞德公等人并不知晓庞统被蛇咬遇险一事。庞统回府后只字未提，众人见他面色煞白，还以为是累着了。直到黄承彦带着月英备了许多礼物送来庞府致谢，才知是此缘故。庞德公心有余悸地亲自把脉，见庞统脉象及面色如常，手腕上的伤口也已经消肿，才彻底放下心来。

皆罗听后大惊失色，恼恨庞统不顾自身危险相救他人。又见他看到月英便转不动眼睛，心里再装不下别人，越发觉得酸楚。赌气跑回了卧房，连午膳都称病不曾出席。

月英心知肚明皆罗对自己有成见，却只能装作毫不介意。用罢午膳略坐了一会儿便拉着爹爹赶紧回了庄子，生怕待久了徒增许多是非。

是夜，庞德公将庞统叫进了书房好一顿促膝长谈。他早已洞悉了庞统的心事，奈何几次相问，庞统始终不肯坦露心迹。此次他决定势必要问个清楚。

只是他一再逼问，庞统都三缄其口，后来实在扛不住才流泪说道："叔父，您是知我的啊，这些年我心心念念的便是娶英儿为妻。可我知道自己配不上她，她聪慧多才，志向高远。侄儿却平凡庸碌，她是不会嫁给我的啊！"

说完庞统伏地大哭，向来骄傲的男子这一刻却显得无比卑微。看得庞德公一阵心酸。

他厉声喝道："给我起来，男儿有泪不轻弹。我不许你如此贬低自己。在我眼里，在众人眼里，你都是个有才能、有担当的好男儿。你谦逊、博学、宽厚、机智，襄阳的世家公子里，你算得上是当之无愧的翘楚。如今却为了场情事，在这里妄自菲薄，痛哭流涕，像什么样子！罢了，叔父明日便舍了这老脸走上一趟，去黄府为你提亲，就冲着这几十年的老交情，我不信黄老头会驳了我的面子。"

"叔父，千万不可。依英儿的性子，黄叔父的话她也未必会听。况且她已明确说过了，只把我当兄长。叔父就不要去自取其辱了。"庞统心急火燎地说道，脸上的表情十分苦涩，说完他叩了个头起身退了出去。只留下庞德公一人怔怔留在原地。

此后叔侄俩谁都不再提说亲一事，似乎一切都未曾发生过。但私底下，庞德公还是亲自去了趟黄府，和黄承彦私下商讨了下庞统的婚事。黄承彦碍于多年情面，将月英唤了出来，当着庞德公面亲自询问，月英却说自己已有心仪之人。

二人皆大吃一惊，再三追问下，方知是隆中的诸葛亮。想着他才华冠世，相貌出众，确是难得一见的佳婿，况且又是自己儿媳妇的亲阿弟。庞德公才长叹一声作罢，自此熄了逼庞统娶亲的心思。

日子缓缓地过着。这日庞统正在府中温书，习祯、习温堂兄弟俩来访。原来习温父亲习珍预备前去新野追随刘备，三日后出行。兄弟二人届时将前往送行，估摸着会在新野待上几天，来问庞统是否愿意一同前去玩上几日。

庞统初始听说还有些兴奋，但很快便冷静下来。他沉吟半晌说道："祯兄，想必你们也听说了，我近日在司马先生处求学，尚有许多课业未明，就不同二位去了。"

"士元兄，你前些日不是还心心念念着去拜访刘将军他们吗？怎么突然便没兴致了？对了，叔父此次前去，庞兄看可算明智之举？"习祯忍不住问道。

"刘将军素来仁义，军中又有关羽、张飞、赵云三员猛将，确是一股不可忽视的力量。目前虽仍是式微，但如今汉室危殆，未来如何还真不敢断言。不过只要追随的是仁义之师，大体便不会错。"庞统沉吟了一下谨慎说道。

"阿爹是个稳妥之人，自被刘将军邀去做了几日客，回来后便心心念念要去投奔。阿娘本不愿父亲离乡，唠叨多日却也未阻拦住。"习温有些许担忧地说道。

"不妨事，荆州尚算太平，近来也无甚战事。温弟不用过于忧心。"庞统温声宽慰道。

"士元兄当真不与我们一同去看看？若觉不便，可使用化名，一起去看看又有何妨。我们兄弟二人也只待上几日便回来。"习祯再次央求道，清亮的大眼睛里满是希冀。

"叔父和父亲皆不让出去，总说乱世只求安稳。我却总想出去闯上一闯。这样吧，我便化名尤二，与你二人同去看看。"庞统思忖半晌点头说道。

习祯、习温两兄弟听了，十分欢喜。三人约定了出发那日的见面时间、地点，又聊了半晌，见天色渐晚，兄弟二人才告辞离去。

三日后，习珍果然去投奔刘备，一同去的还有好友向朗和徐庶。习温、习祯和庞统、向条四人作为送行人员，也随在身后。习氏、向氏两大世族，敢于如此果决地在刘备势弱时选择追随，也算是义薄云天了。

在去新野的路上，徐庶对习珍、向朗二人说道："久闻刘备仁义，却不知是否当真，见面了我先考证一番，二位兄长且待我考察后再做决断。"二人问徐庶要如何考证，徐庶笑而不答。

刘备听说世家习珍、向朗及名士徐庶来奔，喜出望外，亲自骑马出城迎接。众人见礼毕，正欲随刘备进城，却听徐庶大声说道："刘使君，您所乘的这匹马可是曹操赠予的卢马，我观之有些不妙啊，有妨人之祸。"

刘备疑惑地扫视徐庶一眼，略变了脸色问道："此话怎讲？"

"此马虽是千里马，但马眼下有泪槽，额边有白点，谁骑妨谁。莫如先送于与使君有仇之人，待将仇人妨死了，再行要回，便无大碍。"徐庶半真半假地说道，边偷偷观察刘备的神色。

哪知刘备听了却大怒道："徐先生与备初见，便教唆这些上不了大雅之堂的勾当，损人利己，绝非我刘备所为。我二人志不同道不合，我便不留先生了。"

徐庶一听哈哈大笑着说道："早听闻使君乃真君子，素有仁义之风，此番我只是想考证一下使君的为人罢了，还望使君莫怪。"

刘备这才展颜笑道："先生倒吓我一跳。我刚才尚在想，能与习先生、向先生成莫逆之交的人，岂会如此不堪。"

众人一听皆愉快地笑了起来，尤其是习珍、向朗二人，心中十分舒坦，刘备此话无疑是肯定了他们的人品。

刘备看着庞统等人温和地问道："这几位小公子是？"

习珍忙笑呵呵地介绍道："此乃犬子，这位乃我堂兄之子，这位是向大人公子，这位是他们三个的好友。"

"小子们见过刘皇叔。"庞统等人忙恭敬地上前行礼。

"虎父无犬子，不错，四位小公子皆仪表堂堂，芝兰玉树，习先生、向先生好福气，倒叫我这尚无一儿半女之人好生羡慕。"

刘备笑看着四个小辈连连点头赞道，脸上满是艳羡之色。

一行人寒暄了几句，便往刘备军营而去。进了营地，却见一红脸长须的汉子正在练兵，手里拿的正是那把有名的青龙偃月刀，不用问此人便是威名赫赫的关羽。另一头一个满脸络腮胡子的汉子正在粗声大气地呵斥士兵，定然是传说中的猛张飞。庞统与习温等人相视一笑，脸上皆露出了渴慕之色。

刘备见几位公子停了脚步，便知是二弟、三弟的仰慕者。遂了然一笑高声唤道："二弟、三弟，来见过客人。"

关羽和张飞应声走了过来，和众人一一见了礼。轮到庞统他们时，四人皆一脸的激动，盯着关羽、张飞二人，眼珠子都舍不得错一下。张飞生性豪爽，满脸笑意和众人打着哈哈。关羽却相对持重多了，虽在微笑，却一脸的骄矜，有种生人勿近的疏离。庞统他们早已听说过二人的脾气秉性，倒也不曾介意。

习珍喜好武事，如今见到了关羽、张飞二位将军，自然渴望着切磋一番。关羽本不愿与他比试，但见他已摆开了架势，只得勉强同意。习珍功夫不弱，有几分自负的他在关羽手下只过了五招便落败。好在众人皆知关羽勇猛异常，故并不觉难堪。

习温见父亲吃亏，立时便要跃跃欲试，习珍喝道："快快回来，不知天高地厚的东西。"

习温只得怏怏停了步，神情颇有几分不服。其余众人有心上前，却知自己功夫相差甚远，不敢轻举妄动。一旁的庞统踌躇半晌，上前在关羽面前站定，笑着拱手说道："早慕关将军大名，今日机会难得，请将军不吝赐教。"

关羽有几分不悦地扫了庞统一眼，并未立时答应。大约是嫌弃一个毛头小子也敢向自己挑战。哪知庞统却已一拳攻了上来，力道竟似不弱，他无奈只得伸手格挡。两人迅疾如风地很快便战在了一处。关羽见眼前的少年一招一式皆十分老辣，显见拜名师学过，便不再轻敌。

庞统将师父教给自己的看家本领皆使了出来，二人连过了三十几招后，庞统终被打倒在地。

关羽气色如常地大笑着说道："你这小子功夫不弱，看来练功时不曾偷懒。"

庞统起身拍了拍身上的尘土，心悦诚服地说道："关将军武功超凡，小子真心佩服！"

刘备忙笑着在一旁和稀泥："我二弟一向勇猛，罕遇对手，你能在他手下过三十几招，已然十分了得。不承想尤二小侄年纪轻轻便有如此造诣，看来这几个世侄也都是少年英雄，莫如你们都留下，就跟在我二弟帐下学一些东西。"

"谢刘皇叔盛情。只是尤二此次是陪兄弟前来送亲，顺带领略下皇叔与几位将军的风采。小子尚有学业未完成，且家中长辈也不曾知晓，未敢从命。"

庞统恭敬地俯身拒绝。有那么一刹那，他竟有些动心。真想就此留在此处，骑马射箭，练兵杀敌，纵横沙场，这便是他想要的生活。但他清楚，如今时机并不成熟。且不说刘备势力微弱，前途未卜。若留下，月英定会不悦，他必不会做这等令她不喜之事。况且父亲与叔父皆不会允许他如此草率选择自己的未来。他们谨慎半生，厌恶庙堂，只愿山水田园相伴，淡泊一生。

"他们几个年龄尚小，还需回去温书，谢使军厚爱。"向朗也赶忙婉言拒绝道。自己跟着刘备吃苦便算了，他可不愿儿子也走自己同样的路。况家中老夫人倘若知晓宝贝孙子也投了军，还不找自己拼了老命。

刘备也知自己有些强人所难，便哈哈一笑说道："不过是玩笑罢了，承蒙三位贤弟不弃，前来投奔我，我已然十分感激。日后大家便同甘共苦，休戚与共。"

习珍他们听了，方暗自舒了口气。众人说笑着进了刘备大营，分次坐下，有兵士进来上了些茶水和一些花生之类的干果。刘备吩咐士兵道："去请子龙前来。"

不一会儿，一个身穿白色盔甲、气宇轩昂的年轻将军进来了，只见他身形高大，剑眉朗目，眼神清澈中透着犀利，颇有英武之气。说话间态度谦卑，进退有据。一看便知是生于大族，见过世面的人。

庞统心道：这个威风凛凛的小将能得刘备如此偏爱，必定有其过人之处。但几番观察后发现，骄傲矜持的关羽，粗犷的张飞，皆不太喜欢赵云，对他明显有防备之心。看来对于这个半道而来的将军，他们的态度皆算不得友好。

赵云在刘备帐下听命也不过几月有余，平日里没什么朋友，如今突然来了几个同龄人，自然大喜过望，对庞统、习温等人颇为友好。在他们不时好奇地看向自己时，会大大方方地微笑着点头回应。年龄相差无几的人更容易共情，宴席上一番交流下来，几人皆感觉十分投缘。刘备见他们谈兴正欢，索性顺水推舟让赵云这些日子专司陪伴几人。

接下来的日子赵云先陪庞统他们去了校场看士兵演练，又私下里和他们比试了几场。庞统惊奇地发现，赵云的武功竟丝毫不输关羽，只是他平日里低调内敛，不事张扬罢了。

一段日子接触下来，几人都深觉赵云为人坦荡，胆识过人，当真是一个深藏不露的将才。既有心结交，自然便一拍即合。几人常秉烛夜谈，视为知己。

可惜天下没有不散的筵席，眼看到新野已一月有余，马上秋学要开课了。庞统、习温等人辞别赵云，依依不舍地回了襄阳。

二十七

　　襄阳两大世家的当家人习珍和向朗投奔刘备，在荆州引起了不小的轰动。这也让七大世家的领头人蔡瑁暗自恼恨不已，心底对刘备的戒备之心更重。他屡次向刘表进言，不可再放纵刘备扩张势力，否则后果难料。

　　刘表听后不以为然，但心中还是生了嫌隙。他清楚自己已日渐年迈，麾下部将虽多，但能抵御曹操者唯刘备一人。既然刘备是个明白人，便不敢在实力强悍的自己面前造次。一个在外名声极好的人，是爱惜羽毛的，即便是装，也不会违反基本的道义。这一点他比蔡瑁等人看得清，故也丝毫不惧。刘表考虑再三，还是继续让刘备屯兵新野。

　　这日，樊城太守刘泌带着几个亲信前来军营探望刘备，顺道来见老友习珍。刘备设宴款待，席间见刘泌身边有个气宇轩昂的小将，与年轻时的自己颇有几分相像，不由得心头一热，对他自然也多了些许关注。

　　酒宴刚开始，一侍者上菜时不小心将一块肉掉落在了地上，小将弯腰从地上捡起塞进嘴里咽下。

　　刘备好奇地问道："肉落地已沾染灰尘，小将军缘何还要吞食啊？"

　　小将见刘将军问话，不卑不亢地施礼回道："百姓疾苦，粒米片肉，皆来之不易，安忍弃之？"

　　刘备听了不免心生欢喜。见这小将年纪轻轻，竟如此仁义节俭，忙问刘泌："这位小将军乃何人啊，让人欢喜。"

　　刘泌见刘备兴致颇高，大笑着说道："此乃寇封，侯门之子，我之外甥。自小便力气惊人，骑马射箭无一不精，倒也算得上知书识礼，文武双全。”

刘备听了十分高兴，有心将此人收为义子。原来刘备大业晚成，却未有子嗣承其大业。作为长年在外征战的将军，若无继承人坐镇后方，对于稳定军心十分不利。况此时的他已年过四十，仍无一子半女，常引以为憾。此刻竟觉此子十分投缘。便笑眯眯问道：“寇封，我有意收你为义子，你可愿意？”

寇封听了，迟疑着未曾开口。哪知刘泌却怂恿道：“刘皇叔赏识你，这是天大的好事，赶紧跪下磕头，正式拜了吧。”

寇封见二人满脸殷切地看着自己，尤其是刘备，一脸的慈爱与渴求，绝不是在开玩笑。自己倘若拒绝，无疑便是驳了他的面子，无奈只得跪下改口叫了声“义父”。

刘备当即解下自己腰间玉佩递了过去，说道：“此乃皇上亲赐，转赠于尔，望尔日后勤勉努力，不负为父所望。”

“谢义父，儿子定勤加努力，与义父休戚与共。”寇封郑重地接过玉佩戴在了腰间，铿锵有力地说道。

自此寇封改名为刘封，成了刘备义子。

刘备对刘封十分爱重，得空便亲自教导他读书礼仪，让关羽、张飞二人教导他武功骑射，将他当继承人来培养。刘封本就聪明好学，刻苦坚韧，在众人的悉心培养下，成长得十分迅速。刘备甚为满意，便时时将他带在身边，一派父子情深的模样。

成为刘备义子的刘封，因与习温、向条、庞统等人年龄相仿，彼此又性情相投，很快便成了朋友。常一起弈棋弹琴，切磋功夫，去酒楼吃酒听曲，去郊外畅游踏青，日子过得好不恣意快活。

这日，由习温做东，在庆丰楼宴请众人。庞统无事早早便去了，却发现人已到了大半，众人正在边吃茶边闲谈，气氛尚算热烈。

“听说前些日子刘荆州写信给袁绍儿子袁谭与袁尚，劝二人停战，一致对曹，奈何二人不听。两个糊涂东西，不想着团结抗敌，却自相残杀，这是嫌死得不够快啊。"蔡显一脸不屑地说着袁谭与袁尚兄弟。

"出身显贵之家，拥兵几十万，却造成如今这尴尬局面。袁氏父子皆缺乏智谋，几个儿子更是庸碌之辈。我看他们的好日子是到头了。"习祯接口说道。

"管这些闲事干什么，来来来，且吃咱们的茶。"向条有些头疼地劝道。

"非是闲事，袁氏若灭，曹操下一个要攻打的便是荆州了。"庞统边找了个靠窗的位置落座，边郑重说道。

"袁绍年轻时也算有些智谋，怎的后来行事越发糊涂了。听说谋臣田丰曾劝他暂且不讨伐公孙瓒，而要及早夺取许都，挟天子以令诸侯，但他并未采纳。虽此招算不得磊落，但在曹操羽翼未丰时便取而代之，却是最有效的方式。后被曹操三万大军大败逃回冀州，气急病亡。留下几个不成器的儿子窝里斗，岂不白白让曹操得了便宜。"习温有些恨铁不成钢地说道。

"我担忧的是，若曹操任由袁绍儿子们内斗，却转身来讨伐荆州。咱们便再无宁日了。"刘封冷不丁来了一句，众人听了皆一愣。

"不排除这种可能。曹操异常狡诈，常出其不意，攻其不备。但我大荆州，沃土千顷，甲兵数十万，又何惧他哉。况我猜想，刘荆州主政期间，曹操应不会轻举妄动。"庞统却不甚在意地说道。

众人一想也觉得有理，便不再继续此话题。蔡显看着庞统饶有兴致地问道："你家庞林跟习温妹子的婚事准备得咋样了，什么时候请大家吃喜酒哇？"

"父亲说我这当兄长的尚未娶亲，定亲礼下了先不忙着办婚宴。我说不用理会我，非不听。"

"庞兄，襄阳郡如此多的好女子，难不成就没一个你看得上眼的？"没心没肺的向条突然蹦出了这句话。

刘封不明所以，也在一旁连连点头附和。两人一脸八卦地看着庞统，眼睛里盛满了好奇。

"好女人虽有，我却没那个福分。我给自己卜了一卦，大体会独身一辈子。"庞统半真半假地说道，脸上掠过一丝自嘲。

蔡显和习温交换了一下眼色，忙转移了话题。恰好此时菜端上来了，众人开始觥筹交错，方缓解了刚才的尴尬。

　　年轻人在一起，日子便过得快，不知不觉又是半年过去了。襄阳表面上仍是一如既往的风平浪静，可背地里却风起云涌，暗流涌动。

二十八

自曹操大败袁绍统一了北方，刘备处事更谨慎了。他知自己如今能依靠的只有刘表，而刘表手下一帮官员又甚是忌惮自己，尤其是蔡瑁、张允等人，更是视自己为眼中钉。故平日里行事十分谨慎，不敢有任何错漏，且比以往表现得越发谦卑，规矩礼节上做得让人无可挑剔。

这日刘表请刘备前来府中议事，留其用晚膳。席间聊起自己百年后欲由次子刘琮继承爵位。刘备一听激动地从席间站了起来，苦口婆心劝道："废长立幼，恐是取乱之道，兄长千万慎之！"

原来刘备自来了荆州，知大公子刘琦与蔡瑁等人不和，便暗地里主动结交，两人关系早已非比寻常，算是忘年交。如今听刘表有意让二公子刘琮袭爵，自然是极力反对。

一旁正殷勤添酒布菜的刘夫人蔡襄听了，十分恼恨。自其侄女嫁给二公子后，她便一心扶持刘琮，常在刘表耳边说些刘琦的不是。刘表一向宠爱蔡襄，自然对她的话言听计从，日子久了便对长子刘琦生了厌恶之心，故此才想着日后废长立幼。如今眼看到嘴的肥肉却被刘备横加阻拦，心中自然是极不舒服。

蔡襄狠狠剜了刘备一眼，心道：你个寄人篱下的匹夫，刘府家事岂容你来置喙，不知好歹的东西。本就不喜刘备的她，一时竟起了杀机。

通晓世情的刘备焉能不知此中关节，却碍于情面不便说破。他一向推崇正统，立长立嫡便是正统。况他本就私下里与刘琦交好，自然更希望他能早日承袭他父亲的爵位。

奈何如今刘夫人与蔡瑁姐弟二人暗中筹谋，横加干涉，刘表必会立次子刘琮，那时荆州局势便会动荡不安。如此置荆州安稳于不顾，只求一己私利，真乃小人行径。

如此一想，刘备看向蔡瑁的眼神便多了丝厌恶，态度自然也冷淡了下来。双方的矛盾于此次宴会后逐渐升级。

第二日，蔡瑁急召兄弟蔡瑁入府，说起昨夜刘表日后欲立刘琮一事，却被刘备横加阻挠，姐弟二人皆十分恼怒。当下便密谋商议无论如何也要借机除掉刘备。

这边蔡瑁心心念念要除掉刘备，却苦于无计可施。哪知不久机会便来了。原来荆州有个习俗，每到一年一度的丰熟年，刺史便要召见百官庆贺慰问，以庆丰年。

眼瞅着今年的麦子又熟了，田野里麦浪滚滚，瓜果飘香，显然又是个大丰年。

蔡瑁照例前去奏请刘表参加今年的丰年庆慰问。哪知正遇刘表哮喘病发作，不能亲往，便嘱蔡瑁让刘琦和刘琮二位公子代为招待宾客。

蔡瑁一听心中暗喜，敛了神色郑重回道："两位公子年幼，恐有失礼节。"

"那便派人请刘备将军前来主持。"刘表抚额不耐烦地说道。人在病中心情焦躁，他只想快点打发走蔡瑁好安心休养。

蔡瑁爽快地答应一声退了出去。当即便派心腹前去樊城请刘备。刘备听来者说刘表病了，口谕让他前去襄阳城代为主持丰年会，当即便欲欣然前往。

谋士徐庶却总有些心神不安，立时便卜了一卦，卦象显示不吉。他锁着眉头将刘备与赵云叫到一旁，肃穆说道："刘荆州此举颇为反常，即便他病了，长公子刘琦自可代替，何劳主公前往。"

他沉吟了一下又说道："为防万一，让赵将军带上一百精兵随同将军前去，赵将军素来谨慎，此去定要寸步不离地护在主公身旁。"

赵云知徐庶向来能谋善断，当即便郑重答应下来。一行人这才整顿好队伍，快速往襄阳城方向而去。

蔡瑁随同刘琦、刘琮两位公子出城迎接刘备，态度与以往不同，甚是谦恭。向来与刘备交好的长公子刘琦恭敬说道："父亲疾病发作，不能亲来。又恐我兄弟二人人微言轻，不能服众，故特地请叔父前来待客，抚慰各处守城的官员。"

刘备很是高兴，却假装谦逊地说道："我本不敢当此大任，然兄长有命，却也不敢不从。届时二位公子便随我一同前往吧。"

刘琦与刘琮兄弟俩答应一声，亲自陪着刘备等人到了驿站，只待第二日九郡四十二州官员尽数到齐后再摆宴相贺。

是夜，为防意外，刘备、赵云皆着甲而卧，不敢有丝毫懈怠。带来的兵士着二十人守在驿站卧房外，另八十人则分组隐于暗处，将驿站四周严密保护了起来。然一夜安稳，未出现任何风险，众人皆略松了口气。

蔡瑁请来蒯越秘密商议道："刘备乃当世枭雄，长期屯驻于这里，毕竟自家侄女嫁于刘琮，她自然样样向着刘琮说话。"

蒯越心下一惊，委婉劝道："刘备素有贤名，如此行事恐有失民望。"

"此事我已秘密向主公禀报过了，主公无有疑义。"

"既主公同意，那便另当别论。你欲如何行事？此事需得一击而中，否则后患无穷。要做好万全准备。"

"你且放心，已布置周全。东门岘山大路，已派了蔡和把守，南门外和北门也已派蔡中、蔡勋据守。只有西门未作安排。你知道的，那里有三丈宽的檀溪河作天然屏障，等闲无法通过。"

"我观赵云寸步不离刘备左右，以其之勇猛，恐难以下手。"蒯越皱眉思忖着，略顿了顿又道："可派文聘、王威二人在外厅摆一桌酒席，就说此桌用来招待武将。如此可将赵云与刘备二人分隔开，随后再伺机下手稳妥些。"

"如此，便万无一失！"蔡瑁觉得蒯越之计甚好，连连点头称是。

第二日，襄阳城中杀鸡宰羊，大摆筵席。刘备乘着他的的卢马到了州衙，一身盔甲的赵云，身佩长剑亦步亦趋地随在他身后。

众官员笑容满面地来到正厅，刘备作为主官居中而坐，略讲了几句便宣布开席。赵云威风凛凛地坐于其身侧，刘琦、刘琮两位公子分坐一侧，其余官员各自依次而坐。

此时文聘、王威二位将军进来请赵云出外就座，说外面才是武将席位。赵云却根本不予理会，坚辞不去。二人见请不动，不知所措地站于一旁，余下众人不知何事，皆吃惊地看着这边，场面一度很是尴尬。

刘备便有些挂不住面子。心想，众目睽睽之下，谅蔡瑁等人也不敢有什么小动作，便厉声命赵云去外厅就席。

没奈何，赵云只得领命而出，心里却甚是忐忑。徐庶的叮嘱他片刻不敢忘，奈何主公的话却也不能不听。虽来到外厅就座，心里却十分警觉，边吃着菜边时刻关注着里间的动向，以防不时之需。席间任谁敬酒都推说不会，死活不肯端杯。众武将见他如此固执，谁的面子都不给，不免气急败坏，却也无可奈何。

里间众人觥筹交错，酒至三巡，刘表帐下官员伊籍起身把盏，敬酒至刘备面前时，低声示意刘备："请起后园更衣。"

刘备会意，少顷借口如厕去了后花园。伊籍把盏完毕后，快步进入园中找到刘备，附耳说道："蔡瑁设计要杀你，城外东、南、北三处都有军马把守，唯西门可以走脱，使君找机会快跑。"

刘备大惊，当即找到自己的的卢马，飞身上马一路朝西门狂奔。门吏拦堵，问其去哪里，刘备根本不予理会。门吏遂飞跑去禀告蔡瑁。

刘备疾行数里，迎面一条两丈多宽的溪河挡住去路，只见水流湍急，波浪翻涌。刘备欲勒马回转，却见城西尘土飞扬，看来追兵已至。

走投无路的刘备只得纵马下溪，没走几步，衣袍尽皆浸湿，刘备绝望地挥鞭大呼："的卢、的卢！"通晓人性的的卢马长声嘶鸣，奋力从水中一跃而起，竟飞上了两丈宽的彼岸，快速往西南方向奔去。

蔡瑁引军追至溪边，见刘备已然驰远，气急败坏地望溪兴叹："看来天不绝此人也。"

　　侥幸逃脱的刘备一路只顾打马前行，竟不知到了何处。浑身湿透的他无比颓丧，正自怨自艾，一阵缥缈空灵的琴音传了过来，听着十分悦耳。他精神为之一振，便循着琴音一路向前，不多时便来到了一处高大的院门前，此时琴声也戛然而止。

　　刘备略迟疑了下，还是上前拍响了门。一个气宇不凡的老者笑着从堂屋迎了出来，身后跟着个大约二十岁的年轻人。正是闻名遐迩的水镜先生司马徽及其儿子司马琛。

　　刘备见此人气宇轩昂，不似凡人，便恭敬地俯身说道："我乃樊城刘备，今逃难至此，误入宝地，还请宽恕。"

　　司马徽笑着拱手说道："将军一身湿衣，必是刚刚脱险，快进来喝一盏热茶，祛祛寒气。"

　　刘备忙道谢，随手将马拴在屋外的树上。司马徽却道："将军此马神俊，太过醒目，还是牵往后院马棚吧。"

　　说完转身叮嘱司马琛："你带两个下人去砍些树枝，将一路上的马迹抹去，免得被有心人看出行迹。"

　　司马琛心领神会地笑着对刘备施了一礼，并不多话，接过马缰先将马牵进后院安顿好，才出门布置去了。

　　司马徽将刘备领入书房，手脚麻利地开始烧水烹茶。他找来一身自己的衣服让刘备去里间换上。待刘备将自己安置妥当，热茶也煮好了。饥渴不已的刘备再顾不上形象，连喝三盏才算安定了下来。

　　两人这才顾得上寒暄，司马徽做了自我介绍。刘备方知面前之人便是大名鼎鼎的名士水镜先生，激动地站起身来，郑重地重新见礼。并叹息着将今日遇险之事倾囊相告，言语里颇为愤懑不平。

司马徽耐心听完，淡淡一笑说道："如此老夫要恭贺将军了，当年项羽便是在那溪中屠杀三十万秦兵，水流如血，可见那里埋葬过多少英雄。今日刘将军却能大难不死，犹如神助。说明将军命不该绝，必有后福也。"

刘备听了惊喜不已，见司马徽谈吐清雅，智谋过人，便再三恳请其出山相助。

司马徽却婉言拒道："老朽已垂垂老矣，唯愿过几天安稳日子。我名下弟子卧龙、凤雏，皆是智谋双全之人，可辅佐将军成就大业。"

刘备半信半疑地笑道："今日得见大儒，乃毕生之幸。日后有机会定去拜会您老爱徒。"他话虽如此说，其实心里并没有当真，以为这不过是司马徽推托之词，自然便错过了立时将两大贤才纳入帐下的最好时机。

司马徽见刘备的样子似乎并未将自己的话放于心上。心道：今日之事既出，荆州局势怕是会有所动荡。既然一切尚未分明，诸葛亮与庞统那小子都精得跟猴似的，自然也不会急于做决定。况据自己观察，庞统似乎对月英那丫头甚是上心，碍于情面大体也不会投奔刘备。一切皆是缘分，便看各人造化吧。

刘备在水镜庄留宿了一晚，天刚微亮时，隐约听见赵云在院外呼喊，忙披衣出门。果见赵云领着军士们露宿在外，看样子竟似守了半夜。

细问方知，昨日赵云见蔡瑁带兵匆匆出门，便知出了事。急切之下带着人马追了出来，却苦寻半日无果。后循着的卢马印迹，才一路跟了过来。三更天便到了此处，为防打扰刘备和司马先生休息，众人便在院外坐睡了半夜。赵云则通宵值岗，一夜未眠。

循声出来的司马徽听闻此事，甚是感动。见士兵们一脸风霜，有些许疲惫。忙命下人煮了一大锅粥，蒸了百十个馒头，勉强算是给众人充了饥。眼见天色大亮，再留下去恐给司马徽招来祸端，刘备一行人方告辞离去。

刘备绕道回到新野。其帐下众将听说蔡瑁设伏一事，皆愤懑不平。尤其是暴躁的张飞，当即便要冲到襄阳城去讨个说法，却被刘备呵斥住了。

刘备面色阴郁地说道："此事刘表应是不知，却也不排除他暗自授意的结果。若只是蔡瑁一意孤行，此事便有转圜的余地，你这样冒冒失失地前去，岂不是彻底撕破了脸？切不可如此鲁莽。"

徐庶沉吟了半晌说道："这次应是蔡瑁私自安排。若刘荆州真痛下杀手，便不会轻易让主公走脱。故此事不宜大肆宣扬，却可借机向刘表讨要些好处。"

"此事既已发生，日后便免不了会生了嫌隙。不承想我们兄弟二人，终有背道而驰的一天，唉！"

"大哥，暂且不要翻脸，这样他们尚有顾忌。但主公须得暗中早做打算，以防他们还有后招。"关羽说道，心底余怒未消。蔡瑁此举令他十分不屑，他的脸比平日更黑了，眉头紧紧蹙着，看起来一副心事重重的样子。

"二弟放心，便继续示人以弱。以刘表性情，必不会做有污清名之事。至于他手下如蔡瑁之流，暂且只敢暗中做些动作。吃了这一次亏，我必不会再让他有可乘之机。"

"主公所言甚是。咱们以往招揽人才，扩充军备，做得自认隐蔽。但天下没有不透风的墙，想必他们早探到了风声。日后便不用刻意伪装，咱们大大方方迎客便是。"徐庶沉吟着说道。

辅佐刘备这一年多来，徐庶发觉此人并不似传说中的那般仁厚老实，只不过他洞察人心，惯于拉拢与示弱，这对于如今式微的他，的确是最好的伪装。

三十

刘表病愈后，方才知晓蔡瑁设伏一事，不禁火冒三丈，当即招来蔡瑁骂道："早就警告你休要自作主张，你竟敢打着我的旗号擅自行动。行动就行动吧，竟还以失败告终。日后让我有何面目再见玄德？此事恐不能善了。为给玄德一个交代，便打你二十军棍，你且受着吧，也算让你长个教训。"

蔡瑁心中虽不服，却也知不如此不足以平刘备之恨，只得无奈受了二十军棍。执刑的小吏虽手下留情，并未伤到筋骨，但皮肉之苦却是在所难免。当鲜血染红衣袍的那一刻，他对刘备的恨意到达了巅峰。

在荆州位高权重的蔡瑁，因欲刺杀刘备被杖刑，这无疑让他深觉颜面扫地，故在家躺了两月未去衙门办差。对外则宣称是受了风寒，在府中休养身体。不知情者皆信以为真，带着礼物前来探病，皆被拒之门外。唯有蒯越等极少数通晓内情的，才能获准进府。

这日，月英随父母前往蔡府探病。听说蔡瑁挨了顿板子，身为大姐的黄夫人蔡钰心疼不已，路上不停埋怨妹夫太过心狠，连自己舅官也打。黄承彦本欲为刘表辩说几句，但见夫人在气头上，便未作反驳。

倒是月英劝道："娘亲，舅舅此举确是不妥。他私自布兵追杀刘备，倘若真杀掉了倒也罢了，却暴露行迹反让刘备跑了，姨丈自然恼火。他一向看重名声，又素来仁义，如今却被舅舅给连累了，焉能不气？倘若不是看在姨母的分儿上，舅舅可不是这区区二十军棍便能弥补失误的。"

"哈哈，还是我的英儿看得透彻。我那好妹夫一向以仁善温厚著称，舅官如此行事，自然要被责罚。未经同意便贸然行事，先就不该。既行事便当雷霆手段，却未成功，反连累了自己的好名声，他焉能不恼？幸得是舅官，换个人早被砍头了。"

"竟如此严重？"蔡钰听了倒抽一口凉气说道。

父女二人十分严肃地齐声点头说道："便是如此！"

蔡钰见父女俩神情严肃，心有余悸地抚了心口庆幸道："万幸小妹受宠，刘荆州爱屋及乌，也不忍过于责罚。唉，这次你们二人好好与他说道说道，日后切不可如此鲁莽行事。"

"这是自然。放心，我会与他说道说道的。"黄承彦郑重地点头应允。

三人到了蔡府，见蔡瑁伤情并不十分严重，方略放了心。

黄承彦见蔡瑁似心有怨气，便好言宽慰道："此次的确是舅官性急了，刘备一向好名声，倘若不明不白死在了你手里，确实不好向世人交代。况那关羽、张飞是他好兄弟，刘备真要有个三长两短，他们日后必会找你复仇，岂不是给自己惹来无穷祸端。这个问题你怕是未曾想过吧？"

蔡瑁听了略一愣神，显然未及想过这些。但随即又嘴硬道："姐夫惯会明哲保身，让你出来参与政务，你嫌麻烦。那关键时候好歹帮忙出个主意吧，你也闭门躲清闲。如今刘备暗中招兵买马，显是存了异心。姐夫心慈，不忍心对他动手，我若再不想方设法替姐夫清除障碍，岂不是由得他日渐坐大。"

"清除可以，你倒是除掉啊！没有霹雳手段却轻举妄动，只能让妹夫与你皆陷入尴尬境地。"黄承彦不客气地嘲讽道。

蔡瑁被噎得脸色煞白，哆嗦着身子便要挣扎着起来，被蔡钰赶紧上前按了下去。

一向好脾气的蔡钰指着丈夫鼻子骂道："你是来探病的还是来吵架的，每次见面你们俩皆争执不休，有话不能好好说吗？气死我了！"

月英忙上前抱住娘亲的胳膊撒娇道："爹爹话虽难听，却也是为舅舅着想。如今舅舅身在高位，多少人盯着呢，行事更需小心谨慎。舅舅也莫要性急，你这一出也并非全无好处，算是敲山震虎，好叫刘备他们知晓，这荆州城里，他只是个借居的客人，须得仰仗姨爹鼻息，凡事还轮不到他当家做主。"

"哎呀，还是英儿聪慧，你这些话算说到舅母心坎里去了。平日里也就你们能和你舅舅说几句真话，外面那些人全是巴结奉承，哪里能当真呢！"一旁的蔡夫人刘氏听了月英的话，感慨不已，连连夸赞道。她虽是个大字不识多少的内宅夫人，但心里却不糊涂，知道姐夫与英儿都是为自己夫君好。

"英儿呀，舅舅也难啊。姐夫他佛面仁心，许多他不便出面的事，只得我来做。做得好便罢，做不好还得落一身埋怨，这些委屈平日里谁也说不得，只能自己打落牙齿和泪吞。这次姐夫不念我一片忠心，却当众下我的面子，叫我日后还怎生在那些同僚面前露脸。"

蔡瑁满脸委屈地说道。这些事平日里不能对外人道，今日在至亲面前，方敢吐露一二。

"倒不必过于纠结，伤好了便回衙门理事，以前如何日后还当如何。就你和妹夫这层关系，谁都知道不过是碍于面子他不得已为之，难不成还有人敢笑话你？放心吧，小妹这几日大约已来过了吧？"蔡钰心疼地宽慰着阿弟。

"夫君挨打当晚，妹妹便带了一马车的补品宝物来了，好一顿劝慰呢，在府里用过晚膳方回的。"刘氏颇有几分炫耀地忙不迭回道。

黄承彦也顺势宽慰了两句，见蔡瑁不再出言反驳，便知他听进去了自己的话。

一家人又坐着聊了会儿。月英则去找表妹说了会儿闲话，一家人用过晚膳方回黄府。

刘备自安全回到军营后，这些时日也是如坐针毡。虽说刘表专程遣人来代呈歉意，还送来了不少好物以示安慰，言之凿凿自己事先并不知情，且当众打了蔡瑁二十军棍为他出气。事情做到此地步，也算是给足了他颜面，但刘备心里清楚，二人关系再回不到从前，彼此心中必定存了芥蒂。

若说以往的刘备，的确想过忠心耿耿依附于刘表生活，但自此刻起，他便真的存了异志，一心想着如何扩充自身势力，为日后做万全准备。

但表面的和谐还是要的，毕竟双方都是声名远播的仁善之人。自此荆州虽维持着表面的一团和气，气氛却已有些剑拔弩张起来。连带着襄阳的世家公子，也分成了两大阵营。以蔡显、月英、蒯祺为首的一拨人，自然是坚定地站在刘表阵营。而以习祯、向条为首的部分世家，却暗中选择了刘备一方。

庞统满心爱慕月英，自然也站在了刘表一方。但他内心又钦佩桃园三结义的情谊，敬仰刘备宽厚仁义的品德，却也不愿刘备等人身处险境。矛盾的他只能牢记叔父的话，每日深居简出，极少出门，期望着能独善其身，避过这段颇为敏感的时期。

襄阳的世家中，庞姓是个特殊的存在，虽家财颇丰，却依靠医术、学术立世，始终远离政治中心。尤其是如今的家主庞德公，虽饱读诗书，智谋过人，却终生不愿涉足仕途。作为他的传承人庞统，虽对政治与军营有浓厚的兴趣，但如今世道不稳，荆州缺乏一个有大智慧的人力挽狂澜，故暂且也不愿违逆了叔父意愿，便与世无争地滞留于府中。

但树欲静而风不止。这日庞统正在后院习射，小厮跑过来通传，说是门外有个自称刘备的将军来访。

庞统吃了一惊。心想，莫不是来请叔父出山或者问计的。可如今局势不明，刘备处境尴尬。叔父碍于好友黄叔父情面，怕也不会相帮。

庞统心中思忖着，让门房出去回说叔父不在府中，自己则停了练习，拿汗巾擦了把脸，匆匆往叔父书房而去。

果然，庞德公听说是刘备来访，连声说道："不见，就说我一早出门寻药去了，这几日皆不会回府。你亲自出去见下他们。"

庞统应了声"是"退了出去，犹豫再三还是决定出去见刘备一面。如此一来便暴露了自己的真实身份，却也顾不上这许多。他急步来到府门外，却见刘备、关羽、张飞三兄弟，皆身着盔甲，牵了马缰安静地等在篱笆墙外。

为首的人身长七尺有余，面如冠玉，气宇轩昂。看着谦逊温和，却有股不怒自威的气势，不是刘备是谁。

在他左首之人，身长九尺，髯长过胸，面如重枣，丹凤眼，卧蚕眉，正是美髯公关羽。而另一侧的豹头环眼，燕颔虎须之人，便是猛将军张飞。

三人见了庞统，皆是一愣。不待他们发问，庞统忙恭敬地长揖一礼笑道："刘皇叔、关将军、张将军，小子化名尤二，真名乃叫庞统。上次去新野用的正是化名，当时有不得已的苦衷，方才隐瞒了身份，今日先道个歉。几位将军是来拜访叔父的吧，奈何不巧，叔父一早便往鹿门山寻药去了，他常与寺里的方丈谈经论道，半月不回也是惯有的事。三位将军若不嫌弃，进府吃盏茶，歇上一歇再走不迟。"

"你这小兄弟，倒将我们都瞒得好苦。我就说你风姿清雅，谈吐不凡，绝不是小门小户成长起来的人，原来却是庞氏子弟。还真是不巧，那我等便不叨扰了，去鹿门山再碰碰运气。"刘备拍了拍庞统的肩膀恍然大悟地说道，随后和关羽交换了个眼色，三人折身上了马，一路往庄子外而去。

少顷刘备扯缰回身问道："小兄弟可是司马老先生所说的'凤雏'？可愿随我一同出山？"

"正是在下。学业未竟，长辈未允，小子不敢擅专。请将军海涵！"庞统不卑不亢地回了句。心道：这雅号刘备竟也知道，看来荆州许多事他都有所关注。今日上门请叔父，可以肯定他邀请的绝不止叔父一人。看来经历过一场死劫后，他也开始有所行动了。

刘备一抖缰绳高声说道："那日后再议。小兄弟后会有期，告辞！"话音未落一行三人又疾驰而去，留下庞统怔在原地半晌未语。

刘备一行人的来访，在庞统心里激起了巨大波澜。他羡慕他们为了理想抱负闯荡天涯的勇气，觉得男子汉大丈夫就应如此寄情沙场，纵横天下，而不是如自己这般偏安一隅，读这些所谓的圣贤之书，效忠一个名存实亡的朝廷。

是夜，向来好眠的庞统，思虑着未来要走的路，辗转反侧直到天明。

黄月英自上次习府打猎回来后，一向洒脱的她开始有了心事。十九岁的姑娘，正是情窦初开的时候。英俊洒脱且智谋超群的诸葛亮，委实让她心动。碍于女子的矜持，她既不能私自求见，又不敢将心事告知父母，故连日来坐卧不宁，郁郁寡欢。

贴身丫头环儿见一向开朗的小姐近日心绪不宁，以为她是在府中待闷了，便绞尽脑汁地想法子逗她开心。这日一早起床，见院子里的樱桃熟了，红通通的分外诱人，忙拽了小姐出来摘樱桃。月英当下便兴致勃勃地挽了衣裙，三两下爬上树采摘起来，环儿赶紧端了个簸箕出来在下面接着。

说来凑巧，恰逢诸葛亮这日闲来无事，带了两包自己新炒的茶前来黄府拜见恩师。他见黄府门口无人看守，便径直进了院子，朗声问道："请问有人吗？"

树上的月英觉得声音有那么一丝耳熟，循声望去，见是诸葛亮，吓了一跳，心里一慌，竟直直从树上跌落下来。好在她甚是机灵，落地前一个鲤鱼打挺便站了起来，毕竟是学过几年功夫的人，身手相当不错。

月英对着诸葛亮恭恭敬敬施了一礼道："孔明兄，又见面了！"一边吩咐环儿，"快去告知爹爹，就说隆中的诸葛先生来访，让他速来前厅。"

"小姐看着好生眼熟，我们二人是否在何处见过？"诸葛亮看着黄月英黑亮的眸子，突然想起了上次清谈会上的蒙面人，也是在习府一同打猎的年轻人，今日却一身女装打扮，亭亭玉立地站在那里，他不免心头一热。

"上次在习府见过面，还未谢你那日相助之情呢！"黄月英小声地嘀咕道，神情颇有几分尴尬。

"果然是你，太好了，又见面了。只是你、你竟是女子？"

诸葛亮大喜过望，一把抓住月英的胳膊激动地说道。

月英的脸一下子红了起来，她不着痕迹地抽回自己的胳膊，低声回道："是，小女本名黄月英，往日常扮男装，是为了便于江湖上行走，并非有意欺瞒，还望孔明兄见谅。"

"无妨，无妨！小姐客气了。学生今日来是为求见恩师，本早该前来拜访，又恐老师不便才拖延至今。今日能幸会小姐，乃亮生平大幸。虽今日才得以正式相见，但小姐的大名早如雷贯耳。小姐七岁发明纸鸢，十五岁造出了水车，这两年又相继配制出了醋与黄酒。如此惊才绝艳之人，此刻便活生生站于眼前，当真是亮三生有幸。"诸葛亮兴奋得一迭声说道，脸上的表情欣喜莫名。

"孔明兄过誉了。咱们别在院里站着了，还是进屋说话吧。"月英有几分羞涩地笑着说道，忙领了诸葛亮进前厅，又亲自为他烹茶煮茗。

茶刚斟上，黄承彦便进来了。他朗声笑道："孔明来访，老朽甚是高兴。管家，快去将那包明前茶拿来，好客要有好招待。"

管家乐呵呵地去了，几人寒暄着重又坐下。黄承彦打趣道："英儿呀，这便是爹爹常提起的诸葛孔明，今日你们二人可略作切磋。贤侄啊，我这丫头，虽黄头发黑皮肤样貌平庸，才情却可与你堪配噢。"

"先生过谦了，贵千金风姿绰约，聪慧卓绝，方才学生还说，黄小姐研制的纸鸢、水车、醋、黄酒等物，为远近百姓解决了生存问题，当真是造福万民之举，岂可自谦平庸！"诸葛亮听了先生一席话，惶恐地站了起来说道。

"哈哈哈……看你夸得丫头脸红了。来来来，快快坐下，今日定要与你好好探讨一番当下时局。"爱女心切的黄承彦，听诸葛亮如此夸赞女儿，自然十分高兴。又见平日里甚为严谨的孔明，此刻却时不时好奇地偷瞄一下月英，脸上的表情惊喜莫名，显然对女儿印象颇佳。不由得愈加开心，喜得眼角眉梢皆是笑意。

诸葛亮却顾不上观察先生神色，一双朗目追随着月英，脸颊上数度飞红。一向健谈的他，今日却显得有些笨拙，几次欲言又止。黄承彦见了不免疑惑地问道："你们二人莫不是以往见过？"

"确有两面之缘。爹爹还记得上次在习府遇险一事吗？那天孔明兄也在，便是他救了庞统。"月英见爹爹有所疑惑，忙开口解释道。

"原来如此，倒是要谢过孔明仗义相救了。"黄承彦一听忙对着诸葛亮抱拳施了一礼。慌得诸葛亮忙起身避过，连连摆手道："先生言重了，不过是举手之劳罢了。"

"听闻孔明兄对当今时政颇有见解，可否说来听听？"

"那亮便斗胆分析一二，不到之处，还请先生斧正。"诸葛亮听了淡淡一笑说道，"如今群雄割据，各霸一方。但能成气候的，终不过北方曹操、南方孙权二人。荆州如今实力强悍，却守成有余，攻伐不足。倘若想有所图谋，须得厉兵秣马，枕戈待旦，方能有出路。但似乎刘荆州，只愿守得一方和平。若日后荆州出现个第三方势力，便另当别论。"

"孔明年纪轻轻竟有如此见地，着实不凡。那在你看来，谁会是第三方势力呢？"黄承彦听得暗自心惊，深觉此人远见卓识，不可小觑。

"暂时还看不出何人可担此重任。"

"新野刘备呢？"

"刘备帐下虽有关羽、张飞这两个赫赫有名的大将，但这二人皆勇武有余谋略不足。如今徐庶兄在他身边辅佐，倒是比往常添了一大助力。但这些远远不够，他如今势力微弱，手下区区万兵，暂且还担不起如此重任。"诸葛亮沉吟了一下，缓缓摇头说道。

"如今局势千变万化，安知后事如何。"黄承彦高深莫测地说道，看向诸葛亮的眼神越发和蔼。这个才智过人又自信乐观的青年，他是越看越顺眼，一时间竟生出了老丈人看女婿的心思。

自家闺女已年近二十，从未对任何男子有过思慕之心。但今日看诸葛亮的眼神却满是情愫，旁人或许不察，自己却一眼便看出了端倪。本来还发愁女儿的婚事，不知眼高于顶的她何时才嫁得出去，如今看来，自己的后半生有望了。俗话说得好：一个女婿半个儿，自己得好好考察他一番。黄承彦悄悄盘算着，心里别提有多满意。

　　"孔明兄所说颇有道理。荆州百姓这些年安居乐业，得益于刘刺史的仁厚爱民。对于百姓来说，遇上这样的将帅，是他们的福分。但对于雄图霸业来说，却是不利。如今唯有励精图治、伺机而动方是上策。"黄月英若有所思地说道。因姨母原因，她对荆州局势自然比一般人更为关心。顿了顿她又接着说道："任他是谁，若想来犯荆州必得仔细掂量掂量，是否有如此大的胃口。当然，人无远虑，必有近忧，也确需做些必要的防范。"

　　诸葛亮听月英如此有信心，笑着说道："小姐所说不无道理。荆州如今四野太平，引得英雄豪杰尽皆来投，此乃刘荆州治理有方。如今曹操忙着收复北方，绝计顾不上荆州。依我猜测，刘荆州康泰之年，定不会有人妄图犯险。"

　　"嘿嘿，后生可畏啊。今日便留在府上用膳吧，我府上厨子煨的母鸡菌汤味道鲜美，你可尝尝。"黄承彦笑眯眯地捋着胡须邀请道。

　　"那便恭敬不如从命了。"诸葛亮高兴地说道，看向黄月英的眼神更多了些期待与温情。眼前的月英，如此明艳动人，全然不似别的闺阁女子那般胆怯娇柔，言行举止落落大方、进退有度。在她身上，他看到了自己大姐诸葛楠的影子，同样的胆识与气魄，同样的卓尔不群。不同的是，月英更聪慧机敏，爽朗朝气。她就像一粒璀璨的明珠，让向来老成持重的诸葛亮，竟有了少年人的激情与冲动。

　　而一向沉静的黄月英，竟也生出了些小女人的娇羞。生平第一次有了自己可以仰视的人，那种内心的悸动竟无法压抑。她的脸一反常态的绯红，黑亮的眸子星光四射，辉耀得诸葛亮好几次都差点失了神。这一顿普通的晚宴，两个人竟吃出了别样的柔情。

　　黄月英和诸葛亮的一举一动并没有逃过黄承彦和夫人蔡钰的眼睛。二人心领神会地对视一眼，都无声地笑了，对诸葛亮的态度亦越发殷勤。尤其是黄承彦，笑意融融地不停为诸葛亮斟酒夹菜，看诸葛亮的眼神充满了父亲般的温暖与慈祥。

作为出身世家的襄阳名士，黄承彦生性豁达开明，并没有传统的门第之见。在他看来，诸葛亮虽家世清贫，但毕竟生于官宦之家，门庭上并不会辱没了自己闺女。这小子除了穷点，家世、学问与相貌皆无可挑剔。

黄承彦暗自思量着，女儿的眼光不错，两人看起来十分般配，彼此也算得上两情相悦，如今只差捅破这层窗户纸了。此次先不急，待下回这小子再来府上，便暗中提醒他提亲的事。看来要让夫人开始着手准备女儿的嫁妆了。

诸葛亮晕晕乎乎地喝着酒，并没有意识到自己的未来已经被日后的老丈人规划好了。他只知道，向来豪饮的自己今日醉了，醉倒在月英那青春姣好的迷人笑靥里。

自此诸葛亮便常去黄家湾，在先生黄承彦的悉心指导下，学问见识又有了极大提升。他和黄月英的感情，也日渐深厚。而作为好友的庞统，却并不知晓。

这日庞统邀请蒯祺一同前往黄家湾，他已两月未曾见过月英了，十分想念。昨日专程去江里打了半筐子鱼，欲借着送鱼的理由去见上一面。

蒯祺听了本想拒绝。他前日夜间才听自家夫人诸葛楠八卦，说大弟明年便要娶亲了，对象是黄府千金黄月英。他当时听了便大吃一惊，半晌才缓过神来。

作为自小一同长大的玩伴，蒯祺十分清楚庞统对黄月英的情谊，虽庞统从不曾在公开场合提及过，但他们这些发小都清楚。蒯祺犹豫着要不要变相提醒庞统几句，免得他日后听到消息会崩溃。

庞统并不知蒯祺犹犹豫豫在想些什么，只一把拉了他便走，出得门来，庞统跨上马兴致勃勃地在前面狂奔，显然是急切地想见到月英。蒯祺见他这个样子，想起了昨日夫人说的话，心里不免有些难过。忙抽了马一鞭子，急奔几步追上了庞统的马，二人牵缰并驰。

蒯祺咳嗽了一声正欲开口，却听庞统叹了口气说道："天气热了，这鱼路上一耽搁，便失去了那股子新鲜劲。英妹妹口味有些许挑剔，不知会否嫌弃。早知道装于木桶里，里面盛上半桶水，这样鱼送过去还是活的。蒯兄，你说我是不是榆木脑袋啊。"

"这前去不过一炷香工夫，鱼还新鲜着呢，瞧你这患得患失的样子，哪里还是那个洒脱不羁的庞士元啊！"蒯祺泄气地说道，心里却打定了主意，这事不能说，就让他能快乐一时是一时吧。他对月英的执念太深了，说出来的后果，自己真不敢想象。

二人到了黄府，刚把鱼搬进院子，便听前厅有人说话，乍听似是诸葛亮的声音。蒯祺心里一紧，忙扭头下意识地看了看庞统。

庞统明显也怔了下，却假装高兴地说道："孔明也来了，想必是前来拜见恩师。哈哈，不承想我们三人竟在此处相遇。"话音刚落他便率先踏入了房内。

屋子里坐着的正是黄承彦、诸葛亮与黄月英三人，一旁的管家正在殷勤斟茶。见他进来，三人皆吃了一惊。黄承彦赶紧满面堆笑地站了起来迎客，笑着说道："士元来了，这又拿的什么？"

"黄叔父，这是我昨日打的鱼，用清水养着，今日来前才装筐的，想必还算得上新鲜。叔父吩咐送过来给您尝尝。"

"哈哈，替我谢谢他，也谢谢你，如此劳神费力的。管家，拿下去让伙房师傅清理下，午膳时刚好尝鲜。祺儿来了，快这里坐。"黄承彦笑着接过鱼筐，让一旁的管家拿了出去，又给蒯祺让座。

诸葛亮高兴地站了起来，笑着招呼道："士元兄、姐夫，不承想在这里碰面了。今日沾你们的光，我也有口福了。"

蒯祺略有些尴尬地打着哈哈笑道："哈哈，还真是巧啊，孔明也在，咱们也算是不期而遇。中午便麻烦世叔了。"

"什么麻烦不麻烦的，你们来我是最高兴的。这府上平日里太过清静，想喝上几杯都找不着人陪。你们叔母，平日里爱唠叨。今日好了，有你们这些小辈在，可放量喝了。"

"爹爹，小心我告知母亲。见过馘兄，见过士元兄。"黄月英迎上前福了一礼笑着打趣道。随即转向诸葛亮貌似无意地说道："孔明兄不知，他们二人便如亲兄长一样，常来府上打秋风，我和爹爹已习惯了。"

众人皆是聪明人，都听出了她语气里的一语双关。庞统神色一暗，心道：用得着处心积虑地忙着跟我撇清关系吗？谁不知道你对我向来就没什么心思。

诸葛亮听黄月英如此轻描淡写的一句话，便点明了自己和庞统的关系，显然是恐自己误会，心里莫名便舒服了许多。对着她邪魅一笑，眼神里似有无限风情，慌得月英一下子脸红了起来。

馘祺见二人眉目传情，全然未顾及庞统的感受。担忧地看了庞统一眼，见他神情黯然，有几分局促地坐在那里，显然是被眼前的情景打击到了，不免暗叹了口气。

几人坐在那里闲谈了起来，气氛却不似往日那般热烈。诸葛亮滔滔不绝，妙语如珠，而一向健谈的庞统却极少说话，只礼貌地听着，间或简要插上两句。

庞统内心十分忧伤。他见月英看诸葛亮的眼神，崇拜中带着热烈，赞赏中饱含深情。那是他从来不曾见过的另一种风情，炽热而缠绵，他突然明白了，对于今天的宴席来说，自己便是那个不受欢迎的不速之客。

这感觉让庞统备受打击。他难过得几乎想哭出来，却勉力维持着自己的体面，那是一个男人最后的尊严。为此他强笑着不停喝酒，竟至酩酊大醉。最后馘祺陪着不省人事的他，在黄府客房睡了一夜。

第二日，庞统如没事人一般，平静地告辞回府，自此再未提及此事。但他变得越发安静了，不再去黄府找月英，也未再去过隆中，仿佛一夜之间，他便失去了世上最重要的两个人，刻骨铭心的恋人和奉为知己的朋友。他看上去一切如常，却肉眼可见地消瘦了下来，整个人清减了一圈。

皆罗见了，心疼得厉害，猜想是因月英之故，却不敢追问。便偷偷跑去黄家湾，问及原因，才知月英竟然和从外地迁来的才子诸葛亮快要定亲了。她愤怒地质问道："英妹妹，你真是让人失望。这么些年，士元对你的情感我不信你未察觉到，你便是如此对待他的一片真心？难道你的心是石头做的，怎的都捂不热吗？"

黄月英见皆罗气得面色煞白，叹了口气说道："姐姐此话便有些牵强了。庞士元待我如何，我心中自然清楚。可我们是兄妹之情，是朋友之谊。除此我从未给过他任何回应，这些想必你们也都知晓。情感一事，无法勉强，更作不得假。我很遗憾给他和你造成了困扰，但我相信，时光终会冲淡一切伤痕。这段日子你便好好陪陪他吧，或许会水到渠成，也未可知。"

"哼！你惯会花言巧语。按理说你有了心上人我本该高兴的，但一想到他会伤心难过，我便比他更难受。黄月英，我恨你！"

皆罗红着眼睛说完跑了出去，留下月英怔怔地站在原地。莫名挨了一顿骂，她却并不难过，反而为庞统感到欣慰。不管怎样，此生至少有皆罗不离不弃地陪伴在他身边。她真心盼望，有朝一日他们两个能够在一起，也不枉皆罗这么多年的似海深情。

光阴如梭，转眼又到了落叶覆苍苔，万木俱萧索的深秋。这日辰时刚过，黄家湾便来了贵客。原来是诸葛亮和弟弟诸葛均，带着礼物前来下聘了。管家笑容满面地领他们进屋，殷勤地沏好茶水才快步出去禀报老爷。

黄承彦很快便迎了出来，他乐呵呵地抿了口茶说道："贤婿，有些话我得说在前面。我只此一女，视若掌上明珠，日后把她托付于你，你能终生做她的依靠否？"

"先生如此信重学生，亮自当竭诚待之。如今亮未有功名，尚谈不了荣华富贵。但终有一日，亮会让英儿享无上荣耀，给她最好的生活。"诸葛亮没有半分犹豫地站起来长揖一礼说道。眼神从容坚定，声音铿锵有力，那份势在必得的自信令人动容。

"哈哈……贤婿，快快请起，我信你！"诸葛亮斩钉截铁的一番话，彻底打消了黄承彦最后一丝顾虑。君子一诺，重若千斤，他相信自己不会看错人。眼前的年轻人如今虽落魄，但早晚会有飞黄腾达的一天，这点从见到他的第一眼起自己便确信。因为这非凡抱负，寻常人即便只是想想，都没这份胆气。

诸葛亮与黄月英的婚事定在了来年春天，消息不久便传遍了襄阳城。人们听说黄家湾那个造水车救了无数百姓的天才少女，要嫁给一个外地迁来的穷小子，不由得扼腕叹息。

消息传到庞统耳中，他发疯似的跑到岘山山顶，哭得撕心裂肺。虽知月英不心悦自己，但他却没有想到，最终和她行至一处的，却是自己视为知己的诸葛亮。想着日后竟不知要如何与他们相处，他便心如刀绞。他一个人傻呆呆地坐在岩石上，任清冷的山风肆意凌虐，一时间竟有些万念俱灰。

直到夜色降临，一阵由远而近的呼喊声传来，才将浑浑噩噩的庞统惊醒，原来是皆罗带着两个家丁打着火把找上山来了。见到庞统失魂落魄的样子，皆罗心痛不已，忙跑着上前将臂上搭的斗篷披在他身上，柔声道："士元，天黑了，回家吧。"

家丁大着胆子抱怨道："公子，您今儿跑了一日，晚膳时老爷一再问您去哪里了，忧心得紧，赶紧回吧。"

庞统恍惚着应了一声，踉踉跄跄站了起来，却因坐得太久，一时竟有些站立不稳，皆罗忙扶了他的臂膀说道："坐麻了吧，快些活动活动。"

庞统瓮声瓮气地说道："正预备回去的，如此兴师动众的干吗？"

皆罗没敢应声。

一行四人就着火把沿蜿蜒崎岖的小路下山，一路上庞统默不作声，众人也不敢多话。

待回到府中，却见前厅烛火通明，庞德公正坐在椅上闭目养神，见庞统回来，眸子亮了下，随后淡淡说了句："回来了，洗洗睡吧，明日是个好天儿呢！"说完背着手向后院而去。

见叔父略显伛偻的背影出了前厅，庞统一下子热泪盈眶。叔父了然自己的心事，却从不多言，那是给自己留几分空间与体面。叔父的爱是厚重无声的，自己却时常让他忧心。天下之大，山河之广，自己尚未曾一一领略过，何必被儿女情长羁绊，大丈夫壮志未酬，何谈其他。这一刻，庞统决定放下心结，出去闯荡一番又何妨？

如此一想，庞统的神色渐渐趋于平和，心情也随之好了许多。他对皆罗歉然一笑道："表姐快去休息吧，今日让你累心了，我也回屋歇息去了。"

皆罗见庞统逐渐恢复了正常，心里才缓缓舒了口气。她心知庞统今日的反常，定是因为知晓了月英定亲的消息。本应开心的她，在看见庞统脸上的泪水时，心揪着疼了一下。同是情场失意人，她理解他的难过与失落。但表弟是个豁达宽厚之人，这一段无果的情事，相信他早晚会想明白。

庞统第二日便去了广德寺。但凡他有心结的时候便会来找师父。慧明大师见他此次上来寡言少语，面色沉郁，便知他有心事。却并不说破，让他自己慢慢醒悟。

是夜星空灿烂。庞统一人坐于殿外辽阔的山地上，四野山风寂寂，偶尔夹杂着鸟兽的鸣叫。

慧明悄悄从银杏树下挖出了一坛子尘封的黄酒递给他。庞统惊喜地问道："哪里来的？师父您不是从不喝酒的吗？"

"我不喝酒，你这个俗家弟子却可以。这是我师弟前段日子过来看我时带的，他虽佛法深厚，却是个酒肉之徒，每日离不了酒。所以说，佛之一途，并无定式。心中有佛，酒肉穿肠过也未尝不可，心中无佛，便是天天烧香吃素，也是惘然。"

"我明白了，师父的点化我会铭记于心。"庞统了悟地看了师父一眼，明白他的话是在点拨自己。所谓佛之一途，修身养性再兼济众生，而非表象的装模作样。

"徒儿有一问，不知师父可否解惑。若有自小心悦的女子，却要嫁作他人妇，该当如何？"

"唯有祝福耳。你心悦她，与她无关，别人不会因为你心悦她便心悦你。感情要的是你情我愿，而非单方面的一意孤行。得不到便放下，放下既是放过别人，更是放过自己。"

"哦，放下……"庞统低声沉吟着，星光下脸上的表情明明暗暗，晦涩不清。

慧明大师知晓庞统说的那人便是自己，而心悦之人，八成便是月英。经过这几年的相处，他对庞统的一切早已了如指掌，也明白他的心思。但他知晓，这场注定破灭的镜花水月之情事，需要庞统自己慢慢消化。

想及此，慧明大师默默起身往殿内走去，边轻声吩咐道："夜里山风凉，恐吹着了，你略坐会儿便回禅室吧，我先去歇息了。"

"好的，师父。"庞统喃喃应道，仍在凝神思索师父刚才的话。他明白，师父教自己的不仅仅是对感情的领悟，更是教给他人生道理。或许立时放下会很艰难，但他愿意慢慢尝试与接受。

诸葛亮与黄月英的婚礼，在鸟语花香的四月举行。所谓的丑女黄月英，当日一身大红喜服，脸上挂着得体的笑，挽着时下最流行的贵妇髻，摇曳生姿，仪态万方。小小的却扇根本遮不住她绝美的容颜。鹅蛋脸上是那种健康的麦芽白，并非传说中的黑皮，漆黑的大眼睛亮得如天上的星辰，顾盼间熠熠生辉。看上去清丽华贵，风姿绰约。

黄月英出现在众人视线的那一刻，人们的表情可谓五味杂陈。诧异、错愕、艳羡、懊恼，听信了丑女谣言的凡夫俗子们，被她的绝世芳华惊得目瞪口呆。

庞统混迹在看热闹的人群里，眼里除了月英再看不见旁人。今日的她化了浓妆，与往日清丽的形象判若两人。她淡淡地笑着，眼眸里似有无尽风情。周遭锣鼓喧天，人们交头接耳，唯有他却更觉孤寂。也许日后的漫长岁月里，这孤寂会伴随着自己的每一个日落与晨昏，焚骨噬心，但他从未后悔。

此后不久，庞统催着父亲办了阿弟庞林与习昭的婚事。因着自己婚事这些年一直没有着落，也耽误了阿弟娶亲。幸好习府人向来知书识礼，愿意再多等上几年。如今习昭已年过二十了，再不迎娶进门便失了礼数。

庞林娶亲那日，庞统忙前忙后地张罗，分外殷勤。与他以往清淡沉稳的性子相去甚远，旁人还未曾感觉诧异，唯有皆罗与习温察觉到他有些反常。一整日皆罗心里都慌慌的，老觉得庞统有要事瞒着自己，瞒着府中所有人。

习温作为送嫁兄长，自然被奉为上宾。敬酒的人一轮又一轮，他只能来者不拒。好不容易等酒席散了，他自己也醉得不成样子。原本想问庞统的话自然也不了了之。

阿弟婚事毕，庞统心愿已了，便义无反顾地辞别父亲与叔父，前往东吴投奔孙权。这念头他两年前便有过，却因舍不得月英未付诸行动。如今这一段无处安放的情感以失败告终，才促使他下定决心远走他乡。虽不知前路如何，但庞统相信，凭自己一身本事，总能谋个锦绣前程。但他没想到的是，现实往往事与愿违。

庞统到东吴已有月余，一身傲骨的他，未曾求助任何人。他想凭着自己的本事被任用，而非靠人情。一连几天他都前往治所递信，却连孙权的面都没见上，心中十分烦闷。后想着周瑜也算当世英豪，莫如到他手下碰碰运气，便又辗转来到江陵。昨日刚找了个客栈住下。

眼见带来的银子花掉了大半，再谋不到差事便要饿肚子了，庞统想着实在不行明日去诸葛瑾府中一趟，亲戚间也好认个门。

打定了主意，庞统无所事事地在集市上溜达，眼见不远处便是城中最为热闹的膳坊福轩酒楼，他摸摸钱袋还是咬牙走了进去，要了一斤老酒，四两牛肉，一盘花生米，自顾自喝将起来。

酒过半酣之时，门外进来一个二十七八岁，身形高大、丰神俊逸的白衣公子，身边跟着一个三十余岁、略有些瘦削的青衫客。

庞统抬眼一看，心道，此人如此风流倜傥，莫不是大名鼎鼎的中护军周瑜？素闻周瑜文韬武略，卓尔不群，不承想竟是如此风度翩翩的儒雅公子。旁边那人却不知是谁，看模样或许是他的至交好友鲁肃。

自己此次前来投奔孙权，却遭无情漠视。若不想灰溜溜地回荆州，看来只能在周瑜这里碰碰运气了。早听闻周瑜少年英才，二十一岁便随孙策奔赴战场，一路开疆拓土平定江东。如今孙权继任，周瑜以中护军的身份与长史张昭共掌众事。算得上位高权重之人，其性情究竟如何，是否真如传说中的忠义公允，他决意先探察一番。

不出庞统所料，来者正是周瑜及其好友鲁肃。二人今日在衙门议事，竟忘了时辰，肚子饿得咕咕叫，方想起到此处用膳。

二人择一靠窗位置坐下，小二显然识得二人，忙殷勤地跑过来招呼道："周将军、鲁将军，您二位来了，还是老几样？"

鲁肃点头说道："是的，今日有些饿了，你且速速上来。"

小二满脸带笑地答应着飞快去了。

鲁肃压低嗓音问道："听说前几日曹氏派说客来你府上了，可有此事？"

"子敬耳风高啊。不错，这个曹孟德，竟秘密派人前来联络，意图游说我去他那里就职，我周公瑾岂是那背信弃义之人。当即便将来人痛骂一顿，赶出府去。"

"此事我都知晓，主公焉会不知？"

"放心吧，第二日我便禀告过主公了。我与主公情谊，岂容旁人撼动！"

周瑜信心满满地说道。他对孙策、孙权皆有辅佐之谊，孙权待他也与旁人不同，甚为优厚。

"那曹孟德势力更胜从前，整个北方已在他的统治中。下一步怕是要打东吴的主意，形势越发危急。"鲁肃神色肃穆地说道。

"这你大可放心，即便攻打，他的第一目标也是荆州，焉有舍近求远之理。况北方兵不擅水战，我们只需秣马厉兵，严阵以待。如此倘若真有那日，也不足为惧。"周瑜信心满满地说道。

"公瑾所言甚是，许是我多虑了。"鲁肃笑着点头说道。

"二位将军所虑其实有法可解。"一旁的庞统听到这里，忍不住插言道。

周瑜循声望去，只见邻桌一人衣着朴素，温润如玉，沉静中自带一股威气，此刻正双目炯炯地看着自己。他抬了抬眉装作无意地问道："阁下可有什么高见？"

"当今天下，曹操占据北方，已成燎原之势。东吴虽有得天独厚之条件，孙公三代盘踞于此，树大根深，受官兵拥戴，又有天险可据，这些皆是有利因素。但毕竟双方兵力悬殊，若到时曹操背水一战，孰输孰赢还真不好判断。"

"小兄弟高见，可否告知姓名。"鲁肃听得眼睛亮了起来，饭也顾不上吃了，起身抱拳问道。

"小可襄阳庞统是也，近日刚来此地，欲投奔孙将军帐下，正苦恼无甚机缘。今日有幸巧遇二位将军，便忍不住生了结交之心，还请原谅我如此冒昧。"

"哈哈哈，是司马老先生交口称赞的'凤雏'公子庞统吗？瑜早闻大名，今日可算是见着了，来来来，与我二人同坐一处说话，这位是鲁肃兄。"周瑜一听高兴得大笑三声，起身亲自挽了庞统入席。

庞统听得此人正是鲁肃，忙郑重地重新见礼。

虽是初次见面，但关于鲁肃的传闻他早有耳闻。鲁肃生于士族豪门。幼年丧父，由祖母抚养长大。性格豪爽，喜读书，好骑射。见汉廷昏庸，官吏腐败，他常愤而不平。故召集乡里青少年习武练兵，以备不时之需。周瑜尚为居巢长时，因缺粮向鲁肃求助，鲁肃将家中一仓三千斛粮食慷慨赠予他。

二人从此结为知交好友，共谋大事。

鲁肃其人，擅远谋行事周全。据说他第一次见孙权便有惊世之语，"肃窃料之，汉室不可复兴，曹操不可卒除"，可见在他心里汉朝廷早已消亡，曹操不过是打着汉廷的旗帜，行利于自己权谋之事。他建议孙权割据江东，讨伐刘表进而南北对峙，择机再建号称帝。庞统由此断言，此人是有急智之人，且惯于另辟蹊径、善出奇谋。

今日见周瑜与其交情匪浅，二人皆是有大格局、大智慧之人，论起长远谋划与算计，皆不输自己。庞统生平最敬重有本事之人，忙俯身长揖一礼笑道："早闻二位将军大名，今日一见，果然英雄气概，统这厢有礼了。"

周瑜、鲁肃二人忙抱拳回礼，三人复又坐下，边吃边聊，气氛渐渐热烈起来。鲁肃吩咐小二，又加了几个荤菜，上了两坛子好酒，大有不醉不归之架势。

鲁肃原本便是个细心周到之人，此刻更是不停给庞统添酒布菜。庞统见他如此热情，心里暗自松了口气。

"如今的时局，士元可有独到看法？"酒过半酣，周瑜睁着迷蒙的双眼问道。

"曹操如今势大，东吴不宜碰硬。但若派使者前去荆州，与刘表商谈联合抗曹一事，却最为相宜。"庞统并不藏着掖着，直言不讳道。

周瑜与鲁肃二人对视一眼，脸上神色明显有些许震惊。周瑜盯着庞统凝视半晌，方若有所思地说道："士元此法甚妙，却不易实现。"

"先主公横死于刘表帐下黄祖之手，这血海深仇，怕是主公一刻也未忘记，此时谈和盟，恐是火上浇油。"鲁肃面色低沉，叹息着说道。

"正是如此，此计虽妙，却暂无法推行。不过士元年纪轻轻便有此等见识，确实当得起'凤雏'二字。日后便到我帐下效力吧，自此我东吴又添一大助力。来来来，我们共饮此杯相贺！"

三人相视大笑，豪气干云地一口气喝光了樽里的酒。年轻人英雄本色，最爱惺惺相惜。况三人皆是远见卓识之辈，年龄相差不大，性情也颇为相投，能在一处共谋大业，自然是人生一大幸事。

自此，庞统便在周瑜手下谋事。周瑜给了他个南郡功曹职位，私下兼任周府幕僚。他情知如此安排有些委屈了庞统，也只算是权宜之计。便在离自己府邸不远的地方，赐了个三进的宅院给庞统，权作他落脚之处。他思谋着日后再将庞统慢慢引荐给主公。

周瑜平日里琐事繁多，庞统自然要跟随处理，为了便捷，周瑜便在自己府中前院为庞统安置了一个客房。倘若有事耽搁了，过了宵禁时间，庞统便会歇在此处。

这日庞统忙完公事刚回到自己府中，贴身小厮阿盛跑来告知他来了两个不速之客，貌似是一对父女，二人在前厅已等了大半炷香时辰了。

庞统疑惑地进门，却见一个威风凛凛的中年将军和一个年轻貌美的女子正端坐着喝茶，女子看着有几分眼熟。仔细一端详，发现竟是他去岁在岘山脚下所救的向夫人外甥女周瑛。

原来，周瑛前日无意中听父亲说庞统来了东吴，在周瑜帐下听令，喜出望外，当即便要前来拜访救命恩人。女儿知恩图报，周将军自然便欣然应下了，故此二人便来了庞府。

要说这周泰，乃东吴名将，孙权心腹之人，数次战乱中为保护孙权，落得一身伤痕，因其赫赫战功被孙权封为平虏将军，平日里为人十分严谨。今日带了一马车礼物随女儿前来拜谢救命恩人，见庞统是个清俊儒雅的翩翩公子，不免甚是欣慰。

官场上行走久了，皆擅长掩藏情绪，周泰面上不露声色，笑着对庞统抱拳施礼道："昔日小女在荆州幸得公子相救，感激莫名，常对我念叨。俗话说，滴水之恩当涌泉相报，日后公子在东吴有任何需求，皆可对周某讲，但凡办得到，周某必竭尽全力。"

"将军言重了，昔日之事庞某只是尽了一点本分，何足挂齿。如今庞某在周公瑾手下谋事，和老将军也算同僚，日后还请将军多多关照。"庞统急步上前对着周泰回了一礼，诚挚说道。

周泰听了心情舒畅，看着庞统越发觉得顺眼。三人复又坐下有一搭没一搭地说着闲话，阿盛则在一旁奉茶侍候。

周泰打眼一看，眼前除了一床榻几、两个长凳和几卷书籍，竟无一样奢华东西，忙笑着问道："庞公子初来江东，生活还习惯吧？府中也太轻简了些，莫如过两天我让人送些物什过来，添补些东西，你看可好？对了，府上可还有旁人侍候？"

"我一向轻简惯了，不喜奢华。府中只我和自幼服侍的阿盛，外加一个做饭的伙夫，已然够了。谢将军好意，统心领了。"庞统淡淡一笑，不以为意地说道。生活简单的他，觉得如今的日子甚为舒畅，自由随意，没有太多复杂的关系要应酬。

"该有的物件尚需配备齐全。庞兄尽管忙您的公务，阿瑛替您将这些琐碎之事办妥。外面现选的人恐不太可靠，我回府挑两个老成持重的给您送过来，包准您用得顺手。"周瑛爽朗地说道。这些家务事对于早已操持周府中馈的她来说，实乃小事一桩。

"这些便不劳烦小姐了，阿盛你这两日便去办理妥当。"庞统一听连连摇手拒绝，转头对着阿盛吩咐道。阿盛忙应了声是。

"这有何麻烦，庞兄不知，我阿娘早逝，周府中馈一直由我料理，这些琐事我早忙习惯了，不妨事的。"

"小女所说不虚。我家丫头是个能干会理事的，十二岁便亡了母亲，这些年我恐委屈了她，也一直未再续弦，府中内务全是她一人料理。大情小事她都处理得妥妥当当的，下人们也都敬服她。这等琐事便交于她办吧，管保叫你满意。"周泰笑着说道，语气中满是自豪，看得出他对自己的女儿极其钟爱。

"真不必麻烦，人多了反而会不自在。小姐年纪轻轻便如此能干，实乃女中豪杰，庞某佩服。周将军得女如是，当甚欣慰。"

"哈哈哈，确乎如此。"周泰听了高兴得大笑两声，看向女儿的眼神里满是欣慰与餍足。

父女俩又坐了两盏茶工夫，才告辞回去了。庞统热情地将人送至门外，目送着父女二人上了马车才折身回来。进门阿盛便坏笑着打趣道："公子，我观那周小姐对你分外热情，莫不是早就对公子芳心暗许了？"

"一个大男人如此八卦，再浑说看我不打你。阿盛，此种玩笑可开不得，我倒是无所谓，却万不能毁了人家小姐清誉。"庞统听了吓得扬起手作势欲打。

"奴才只是私下说说而已，我看是八九不离十。"阿盛有些委屈地低声嘟囔着。

"私下说也不行，快打消你这龌龊念头，这种事可开不得玩笑。"庞统再次正色警告道。

"晓得啦。"阿盛点头应道。心想，襄阳府中有个望眼欲穿的，这里再多个暗生情愫的，公子怕是要头疼了吧。他偷偷瞅了庞统一眼，见他眉头紧锁，显是并不愉快。赶紧往后院而去，边走边道："我去看看李叔晚膳准备好了没？好了来叫你。"

庞统心不在焉地应了一声，转身往书房而去。他可不想给自己惹麻烦，一个皆罗已让他心烦，再来个周瑛还真不知如何应对。况自己初来江东，局面尚未打开，一个小小的幕僚可满足不了自己的远大抱负。最近研究兵法，他发现一些原先晦涩难懂的地方，如今再看竟豁然开朗。看来人的知识是随着阅历逐渐生长的，那些蒙尘的旧书如今再读，理解已甚为不同。

出乎庞统意料，虽他一再拒绝，不过两日周瑛便亲自送来了四个下人。一个四十多岁的管事大娘，两个负责干活的杂役，一个极擅做饭的中年厨子。全是周府用习惯了的老人，一看便知受过大家族严格熏陶，说话办事都极为妥帖周全。

庞统本不愿受恩于人，再三推辞。但周瑛一片赤诚，竟至有些懊恼，庞统无奈只得接受下来。他让阿盛在前院厢房给众人安排了住处，一行人算是暂且安定下来。

此事最高兴的莫过于阿盛，这两月来，他一人兼着许多活计，其他的倒也无妨，就是烧饭的伙夫做的饭菜不合胃口，每每吃得公子兴致全无。如今换了个厨子，听说也是荆州过来的，烧的饭菜乃家乡风味，那岂不是每顿都能多吃一碗米饭。如今府上来了这许多人，他算是彻底解放出来，自此便如在荆州时一样，只需贴身照顾好公子起居，再不用操心其他。这久违的轻松让他感觉分外舒心，连带着脸上的神色也喜笑颜开。新来的下人见了，心想，这阿盛倒是个好脾气的，看来易相处。

见阿盛兴高采烈的样子，庞统笑着对周瑛打趣道："周小姐今日送了这许多人来，最高兴的便是阿盛了，你看他这轻狂样子，怕是晚膳都要多吃一碗了。"

"公子你还真是说对了。别的不说，以往那烧饭的伙夫，做的吃食难以下咽，公子都饿瘦好几斤了。如今小姐帮忙找了个家乡的厨子，日后有口福了。如今别的活计小的无须再做，只用心服侍好公子，的确轻松多了。小的替我家公子和小的自己谢过小姐。"阿盛有些难为情地挠挠后脑勺，开心地说道。

"呵呵，这些日子让你们犯难了。放心，日后有赵婶在，保你们一日三膳吃得不重样。赵婶的荆州菜，做得堪称一绝，你们试过便知。"

"那你将她送来我府上，岂非夺人所爱？况我如今饷银不多，恐担负不起这许多人。"庞统仍是有几分不情愿。他并不想与周瑛过多纠缠，平白承她如此大一个人情，恐日后难还，故他并不愿接受她的盛情。

"放心好了，我府上有三个大厨，赵婶只是其中之一。我父亲喜爱的厨子，我可不敢拱手相让。他们的饷银不用你支付，我会从周府费用中列支。"周瑛豪爽地说道。她知庞统不愿受自己恩惠，是不想和自己有太多接触。但她偏要就此与他搭上关系，如此日后庞府自己便可以常来常往了。

"那不成，饷银我自己想办法。"庞统有些固执地坚持道。作为男人，断没有让一个外人承担费用的道理。

周瑛见他如此说，便不再坚持。悄悄从袖中掏出几张契约递给庞统说道："日后这四人就在贵府当差了，这是除了李婶外另外三人的卖身契，便交给你保管了。李婶是周府家生奴才，不便转让。他们三人的饷银是每月各五铢钱，由你支付，李婶的你就不用管了，在周府支费用。"

庞统答应着接了，将契约递给阿盛吩咐道："你好好收着，别弄丢了。"阿盛答应一声接过契约小心揣进了怀中。

　　两人又闲聊了几句，周瑛方起身告辞。她心中虽十分不舍，却尽量保持着女子应有的矜持。她明白，为给庞统留下个好印象，交往时的分寸须得拿捏好。

　　庞统亲自将周瑛送至门外，看她上了马车，才折身往里院走去。他没有想到，昔日的一次无意中的善举，竟得到了如今这丰盛的回报。自己在江东本举目无亲，如今平白多了这么一宗友情，忐忑之余，却也心生欢喜。

　　周瑛从庞府回去，见父亲已然从衙门里回来了，正坐在前厅吃茶，忙亲热地问道："爹爹今日回来得比往常早些，军务都处理完了？"

　　"嗯，瑛儿，为父有话同你说。那庞统虽于你有救命之恩，如今你煞费苦心为他安置人手，添补家用，也算是尽了本分了。日后逢年过节前去探望一番便是，不可再如此费神牵挂了。"

　　"爹爹这话从何说起，士元兄初到江东，举目无亲，我们便算是他亲人，为何要故作生分。当初他救我之时，并不知晓我是何人，也从未想过挟恩图报。今日我送人过去，他原本坚辞不受，见我恼了，才勉强收了下来。还非要自己负担饷银，可见是个正人君子。如此心怀坦荡之人，为何不能长久交往。爹爹一向仁厚，为何如此对待女儿的救命恩人，女儿不敢苟同。"

　　"瑛儿啊，我知你是个重感情的孩子，可如今你亦年过十九，是个大姑娘了，频繁去一个外男的府邸，旁人见了如何评说？人言可畏啊，我的傻丫头。"

　　"我不怕，又没做亏心事，管他们如何说。"周瑛扬着脖子满不在乎地说道。将门虎女，性情豪爽，倒没有一般闺秀的扭捏和小性儿。

　　"你答谢他可以，但万不可对他动情。他一个外来户，在江东毫无根基，依附于周公瑾门下，恐难有出头之日。爹爹就你这一个宝贝闺女，可不能嫁于他受苦。"

　　周泰苦口婆心地劝着，见女儿丝毫不为所动，有些烦闷地呷了口茶又接着说道："庞统虽有几分才干，但家业不丰，门第不显，如何配得上你这丫头？你可别忘了，程将军家的二小子，一直对你甚为仰慕，这可是桩门当户对的好姻缘。"

"爹爹这话我不爱听。程兴他虽有一副好皮囊，性子却急躁鲁莽，难以成事。反观这庞统，雄才大略，处变不惊，虽初来江东缺少人脉，但周公瑾对他十分爱重。况庞家在荆州也算世家，产业应也差不到哪里去，怎的便遭您嫌弃了？"

周瑛见父亲瞧不上庞统，心里也来了气，急得一迭声反驳道。

稍顿了顿她又接着说道："况男子汉大丈夫，只要有心胸有抱负，其他便算不得那么重要。爹爹您当初不也是出身低微，靠着一身战功积累起了功名，娘亲当初也不曾看重这些，还不是义无反顾地嫁给了您。"

周泰见一向听话的女儿此刻却跟自己唱起了反调，心里颇为震惊。心下明白女儿怕是当真喜欢上了那小子，本想再规劝几句，却也知此事不能急，需慢慢开导为宜，便放缓了语气温声说道："爹爹不是说他不好，来日方长，咱们慢慢观察，不急。"

周瑛见素来杀伐果决的父亲此刻却耐着性子说软话，也知自己方才急躁了些，忙点头答应下来。父女俩一时无话，只静坐着喝茶，心思却百转千回，各自天涯。

三十五

　　这日，庞统下值回来，听说府中来了客人，进门一看，却是孙贲。几年未见，他越发魁梧了，一身军服让他看起来威风凛凛，颇有气势。见庞统进来，孙贲上前一把抱住庞统大笑道："才听说你来了东吴，缘何不遣人知会一声。还是鲁兄来信提及，我方知你在周将军麾下谋事。怎的不去找我，我推荐你到主公帐下谋个差事多好。"

　　"我去过柴桑，往治所递过信，奈何无人理睬，方辗转来到江陵。如今在将军治下谋事，也甚是痛快。"庞统笑着解释道，见孙贲听他说去过柴桑，有些生气，忙又接着说道："我想过去找你，却又恐给你惹麻烦，便放弃了。"

　　"能惹什么麻烦，唉，你呀你，叫为兄如何说你好呢！这样吧，若你在此处干得不开心，随时告知我，我便来接你。可好？"

　　"好好好，兄台尽管放心，若真有那一日，我不会客气，必去投奔你。但周将军雄才伟略，智谋双全，在他手下做事还是蛮受用的，小弟暂且不会另谋出路。"

　　"哈哈哈，士元所说甚为有理，都依你。今日真是高兴，定要与士元好好喝上一场，痛快痛快。"孙贲高兴地说道。

　　阿盛适时上前说道："大人，你去后院看看，孙将军带来的礼物如何处理？"

　　"老规矩，你自己看着办就行。"庞统大手一挥不在意地说道。转头看着孙贲客气道："来便来了，带那么些礼物做甚！"

　　"大人，你还是先去看一眼再说。"一向知眼色的阿盛这次却固执地说道。

庞统狐疑地站了起来，随阿盛往后院而去。入目的瞬间他不免倒抽了口凉气。只见偌大的后院里，各式大小箱子堆满了院落。总有二三十个，有的尚是簇新的，看上去实在太过醒目。庞统瞠目结舌地说道："兄台这是做什么，竟将家搬过来了吗？"

"嘻，我想着士元老弟初来乍到，定是缺许多物什，便自作主张置办了些。放心吧，不值多少钱，全是老兄一点心意。"孙贲淡淡一笑，满不在乎地说道。

阿盛将庞统带到靠角落的一个箱子旁，打开一看，庞统更是目瞪口呆，原来竟是满满一箱子的银锭，估摸着足有一千两之多。他不禁变了脸色。

庞统忙打开所有的箱子查看了一遍，见其余多是些衣物绸缎、药材补品之类的东西，方才略松了口气。他看着孙贲揖了一礼说道："兄台高义，士元受之有愧。这样吧，其余礼物我便厚着脸皮留下了，唯这一箱银子，士元万不能领受。还望兄台回去时带回去，若嫌路上不便，我让阿盛换成银票带上。若这一条兄台答应了，咱们便好好叙旧，若兄台不答应，我便要不顾情面赶兄台离开了。"

孙贲见庞统一脸严肃，知他不是开玩笑，忙打着哈哈说道："士元，我这只是兄弟间的来往，又不是托人情走关系，既你不愿，我走时带回去便是了。唉，如此认真做什么。"

"兄台这份心意，我自然领受。这东西已然值不少银子了，士元在此谢过。"

"哈哈哈……皆依你。走，咱们仍去吃茶，这里留着他们收拾吧。听说你功夫不错，明日可要与你对上几场。"

"恭敬不如从命。"

二人仍回前厅叙旧。谈到上次分手后各自的境遇，不免都感慨万千。一向敬职的孙贲，这次却在江陵待了足有五六天，才意犹未尽地回了柴桑。

日子缓缓地过着。

这日庞统接到了叔父来信，嘱其有事尽管去找诸葛亮长兄诸葛瑾商量。里面还夹带有一封火漆封着的嫂嫂诸葛玲写给兄长诸葛瑾的书信。

要说这诸葛瑾，虽出身名门，但到了其父诸葛珪这一代已是没落了，后又早逝。作为长子的诸葛瑾，少游京师，饱学《尚书》《左氏春秋》等。其胸怀宽广，温厚诚信，深得亲朋信赖。自叔父诸葛玄死后，他便和兄弟姐妹商量，独自前往江东求发展，而诸葛亮他们则留在荆州寻找机遇。

诸葛瑾自来江东，与鲁肃结为知己。经他推荐，又有孙权姊婿弘咨的鼎力介绍，方才成为孙权帐下一员，因其品性厚重，素有智谋，如今甚得孙权信任。

庞统来江东已两月有余了，还未曾去拜见诸葛瑾。一向孤傲的他，不愿因故旧姻亲关系得到重用。只想凭自己的能力为自己谋取个锦绣前程。只是事与愿违，如今连孙权的面都未见上。周瑜虽对自己信重，却也只给了个幕僚的身份，离自己的远大宏图还相去甚远。

叔父的来信庞统看了两遍，思虑再三，还是决定走上一趟。既然有这样一层姻亲关系，不前去认个门，反显得自己缺乏教养。倒不如就坡下驴，厚着脸皮去走上一遭。

恰逢次日休沐，一早庞统便带了礼物前往诸葛瑾府邸。管家一听说庞统名字，忙热情地笑着将其迎往前厅，一边差人去禀告自家老爷。显是早已得了嘱咐。

少顷，一个穿着青色长袍的三十多岁的男子走了进来。只见他英姿雄伟，面色和善，长相和诸葛亮竟有三分相似。见了庞统忙急步上前，热情地握着他的手笑道："早听阿姊和孔明念叨过凤雏大名，今日得见，果真是气宇不凡。前几日孔明还专程来信交代，嘱我好生关照你。本早应去庞府探望，又恐你初来乍到，难免有人情应酬需得费神，便延至今日尚未成行，是为兄的不是，还望士元体谅。"

一番话说得滴水不漏，听着叫人十分舒坦，却又绵里藏针，反衬得自己礼仪不周，心生愧疚。看来诸葛瑾脾性和诸葛亮略有不同，但骨子里的那份多智与机变，又有几分相似。

庞统赶紧回握住诸葛瑾的手说道："是统失礼了。早该来拜访太守的，又恐给太守添麻烦，几番犹豫之下便耽搁至今了。太守比统大上几岁，论理我该叫你声兄长。日后在这江东，还请兄长多多关照才是。"

"这个自然，兄弟间本就应该相互照应。"诸葛瑾听庞统如此说，方开心起来。阿弟来信言道，这庞统谋略过人，是个大才。奈何主上却不知何因，并不重用他。如今只落得在周瑜将军手下讨了个功曹之位，确实有些屈才了。

当晚，诸葛府上大摆宴席款待庞统，诸葛夫人携长子诸葛恪、次子诸葛乔、三子诸葛融及女儿诸葛茹，阖府出席。这算是待客的至高礼节了。

庞统一一见过，幸好提前准备了一些礼物，虽不是什么值钱的东西，但赏于小辈，却也说得过去。

诸葛瑾见其行事妥帖，正如外界所传的那般宽厚周到，是个妥当细致之人，便暗自放下心来。因着二妹诸葛玲的姻亲关系，此人定是要关照一二的，但若是个行事鲁莽之辈，岂不是徒添是非。

是夜，宾主尽欢。席间诸葛夫人笑意盈盈地不停劝酒布菜，分外热情。诸葛恪一行小辈也轮番上前敬酒，庞统皆来者不拒。这久违的家的欢乐，让他十分沉醉，自然便放开了量，一时竟有些喝多了。好在他酒量了得，虽薄醉却并未失了分寸，除了脚步虚浮舌头打结外，其他并无不适。

回府前，庞统将嫂嫂诸葛玲的信交予诸葛瑾。诸葛瑾欲留他在府中暂住一晚，却被婉拒。庞统笑着告辞，跟跟跄跄地往门外行去。诸葛瑾忙吩咐下人备好马车，嘱管家亲自护送庞统归家。

自此，在江东举目无亲的庞统，也有了可以常来往的亲人。他常去往诸葛瑾府上，有时谈论时政，有时手谈几局，偶尔还会抽空教几个小辈习武。故每次只要他一进府，诸葛恪兄弟几人便会飞奔来迎，对他的喜爱异于常人。

这种大家庭式的温暖让庞统十分满足。以往在荆州，他与胞弟庞林及堂兄庞山民，虽感情深厚，平日里却各忙各的，并不算十分亲近。后来堂兄有了儿子，蹒跚学步的稚龄孩童，自然也引不起他的兴趣，他更是落得清闲。从不曾像如今这样得到一群孩子的信重与依赖。

诸葛瑾亲人般的关照，周瑜、鲁肃朋友间的关怀，周瑛周到细致的呵护，让身在异乡的庞统感受到了家的温暖。

三十六

这日庞统在周瑜官邸帮忙处理一些俗务。正忙得焦头烂额，周瑜少见地阴沉着一张脸进来了。他忙放下手中的事起身倒了盏茶递了过去，关切地问道："将军因何事烦忧？"

"曹操来信让主公将少公子送往建安，朝中那些庸人，竟然无人敢作异议，只知一味地迎合。"周瑜皱着眉头说道，接过庞统手中的茶一饮而尽，旋即目光炯炯地看向庞统问道："士元有何想法？"

"自是去不得，这明显是欲将少主当人质，倘若真遂了曹操的愿，日后江东岂不是任由他拿捏。"庞统想都未想直接说道。

"正该如此。今日主公召集众将领商议此事，竟无一人敢建言拒绝，看样子他们是被曹贼吓破胆了。"

"将军一人便可力挽狂澜。我猜众臣无人敢给建议，定是怕承受不住接下来可能有的后果。我猜测曹操即便被拒，却不会立时攻打江东。他现在考虑的是如何全面统一北方，而不是讨伐东吴。"

"士元所说甚是，我自然是明确反对。以主公心性，他决计不会交出少公子。之所以今日未在众人面前发作，是给他们留个面子，毕竟法不责众。"

周瑜见庞统如此说，总算舒心了不少。他咕噜咕噜又喝了两口茶，将盏重重放下说道："众人皆以为我标新立异，实则是因真理只在少数人手里，我若不站出来，主公便孤掌难鸣。因他的信重，也因江东千千万万百姓，我愿意成为主公手里那杆冲锋陷阵的枪戟，不计较得失，不惧怕算计。"

周瑜一番话说得慷慨激昂，脸上的表情分外严肃，庞统心里深受触动。自打第一次遇见周瑜，庞统便知他是个智慧豁达之人。他只会做自己认为对的事，而不会在意那些细枝末节，更不会考虑个人荣辱，他要的，是江东的繁荣与安定，是主公的信任与安心，其余的都不会放于心上。这是个值得自己追随之人。他很庆幸自己能留在他身边。

又过两日，孙权在私宅询问几个亲近大臣对此事的意见，爱孙心切的国太也坐于一旁观听。

周瑜十分坚定地率先反对，他言简意赅道："当年楚君刚被封荆山时，地方不够百里。但其后辈贤能，扩张土地，开拓疆域，在郢都建立根基，占据荆扬之地，直到南海。子孙代代相传，延续九百余年。"

周瑜一口气说道，见孙权与众臣都听得认真，咳嗽了一声接着说道："如今主公您继承父兄基业，统御六郡，兵精粮足，士气旺盛。且铸山为铜，煮海为盐，民心安定，所向披靡，为何要送质于人呢？倘若真送少公子入许都，自此便受制于曹操。而我方能得到的最大利益，不过是一方侯印、几十个仆人及马匹罢了，如何能比得上自己建功立业，称孤道寡？为今之计，不送人质，先静观曹操的动向。若曹操能遵守道义，拯救天下，那时我们再归附也不晚。但若曹操淫奢骄纵，图谋生乱，玩火自焚，主公只需静待天命即可，各位大人以为如何？"

周瑜一番话简直说到了孙权心坎里，他感动地看着周瑜说道："此话甚合我意，将军不愧是我江东的柱石，所谋所虑皆以江山百姓为重。"

孙权的母亲国太听了感动得热泪盈眶，她笑着对周瑜说道："公瑾此话在理，你比我策儿只小一个月，是他最信重之人，故我一直将你当儿子对待。如今你辅佐权儿不辞辛劳，尽心竭力，老身在此一并谢过。"

国太说着对周瑜薄施了一礼，转头吩咐孙权道："权儿，你日后要将公瑾当成兄长相待，尊重他、信任他才是。"

孙权笑着答道："母亲所言甚是，我早已将公瑾当作兄长一般敬重与信任了。今日在座的各位，皆是我江东的肱股之臣，日后还要多多仰仗各位。"

周瑜听母子二人言辞恳切，虽心知有拉拢的成分，仍万分感动，忙单膝着地磕头道："主公和太夫人对我恩重如山，周某即便肝脑涂地也报不得万一。周某此生唯主公马首是瞻，绝无二心。"

另几位大臣见周瑜如此，也急忙起身跪于地上信誓旦旦地表忠心，场面一时间甚为热烈。

太夫人与孙权会心地相视一笑。孙权上前扶起周瑜说道："快快请起，我素知公瑾忠义。有兄如此，何等快哉。各位大人也快快请起。"

众人知此事已然定下，喊大家来也不过是知会一声，便都心照不宣地同意了。

不久，孙权回信婉拒了曹操要求。曹操十分气恼，却也奈何不得。心中自此却埋下了一根刺，总想着哪天拔除了才舒坦。

此后，周瑜对庞统的信重又增加了不少。这个貌似敦厚的年轻人，却有其血性刚硬的一面，这是成大事者需有的品性。再慢慢观察吧，若真有大才，日后再将其举荐给主公。

周瑜心里盘算着，脚步匆匆往后院而去。这段日子侧室小乔怀了身孕，他便常留宿在西厢房。小乔这次已是怀第二胎了，照旧胃口不好，吃不下东西，他请了不少医师来看，都不奏效。

前些日方听说庞统医术了得，便让他给小乔重新把了脉，开了几剂温胃调脾的方子，又嘱咐下人照自己说的做了些山楂糕，深得小乔喜爱。她每日都要用上几口才算顺意。

许是孕中多思的缘故，往常温柔识礼的小乔，如今性子却有些敏感且黏人。但凡周瑜在府中，便要他陪着自己。无奈之下，周瑜只得将自己需处理的军务急件，一应搬到了小乔的卧房，只要忙完军务回了府，便径直前去陪她。

这日周瑜下了值，顺便在街上的果点铺子里买了些小乔爱吃的桂花糕。兴冲冲地朝西院行去。路过后花园的长廊时，不承想遇到了夫人王睿，她手里捏着个汗巾，脚步匆匆地走着。显是行得急，额上有细微的汗水沁了出来。

她的贴身丫头小红手提一个三层的食盒，亦步亦趋地跟在后面。

见到周瑜，王睿的眼睛明显亮了一下，她欣喜地柔声说道："夫君回来了？恰巧我给妹妹准备了些清淡的吃食，夫君便和妹妹一同用些吧。"

"夫人有心了，这些日子小乔怀着身孕，夫人既要料理府务又要照顾孕妇，受累了。"

周瑜温和地说道。对夫人王睿，他是存着几分敬重的。王睿出身大户人家，知书达理，温柔仁厚，待小乔和府中下人皆十分宽和。一应府务也料理得井井有条，做事有章法，待人接物也进退有据，让他少了许多后顾之忧。故他虽十分宠爱侧室小乔，但对夫人该有的尊重与体贴也一样不少。

二人一同往西厢房而去，王睿落后半步而行。望着眼前脚步匆匆的周郎，王睿的心情有些复杂。她深爱着眼前的这个男人，自十七岁嫁入周府起，她便一心一意做个好妻子。曾经，他们也有过许多美好又温情的时刻，有过属于二人的幸福时光。可一切在小乔进门的那一刻就变了。那个有着倾世芳华的女人，瞬间便夺走了他全部的爱。

为了让周郎对自己保留一丝丝的爱意，王睿不惜丢弃了尊严、忌妒，她用无限包容的爱，来换取夫君的爱重与愧疚。时日久了，她已经没有了自己的情绪，有的只是习惯性的微笑和日复一日体贴周到的辛劳。

便如此刻，王睿知道自己应知趣地离去，给他们二人留下独处的空间。可她却无限贪恋这一刻的温情。她已经四五日没有和夫君独处过了。他一回来便进了西厢房，这边有自己独立的小厨房，厨子是自己专为小乔请来的家乡人，每日的饮食甚至比大厨房还要精细。她除了偶尔亲自下厨做一两个自己拿手的菜送过来，竟似乎找不到理由来骚扰他们二人的清静。可是作为他的妻子，自己也是有情感有需求的啊！所以许多时刻她强迫自己装聋作哑，借着探望小乔的理由，与他待上一时半刻。便是这短暂的一点相处时光，方能略微慰藉一下她孤寂失落的心。

小红见自家夫人亦步亦趋地随在老爷身后，脸上带着久违的笑意，心里竟莫名觉得感伤。作为夫人的陪嫁丫头，夫人的一切她都了如指掌。她明白夫人看似淡定的外表下，掩藏的真实需求与渴望。在这个府上，夫人看似尊崇，内心却委屈压抑。老爷宠爱侧室，对夫人虽保持着起码的尊重，但心里的那份热情与爱慕早消失了。两个人成日里客客气气的，不似寻常夫妻那般亲热随意。夫人是有格局的，她从不抱怨，更不气恼，永远心平气和地做着自己应做的事，尽着自己的本分。有时候她看着夫人如此妥帖周全，面面俱到，竟不知是替夫人不值，还是敬佩她一往无前的勇气。

到了西厢房，小乔见周瑜进来，忙拖着笨重的身子起身迎了过来，正欲说话，却见夫人也随在身后，明显吃了一惊，忙施了一礼道："不知姐姐过来，妹妹失礼了。周郎，你和姐姐一处来，竟也不吱一声。"

"我和夫人也是方才在走廊遇见的，夫人亲自给你做了吃食呢。今日胃口可好了些？"周瑜看似无意地笑着说道，上前虚扶了小乔一把，心疼地埋怨道："日后无须讲究这些虚礼了，你身子益发重了，好好休养才是，夫人不会怪你的。"

"这个自然，我们姐妹之间，哪需这些讲究。妹妹你好好保重身子，为周府开枝散叶方是要紧之事。这不，我亲自煲了些滋补的汤水，送来给妹妹尝尝。快，赶紧趁热喝些。老爷也尚未用饭，刚好你们一起用点吧。"

王睿体贴地上前一迭声说道。亲自接过食盒，和丫头小红一起将饭菜一一拿了出来摆在榻上。

小乔见夫人如此殷勤，心里有些过意不去。平心而论，夫人待自己极为亲厚，从不像别府的主母那般苛待妾室，且处处予以关照。故她对夫人充满了敬意。但即便如此，方才夫人与周郎一同进自己院子的刹那，她心中却有一丝不快。自己是个小气的人，做不到夫人那般大度。周郎既与自己鹣鲽情深，这份爱便再不能分于旁人，哪怕是夫人也不能。她知道自己的想法很自私，却也不愿改变。

周瑜见小乔从夫人进来的那一刻起，脸上的笑意便消失了，便知她爱吃醋的小性子又犯了。迟疑半晌，他硬下心肠说道："夫人，这里有下人侍候，你也累了半日了，回东院好好歇息去吧。"

王睿一听，正布菜的手明显顿了一下，她低垂了眼睛勉强笑道："妾身倒是不累，不过想必妹妹也乏了，那便好好歇着吧，妾身告退。"说完默默施了一礼退了出去。

王睿憋着一口气急步出了西院，心里说不出的委屈难过。小红知夫人心情不好，跟在后面不敢作声，只在心里狠狠骂着：小乔这个狐狸精，天天惯会使那些狐媚手段，老爷也是，为了一个侧室，日日伤正室的心，算哪门子的英雄？

王睿眼含热泪低着头一个劲地往前冲，在连廊处竟差点与一个人撞了满怀，抬眼一看，却是庞统。她强自扯出了一点笑意，朝他点了点头便欲错身而过。

庞统本欲找周瑜汇报俗务，见前厅无人，正欲去书房，却差点撞了夫人，忙抱拳赔罪道："下官失礼了，敢问夫人，将军可是在书房？"

"先生不必致歉，是妾身莽撞了。夫君不在书房，这会儿去了西院，怕是没空见先生了，有什么事明日再说吧！"王睿侧身回了一礼说道，声音里明显带了颤音，说完头也不回地向前。身后的小红尴尬地对庞统施了半礼，紧跟着去了。

庞统怔怔地看着夫人离去的方向，半晌无语。自他来了周府，夫人对他很是关照。每次见面都嘘寒问暖，十分妥帖周到。今日何以如此狼狈？大约是受了委屈所致吧。

在周府待了这么些日子，他算是看明白了。这王氏贵为夫人，出身不俗，也算美貌贤良，掌管着周府中馈，深得下人们信重，但将军与她却并不十分亲厚。

反观那侧室小乔，倾世风华，又惯会撒娇，将军对其异常宠爱。加上其姐大乔乃先主公孙策最为宠爱的偏夫人，深得国太爱重，与孙权妹妹孙尚香也感情甚笃，多重因素加起来，小乔在府中竟占尽了便宜。明面上周府是夫人当家，但小乔在府中的地位甚高，无人敢动其分毫。王夫人这家，怕是并不好当。好在将军对夫人尚算尊重，诸多府务全凭夫人做主，倒是无形中让她的日子好过了些。

庞统折身往前院而去，揣测着自己此时不便再去打扰将军，反正也不是太要紧的公务，耽搁上一两日也无甚要紧。

三十七

这日天气晴好，午膳后小乔带着贴身丫头柳儿在后花园散步消食。谁料不小心踩了根藤蔓跌了一跤，肚子瞬间便疼得厉害，显是有早产的征兆。小乔疼得连吸几口气，见四下无人，忙吩咐一旁吓哭了的柳儿："快，你出去喊人，请夫人来。"

柳儿边哭边往外跑去，不一会儿便喊来了几个家丁。众人七手八脚将小乔抬回了西院。很快王夫人也带着产婆到了，喝退了一众闲人后，产婆上前小心检查了一番，脸色大变，对着王夫人摇头说道："夫人，这摸着胎位不正，羊水也破了，甚是凶险，老婆子这微末之技怕是无法料理。"

"这附近可有技术高超的产婆，着人去请了来，多少银子都使得。"王夫人急得脸都白了，抓着婆子的手焦急问道。原来，周瑜前日去军营巡察，至今未归。小乔倘若在此期间出了任何事，自己便难逃干系，故她比任何人都心焦。

婆子缓缓摇头道："怕是无法担保。她们的本事我是晓得的，和我差不离。"

王夫人一听心急如焚，她虽未曾生育，却对小乔母子一直甚是照顾。长子周循自生下来便是交由她养大的，二人感情甚是亲厚。她一边督促下人准备一应接生用的物事，一边叮嘱产婆小心看管着。自己则赶紧起身去前院找庞统。听管家说，先生今日一早便过来了，大概是夫君交给他的公务尚需处理。

王睿几乎是小跑着到了前院客房，见庞统正伏案写着什么。她顾不上许多，站在门外扬声喊道："先生在吧？有急事须得麻烦先生。"

庞统抬头见是夫人，忙搁下手中的毛笔站起来笑道："夫人如此说就见外了，有事尽管吩咐。"

王夫人深施一礼道："妾身本不便随意见外男，可如今将军不在府中，小乔妹妹今日早产，接生婆子看了说胎位不正。早听说先生医术了得，不知可否随妾身前去看看，倘若能救妹妹母子一命，将军与妾身皆感激不尽。"

庞统见王夫人面色焦急，语气恳切，显然十分忧心，略感诧异。按理说这王氏嫁入周府已近十年却无一子傍身，想来是不得恩宠所致。如今却为了一个妾室早产如临大敌。这行事气度，倒颇有大家闺秀之风范，心中不免肃然起敬。忙答应一声，快速提了药箱随之而去。

二人急步来到西厢房，却见产房里乱作一团，小乔已疼得昏死过去，几个贴身服侍的丫头哭着跪在床前不知所措。见夫人带了庞先生前来，忙住了声，将床幔放了下来，只留了个白如嫩葱的胳膊在外面。

庞统上前搭脉，见乔夫人脉搏强劲有力，便知并无大碍，遂问一旁的产婆是何状况？产婆说侧夫人胎位不正，生产困难。庞统听了心中一凛，忙问王睿道："夫人府中可有生乌头，或者生马钱子？赶紧煮些来给侧夫人喝些，一会儿婆子按我说的方法辅助加以手法按摩，胎位或许可以顺过来。"

王夫人赶紧让小红亲自去盯着人煎药，很快马钱子水也熬了来，勉强喂给小乔喝了。产婆便开始小心翼翼地顺着方向按摩小乔的肚子。如此坚持了约两炷香工夫，胎位总算正了过来。

小乔疼得死去活来，浑身已没了气力。眼见宫口已开了三寸，孩子还是下不来，王夫人又出来外间让庞统想办法。庞统思忖了会儿，硬着头皮给小乔扎了套增强气力的针，再辅上一次催产的中药，方歇了口气。他虽从未治过待产的妇人，但万病不离其宗，这道理他是知晓的，他有把握这连番操作下来，应是可以顺利生产了。

王夫人掀开帐幔使劲握住小乔的手道："妹妹，你再使把劲，这是我让厨子熬的人参汤，你勉强喝上一些，好积攒些力气。方才庞先生也给你行了针，他医术高明，应是无碍了，你且安心。"

小乔抬起惨白的脸虚弱地说道："谢姐姐费心，有劳庞先生了。"

柳儿上前将人参水一勺勺喂了下去，小乔勉强喝了几口，脸色方红润了些。

庞统听小乔的声音似乎恢复了些力气，便站在帘外嘱咐道："侧夫人要使把劲了，切莫让孩子憋狠了。"

说完又道："夫人，小的先出去在外间候着，若有需要，再喊我便是。"说完便出去在外间坐下，有机灵的丫头赶紧过来奉茶。

又过了约莫两炷香时辰，有婴儿响亮的哭声传了出来，只听接生婆子惊喜地嚷道："是个小公子，阿弥陀佛，母子平安，恭喜夫人，恭喜侧夫人。"

坐在外间的庞统听见里屋已顺利生产，方长舒了口气，提了自己的药箱往屋外而去。出来已是黄昏，落日的余晖下，西厢的庭院里姹紫嫣红，竟比东园景致更好上几分，尤其是角落里的几株矮松，造型别致，苍翠挺拔，看着分外惹眼。庞统心想，果然将军偏爱侧夫人，这西院的景致精巧奢华，就连这些花草树木，看着都比别处有意趣。

这边周夫人小心翼翼地瞅了眼孩子，吩咐接生婆子与丫头们好生照料，又嘱小乔安心休养，不必牵挂循儿。这才在贴身丫头小红的搀扶下放心出了西院。

"夫人，您待姨娘也太好了，还帮她找医师。要我说各人生死有命，即便真出了事，也怪不到夫人您头上，何苦如此费神费力，又无人感激。"

"你个小蹄子休得浑说，将军不在府中，若小乔出了事，将军必会迁怒于我。况人命关天，我怎能不尽心竭力？"

"夫人不知，西院那几个丫头，平日里有多张狂，仗着她们主子受宠，走路都恨不得横着。那管家李伯，对她们也甚是照顾，西院里的吃穿用度，皆越过了我们东院。我是替夫人您气不过。"

"比这些做什么，我素日里是怎么教你们的，与人相处，和善为贵，家和才万事兴。夫君将府务交于我，我便得仔细料理妥当，也算为他略分些忧。况将军虽宠爱小乔，却也待我不薄，给了我当家主母的体面。每月初一、十五，也皆会来东院相陪。我已年近三十，女人最好的年华逝去了。夫君他才貌双绝，要什么样的女子不能。如今府外不知有多少人甘愿入府为婢为妾，却并无这样的福分。夫君他正直豁达，这些年再未纳过一人，只甘心守着我与小乔两人，这是别人羡慕不来的缘分，我已很知足了。日后你可再不要有此等不堪的想法，否则我可不依。"

王夫人的训斥声夹杂着轻微的叹息声在风中飘远，也一字不落地入了假山后面徘徊的庞统耳中。他凝望着王夫人那单薄而落寞的背影远去，久久不能释怀。这一刻，他理解了这个表面光鲜的女人所经受的痛苦与隐忍，也了然这高墙绿瓦中所隐藏的无奈与坚韧。

身为女子，即便王氏出身高贵，家财万贯，却也抵不过这苦闷岁月的浸淫与磋磨。这便是身为女人的悲凉吧。好在王氏的心中还有爱，这是支撑她走过这漫长岁月的最重要的东西。

庞统突然想起了月英，想她此刻在做什么。她自然是没有王氏的这些委屈，毕竟她与孔明彼此深爱着对方，也大体会一生一世一双人。月英是清醒独立又干脆的女子，她可以忍受生活的艰辛，却受不了来自爱人的背叛。像她那样风一般的女子，唯有山川日月、星辰大海才会让她觉得舒坦吧。

庞统低头想着，不免有些恍惚。黄昏的风凉凉的，吹在身上竟有了些许寒意，他不自禁地拢了拢衣袖，快步回了客房。今夜便歇在此处吧，万一侧夫人那边有什么意外，自己也能随时应对。

时光转瞬即逝，转眼庞统来江东已有两年。

这日孙权召众人议事，说刘表病重难愈，恐不久于人世，此时荆州防备空虚，自己要亲自率军攻打黄祖，任命周瑜为此次行军大将军。

周瑜回府召庞统前来问计，庞统半晌不语。原来初平三年，孙坚奉袁术之命进攻荆州时，被黄祖部下射死于岘山。自此黄祖家族与孙吴结下世仇。孙权即位后，又屡次攻打江夏，皆无功而返。此次再次兴兵，自然仍为复仇。

周瑜召庞统前来问计，庞统半晌不语。周瑜不悦道："士元可是因要攻打家乡发愁？我本欲带你出征，若你不愿，也不教你为难。"

"我虽不忍见家乡生灵涂炭。但自来了江东，我便将这里视为故乡。既食了南郡俸禄，便由不得自己。我非是不愿献计，而是思谋着有什么万全之策。"

庞统见周瑜如此说，不好再沉默，便皱着眉头闷声说道。顿了顿又道："黄祖善于用兵，不可强攻。倒是他手下有一员大将甘宁，与之意见不合，或可作为突破。"

周瑜一听喜道："我这便遣人前去联络。倘若事成，士元有一功也。"

"不，将军，我只有一个要求，不要言及我，我也不会参与这次战事。毕竟我庞府老少皆在荆州，若累及父亲及叔父一家，我万死难辞其咎。"庞统躬身请求道，一向骄傲的他，这一刻竟似霜打了的茄子蔫巴得厉害。

周瑜郑重答应下来，不久便遣人去了江夏。不过月余，黄祖部将甘宁便率一众亲信前来投诚，言道黄祖已年老体衰，此次征讨可趁机一举歼灭。

孙权甚是高兴，自此将甘宁收之麾下。随后他亲自率领军队水陆并进，攻屠夏口，终将杀父仇人黄祖斩于马下，并俘虏荆州地区数万人归于江东。

孙权和周瑜得胜回城的那日，江东官民敲锣打鼓地夹道相迎，气氛十分热闹。庞统却紧闭府门，一个人狂喝了半坛子酒。他被浓浓的负罪感包裹得几乎喘不过气，外面的喧闹声听起来更是格外刺耳，他将双手徒劳地捂在了耳朵上。

阿盛红着眼眶在一边收拾，他知晓公子心里难过，开始还劝解了几句，后来便不再出声。此时见庞统喝得近乎烂醉，忙上前夺过酒碗，大声说道："公子，我知你心中难过，但喝成这样，明日要头疼了。如今虽是春月了，天气依旧寒凉，公子还是悠着些吧，唉！"

庞统闭着眼并不搭话。门房跑来禀告说周瑛小姐来访，已进了前院。小厮话音刚落，周瑛已迈步进来。她手上拎着一包东西，看得出走得甚是匆忙。额上有一层薄薄的细汗沁出，头上的金钗也歪了，模样看着有几分狼狈。想是人多马车不易通行，只能步行前来之故。

随在后面的周府管家气喘吁吁地进来了，手中还拎了两坛子密封的老酒。他将酒往阿盛怀中一递说道："快些接过去。街上行人太多，马车根本不能通行，我们一路走着过来的，路上挤得呐，可耽误了不少时辰，今日小姐可受了罪了。"

"士元兄，我想今日你定在府中。这不，给你带了老酒和一只烧鸡，本来想陪你喝点的，如今看来是不用了。"

阿盛接过酒放下，看了自家公子一眼唠叨着："公子今日喝了一坛了，可不能再喝。这些留着他日后再享用吧。"

周管家眼睛滴溜着转了一圈，将阿盛拉于一旁说道："我虽来过两次，却未仔细看过府上，今日你便带我四处转转。"

"公子这里还得我侍候呢。"阿盛有些担忧地看了自家公子一眼说道。

"哎呀，听我的，走走走。"管家不由分说地拉着阿盛出去了，屋子里只剩下庞统和周瑛两人。

周瑛见庞统眼神迷离、双颊绯红，显是喝了不少。她暗自叹了口气，给庞统倒了盏茶递了过来，庞统接过喝了说："这个寡淡无味，还是喝酒来得痛快。要不，咱俩喝点？"

周瑛本想劝说一二，但只迟疑了一瞬便将碗里重新斟满了酒，拿碗跟庞统碰了一下，爽快地仰头一口气将酒喝光了。庞统见她如此豪气，吓了一跳，忙将碗放下说道："小姐何故如此，这酒劲道大，这样喝怕是一会儿便醉了。"

"醉了怕什么，酒逢知己千杯少，况我酒量不差。我爹爹嗜酒，府中又无旁人，我便每日小酌一下相陪。日子久了酒量自然也涨了。放心吧，陪你应是不惧的。"

"我、我是男子，你岂能与我比量？"庞统大着舌头说道，口齿已有些不清。

"我不管，从此刻起，你喝多少我喝多少，咱二人来个一醉方休。"周瑛满不在乎地说道。

庞统怔怔地看着周瑛，明白这个聪慧的姑娘知晓自己的心酸，却又不便言明，便以这种隐晦的方式来宽慰自己。

庞统一把推开面前的酒碗说道："我其实已过量了，不喝了，这样吧，我们二人来弈棋，五局三胜为赢。"

周瑛笑着答应了。二人移去一旁的案几上弈棋，可惜一局未完，庞统便倚在桌边睡了过去。

周瑛心疼地看着熟睡的庞统，清楚今日的他心中必定五味杂陈。城门口官道上那万余被鞭子驱赶着的荆州兵士，皆是他的昔日同乡，或许日后这样的情景还会再有，他终究是要过心理上这一关。生逢乱世，何尝有自由选择的权利，谁不是被命运裹挟着一步步往前走呢？

周瑛仔细凝视着庞统，睡着的他显得有几分脆弱。他紧蹙着眉头，以往风轻云淡的脸上，似乎有一丝委屈、焦灼、无奈，甚至是忧伤。周瑛从没有如此近距离地观察过他。她伸出手想将庞统额头的发捋一下，却见庞统嗯了一声，将头扭向了一边，想是一个姿势趴久了并不舒坦。周瑛吓了一跳，忙将一旁榻上的披风拿了过来披在了他身上。随后拿起一旁案上的书翻看了起来。就这样静静陪着他也是好的，醒着的他对自己虽客气，却明显有防备疏离。她明白他是想刻意营造出一种距离，好让自己知难而退。但自己岂是那种矫揉造作的女子，愈是艰难，她愈是不惧。

这日，庞统收到一封荆州来信，是诸葛亮寄来的。信中写道：

士元兄亲启：

一年未见，兄长安好？亮受刘备三顾茅庐力邀，已出山襄助。去岁冬，月英生下一女，取名诸葛果，亮离乡时已开始咿呀学语。你叔父及兄嫂侄儿一切安好，勿念。兄若有闲暇回荆州，可来新野军营一聚。另有一事相商。刘荆州病久难医，恐不久于世。曹操必会趁机图谋向南发展，第一个目标便是荆州。为长远计，望兄劝周瑜以江东百姓为念，力主孙权与刘将军联合抗曹，此决策互惠互利，有助于双方长治久安。若事成也算士元兄为父老乡亲做一大善事，遥盼回复。

祝兄好！

孔明

庞统读完信，百感交集。想起那宛如明月的女子如今已做了母亲，便恍若隔世。诸葛亮此去新野辅佐刘备，实是出乎他意料之外。刘备势力微弱，只新野这么一个弹丸之地，兵将不多，辅佐他成事概率甚小。毕竟北有曹操，南有孙策，西北方还有张鲁和马腾的西凉兵，荆州即便刘表去世，也有次子刘琮继位，无论如何也轮不到一个落魄的外来户刘备。

现有条件下，他要想剿灭曹操、一统中原，简直无异于蚍蜉撼树。庞统实在想不通，精明如诸葛亮，怎么会干出这等糊涂的事情。

其实关于诸葛亮出山一事，堂兄庞山民上次来信已然提及。说刘备如何礼贤下士、三顾茅庐。第一次刘备带着张飞、关羽去拜见诸葛亮，诸葛亮云游去了。第二次刘备去，诸葛亮又和朋友喝酒去了，依然扑了个空。即便如此，诸葛亮依然没有登门回访，看来并未引起他足够重视。直到第三次，刘备又带着关张两兄弟去请，诸葛亮正在午睡，又让刘备足足等了一个多时辰。从这些细节不难看出，出山辅佐刘备并非诸葛亮最初的想法。他或许是为刘备的人品所感动，才最终决定效忠于他的吧。

若刘琮日后继位荆州牧，作为表妹夫的诸葛亮却转投他人，想必蔡襄与蔡瑁对此必是不悦的吧。如今荆州局势已然不稳，黄叔父向来高瞻远瞩，月英也非等闲之辈，既同意诸葛亮出山，必已是规划好了日后要走的路。他突然想起诸葛亮曾经在叔父府上当众说过的第三方势力，心中不免吃了一惊，难道刘备便是那个被众人寄予厚望的第三人？

庞统胡乱揣度着，拿着信又看了一遍，疑惑诸葛亮何以如此早便做了抉择。他本欲回信，提笔却犹豫不决，想想还是作罢，干脆过些时日再回复。

正思绪纷乱，阿盛兴高采烈地跑了进来，高声笑道："公子，你快看看谁来了？"

庞统出门一看，见是司马皆罗，大吃一惊。两年未见，她越发成熟了些，清秀的脸上更添了几分风韵。许是颠簸所致，一路上风尘仆仆的缘故，此刻看上去竟有几分憔悴。

皆罗见庞统惊诧地打量着自己，显是十分意外。忙上前带着几分局促又几分欢喜地说道："士元，表叔他们说想你了，嘱我过来看看。这两年你吃了不少苦吧，看着清瘦了些。我给你带了好些家乡的吃食，都是我和表嫂亲手做的。待会儿便让阿盛拿过来你尝尝。"

"表姐快进屋，累坏了吧？这么远你咋来的啊，还真让人意外。"庞统惊喜交加地寒暄道，又转头吩咐阿盛："快去嘱咐厨房晚膳多添几个好菜，晚上我陪表姐好好喝上一顿。另外让李婶将西边空着的那间厢房腾出来，给表姐用。"

阿盛欢快地答应一声跑着去了，留下两人进了前厅叙旧。毕竟有两年多未见了，彼此竟都有几分拘束。庞统带着几分慌乱地去斟茶，以稍稍缓解下内心的尴尬。

皆罗舔了舔有些干渴的嘴唇说道："不用麻烦，你知道的，我一向吃用简单。这不是前些日子有同乡说到江东来贩货，我便随他的货船出来了，辗转行了总有六七日才到。"

皆罗说得轻描淡写，但庞统知道，她只是不想让自己操心罢了。一个弱女子，孤身一人在路上行走了这么些日子，也需要莫大的勇气。

"你先喝几盏茶，然后去洗漱一下，略歇歇再出来用膳。李婶很快便能将西厢的客房收拾出来，那间房子正对后面的小花园，景致尚算可观。"

"给士元添麻烦了。"皆罗小声说道。抬眼飞快地瞅了庞统几眼，见他神色如常，并没有不耐烦的意思，方暗自舒了口气，安心喝了会子茶。行了这么远的路，她还真是渴了，连喝三盏才算是舒服下来。

阿盛不一会儿便回来了，看着皆罗殷勤笑道："已经吩咐过了，李婶这会子去收拾了。表小姐，我送你过去吧，顺便看看府中景致，熟悉一下。晚膳时分再让李婶来叫你。"

"好的阿盛。你如今倒有些大管家风范了，事事处理得妥帖。如此甚好，士元便少操了许多心。"

"表小姐说笑了，我可不操那份闲心。府中如今是李婶管着，我只负责公子的住行。"阿盛有些难为情地搔搔后脑勺，低声嘟囔着。

"哪里找的婆子？用得可称手？可怜以前你们哪里操持过这些。好在如今我来了，日后便不用你们操劳了。"皆罗顺嘴说道。

庞统听了一愣，和阿盛交换了个意味深长的眼色。心道：难道你还预备在此长住不成？一个未出阁的闺阁女子，长住在一个未婚男人府中，怎么说都不是太方便吧！

"呃，李婶是周小姐找了派过来的，做事爽利，甚是能干。只是略有些严厉，待会儿表小姐便见着了。"阿盛脱口而出是周小姐帮忙请的，刚出口却又觉不妥，吓得赶紧看了庞统几眼，生怕落了埋怨。

皆罗狐疑地看了阿盛一眼问道："哪个周小姐？"

"我往日在荆州所救的那个习夫人的表侄女，她便是江东人士。"庞统忙出言解释道。

"嗐，原来是她啊，还挺知恩图报的嘛！怎的她常来府上吗？"皆罗看似无意地问道。

"偶尔会过来送些吃食。阿盛，快些带表姐去歇息吧。"庞统轻描淡写地说道，转头瞥了阿盛一眼吩咐道。

阿盛麻利地答应了一声，背起皆罗的包裹带着她进了二门，穿过回廊，便是西厢客房。果然李婶已收拾得差不多了，床榻上刚换了簇新的棉被，一旁的台案上擦得能照出人影来。洗脸架上的方巾和水都已细心备好。

见皆罗进来，李婶抬眼瞅了她一眼，笑着矮身施了一礼道："表小姐好，长途跋涉一路辛苦了，您看看还缺什么就告知我，我好再行准备。"

"谢过婶子，如此甚好。"皆罗打量了一下四周满意地说道。

"那老奴便退下了，有事可去前院唤我。"李婶见皆罗脸上甚是疲惫，忙体贴地告辞退了出去。

阿盛将皆罗的行李放在了床榻上，笑着说道："表小姐先歇息着，我也出去了。"

"阿盛，刚才的婶子是本地人吗？府上如今一共有几个忙事的？"

"是本地人，府上现今连我有五人，那四个都是土生土长的江东人。"

"士元一向节俭，如今怎的一反常态雇用了这么些人？"皆罗见阿盛神情有些许别扭，便知有情况，遂又问道。

"您还是得空问我家公子吧。我还要去厨房交代一声，得赶紧过去了。"阿盛说完逃也似的跑了。

皆罗狐疑地盯着他的背影怔了半晌，才开始洗脸换衣裳。看来府里有自己尚不了解的情况，说不定皆和那个周小姐有关。如此一想她的心便乱了，这个突然冒出来的周小姐，和士元关系究竟如何。本以为他对月英情根深种，对别的莺莺燕燕自然不会有半分兴致，难道竟是自己想错了？

皆罗躺在床上胡乱猜疑着，心里愁肠百结。自己孤注一掷从襄阳前来，为的就是和庞统长相厮守。若他又许诺了别的女子，可如何是好。

正郁闷间，屋外李婶的声音传了进来："小姐，用膳了。"

皆罗答应一声，起身换了件新的淡绿色襦裙，头上简单插了根金钗，开门走了出来。

李婶打量了她一番笑着说道："表小姐如此装扮甚是清雅，和我家小姐比倒是两种风格呢。"

"你家小姐？"

"是啊，我家瑛小姐，那可是英姿飒爽的将军之女呢，模样也生得俊俏，和大人交情深厚着呢。听说好像是原先在荆州时，大人曾救过我家小姐，小姐一直感念着大人的恩情。想着大人一个人在江东孤苦伶仃的，便把我和刘大他们都派了来侍候。我家小姐啊，是知恩图报的。"

李婶看似热情地自顾自说道，一双细长的眼睛不停在皆罗脸上游移，似是有意无意地提醒着什么。

皆罗心下震怒，面上却不露声色。她此刻已然明白，这个李婶，应是那个周小姐安插进来的心腹，目的便是好好地替她看着庞统。那个未曾谋面的女子，约莫对庞统也怀着同样的爱慕之心。看来，自己不知何时便多了个情敌，只不知庞统自己作何打算。此事无论如何不可大意，先探察下庞统的意思再说。

想及此，她淡淡一笑说道："替我谢过你家小姐，帮忙照顾表弟，还真是煞费苦心。改天我定备上礼物前去拜访，谢她如此相顾之情。"

李婶一听，面色难堪地笑道："我家小姐过几日便会过来，届时你们二人见面再聊谢不谢的吧。"

晚膳时，皆罗几度欲追问周小姐一事，皆被庞统轻描淡写地转开了话题。

他兴奋地问着各种问题："叔父身体还康健吧？阿兄阿嫂和侄儿都还好吧？"

"他们都好着呢，表叔去岁得了场风寒，你知道的，他通治百病，自己开了个方子，我亲自去药铺抓的药，吃了十来剂，调养了半个多月方好。如今还常去鹿门山采药呢。大表哥表嫂都很好，玲嫂子如今又怀上了二胎，已有四个多月了。但她闲不住，每日里安排府务，忙个不停。大表哥说了也不听。"

"嘻，堂嫂那要强性子，我可知道。不过听说孕妇适当做点事反倒有好处，由她去吧。"庞统听后了然笑道，略迟疑了会儿，终还是开口问道："黄叔父、蔡婶子他们都好吧，听说月英生了个女儿，叫什么来着？"

"他们身体都还不错。月英的女儿取名诸葛果，如今已半岁多了，十分伶俐可爱，模样却不似月英，倒和诸葛孔明有几分相像。"

皆罗颇有深意地看了庞统一眼，见他问起黄月英时，神情明显有几分紧张，突然便放下心来。看来，那个周小姐在他心里，也不过是一般的情分罢了。他这样子，明显是尚未放下月英。

跟月英比她不敢争宠，但若是其他人，她却有十足信心。毕竟两人是自小一起长大的情分，这点论谁都比不过。庞统这人，善良厚道，虽有时候表面上看着冷清，骨子里却从不愿伤害他人。自己此次来，便没有再走的打算。庞统即便不情愿，却也不会公然赶自己回去。日子一长，她便能顺理成章留下来了。来日方长，她不信自己与他多年的姐弟情分，抵不过一个外人。

四十

　　皆罗的到来，打乱了庞统的生活节奏。毕竟一个未婚男人府中突然多了个女人，任谁都不会习惯。但敦厚的他并没有表现出丝毫不悦的意思。毕竟皆罗自小便在庞府生活，早已是他的亲人。况她又十分能干，来了便帮忙料理府务，侍弄花草，府中一下子便清爽不少，倒是帮庞统省了不少事。

　　李婶见皆罗一来，便以女主人身份自居，急忙托人给周瑛递了消息，让她赶紧来庞府一趟。

　　周瑛接到口信如临大敌，第二日便不动声色地来了庞府。一向不爱饰物的她，特意精心打扮了一番。头上罕见地戴了朵粉红的珠花，耳朵上佩了副同色系的耳坠，整个人更添了些柔婉之气。

　　庞统正在院中晨练，见周瑛一大早便打扮得花枝招展地来了，不免很是诧异。耐着性子陪她喝了两盏茶，便借口周瑜找他有事溜了出去。

　　周瑛气得直跺脚，却也无法。转眼见阿盛正在一旁收拾杯盏，便没好气地问道："你府上新来的表姐在哪里，何不叫出来一起喝上几盏？"

　　"表小姐这会子怕是在西厢房，路上累了这么些日子，怕是要好好歇上一歇。"阿盛见周小姐气鼓鼓的样子，不敢怠慢，忙老老实实回道。

　　"哟，这天儿才刚亮，便来了稀客了。阿盛你也不去喊我一声儿，怎好怠慢了贵客。"阿盛话音刚落，便听到院外响起清脆的女声，却是皆罗进来了。今日的她打扮得甚是美丽，一件淡黄色的襦裙衬得她分外白皙，头上简单簪了根白玉簪子，虽素简却很是大气。两相比较之下，反倒是周瑛打扮得太过隆重而落了下风。

"周瑛小姐，我家表弟这两年承蒙关照，多谢！"皆罗急步上前，看着周瑛亲热地打着招呼，并将手里拿着的一个首饰盒递了过去。

周瑛不肯接，只略带防备地问道："这是什么东西？"

皆罗笑着打开盒子道："这是去岁姨母为我打造的一根簪子，虽值不了什么钱，却多少是我一番心意，妹妹好歹收下吧。"

周瑛抬眼一看，见盒子里卧着一根如意金簪，造型十分独特，瞅着甚是养眼，看工艺便知出自大匠之手。她淡淡地一笑说道：

"你姨母送你的东西，我岂可夺人所爱。心意领了，你自己收着吧。"

"妹妹何以如此见外。你既是士元的朋友，便也是我的朋友，日后我还指望妹妹带我在这江东好好赏玩一番呢。这点礼物不过是略表谢意罢了，若妹妹执意不收，那便是瞧不起我了。"

皆罗满脸堆笑地殷勤说道。她见周瑛见了簪子不过是瞥了一眼，始终神情淡然。便知眼前之人必定出身豪门，见过的好东西自然不会少，轻易不会为这些身外之物所动。这根簪子已然是她最好的东西了，落在周瑛眼中，也不过是寻常之物。只此一项，自己便处于劣势。她顿感不妙，面上却仍不动声色。

周瑛听她如此说，无奈只得接了过来，淡淡地道了声谢，神情却依然疏离，那双盈盈秋水般的眸子毫不客气地盯在皆罗身上，一副你奈我何的欠揍表情。气氛一时间变得甚是微妙，急得一旁烧水的阿盛竟有种想逃的冲动。

皆罗却似并未察觉。她客客气气地亲自斟了盏茶递了过去说道："妹妹快坐下喝两盏茶，留下一起用午膳吧，想必士元过会儿便回来了。"

说完又转头吩咐阿盛："阿盛，我房中有月英亲自做的玫瑰花饼及紫薯饼，就放在那个朱红色的三层食盒里，快去拿些过来让周小姐尝尝，这是士元以往最爱吃的东西。来前我专程前去找月英索要了些，他见了必定十分喜欢。"

"月英是谁？黄家湾的那个姐姐吗？士元最爱吃的果点？他不是一向不爱

吃这些吗？"周瑛狐疑地问道。

"一个美丽聪慧的女子。士元是不爱吃果点，他只爱吃月英做的果点。"皆罗故意拖长了声音说道，顺手拿起一块玫瑰花饼放进嘴里慢慢嚼着，脸上的表情甚是意味深长。

"那我倒是要好好尝尝，看看是如何好吃的东西，值得姐姐千里迢迢从荆州带过来。"果不其然，周瑛听了皆罗阴阳怪气的一番话，条件反射似的一迭声追问道。

随即她拿了块果点，赌气似的咬了一大口，却差点噎着了，忙呷了口杯中的茶水，嘲讽地说道："从前在荆州时，听说姐姐一向与月英姐姐不睦，如今怎的关系反倒是好了？对了，姐姐刚从荆州过来，举目无亲的，恐还需习惯些时日，有什么需要帮忙的地方，尽管告知于我。士元初来江东时人生地不熟的，皆是我陪着的。这附近好吃的好玩的地方，我俩差不多逛了个遍，如今这大街小巷里何处有个弯有个坎的，他怕是都记得清楚。"

"妹妹客气了。江东虽不太熟悉，但诸葛太守是我表嫂亲兄，来之前表嫂一再交代要多去走动走动，还嘱我带了些她亲手做的菜过来。如此一来倒也算不得举目无亲。你虽性子随和，却到底离得远，不便时时叨扰。有事我会让表弟相陪，毕竟是自小一同长大的情分，也无须顾忌麻烦，就不劳妹妹你了。"皆罗见周小姐话中有话，心中冷哼一声，当下也不再客气，说出来的话更是绵里藏针。

周瑛一听皆罗说话夹枪带棒，脸上便绷不住了。话锋一转笑道："还真是羡慕士元呀，自小有姐姐这么个知冷知热的人在身边。只是他今年得有二十七八了吧，姐姐比他年长多少？怎么看着如此年轻，像是比他还小上几岁呢。"

皆罗听了面色唰地变得煞白，脸上的肌肉都似在颤抖，却偏偏又反驳不得。她如今已三十有二了，别的女人在她这个年纪早已出嫁生子，唯有她至今尚待字闺中。前些年，来庞府说媒的也曾踏破了门槛，她却始终不见。她心中有个固执的念想，那便是和庞统结为连理，如若不能，她宁可终身不嫁。

"周小姐这话说的还真不假。表姐年龄虽略大我岁余，每次一起出门别人却都误会我是兄长。对了，我忘记告诉你了，这是你日后的嫂子。表姐千里迢迢前来东吴，便是过来完婚的。我来江东前夕，叔父已为我俩定下了白首之约。如今我已安定下来，是时候把婚宴给办了。我看九月份颇有几个好日子，不行就定于二十五这日办喜事吧，到时还请周将军与小姐一同来捧个场。"

庞统本欲出去躲下清静，可转念一想，两个女人都不是温柔可欺的性子，倘若见了面恐闹出来什么误会，故思来想去还是回了府。

刚进前厅，便听见周瑛连讥带讽，皆罗被刺激得面色灰败，甚是可怜。庞统一生气，便话赶话脱口而出，说完他自己也愣住了，傻乎乎地呆怔在原地手足无措。

皆罗听了这番话整个人都呆了，她简直不敢相信自己的耳朵。这段感情里，她始终是全心付出的那个，而庞统，一直在被动接受。她以为，这辈子感情里那些所谓的两情相悦、生死白头，对自己来说全是妄想，也许穷其一生，也没有这样的时候。可此刻却突然不费吹灰之力，好事便近在眼前。这强大的冲击力，于她而言不亚于一场狂风骤雨。

周瑛不可置信地瞪大眼睛盯着庞统，身子剧烈颤抖，似乎下一秒便会倒在地上。她无力地扶住案几，勉强定住了身形，低哑着嗓子问道："你所说可是当真？"

"千真万确，不信你问表姐。"庞统眼睛眨也不眨地说道，脸上隐隐有一丝不确定的惶恐。他竟不敢看皆罗，眼神游移着飘向了别处。

"当然是真的，到时候还请妹妹来喝喜酒。"皆罗笑着点头说道，脸上刹那间便神采飞扬。看向周瑛的眼里不再有敌意，反而多了些胜利者的宽和，此刻的她，身心皆被一股巨大的幸福感包围，态度自然明显也大度了起来。

"好，我祝你们白头偕老，恩爱不移。"周瑛强忍着泪水，从牙缝里挤出了这句祝福的话。随后高昂着头，一步一挪地往屋外走去。这一刻，她脚步踉踉跄跄，身子摇摆得如风中的柳絮。

一旁侍候的李婶心疼地上前扶住了她，一同往府门外走去，心里愤懑不已，暗骂庞统是个白眼狼，小姐的好心全喂了狗。她心里打定主意要随小姐回周府去，再也不待在这个让她厌烦的地方了。她连告辞的话都懒得说，反正她也不属于这里。

原来，李婶本是周瑛的乳娘，被她派在了这里照顾庞统，也算是帮忙看顾着些。原本她想着日后二人若成了婚，自己早晚是要随着过来的，故对庞统照顾得一向是体贴周到。没料想如今人家要成亲了，一切都成了美梦一场。她自然是要跟着回周府的。

周瑛回去便大病了一场。江东稍有头脸的人家，都知她倾慕庞统，她也一直以庞府未来的女主人自居。如今却被凭空多出来的表姐抢了本该属于她的位置。且不说情感上无法接受，便是面子上也过不去。向来心高气傲的她，一下子便病倒了，躺在床上日日以泪洗面。

周泰见宝贝闺女如此，一再追问发生了何事，周瑛却闭口不提。周泰最后还是在李婶那里知道了事情原委，气得大骂庞统不是东西。眼见闺女一日日清减下去，茶饭不思，他吓得赶紧请医师。奈何都说是心病，药石难医，只能自行开解。医师换了一个又一个，人却总不见好，周泰急得头发都白了不少，一向爽朗的人，突然便添了老态，往日挺直的脊背也略显佝偻了起来，看着竟莫名让人有些心酸。

周泰原本并不看好庞统，奈何宝贝闺女如此固执。没奈何他决意专程来庞府一趟，亲自找庞统要个说法。

不过月余的光景，庞府中布置已大变了模样，园中多了许多花花草草，处处透着蓬勃的生机。房中摆设也比往日雅致，不过是比往常多了两三个摆件，却独具匠心，显然主人是个心思奇巧之人。

周泰知晓这应是新来的女人用来宣示主权的。他阴沉了脸，尚未见面便开始后悔来这么一遭。

庞统听说周将军来了，忙迎了出来，二人进了前厅，庞统示意下人全都退下。

眼见只自己二人，周泰开门见山道："老夫今日前来，想必你也猜到所为何事，你打算如何安置我家闺女？"

"将军何出此言？我与令千金既无媒妁之言，更未私相授受，岂敢妄言什么安置。"

"你、你好狠的心啊！我家丫头如今躺在床上命悬一线，你却在这里你侬我侬。怪我有眼无珠，竟未看出来你庞士元是这等不仁不义之人。"周泰一听气得腾地站了起来，指着庞统破口大骂道。

见周泰气得满脸通红，庞统心知自己话说得急了些，忙拱手恳切说道："将军莫急，这一年多来，您父女二人对我照顾有加，我心存感激。然婚事总得讲个你情我愿。表姐等我这么些年，在庞府侍候长辈，料理家务，从未有过半丝怨言。如今年岁渐长，青春蹉跎，我实不忍辜负。望将军见谅。"

庞统见周将军的面色有一丝缓和，接着说道："况周小姐乃将门之女，英姿飒爽，风华正茂，江东倾慕她的世家公子不知有多少，何需在我这庸碌之人身上浪费光阴。我相信假以时日，小姐定会明白。将军不妨让她自己好好想想，切莫忧心着急。"

"你既无意，早先为何不决绝一些，好叫她断了念想，如何弄成如今这尴尬模样。说良心话，我原也瞧不上你，我家闺女自小千尊万贵地养大，多少好男儿痴心于她，可她却一颗心全扑在你身上。真是孽缘啊！罢了，原是她痴心妄想。我便不该来这一趟，告辞！"

周泰阴沉着脸说完，大踏步走了出去。他心中清楚，这段感情一直是女儿主动，庞统从未承诺过什么，他明白也不能全怨怪于他。但一想到女儿如今的境况，他心里便似搁了千斤重，压得他喘不过气来。自己戎马一生，多少九死一生的艰险时刻，他都不曾有过这种有心无力的感觉。如今心疼连带着屈辱，几乎将他这八尺汉子压垮。临过门槛时，他差点被绊了一跤，庞统忙上前扶住了他，却被他使劲一搡，满面怒容地拂袖而去。

看着周泰远去的背影，庞统知道，两人的梁子自此便结下了。这个刚强的军中汉子，天不怕地不怕，就怕自己的宝贝闺女不高兴，如今因自己的缘故，他闺女几乎去了半条命，他焉能不恨毒了自己。

想起往日那个爽朗明艳的周小姐，如今却不知病成了什么模样，庞统的心中其实并不好过。毕竟是对自己有几分恩义的人，他也不愿见她受苦。可情感一事，却又无法施舍。况他自小立誓，此生绝不三妻四妾，平白添许多烦恼。他要如月英和孔明那般一生一世一双人，虽然这个人，并非自己渴望的。但好在能彼此体谅，相安无事，这也是一种可接受的妥协吧。唉，人生事难得圆满，如今能安享这太平时光，便是上天的恩赐了，其他的不可再生贪恋。想及此，他不禁深深叹了口气。

周泰怒气冲冲出了庞府，本欲回府，却又怕面对女儿那副憔悴绝望的病容。思来想去，他决定去周瑜府中搬救兵。他知周瑜于庞统有知遇之恩，二人的感情非同一般。为了女儿他豁出去了。

周瑜正在小乔的西厢房喝茶赏曲，听门房来报周泰将军来访，不免吃了一惊，诧异地对小乔说道："我二人虽同朝为官，偶尔也会碰面，却并无太多私交。如今突然来访，却不知为了何事。"

正在抚琴的小乔停了下来，起身说道："我前些日参加赵夫人的茶会，听姐妹们说周将军的独女周瑛，对庞功曹一向甚为倾慕。莫不是为了他闺女之事前来？"

周瑜一听，恍然大悟，忙起身整了整衣冠说道："此事如何是好？听士元说他表姐来了江东，二人预备成婚了。依他的性子，定不肯同时娶二女。"

"听说周泰将军只此一女，钟爱异常。周泰早年便没了夫人，一直不肯续弦，恐便是为了此女。这么些年父女二人相依为命，可见此事轻重。周将军若开口相求，你不便立时回绝，话当说得委婉些。依我说，若此事你能劝得功曹同意，对于周将军来说便是大恩，况这也算得是好事一桩，周郎不妨上些心。"

小乔思忖着说道。那个叫周瑛的女子自己曾见过一面，性子洒脱可爱，倒不似别的闺阁女子那般娇柔小家子气，她看着有几分欢喜，便忍不住帮着说了几句话。成与不成另说，也算自己略尽了心。

周瑜答应着急步出了房门，他要亲去大门外迎接老将军。一路上他思索着，倘若真是为此事而来，过会儿自己要如何开口，才不至于让老将军尴尬。

周泰见周瑜笑容满面地迎了出来，暗松了口气。二人寒暄着穿过长廊进了前厅，管家早已奉上了茶点。周瑜客气地让了座，笑着说道："周老将军今日前来，府上蓬荜生辉。将军请先饮盏茶解解暑气，如今这天气益发热了。"

周泰见周瑜如此客气，道了声谢，端起眼前的茶一饮而尽。天儿虽有些热，但他心里的火气更盛，确需降降温。借着饮茶的工夫，也思忖下一会儿要怎么开口，毕竟这并不是什么光彩的事。

二人一时无话，各自饮了会儿茶。还是周瑜问道："将军今日前来，可是有事相商？还请直言，但凡瑜能做的，定不会推辞。"

周泰见周瑜言辞恳切，心一横鼓足勇气说道："不瞒将军，我有一女，对庞统甚是爱慕。本来二人有望结秦晋之好，奈何他老家来了个表姐，听说二人竟有婚约，预备下个月成婚。我那不争气的丫头，得知消息竟一病不起，如今只剩半条命了。还望将军垂怜，救救我那个愚痴的丫头吧。"

周泰说着竟老泪纵横，满是皱纹的脸也红成了猪肝色，素日里威风凛凛的汉子，何时屈尊纡贵过，今日为了闺女却如此低声下气，还真是可怜天下父母心。

周瑜见了周泰这个样子，不免心生怜悯。本不愿管这些闺阁之事的他，这一刻下定了决心，无论如何，他都得劝庞统一劝。男人三妻四妾乃平常之事，大不了将二人一起迎进府。听说那周小姐是个美貌能干的，断不会委屈了他。

周瑜打定了主意，忙上前握住周泰的手说道："将军不必烦扰，我明日便亲自去庞府一趟，好好劝劝庞统。早听说贵府千金才貌双全，配他庞士元绰绰有余。要我说这小子哪里修来如此好福气，却不知珍惜，我定要好好说道说道。"

周泰听了感激莫名，抱拳谢道："若将军真能说成此事，我必终生感念将军恩德。老将我膝下只此一女，素来看得跟眼珠子似的，何时受过此等委屈，唉，孽缘啊！"

"将军言重了，还请放宽心，您且等我的消息。但咱们话说前头，若此事万一没办成，还请将军千万莫要生我气。"

"将军说的哪里话，此事成与不成，我都只会心生感激，万没有生您气的道理。"周泰连连摆手说道，语气里满是急切。周瑜知他说的是心里话，遂也安心不少。

见事情说定，周泰感激莫名地起身告辞，周瑜送他出了前院方折转了回来。刚进院门，却见夫人王睿静静站在廊下，似笑非笑地看着他。

周瑜笑着打趣道："夫人这是怎么了？莫不是偷听到了我们二人谈话？"

"我正欲出来添茶，听到你们说话，反倒不方便露面了。周小姐也是可怜，一腔真情付诸东流。奈何此事并不好插手，周郎你应承得太快了。我料庞先生不会轻易点头，到时你岂非落了面子？"

"士元是有几分执拗，但此事我看尚有转圜余地。男人嘛多娶两个是稀疏平常之事，何必弄得大家都不畅快。况那周小姐，听说也算得上才貌双全，哪里就配不上他了。"

"话不是如此说，情感一事讲求的是你情我愿，和配不配关系不大。兴许庞先生看重的便是一生一世一双人呢。"王睿淡淡说道，明亮的眼神里有光一闪而过，令她的脸看上去更生动了几分，有一种恬淡温煦之美。

周瑜悄悄瞥了夫人几眼，觉得今日的她与往常竟有些许不同。心道：夫人成日里一本正经的，不承想还有如此不切实际的想法。女人还真是奇怪的东西，想的和做的时常不一样，让人捉摸不透，却又会多几分想去探究的好奇。算来自己已多日不曾去过夫人房间了，今晚便歇在东院吧。

周瑜第二日便信心满满地去了庞府。谁知一番深谈下来，庞统竟丝毫不为所动，气得周瑜灰溜溜败兴而归。

周泰听说庞统连周瑜的面子都没给，气得大骂庞统猪狗不如。生性骄傲的他为了争口气，竟然腆着老脸又去求了孙权。看着双鬓已然斑白的爱将在自己面前哭得涕泪纵横差点背过了气，孙权既心疼又愤怒，他向来看不惯庞统的狂放自傲，故只给了他功曹之位。如今见他如此不知好歹，将自己钟爱的老将气成了这个样子，便招呼也不打，直接一纸命令下到了庞府，着庞统于下月二十五日与周瑛和司马皆罗同日成婚。周瑛为正妻，司马皆罗为侧室。

接到旨意的那一刻，庞统沉默了。他虽倔强，却也知这是孙权对自己的最后通牒。不曾征求过自己意见，更未曾召他前去问询，显见孙权也是气恼中下的命令。他不知周泰在孙权面前说了些什么，却知自己已无别的选择。

皆罗听说后将自己关在房中哭得稀里哗啦，庞统未曾前去安慰。事实上他谁也不想娶，他的心中除了月英，从未装下过别人。他不娶周瑛并非因为皆罗，他对皆罗的感情是少时的相伴之情，是对她半世深情的怜悯，是对这世俗人间的妥协。

庞统自认是个生性洒脱之人，他不想将自己有限的生命耽搁于这些情爱之事，更不想因为女人间的争风吃醋，让自己永无宁日。最重要的，是他潜意识里渴望月英与诸葛亮那样的执子之手，与子偕老的契合。

罢了，既然陪伴自己的不是心中的那个她，那么是谁也无所谓了。娶便娶吧，何苦要抗争，娶了大家皆大欢喜，也算是对周瑛的一往情深有所交代。

既定下了婚期，庞府便开始准备起来，操心指挥的仍是皆罗。她的心情是复杂的，这场与众不同的婚礼，注定会让整个江东朝野侧目。届时上门的人会很多，她万不能丢了庞府的脸面。庞统的饷银不高，从荆州带来的银两也所剩无几，为此她将自己带来的一百两体己银子全拿了出来贴补，貌似仍不够。

好在庞山民与诸葛玲夫妇及庞林与习昭夫妇，各奉公爹之命来江东帮庞统准备婚事。他们带来了五百两银子，庞父与庞德公兄弟二人各出二百两，两对小夫妻各出五十两，如此一来，置办聘礼及婚宴所需的银两是够了。

庞统骤见这么多亲人，激动得热泪盈眶。自他来江东后，一次都未回去过，堂兄堂嫂及弟妹皆是头一次来，大家风尘仆仆，顾不上看这里的山山水水，便要开始忙里忙外，他真心过意不去。故嗫嚅着不知说些什么，只紧握住堂兄的手，久久不愿松开。

诸葛玲笑着说道："还要在此处待上个把月呢，有你们兄弟亲热的时候。时间紧迫，咱们还是赶紧商议下，婚事该如何筹备吧。我年纪大你们几岁，来前公爹也交代了让我诸事多费些心。这些年我掌家也学了些皮毛本事，便暂且先拿些主意。不知士元和大家可否愿意？"

庞统这才松了庞山民的手说道："一切悉听嫂嫂安排。"众人赶紧点头称是。

"如此我便觍着脸勉为其难了。听说新妇周小姐自阿弟来后一直对你百般关照，但前些日子你拒绝娶她为妻，害她生了场大病，才惊动主公为你们二人赐婚，可有此事？"诸葛玲直言不讳地问道。

见庞统略带扭捏地点了点头。诸葛玲顿了顿又接着说道："阿弟莫要嫌我说话不中听，我须得问明此中缘由，才好妥善处理后面的事情。"

"确有此事，让嫂嫂见笑了。"庞统有几分惭愧地点头道。

"既如此，咱们准备聘礼时便多给周小姐准备一些，莫再让人家受了委屈，也好让周老将军心里舒坦一些。你们说呢？皆罗妹妹也不必为此事介怀，毕竟你早已是这府中一员，庞府的面子便是你的面子，个中道理想必你也明白。"

"嫂嫂如此安排甚为妥当，我便是如此想的。这是我自己的一百两体己银子，我愿拿出来添补婚宴费用。"皆罗忙点头附和，并从袖中拿出来一张银票递了过去，以表明自己立场。

谁知诸葛玲却变了脸色，她冷笑着说道："妹妹这是做什么？难道庞府还缺你这点银子。你这体己银子便自己好生收着吧，日后要用的地方还多着呢。"

说完她呷了口茶，清了清嗓子继续说道："我思谋着，先拿出二百两银子用于周府聘礼开支。明日阿盛便带着林弟与昭妹去城里采购相应物品。至于那些金银玉器什么的，你们大男人粗心，看好了由我和昭妹再去掌掌眼，若无不妥再行购置。这笔费用便从林弟你们带的二百两银子中开支。"

庞林和习昭听了，点头表示同意。见众人也并无异议，诸葛玲环顾了一下四周接着说道："届时由山民和林弟陪着士元去周府送聘。便说时间紧促，这一次便将婚前所有仪程一并完成，咱们该有的礼数一样都不能少，万不能让旁人看了咱庞府笑话。"

诸葛玲干脆利落地吩咐完，又拿出两张银票递于皆罗说道："你自己婚宴上戴的饰物便由你自行选购。这是一百两银票，是公爹给你准备的嫁妆。交代你自行添置些婚宴上的行头。这五十两银票是你娘托我带给你的，也交于你保管。"

说完诸葛玲沉吟了一下又说道："如此我身上还余下四百两银票。其中公爹给的还余二百两，黄叔父与司马叔父各给了五十两，说是让你自己添置些东西。我和山民凑了五十两，来前月英托人也送来了五十两，说是略表些心意。这些全部用作你婚宴费用，先放于我这里保管，倘若有结余，到时一并交还于你。对了，我这里还带了样东西，是月英带给你的，嘱我一定要亲自交于你手上。"

说完诸葛玲从袖中掏出一个小包裹，庞统一眼便认出来这是往日自己送于月英的玉簪子上裹的布，他的脸色倏地暗了下来。小心接过包裹，也不打开直接放入了怀中。

"不用看看吗？"诸葛玲好奇地问道。她虽知包裹里是支簪子，却并不知晓此簪子的来历和过往的那些情事。

"无须打开，我知是何物。"庞统赶紧拒绝道。皆罗别有深意地看了他一眼，并未出声。

"黄叔父和司马先生说来参加我的婚宴吗？"庞统有些迫不及待地问道。

"他们二人来送礼金时我在场，说倘若万一有事耽搁了赶不过来，还望你体谅。不过阿爹和叔父他们肯定会过来，如此重要的日子他们定是要出席的。"

庞山民出言解释道。他见庞统眼睛里的光明显暗了一下，下意识地握紧了拳头。便知晓庞统渴望见到黄叔父他们，却不愿月英在场，想必他并不愿这一场无奈妥协的婚宴有她的见证吧。

众人又具体商讨了一些细节，到时请哪些人出席，证婚人确定了请诸葛瑾，由诸葛玲亲自去说。至于府中还需添置些什么东西，明日列个单子再一一添补。

在众人齐心协力下，日子虽紧，婚宴依然准备得十分充分。尤其是短短一个月，便走完了所有的礼仪议程。去往周府的三书六礼一样未落下。纳采、问名、纳吉、纳征、请期和亲迎，都紧锣密鼓地一一完成，基本是由庞山民陪着庞统亲自上门，也算是给足了周府体面。

如此一来，周泰才算是明白了庞统的良苦用心，也真正原谅了他。周瑛本就对庞统痴情，自然早就把往日的那些不快抛到了九霄云外。只一门心思地在府中绣自己的嫁妆，喜滋滋地等待着出嫁的那天。

庞统与周瑛及司马皆罗三人的婚礼，惊动了整个南郡。喜宴办得甚为隆重，庞府里宾客云集，南郡的大小官员尽皆出席。庞统虽只居功曹之位，却掌着他们的功绩评品。婚事由诸葛太守做证婚人，周瑜和鲁肃二人做座上宾，又兼着周老将军的面子，谁不想前来恭贺一番，顺便和周瑜等人套套近乎。

孙贲也携带重礼千里迢迢从豫章赶了来，如今的他身为豫章太守，并不似过去那般自由，只告了两天假，明日便要赶回去。周瑜及鲁肃皆与之相熟，几人便被安置在了一桌。

江东的文人士子听说庞统的叔父、荆州名士庞德公要来主持婚宴，还有声名更响的司马徽与黄承彦也一并出席，简直疯狂了，众人无不想一睹三人风采。故天还未亮，庞府四周便被这些人挤得水泄不通。

负责筹备婚宴的庞山民夫妇与庞林夫妇哪里见过这阵仗，忙让阿盛请了庞统出来。庞统一见也甚觉头大，他思忖半晌，写下了一份名单，叮嘱阿盛从侧门出去，照名单挨个将他们中素有些名望的，悄悄迎入府中座席。

远在荆州的至交，如蔡显、蒯祺、习温、习祯、向条、马良等，也都不辞辛苦千里迢迢赶来了。庞统未给诸葛亮与月英下请帖，非是不愿，而是他知晓诸葛亮远在新野，应是抽不开身来参加婚礼。而月英要照顾幼女，不方便出远门。下意识地，他不想让他们夫妇为难，更不想让自己为难。

在司仪的主持下，庞统与周瑛、皆罗三人同时拜了堂。繁杂的仪式完结后，两个新娘子各自被送入了东西厢房。庞统则一桌挨一桌地敬酒招呼。

众人正喝得热闹，诸葛亮一袭青衣出现了。他看上去比以往成熟了不少，再不见少年时的狂放之气，说话的声音都低沉了许多。他的到来让众人始料不及，整个宴席都安静了许多，人们议论纷纷，看向他的目光皆充满了好奇，尤其是那些未曾见过他的东吴将领，频频向他来的方向张望。

庞统自然有几分意外，忙笑着上前招呼，将他引至周瑜、诸葛瑾他们一桌。诸葛亮本就擅长交际，口才又极好，不过半炷香工夫，便和江东众人打成了一片，斗酒聊天，相互试探，气氛好不热闹。

鲁肃见诸葛亮比其兄长诸葛瑾多了几分真性情，机变才智更胜之有余，对其十分欣赏。反倒是周瑜对诸葛亮的态度不冷不热，难以揣度。孙贲是个武人，心思单纯些，对诸葛亮的态度倒是颇有几分友好。

蔡显和习温他们这桌皆是荆州旧识，众人虽是相伴长大的世交好友，如今却天各一方，平日里并不常见，今日却在庞统这三进的小院里重聚了，还真是世事无常。众人聊起了许多久远的往事，竟似都历历在目，不免十分感慨。

是夜，大部分客人都陆续走了，庞统独留下诸葛亮与习祯两人。因这两人皆在刘备帐下效力，算是同僚。庞统心知诸葛亮此次前来除了给自己庆婚，必定还带着别的目的。

"孔明此行是否还有其他考量？"庞统亲自为两人斟了茶，开门见山问道。

"今日士元兄新婚，把两个嫂嫂撇于一旁怕是不妥，我和孔明兄还是先去客栈，明日再来叨扰不迟。"习祯明显有些心神不宁，深恐扰了庞统的好事。

"无妨，皆罗这人，你们知道，并非那矫情跋扈之人，至于周瑛，放心好了，更是通情达理，不会心生怨怼。咱们兄弟三人好久未见了，今日便好好长谈一番。"

"士元兄真是好福气，今日双美在侧，坐享齐人之福，哈哈哈……好不让人羡慕。"

"孔明快别打趣了，此事说来话长，也非我所愿，情势所逼罢了。今日先不聊这些，说说你吧，我可不信你此来是专程贺我新婚的。"庞统翻了个白眼正色道。

"知我者士元也。这次过来虽是为你庆婚，实则还有个目的，我预备求见孙权，说动他与将军联盟。"诸葛亮压低声音肃穆说道。

"这个恐是不易，想必你们也清楚，主公的兄长孙策为黄祖所杀。虽说前不久他斩了黄祖，算是报了仇，但对荆州的仇恨之心未曾熄灭。如今你去商议合盟之事，只怕是自取其辱。"庞统沉默了半晌，摇头说道。

"说到灭黄祖一事，孙权当真是好计谋。此一役东吴赢得漂亮，竟然使离间计说动甘宁投降，当真是妙哇。"诸葛亮一迭声地叹道，突然他将脸凑近庞统，紧盯着他的眼睛悄声问道："就是不知这里面可有士元的功劳？"

"你可太高看我了！"庞统有些心虚地说道，身上突然惊出了一身冷汗。诸葛亮的眼神十分犀利，盯着人看的时候似一根钢针直戳心肺。但凡道行浅点的人，皆会承受不住。好在庞统和他打了多年交道，两个人彼此了解，知道如何避重就轻。

"我想也不会是你，毕竟你后面是千千万万的家乡亲人。"诸葛亮半信半疑地说道，终于将眼神挪移开来。

他喝了口茶继续说道："此次你须得助我说服周瑜，让他相信只有联盟才能让江东彻底立于不败之地。这也算是你为家乡做了一件善事。"

"我尽力吧。公瑾此人智谋双全，极有主意，什么事都有自己的判断，不会轻易为别人左右。但我想，此事于江东来说也是好事，他会赞同的。"庞统迟疑了半晌，缓缓点头说道。

"士元兄来了也有两年了吧，可都习惯了？如今有了嫂子们照顾生活起居，定会省心许多。"习祯见两人大致达成共识，便岔开话题问道。

"还好，此地民风淳朴，周将军有胆有识，为人仗义。鲁肃兄更是性情中人，对我一直关照有加，诸葛兄更是犹如亲人一般，日子过得还算差强人意。对了孔明，你的几个侄子侄女可稀罕我了，信不信我们二人同去定是我比你受欢迎。"

"哈哈，我信，你自小都比我会哄人。"诸葛亮哈哈大笑着说道，忽然话锋一转问道："鲁肃此人如何？听说极为仁义，可是当真？"

"自然是名不虚传，此人生性豁达，见识广博，有智慧、有格局，在我看来，其品性远见不输公瑾。"庞统沉吟了一下，表情严肃地说道。

"这评价甚高。"诸葛亮略有些意外地看着庞统说道。

"子敬兄当得起。"庞统再次肯定地点了点头。

"那亮先尝试着和他接触一下，倘若得到他的认可，凭他和周瑜的交情，当更宜于推行。"

"这是步好棋。"

三人谈至二更，仍全无睡意。

诸葛亮与庞统约定好，明日他便去请见鲁肃，先和他谈谈此事。后日一早便与习祯一同回荆州。剩下的事情则由庞统居中筹谋，争取于鲁肃处寻找突破口，将联盟大计持续推进，毕竟这是个有利于双方的计划。二人约定有了结果第一时间写信告知。

眼见要紧事商议完毕，想着皆罗与周瑛尚在新房里翘首以待，三人才各自回去歇息。

庞统带着几分醉意前往后院，在廊下却犯了难。他一时不知道该往东院还是西院，迟疑半晌方往皆罗院子里行去。

进了卧房，却见房间里的红烛已燃了大半，皆罗已经自己揭了盖头，正半靠在床上不知想些什么。见庞统进来，眼神明显亮了起来，忙起身给他倒了盏茶，笑着递于他。

"你倒是自在，自己揭了红盖头。我未进来，是因诸葛孔明和习兄弟来了，我们三人有事商议。"庞统接过茶一饮而尽，走过去坐于床上笑着说道。

"时辰不早了，莫如早些歇息？"皆罗说着便欲上前替庞统更衣。

庞统一把拉过皆罗的手，有些难为情地说道："皆罗，我先来看你，是想和你商量一下，今日我便去东院歇息了。虽你也受了不少委屈，但周瑛为了这桩婚事，已然惹了不少闲话，今日若我歇于此处，日后你二人免不了又生许多是非，于情于理，我都应先去东厢房歇息。你能体谅吧？"

皆罗听了，脸色明显暗了下去，眼里也隐隐有泪光在闪现。但她努力克制着自己，平静地抽出了自己的手，嘶哑着声音说道："士元说得是，她本就是正妻，今晚你该当歇于东院，原是我贪心了。"

"你别多想，如今这局面，谁都不曾料到。事已至此，多说无益，我只盼着你们二人能和睦相处。你早些歇息吧，我去了。"庞统不敢看皆罗的眼睛，低垂了眼睑硬着头皮说完，起身逃也似的出去了。

待他心神不宁地回了东院，却见周瑛蒙着盖头端端正正地坐着，床上一丝不乱，显见她这半日竟未移动分毫。听见响动，她才略微调整了下坐姿，颤声问道："士元？"

"是我，荆州来了些旧友，便来得晚了些。你竟端坐了这半日？好歹起身喝几口水吧。老拘着这些俗礼干什么！"庞统叹息一声，赶紧快走几步，一把将周瑛头上的盖头揭了去。

周瑛听庞统一迭声地埋怨着自己，心里有一丝窃喜。看来他对自己也是有感情的，这声声埋怨里分明有解释还透着心疼。坐了如此久，她还真是累了。方才一直在胡思乱想，以为他今晚要歇在西院了，心里正委屈得不行，哪想他还是来了。

周瑛欲站起身，哪知坐得久了腿脚发麻，差点栽倒在地。庞统忙上前扶住她的胳膊说道："小心，腿麻了吧？我方才在前厅和诸葛孔明他们说话，多年未见的老友了，聊起来竟忘了时辰，害你久等了。"

"嗯。没关系的，你来了便好。"周瑛一听眼神蓦地亮了。他是和旧友相谈甚欢才误了时辰，难得的是他愿意和自己解释，说明还是在乎自己的。今晚他肯歇于东院，便是对自己最好的爱护与成全。

二人喝过了交杯酒，周瑛唤候在门外的丫头打来了热水，侍候庞统洗漱，自己则开始卸妆。待二人都收拾停当已近四更，累得够呛的二人顾不上缠绵，只安静地相拥着，很快便进入了梦乡。

次日，诸葛亮果真递了拜帖到鲁肃府上。因着好友诸葛瑾的关系，也因着昨日初次见面的好印象，鲁肃对诸葛亮甚是亲厚。亲自为他煮了好茶，二人交谈甚欢，鲁肃甚至还留他用了午膳。膳后又接着聊，直到日落黄昏，诸葛亮方笑容满面从鲁肃府中出来，显见他来江东的目的是初步达成了。

随后诸葛亮去了长兄诸葛瑾府上，却只逗留了一晚，第二日一早便急急回了新野。因走得太急，未来得及和庞统告别，便让兄长代为传话。

婚后不久，庞统便将周瑛与皆罗二人叫在一起谈了次心。他先恭恭敬敬地给二人各斟了盏茶，肃穆说道："自今日始，我们便是一家人了。承蒙你们二人看重，与我结为夫妻，日后我们三个便生死相依，休戚与共。我只说一点，既为家人，便当和睦相处。我庞士元生平最厌憎的便是那些不入流的阴谋诡计。内宅夫人那一套，在我府上不希望看到，否则我绝不会手下留情。日后你们二人若能情同姐妹更好，若不能，也请和平相处。但凡满足了这点，其余的都好说。哪怕是你们的爱好习惯，皆可以保留，我决不横加干涉。"

周瑛与皆罗一听，皆深受触动。毕竟两个女人皆深爱着庞统，唯愿他好。基于这个共同的心愿，两人相处起来应不会太难。

周瑛性子本就爽快，且庞统昨日歇于她处，无形中也宣告了她当家主母的地位。此刻的她无疑是幸福且平和的，便先笑着表态："夫君一席话说得妾身茅塞顿开。放心好了，我出身武将世家，性子本就憨直，没有那么多的花花肠子。如今既嫁入庞府，便当以庞府为家，处处以夫君为重。自然也会与姐姐和睦相处。只要姐姐不嫌弃，我日后定会与姐姐情同姐妹，一家人同荣辱共进退。"

皆罗见周瑛如此识趣，忙也笑着说道："妹妹如此通情达理，当姐姐的还有什么好计较的，日后自当与妹妹亲如家人。士元，这么些年，你还不知道我是什么性子？你便放宽心吧，日后我与妹妹共同操持这个家，决不负你。"

庞统听二人如此信誓旦旦，方才松了口气。他之所以要先入为主，便是觉得二人皆不是好拿捏的性子，恐日后难免会有鸡飞狗跳的时候，如今看来似乎是杞人忧天了。

忙完了婚礼，眼见庞统夫妻和睦，三人相处尚算愉快。庞山民夫妇与庞林夫妇也放了心，便约着一同回荆州。临行头一天，诸葛玲和夫君去诸葛瑾府中玩了一日，叙了叙家常，又各自说了些彼此的近况。

第二日，周瑛与皆罗二人亲自陪几人四处转了转，吃了当地的名小吃，买了许多小孩子的新奇玩意儿，嘱他们给孩子们带回去。周瑛又悄悄去买了两个一模一样成色极好的玉镯子，送给两个嫂嫂。诸葛玲与习昭见她如此贤惠贴心，不免很是感动，同时也深觉欣慰，临走时个个笑容满面，心中舒坦。

庞统三人相安无事过了一段时日，周瑛与皆罗二人虽不至于多交心，好歹见面都客客气气的，庞统便也放了心。

这日周瑛让贴身丫头小红去后厨传话，吩咐炖一碗燕窝。哪知临近午膳时分，竟还没有送过来。遣了丫头去问，却见皆罗房里的丫头珍儿正提着食盒出来，脸上的神色颇有几分得意。两个丫头碰面，各自哼了一声擦身而过。气恼的小红质问厨娘："我家夫人的燕窝呢？都这个时辰了还不遣人送去。"

厨娘懊悔地拍了下脑门说道："哟，方才的丫头难不成不是夫人房中的？我让她端走了。"

"你那眼睛是用来出气的吗？那些阿猫阿狗的，也配侍候我家夫人？看清楚了，我才是夫人的贴身丫头小红。我不管，你快去将燕窝给我要回来，我便在这里等着。"小红气得不轻，双手叉腰骂道，接连催婆子出门去追讨。

厨娘看了看锅里烧着的菜肴，十分为难，见一旁打下手的小厮吓得瑟缩在一旁不敢出声，遂骂道："没听到小红姑娘说话吗？快，去将燕窝要回来。"

小厮唯唯诺诺地愣在原地，不敢动弹。被厨娘使劲踢了一脚，方才赶紧往屋外跑了出去。他气喘吁吁跑到东院门口，才追上了珍儿，躬身作揖地说着好话："这位姐姐，您端的燕窝是夫人定的，方才嬷嬷给错人了。如今夫人跟前的小红姐姐来拿，让我给要回去。"

"凭什么，又不是我要的，方才厨娘自己给的，如今又要拿回去，一碗燕窝而已，至于吗？你们再炖上一碗便是。"珍儿也不是个吃素的，翻了个白眼抢白道。

小厮见珍儿不想给，态度立马变了，他抱着双拳讥讽道："哟，想吃自己找厨娘做，抢别人的算什么？这燕窝是人家大夫人自己从私库里出的，拿来后厨让我们每日炖上一盅。今日嬷嬷认错人了，把你当大夫人屋里的丫头了。这碗燕窝无论如何是要拿回去的，小红姑娘还等着呢，我劝你还是乖乖给我，别自找不痛快。"

珍儿听了，气得脸一阵红一阵白，眼泪都快出来了。她心有不甘地将食盒递了过去，骂道："你个看人下菜碟的东西，我家夫人还不稀罕吃呢。"

小厮接过食盒，不屑地翻了个白眼快步往后厨而去。

原本极小的一件事，经此一闹，竟阖府皆知。下人私下里悄悄议论起两个夫人的家世，好一番比较，皆道侧室皆罗家世不如夫人周瑛，连碗燕窝都吃不起。

这些闲言碎语传到皆罗耳朵里，自尊心极强的她大哭了一场，罚珍儿在前院场子里跪了半日，既恼恨这无知的丫头给自己惹祸，又痛恨夫人的丫头小红如此嚣张跋扈，竟丝毫不留情面，让自己颜面扫地。

其实此事皆罗还真是冤枉周瑛了。她起初并不知情，后来才从下人嘴里听了一星半点，气得狠狠骂了小红一顿，让她自己去院里跪了两个时辰。自己又挑了些好看的首饰送到西院，亲自去给皆罗赔罪。皆罗虽受了，心里却似种了根刺，到底是留了芥蒂。

这些上不了台面的琐碎之事，庞统自然无从知晓。

这日他从衙门里回府，竟未看到皆罗像往常一样迎出来。问了阿盛，才知晓有这么桩事。他心里咯噔一声，想着皆罗一向自尊心强，必受不得这些委屈，忙匆匆去了西院。

进得房来，却见皆罗正红着眼睛坐于床榻上，脸上的神色甚是阴沉。忙上前关切问道："表姐何事烦忧？"

"无事，只是想起来了阿娘，想着她一人远在荆州无依无靠的，甚是凄凉。"皆罗本欲随口扯个谎，说完却牵动了思母心肠。想起所受的种种委屈，眼睛越发红了，泫然欲滴。

"我前些日子便想和你商量此事来着，将岳母大人接过来吧，和我们一起居住，相互有个依靠。"

"你说的可是真的？"皆罗一听欣喜万分，半信半疑地看着庞统问道。

"自然是真的，岳母一人住在襄阳也甚为孤独。这么些年，你母女二人相依为命，难不成我反要做这让你母女天各一方的恶人？此事我已然考虑许久了，这些日子便找个机会和夫人说。她这人虽有些强势，却并非不讲道理之人。想来定会理解你的难处。"

"嗯，士元费心了。"皆罗感激地甜笑着说道，脸上的神色明显欢快起来。和母亲即将前来东吴的消息相比，其他的些许磋磨自然不值一提，根本无须放在心上。

庞统见皆罗心情好了起来，淡淡一笑起身说道："收拾收拾来用膳，我下了衙门便过来了，这会子去看看夫人。"

庞统去了东院，却未曾见到周瑛，问了声院外侍候的小丫头，方知夫人去了膳房。跟过来一看，见周瑛正利落地指挥着下人在上菜，见庞统进来，莞尔一笑道："夫君回来了？今日比往常早些啊。"

"今日衙门事少，处理完便回来了。这些事让李姊他们做便是了，你何需如此操劳？"

"我怕他们不知夫君的口味，亲自盯着放心些。"周瑛说着偷偷观察庞统，见他面色如常，似是不知白天发生之事，方暗自松了口气。

虽说此事是丫头们之间的争风吃醋，却是影响不好。外面不了解内情的人会私下里说自己这当家主母小气，容不下侧室，连盏燕窝都舍不得给。但此事还真怨不得自己，她当真是全然不知。她思忖着此事要不要告诉庞统，以免他对自己起了误会。

庞统见周瑛面色迟疑，似是有话想说，却嗫嚅半晌不知如何开口，便主动说道："我听说了，此事怨不得夫人，我素知夫人为人，并非是小肚鸡肠之人。只是夫人当知，你作为当家主母，不仅要自身公正，更需约束好下人，方能维系好阖府安宁。"

周瑛听了连连点头，脸却是红了。自成年后，她便很少受到批评。往日在娘家，她是父亲骄傲的掌上明珠，理家管账，样样不差。即便偶尔做错了事，父亲也舍不得责罚。今日夫君虽和颜悦色，却也是一番说教，她觉得十分羞愧，这一刻竟想找个地缝钻进去。

庞统知自己语气重了些，忙上前握住周瑛的手恳切说道："夫人是女中豪杰，样样不输于人，能娶到夫人是庞某三生有幸。但若为了庞府来日更好，尚需更为严谨公正，夫人你说呢？"

周瑛见庞统如此推心置腹，知其一片赤诚，忙点头应道："夫君说得是，我日后会多加注意的。这样的事决计不会再发生第二次了。"

庞统见事情说开了，便知周瑛对此事不会再有芥蒂，也暗自松了口气。在他看来，一屋不扫何以扫天下。男子汉大丈夫，先安定后方，才能心无旁骛。燕窝一事虽小，庞统却甚为警觉。

为做到立身公正，不偏不倚，庞统索性给自己定了规矩，日后执行严格的轮班制度。东院西院，每三日一个轮回换着住。周瑛与皆罗的一应赏赐月例，皆同等对待，不分正室侧室。至于两人自己的嫁妆，则自行处置。

如此一来，看似物质上周瑛吃了亏，但她却不忧反喜。原来，以往因着少时与皆罗的情分，庞统去西院的日子比东院多，周瑛虽不舒坦，却也无计可施。如今庞统一视同仁，意味着日后两人相伴的机会便多了。她家境优渥，自小吃穿用度便全是好的，自然把这些身外之物看得极淡。在她心中，庞统的爱重才是自己生存的全部意义。

而皆罗却有些郁闷，以往仗着和庞统少时的情谊，她或多或少占了些便宜。如今执行严格的轮班制，便没有了这些便利。夫人比自己小七八岁，正是风华正茂的好时候。如此下去，却不知日后自己在庞统心中还能有多少情分。

且不说两个女人各怀心思庞统此法还真的甚为有效。他严格遵循着自己定下的制度，不以心情与喜好随意更改。时日久了，两个女人再也不曾拈酸吃醋。偶尔还相互走动走动，一同切磋棋艺、琴技和绣功。无意中发觉彼此有诸多共同爱好，聊起家常竟也能滔滔不绝。一来二去的，反倒处成了好姐妹。

周泰初始还恐女儿在庞府受欺负，三天两头上门探望。庞统招待得殷勤备至。又见女儿红光满面，笑意盈盈，显是日子过得舒坦。且庞府中馈也是女儿掌着。再向李婶一打探，方知庞统新近实行的轮班制，虽觉怪异，却也彻底放了心。

庞统想着自己答应皆罗将其母亲接来江东奉养的事，试图寻个机会开口。但每次一看到周瑛那清澈无邪的眼睛，到嘴边的话便又咽了回去。毕竟极少有丈母娘跟着女婿同住的先例，尤其还是侧室的娘亲。考虑到周瑛的感受，他一时竟不知如何开口。

急性子的皆罗却有意无意地屡屡催促，庞统只得想法子。这日他歇在东院，趁周瑛心情好假装无意地顺嘴提了一句，没想到周瑛竟满口答应，还让他酌量着早日派人去接。

庞统有些意外地看着满脸笑意的周瑛，知她说的乃是真心话。这一刻他不禁庆幸自己娶了个善良大度的女子。想起往日曾经对她的种种龃龉，他不免深感愧疚。好在那些不愉快的往事皆过去了，周瑛也并未放在心上。反而以一颗赤诚之心对待自己与皆罗，如今阖府友爱和睦，羡煞了旁人，多是周瑛的功劳。当家主母的气度她是拿出来了，也是真心想与自己好好过日子，尽力经营好庞府的三餐四季。看来日后自己真得对她更体贴些，方对得起她对自己的一片深情。

　　庞统吩咐阿盛将后院的一间空房收拾了出来。又写信给叔父言明了欲接岳母前来江东相聚一事。另修书给庞林嘱其尽快护送岳母到东吴。

　　庞德公收到书信后，专程为司马夫人准备了饯行宴。半生寄住在表兄府邸的司马夫人，如今暮年却得以和女儿女婿团聚，心里别提多高兴了。

　　庞林护送老夫人一路到了东吴。为表慎重，庞统与夫人周瑛及皆罗亲自到城门口迎接，给足了老太太体面。司马夫人见大夫人周瑛落落大方，与自家女儿相处得甚为融洽，不禁感激涕零。她常私下里教导女儿，要好好与夫人相处，要打心眼里尊重她，毕竟如此包容识大体的主母并不多见。皆罗自然满口答应。

日子不紧不慢地过着，很快又到了深秋。想着诸葛亮走前委托的联盟一事尚需推进，这日庞统便找了个机会约鲁肃前来府中一叙，说是有事相商。

鲁肃欣然前来，一进院门便见四周风景与两月前的婚礼时大为不同，花草树木相映成趣，假山奇石各自争辉，触目所及皆郁郁葱葱，一派生机盎然之象。

鲁肃忍不住夸赞道："成了婚是不一样啊，往日来院子里看着有些许苍凉，如今却繁盛如斯，想必是二位弟媳的功劳吧。"

"哈哈，鲁兄所言不差。我家夫人甚为贤良，理家治府是把好手。侧夫人也时常帮衬一些，才有如今的欣欣之象！"

"噢？她二人竟能如此和睦相处？看来还是庞兄弟治家有方啊。"

"初始个把月二人也偶有龃龉，如今却是情同姐妹，我上衙门后她们便常在一起吃茶绣花，亲热着呢。有时候我看着都眼热。"

"羡煞我也。改日让我家夫人也来请教一二，学学二位弟媳的贤良淑德。"鲁肃半是认真半开玩笑地说道。

他家夫人出身世家，泼辣能干，心肠极好，脾气却有些火暴，急起来连他都骂，故他时常羡慕别家夫人的温婉贤淑。

"子敬兄过谦了。嫂子聪慧能干，江东众人可是有目共睹的。说实话您天天忙得不着家，府中内务岂不皆是嫂子功劳。听说嫂嫂还是个女中豪杰，跨马使枪射箭皆是好手，拿她们和嫂嫂比岂非让她们二人汗颜吗？"

庞统一番话说得鲁肃心花怒放。二人说笑着进了前厅，阿盛奉上了茶点。鲁肃接过饮了两盏，才单刀直入道："士元约鲁某来，可是有事相商？"

"鲁兄可知，曹操欲率军攻打荆州，若荆州灭亡，江东危也，唇亡齿寒的道理兄台想来比我明白。如今江东虽雄霸一方，论实力却无法与曹操抗衡。唯有与荆州休戚与共，联合抗曹，方是唯一出路。"

"士元所说我焉有不知。只是如今荆州动荡，刘表病重，二子争勋，尚不知日后谁能继承父业，更不知新主究竟作何打算，此事尚有不少变数。"

"以如今情势，大概率次子刘琮会继任。想必你也知晓，因着与蔡家的姻亲关系，蔡瑁及刘夫人蔡襄必会全力推举刘琮上位。而荆州几大豪族向来同气连枝，许多都互为姻亲，故大体会一致拥护蔡瑁决策。即便刘表帐下有其他老臣另怀心思，却无伤根本。"

庞统说到这里，沉吟了半晌又缓缓说道："只是这刘琮虽也算得上机智勇猛，却根基尚浅，全然弹压不住蔡瑁这等权臣。若曹操攻打荆州，以蔡瑁、蒯越与他的交情，怕是会主降，即便届时有那么一两个反对的，估摸着也于大势无补。刘琮迫于形势，降曹的可能性很大。"

庞统皱着眉头说完，见鲁肃听得认真，迟疑了下又接着进言："荆州治所襄阳届时定是曹操囊中之物，但其他郡县尚未可知。刘琦的江夏、刘备的新野，皆会拼死抵抗。但在曹操的大军面前，估计也坚持不了太久。若荆州被顺利拿下，接下来便会是江东。形势急迫，我们应极力争取这些可以争取的力量，联合抗曹，方是上策。无论如何，我方皆需尽快拿个主意提前应对，否则，恐会来不及。"

"士元所言字字肺腑，与我的想法不谋而合，我定尽快找机会向主公建言。此事将军知晓否？"鲁肃激动地握住庞统的手，直言不讳地问道。

"尚未和将军说过。毕竟我的身份有些许尴尬，若贸然进言，恐惹人怀疑。我视子敬兄为良师益友，以兄之智，定知晓我乃肺腑之言。此事由兄代为传达方可事半功倍。兄只管向将军和主公阐明利害，以他们二人之见识格局，必已看清当今情势，迟疑未决或许是差个契机。"

"士元一片丹心，日月可鉴。一席话听得我犹如醍醐灌顶，鲁某甘愿当这铺路之人。不瞒士元，以往主公对荆州是有些敌意，但这敌意主要来自黄祖及刘表，如今二人一个已亡，一个病入膏肓，也算大仇得报。如此一来往日的成见便可放下，此时再谈联盟便容易许多。"

鲁肃皱着眉头思虑半晌接着说道："这样吧，我先和将军商议一下，听听他的意见再做下一步行动。说到底这件事刻不容缓，你且等我消息。若获准我会亲自去荆州见刘琮一趟，商谈具体事宜。"鲁肃说完也无心留下来用膳，站起身匆匆忙忙出府去了。

庞统送鲁肃出门，心中十分畅快。他清楚此事只要鲁肃认同接纳，事情便成了一半。毕竟他是主公与将军充分信任之人。眼见大事初定，他终是舒了口气，遂回书房给诸葛亮回信，言明自己已和鲁肃达成共识，力主联合抗曹。不日鲁肃便会与周瑜商讨具体事宜。为防日后出现什纰漏，他的信是寄给叔父庞德公的，由叔父代呈。

庞统信中并未提及鲁肃想联合的人是谁。毕竟此时的刘备，尚是一个寄人篱下，拥兵万余的将军，论实力和地位，与孙权皆有天壤之别，并非合适的联络对象，鲁肃去了怕是会依据形势相机行事。

果不其然，七月盛夏时节，曹操亲率大军南下征讨荆州，一路所向披靡。八月，重病的刘表听说曹操大军攻伐，惊怒交加，骤然薨逝。其次子刘琮被蔡瑁、蒯越等老臣匆忙拥立上位。

要说这刘琮，本是个血气方刚的青年，刚正宽厚，颇有胆识。奈何他继位于多事之秋，父亲新丧，民心动荡。刺史之位尚未坐稳，曹操几十万大军已骤然而至。心急火燎的他忙召集部将，前来商议应对之策。

刘琮端坐于正位之上，四下环顾了一圈，见父亲的昔日部将皆眼巴巴地看着他，表情不一，显是各怀心思。遂朗声说道："各位大人，据斥候来报，曹军主力离襄阳城不过百里，此次前来攻打荆州，怕是志在必得。我欲亲率大军出城迎敌，各位大人可愿与我同往？"

傅巽率先反对道："刺史大人差也，曹操大军二十余万人，兵强马壮，襄阳城中兵勇不过四五万人，若从其他郡县征调，尚需时日，已然来不及，恐不易迎战。"

刘琮怒道："依大人之见我当如何？不战而降吗？岂有此理！"

"恐只能如此。"傅巽看着刘琮面不改色道。

"刺史大人，傅大人的话虽不中听，却是情势所逼，别无他法。"坐于左首的王粲起身硬着头皮附和道。

"各位大人，你们的意见呢？"刘琮强压着怒气颤声问道，目光四下逡巡了一圈，期望能有个不同的声音出来，可惜半晌无人吱声。

"我竟不知，各位大人如此胆小怕事，拿着厚重的俸禄，却不思为主分忧。"刘琮失望极了，再也顾不上众人的情面出声呵斥道。

蒯越见刘琮发怒，遂起身劝道："刺史大人的心情我等理解。才刚继任，正盼着能建功立业，却突遇此等大祸，难免伤神。如今的情势于荆州十分不利。且不说曹操二十万大军压境，虎视眈眈。便说我荆州守军，人数上相差甚远不说，且多年未曾打仗，早已少了虎狼之气。即便真打起来，焉是那些北方军的对手？若万一战事不利，岂不是连累了几十万无辜的荆州百姓？"

"蔡大人此话确属肺腑之言。大人，若以微弱之势仓促应战，怕是难以取胜。我观曹操此人，算是个枭雄，大人若和平献城，想必他不会滥杀无辜。大人不在乎什么富贵荣华，但尚需在乎一城百姓的生死啊。依下官看，两害相较取其轻，此事不难抉择。何去何从，还望大人谨慎酌量。"

蔡瑁、蒯越皆是荆州重臣，以往深得刘表器重，在一众大小官员中有很高的影响力。如今他们这一番语重心长的话，众人听了莫不点头称是。刘琮见满屋子的部将竟无一人赞同自己，心彻底凉了。他环顾一下四周，将眼神移向蔡瑁，盼望着能从他那里得到些许安慰。

迎着刘琮渴望的眼神，蔡瑁迟疑了半晌起身说道："蒯大人的话甚为有理，下官赞同。刺史大人若为全城百姓着想，为这一屋子的部将着想，还是降了吧。"

蔡瑁此话一出，刘琮的脸瞬间变得煞白，他颤抖着嘴唇嗫嚅了半晌，方哑声说道："便照众位大人说的办吧，着蒯大人、蔡大人、张大人共同督办相关事宜，散了吧！"

刘琮说完微闭了眼，再也不想看这一屋子的人。他的心里万分煎熬，曾经那些关于未来的规划与畅想，此刻全被残酷的现实击得粉碎。他嘲笑自己太过幼稚，竟然妄想以一己之力对抗这些沆瀣一气的父亲旧部。如今的自己势单力孤，缺乏影响力。且还有大哥刘琦与刘备二人在一旁虎视眈眈，或许，投降曹操真的是如今最好的选择。

值得安慰的是，如此抉择，对荆州百姓来说，避免了一场残酷战争。否则数以万计的百姓又要生灵涂炭，尸横遍野。这也是刘琮反复权衡后选择投降的根本原因。

曹操兵临襄阳城这日，高高的城墙上挂出了白旗。随即城门大开，荆州刺史刘琮亲拿着印玺，带领百官出城归降。曹操见新继任的刺史如此识时务，自然十分高兴。基于各方面考虑，他决定厚赏刘琮。当着众人的面，他亲封刘琮为荆州刺史，但需异地赴任，着三日内带家眷迁往青州。同时对蔡瑁与蒯越等一众老臣，也各有封赏，此次得到封赏的荆州官员，共计十五人。

荆州已然改弦易辙，而远在新野的刘备对此竟全不知情，还是诸葛亮岳父黄承彦进城去公学上课，行至城门口，见有北方军队进进出出，四处戒严，一问守门的士兵，方知曹操大军在城内举行招降纳供事宜。

黄承彦深感大事不妙，他抄了个近路便往新野方向打马狂奔。一路上快马加鞭，未作丝毫停留到了新野，匆匆入营向女婿诸葛亮禀报了此事。

诸葛亮听了大吃一惊道："为何我等未听到一丝风声？照岳父所说，怕是曹操马上便会向这里进发。"

"恐是如此。若我所料不差，曹操的军队此刻离新野怕是不过百里了，你尽快和刘将军商议个对策，赶紧撤离吧。这弹丸之地如何守得住。我歇会儿便回去了。"黄承彦咕咚咕咚喝了一大碗水，才算是缓过了气，他焦急地提醒道。

"岳丈好歹用了晚膳再走，累了这大半日，怕是身体吃不消。我立时便去面见主公。"诸葛亮焦急地挽留道，顾不上询问妻儿近况，便心急火燎地去刘备营帐。

刘备听闻消息，急得像热锅上的蚂蚁，不停地在原地踱步，长叹道："曹操大军压境，却无人知会一声，看来此次我命休矣！"

诸葛亮见刘备如此，只得献计道："曹军大兵压境，凭我方这点兵力，硬打不行，莫如弃城而走，火烧新野，方可暂时唬退曹军。"

"火烧新野？那置百姓于何地？想我刘某，向来以仁义为处世之本，如此行事有何面目立于天地之间？"刘备一听连连摆手说道。

"非是让主公弃百姓逃亡，可着专人安排百姓向周围县郡疏散。"

"莫如带上全城百姓一同逃亡。"刘备沉吟半晌，突然眼睛一亮说道。

"我方兵寡势微，本就不利，若再带上百姓，一日能行多远。怕是不出两日便会被曹军追上。"一旁的张飞听了连连摇头反对。

关羽与赵云对视了一眼，并未出声。他们一时也摸不清刘备葫芦里卖的什么药。

"主公此计可行。那便快着人去通知百姓，简装而行，赵将军，你速去通知百夫长以上的将领，到主公军营集合。我去着人通知城内百姓，准备紧急撤离。"诸葛亮却眼睛一亮，他明白了主公的本意，急忙吩咐道。

赵云得令，匆匆出营帐而去。诸葛良唤来自己的心腹马良，命他速去召集将士安排百姓撤离事宜，自己则匆匆回了营帐，欲和岳丈商议下接下来的对策。

诸葛亮将刘备欲携带百姓逃亡一事告知岳丈，黄承彦听了连连点头道："果然老谋深算，刘将军此举甚妙。若只带将士逃亡，莫说逃不逃得掉，即便是逃了，也失了民心。而如今带上百姓，看似重情重义，实则是拿百姓作了筹码。那些年轻些的壮夫出于义愤定会投军，如此兵力大增。倘若曹操不顾百姓死活，穷追猛打，他便失了民心。若他顾忌百姓，刘将军便有了喘息的机会。妙啊，这一着算计实在诛心。"

黄承彦将着胡子分析道："你们本全无胜算，如今却因此布局多了些生机。原先我还担心刘将军太过仁义，或难成大事。如今看来，却也是腹黑心硬之人。只是苦了新野百姓了，唉！"

"嘘，岳丈小声些，恐隔墙有耳。本欲再商讨下对策，看来是不用了。我立时便要回主公营帐，一会儿让人送些吃食过来，岳丈将就着用些，晚上便歇于此处吧。"

"不了，我用过饭便动身回襄阳了，一家子都眼巴巴地盼着我回去呢。你不知道，果儿那丫头，跟我亲着呢，一会儿见不着，便四处寻我。"

"小婿惭愧，身为父亲却未尽到一丝责任，幸好有岳丈替我照料，万分感激。如今多事之秋，军中诸事繁多，暂且回不去，英儿和果儿母女俩便请岳丈费心了。"

"嘻，一家人说什么两家话，你一人在外，千万保重身体，得空便回家看看。这里不用你管了，快去吧，别让人久候。"黄承彦神情复杂地叹息了一声，催促女婿去忙。心想：孔明出来已大半年了，果儿如今又长高了不少，常常问起爹爹。不知孔明下次回家，又待何时。

诸葛亮见岳丈如此说，顾不上客气匆匆回刘备营帐去了。很快有兵士端了盘牛肉和几个馒头进来，黄承彦随意用了些，便快马加鞭悄悄回了襄阳。

刘备召集众将速速整顿军备，并派兵勇挨家挨户告知城内百姓，曹操大军入侵，为避免伤亡，百姓随军一同撤离。并勒令百姓简单收拾些行装，一小时后向樊城进发。百姓们乍听曹操打来了，全城皆要迁移，惊惧交加，哭声一片。

大军随即整队出发。行前，刘备命人一把火烧了新野。拖家带口的百姓见自己的家乡瞬间便被熊熊大火笼罩，不免痛断肝肠。一时间，哭喊声惊天动地，让人不忍卒听。

待曹仁一行人赶到新野，看见的便是这漫天火光。城中的住宅、庄稼地里的粮食，皆被这熊熊大火烧得无比惨烈。曹仁气得大骂道："刘备老匹夫，还敢自诩仁爱，便是这下作手段，焉能当得起仁义二字。主公打的是刘备，又非城中百姓。只要他们不反抗，哪需这般颠沛流离地逃亡。"

一旁的副将叹道："这些无知的刁民，何以如此愚忠，竟肯抛家舍业随他逃亡。"

"哼，刘备惯会蛊惑人心。这老贼并不似传说中的那般好对付。如今此路不通，只得另寻他途，便让他们多蹦跶两日吧。你派几个斥候前去侦察一番，看看他们往何处去了。"曹仁烦闷地瞅了副将一眼吩咐道，随即大手一挥率先拨转马头往来时路疾驰而去。

刘备一行人带着哭天抢地的百姓前往樊城。尚未来得及歇口气，曹操又亲自率领大军杀奔樊城而来。行至长坂坡，刘备部队被曹操派遣的精锐骑兵追杀，损伤大半。

眼见性命不保，狼狈的刘备再也顾不上其他，带着诸葛亮、张飞等人和几十个亲随将领朝南逃窜。将甘夫人及幼子刘禅，和一众部属亲眷及众百姓，留下由赵云护送。

眼见追兵又至，张飞请求断后。看似鲁莽的他，命令十几个骑兵布下疑云，他们砍了树枝缚于马尾来回奔跑，追兵见灰尘漫天，以为刘备埋伏有大军在此。又见张飞一人一骑，气定神闲地立于桥中央，大喝着"谁敢前来送死？"

曹军素来畏惧张飞神勇，又恐诸葛亮使计，竟迟疑着无一人再敢往前。为首之人思虑半晌，下令后退四十里。张飞凭一人之力守住了长坂坡，为狼狈逃窜的刘备等人赢得了一丝喘息之机。

而此时的鲁肃与庞统，一路风尘仆仆追寻了过来。原来他二人奉孙权之命，半月前便动身前来荆州，洽谈联合抗曹事宜。一路上二人风餐露宿，日夜兼程，终是到了襄阳。

哪料荆州已然遭逢巨变，城头早已更换将旗。二人情知不妙，找城内的商贩打听了下，才知原刺史刘琮已率众降曹，如今曹军已接管了襄阳城。

又饥又渴的二人，顾不上歇息，转身便又出了襄阳城。行至城外二十里处，见有个酒肆，便下马拴缰，要了壶黄酒、四个烧饼和两斤牛肉，预备简单对付一顿再继续赶路。

正欲吃饭，忽听邻桌一个满脸胡子的中年汉子说道："刘刺史这个官当得憋屈，大事全做不得主，只能听任这些旧臣摆布，就连蔡大人都未帮其说话。听说曹军来攻打襄阳城时，大人本欲率军抵抗，却无一人拥护。"

"依我说，不打仗最好。我等只是个小老百姓，打仗时率先遭殃的便是我们。如今这世道，能好好活着便是福气。如今荆州虽归了曹操，好歹是和平过渡，这便算是刘刺史积了功德，至少不曾血流成河、哀鸿遍野。老兄你说是也不是？"年轻一些的白净汉子说道。

"嘻，你说的不无道理。算了，管这些闲事做甚，这是他们那些大人物该操心的事，天塌了有高个子顶着，俺们将自己手头的事做好便是。"大胡子男人感慨不已道，端起面前的酒碗一饮而尽。

"昨日曹军调动了几千骑兵，急火火出城去了，当时我正和几个兄弟在城门口当值，你说他们这是要去打谁呢？"

"嘻，还能是谁，肯定是刘皇叔呗。听说早年他投靠过曹操，曹操对他甚是器重，但不知何故他寻机离开。后来的衣带诏事件，刘皇叔也参与了，曹操一直耿耿于怀。如今他既收复了荆州，还不借机将他拿下？"大胡子汉子压低声音说道，边警惕地抬眼瞅了瞅四周，一脸的神秘。

"哦，原来如此。那刘皇叔便危险了。我曾与皇叔有过一面之缘，他待人甚是亲切呢，即便是俺们这些微不足道的小人物，也不会轻慢。"年轻汉子恍然大悟地点头说道。

"这倒是，要不咋博了个贤德的好名声呢。只是自古好人不长命，但愿这次他能逃得掉吧。"大胡子长叹一声说道，脸色也暗淡了下来。两人一时间不再说话，只默默地坐着喝茶吃饼。

鲁肃与庞统听了，相互使了个眼色，顾不上再慢条斯理地吃东西，将碗中的酒水一饮而尽，拿起未吃完的烧饼，起身上马往新野方向疾驰而去。

两人快马加鞭，一路不敢稍作停歇。行至半路又听一群前来襄阳投亲的逃亡百姓说，刘备已带领百姓弃城前往樊城，他们只得又改道一路追踪而来，累得上气不接下气，终于在长坂坡追上了刘备一行人。

鲁肃与庞统的到来，对于刘备来说简直是雪中送炭，又像是久旱逢甘霖。他激动地紧握着鲁肃与庞统的手，几度哽咽。一旁的诸葛亮忙上前接过话题，邀鲁肃他们席地而坐，简单商议一下联合抗敌事宜。

众人经过简单磋商，决定由刘备带领张飞、赵云及其余残兵前往夏口，与关羽、刘琦等会合，整军备战。而诸葛亮则独身一人随鲁肃与庞统二人前往江东去面见孙权，具体协商抗曹事宜。

众人正欲分兵而行，满身血污的赵云单骑回来了，精疲力竭的他艰难地从马上滚落下来，流泪跪于刘备面前，哽咽着说道："末将有罪，未护得众人周全。实在是敌军追逼太甚，末将拼死才杀出了重围，好在少主安然无恙。"

赵云说完将背上缚着的包裹小心解了下来，众人打眼一看，只见包袱里的刘禅正呼呼睡得香甜，却不知自己刚刚经历了一场大劫，数度徘徊在死亡边缘。

刘备忙上前扶起赵云说道："子龙辛苦了，快快起来。哼，为此竖子，几乎损我一员大将。"刘备埋怨着一把接过刘禅往地下扔去。

赵云眼疾手快地接住包裹，感动地大哭道："主公切莫如此，叫末将于心何安！子龙死有何惧，只要能帮主公之万一，便是末将大幸。"

在场之人见了莫不感动流泪，唯有诸葛亮沉默着不发一言。鲁肃和庞统意味深长地对视一眼，心里皆十分震惊。尤其是庞统，此刻看着赵云这个刚强的八尺汉子，当着众人面哭得涕泪纵横，他不免陷入了沉思。

早听说刘备擅长收买人心，如今看来还真是名副其实。就拿刚才这一幕来说，常人还真是无法理喻。且不论他是否做戏，谁都知道他中年得子，唯此血脉可以传承。但方才他那负气一摔，虽是看准了角度往赵云面前扔，但若赵云反应不及时，或许真会掉于地上，这份心狠并非谁都拿得出来。且无论是谁得他如此相待，焉能不肝脑涂地？

庞统想起往日年少时曾数次和蔡瑁、月英他们谈论过刘备，众人皆诧异刘备起于末时，颠沛流离，始终未有大成。但手下却有关羽、张飞、赵云等盖世英豪誓死追随，那时几人便断定他必有过人之处。如今看来，这过人之处便是擅长揣度人心。世人皆道刘皇叔以仁义立世，如今看来仁义多半是伪装的心术。便拿方才之举来说，做戏的成分居多，但身处其中之人，却会感动莫名，这便是他的高明之处。

想清楚了这其中的关节，庞统对于眼前这个满脸堆笑、已近不惑的中年男人，比往常多了一丝忌惮与敬畏。

　　既商定了应对之策，一行人便兵分两路起程。刘备等人前往夏口，诸葛亮则随同鲁肃、庞统踏上了前往江东的道路。三人一路躲避着曹军，快马加鞭到了柴桑。

　　诸葛亮外形俊朗，且能言善辩，给人的第一印象极佳。加之他有着精明的外交技巧及高瞻远瞩的战略规划，初次会面便得到了孙权的赏识。在他的因势利导和鲁肃的极力推崇下，孙、刘成功缔结了联盟，确立了联合抗曹的作战计划。

　　为避嫌，诸葛亮并未去兄长诸葛瑾府中居住，而是住进了庞统府邸。生性豪放的他问会否给庞统带来不便，庞统满不在乎地笑道："我于主公而言，不过是一个未曾谋面的小吏，何惧牵连。"

　　"士元之才远甚于我，却未得重用，实乃孙权的损失。莫如日后跟亮一同回荆州，投奔主公。"诸葛亮半开玩笑半认真地说道。

　　"孔明说笑了，如今你们泥菩萨过河，自身难保，竟还敢劝我改弦易辙。果然若论狂放，谁也不及你诸葛孔明。"庞统面有愠色地嘲讽道。

　　"此一时彼一时也，焉知几年后主公不会创下一番天地。乱世之中，一切皆有可能。"

　　诸葛亮丝毫不觉尴尬地说道，他在熟人面前一贯如此，庞统早已见惯不怪了，只笑着打趣道："你还是先将眼前的困境安然度过再说后话吧。真是服了你，如此田地还有心思逗趣。"

　　"大丈夫应随遇而安。这大半年来跟着主公四处颠沛流离，历经坎坷波折，却也学会了一点，那便是豁达乐观，百折不挠。主公这人别的不论，还真是御下有术，跟随他的部将个个忠心耿耿。这才是一个人的立世之本。"诸葛亮敛了笑意，看着庞统认真说道。

"嗯，确是如此。能得孔明你誓死追随，他绝不似表面那般憨直。"庞统赞同地点头说道。心想，自家主公和刘备比起来，刚正有余却怀柔不足。但若真论起来，也许还是自家主公这样的人相处起来舒坦。至少不用每时每刻揣度其心意，少了许多麻烦。

"身处高位之人，又有谁能独善其身呢？只要能够体恤百姓，关爱下属，便算是个值得托付之人。主公自有他的长处。"诸葛亮若有所思地说道，脸上的神色晦暗不明。但眼底里的那抹复杂却颇耐人寻味。

诸葛亮自此在庞府住了下来。皆罗与阿盛见家乡来了人，还是亲戚加旧识，自是格外殷勤。诸葛亮本就性子洒脱，如今更是如同在自己府中一般颇为安逸。他有时出门拜访朋友，在城中四处溜达，有时则待在府中品茗看书，日子过得远比在新野时轻松自在。

这日庞统出门上职，总觉心神不宁。偷偷卜了一卦，却是大凶之兆，便知是曹军来袭。忙匆匆回了府邸。刚进院子，却见诸葛亮正神情焦灼地在桂树下踱来踱去，似是有无穷心事。见庞统回来，忙迎了上来说道："士元，大事不妙，恐曹军欲攻打江东。"

"方才我也卜了一卦，乃是凶兆，故匆匆回府，欲和你商榷一二。"

"曹军南下，必兴师动众，估摸着明后日便会有斥候传来消息。你既深得周瑜信任，莫如立即去周府禀明情势，以便早做安排。"

"好。未得到斥候确信前，我估摸着将军不会采取任何行动。但能让他有个心理准备，一些前期筹备事务可以先行铺开。对了，你们那边也需尽早行动，既然是联军，自然应同仇敌忾。"

"放心好了，我已差人送信回夏口，我估摸着主公接信后必会亲自率军前来。两军合力，定能将曹军赶回北方。"

"但愿如贤弟所言。这是场硬仗，不好打啊。用罢晚膳我便去周府，但愿大都督这几日尚在府中。若去了军营便麻烦了，还得再跑一趟。"庞统皱着眉头说道。

好在庞统运气不错，到了周府正巧碰上周瑜从军营回来，一身铠甲都未及脱下。见庞统急匆匆进来，便知其有要事，遂屏退左右，将他引去了书房。

"将军，我观天象有异，今日卜了一卦，乃为大凶，恐是曹军来袭。估摸着这一两日便会有消息，还望大都督尽早做安排。"

"不瞒士元，我前日便去了军营巡防，就是恐曹军来攻。已命水军整顿备战，军事上也做了周全安排。只待曹军一来，便打他个落花流水。"

周瑜故作轻松地说道，见庞统忧心忡忡，全无笑意，略顿了顿又道："说实话，曹军兵力远胜我军，实力太过悬殊，此战毫无胜算。"

"曹军攻打荆州时，号称百万雄兵，但依我看最多不过十几万。曹操素来狡猾，兵不厌诈，他定会虚报数字，只怕是以一当十计，如此算法吓唬人倒的确有些效果。"庞统皱着眉头分析道。

"今日诸葛孔明说已去信给刘备，刘备定会带军前来支援，但兵力恐不容乐观。"

"就凭他那仨瓜俩枣，本就不够打一竿子的。此次又遭曹操围剿，怕已所剩无几。若非有关、张、赵几员猛将撑着门面，他的军队根本无多少战力。"周瑜有些不屑地说道。

"今时不同往日，刘备虽败走新野，却已至夏口与关羽、刘琦合兵一处，依我看，刘琦如今必会和刘备建立生死同盟，共抗曹军。若刘备向他借兵，他未必不肯。如今江东一战关乎三方生死，他们必倾尽全力。即便援军人少，却可以提振士气，将士们也能增添些信心。"

"士元所说有理，这一两日得了准信，我便前去面见主公，商讨迎战事宜，士元有何良策也可说与我知晓。"

"谢将军信任，待我思虑成熟后再来禀报。告辞。"庞统说完躬身退了出去，留下周瑜一人在房中苦苦思索。

果不出所料，第二日午后，有斥候急报，说曹操率大军前来攻打东吴，如今离赤壁只两百余里。看人数，有八万余众。

孙权得信息忙召集众部将商议对策，他气愤地说道："曹操先是拿下荆州，如今又派兵攻打江东，看来他是想吞并东吴一统中原，号令天下。所谓的百万雄兵，经探察，不过只五万之众，不足为虑。曹贼心虚，故意夸大其词。便是欲让我军心生忧惧，不战自乱，岂可让他得逞？曹操挟天子以令诸侯，说好的效忠汉室不过成了句空话，如此出尔反尔之人，人人得而诛之。孙某不才，愿做这迎难而上之人。各位将军，尔等可有信心迎战？"

群臣一片哗然，面面相觑，皆惶恐不已。周瑜跪下请命道："主公，我愿带兵迎战，不将曹贼打回北方，誓不还朝。"

"好，不愧是我江东的好儿郎。传我令，任命周瑜为大都督，程普为副都督，统率精锐三万余人，迎战曹军于乌林、赤壁一带。即日大军便整装出发。"

"得令。我欲向主公借两人，鲁肃与庞统，随大军出征。不知主公可否答应。"周瑜神情严肃地奏道，心想此次出战无论如何要带上两人。

"准，着鲁肃为军师，庞统职位暂且不变，随同大都督一起出征。诸葛瑾负责大军粮草筹备供应，不得有误。"孙权毫不迟疑地答应下来，又命诸葛瑾全力配合后方军需。

周瑜当即便带领亲随赶回军营。虽早有准备，但毕竟双方兵力太过悬殊，他自然如临大敌。令他欣慰的是，鲁肃素来谨慎周全，庞统又擅长排兵布阵，二人随在自己身边充当正、副军师之职，他方能稍安心些。

因打的是联军之旗，故诸葛亮也请求随军一同开拔。精明的他清楚，唯有此次共同抗曹，方能搏得一线生机。日后才有机会分一杯羹，拥有自己的立足之地。

不久，两军第一场水战，曹军大败，但主力并未遭受重创。东吴初战告捷，军民士气大振。

周瑜知晓，以曹军兵力，自己这区区三万人马难免吃亏。虽首战取胜，但真正的胜负还未可预料。如何才能取得下一次战斗的胜利，还需仔细筹谋。故他虽表面上镇定自若，实则忧心如焚。

这日，周瑜带领庞统一行人在江边察看军情，却见刘备率领张飞、赵云及一万兵甲前来会合。他欣喜之余也有些失望，上前迎道："将军前来相助，实感欣慰。只是敢问将军，何以仅带了这点兵力？"

"大都督不知，经上次荆州一战，我军损失惨重，如今这些人马，虽是少了点，却个个皆是以一当百的猛将。经历过一次大劫，他们抗曹贼之心十分坚定。兵不在多而在于精。况我三弟与子龙将军，皆是以一当百的好汉。相信他们定能助大都督一臂之力。"

周瑜见他如此说，再看随在他身后的张飞、赵云、魏延等，个个勇猛刚毅，威风凛凛，面色方好看了许多。

于是周瑜召集双方将领开第一次联席会议，商讨下次会战事宜。参会的有鲁肃、庞统、黄盖及周瑜麾下众将，这边则是刘备、诸葛亮、张飞、赵云、魏延等人。

周瑜率先说道："各位将军，此次虽小胜，但曹军主力却所损无几。敌军十余万大军压境，兵力如此悬殊，这仗不好打啊，尔等可有良策？"

老将黄盖率先进言道："大都督，北方兵不懂水战，可用火攻。"

一旁的副将不以为然道："用火攻谈何容易，四面皆是水域，如何烧得起来。"

庞统却点头附和道："黄将军此法甚妙，只是江边船只分散铺开，火攻收效不大，尚需一连环之计助之。"

黄盖不解地反问道："何为连环计？"

"让曹军将船只用铁链锁在一起，北方兵大多晕船，连在一处可增强稳定性，若劝说得当，曹操当会应承此法。"

"曹操狡诈，岂会轻易上当，况谁去施这连环之计？"诸葛亮看着庞统若有所思地说道。以二人默契程度，他知对方必然成竹在胸。

"自然由我来行此策。"庞统笑着说道，看向众人的眼神里满是意味深长。

周瑜大喜道："如此甚好。只是士元此去凶险，需得带一员猛将随行。"

"末将愿陪同前去。"赵云见周瑜的眼神扫向自己，迟疑了一下请战道。

"不可，此去我自有主张，人多了反而容易暴露行藏。况赵将军威名赫赫，曹军中怕是许多人皆识得，岂不是弄巧成拙。"

"好，士元说得有理。如此你便尽早安排，不过一点，千万保重好自身。"周瑜知庞统必已有所计划，便爽快地同意了。

"庞统领命。只是此事急不得，尚需等一个合适契机，我想这机会应是快来了。"庞统抱拳说道，脸上的表情甚是凝重。

鲁肃有几分疑惑地看向庞统，眼神里满是担忧。几年相处下来，他深知庞统有奇才，平日里不显山不露水，危难之时却能派上大用场。但即便如此，此次迎上的是智谋双全的曹操，不好对付，却不知他要如何行动。

众人半信半疑地看着庞统，弄不清他葫芦里卖的什么药。唯有诸葛亮看着他似有所悟。他虽不知庞统的具体计划，但他清楚，庞统的连环计应是还差了个引子，这引子需天时地利人和才可。以他之谋略，此事必难不住他。

世上事还真是凑巧。刚瞌睡了便有人递枕头。众人正愁没个契机，周瑜的昔日同窗蒋干便来了江东，他是曹操手下的谋士之一。于这个敏感时期造访江东，目的不言而喻。

蒋干此行美其名曰来探望旧友，实则是受曹操指派，前来探听吴军虚实。周瑜早知蒋干来意，却将计就计，设盛宴款待蒋干，并安排鲁肃等官员陪同。席间，蒋干数次套周瑜话，皆被他打断，说今日老友相聚，只叙旧情，不谈政事，让蒋干无从开口。

酒过三巡，周瑜装醉回了自己营帐，令鲁肃等人好生陪同。几人喝至半酣，方才散去。鲁肃安排蒋干宿于西山，并亲自送其回营。进了营帐，蒋干刚坐于榻上，便听见邻帐有一人醉醺醺胡言乱语道："吾本有经天纬地之才，却屈居于这小小功曹之位，孙权这厮有眼无珠，实实可恨也。"

"兄台言行谨慎些，这话倘若传于主公耳中，可要大祸临头。"一旁有人低声劝说道。

"怕什么，如此夜深人静之时，哪里会有人偷听？来，你我再满饮一盏。"

刚才说话之人满不在乎地说道。

"不了，明日还有事要忙，我便先回去了。"似是惧怕是非缠身，另一人慌忙告辞出了营帐，急匆匆往后面去了，并未注意到隐身于夜色中的鲁肃二人。

蒋干见人去远，遂装作无意地小声问道："帐内之人是谁，竟敢口出狂言。"

"哼，一个狂悖之徒，自诩有几分本事，傲慢至极。一喝酒便胡乱说话，若让主公知晓，早将其斩首了。大人快回帐歇息吧，夜已深了。"鲁肃貌似轻蔑地说道，却并不告知其姓名，只一味催促蒋干安歇。

蒋干越发好奇，假装困了拱手说道："子敬快回吧，今日都累了，须得早些歇息，慢走不送。"

鲁肃见他如此急切，便知鱼儿上钩了，却装作毫无察觉说道："那先生早些休息，鲁某告辞！"

蒋干眼见鲁肃走远，方起身悄悄来到邻帐，掀帘进去。只见眼前一个三十岁左右的男子，满脸绯红地坐着自顾喝酒，旁边横七竖八地扔了两三个酒坛子，看样子明显是喝多了。

见有人进来，庞统睁着猩红的眼睛喝问道："尔是何人，为何闯我营帐？"

"我乃周都督同窗蒋干是也，前来探访故人。刚欲进邻帐歇息，听闻先生嗟叹，不免有些感触，便进来叨扰一二。"

"哦，原来是大都督同窗，快些请坐。不嫌弃的话咱们再喝上几盅？"庞统佯装醉得厉害，大着舌头又抱起一坛酒。

"嘻，不怕您笑话，方才已然喝多了，陪不住先生了。咱们唠唠嗑便好。先生名讳可否告知于我？"蒋干听了也不客气，顺势坐了下来说道。

"我乃庞统是也。"

"是司马先生评品的'凤雏'庞统否？"

"正是在下。"

"素闻先生大名，今日得见，乃平生之幸。"蒋干忙起身施了一礼诚挚说道。庞统微点了下头，嘴上说着过誉了，却并未起身，态度显是有些傲慢。

蒋干有些许不快，却并不表露出来。只略顿了下又道："早闻先生有识人之名，得先生夸赞者无不感激。不知先生如何看这天下英豪？北方曹孟德先生如何评品？"

"曹孟德自然乃英雄是也。虽挟天子以令诸侯，遭些诟病。但汉室微弱，早名存实亡，天下已然四分五裂，最终花落谁家，自是能者取之。如今的情势，曹孟德是奔着统一中原而来，最终他问鼎天下也未可知。"

"先生真知卓识也。既有此气魄，为何不前去投奔我家主上？'凤雏'若有一飞冲天之日，岂不快哉？何苦忍气吞声屈居于江东这弹丸之地。"

"不瞒先生，我乃荆州人士，不远千里前来投奔孙公。奈何他态度傲慢，从未真心待我，如今只谋了个小小的功曹之位，甚觉憋屈。虽有意去往北方，奈何无人引见，恐又落得个备受冷落的境地。故先滞留此地，另作图谋。"庞统说得义愤填膺，脸上的表情看上去十分委屈。

"不瞒先生，我乃曹公手下谋士蒋干，先生若有意，我愿为先生引见曹公。"

"此话当真？素闻大人乃曹公心腹之人，若能得大人引见，统愿意一试。"

"好说好说。先生不知，我此次来江东，实为探察吴军虚实，先生可否告知一二？"

"吴军兵力有限，不过区区八万之众。但兵士们擅长水战，论战力倒比你们北方军强上一些。况那荆州刘备已率领两万军前来驰援，总体兵力大约勉强能跟你们拼上一拼。此战谁输谁赢当真无法预料。"

蒋干一听脸色立时阴沉了下来，庞统透露的情况和曹操预估的兵力明显有很大出入，他思谋着得赶紧回去，将此重要情报向曹操禀告。

庞统见蒋干面色煞白，知他已信了自己所说。便犹豫着拖长了声音说道："统有一计，可献于曹公，若曹公采纳，胜负可立见分晓。"

"哦？先生可否说与我听听？"

"恕统难以从命。此事关系重大，需亲自面见曹公方能言明。"庞统故作高深地摇头说道。

蒋干听得心急难耐，连声催道："那还等什么，此时军营众人早已入睡，我们二人干脆乘着夜色遁去，明日便可请见曹公。"

"会不会太急了些？如此出走难免惹人怀疑。莫如明日我借休假回府拿东西之机，前往曹营，大人明日找机会离开，我们二人午夜时分在乌林渡口会合。"

庞统假意迟疑不决，半晌后方似下定了决心，与蒋干约定明日午后于渡口出奔。

第二日午夜时分，假意请假的庞统与回乡的蒋干，一路躲避着巡逻的士兵，很快便到了江边。乘着夜黑风高，庞统熟门熟路地在岸边找了艘捕鱼的小船，二人划桨急行。一路上畅行无阻，很快便驶离了江岸，向着曹营方向悄然而去。

殊不知，这一切皆被隐于暗处的周瑜和鲁肃看在眼里。眼见计划成功了一半，二人得意地相视一笑，方各自回营帐休息。

庞统随蒋干来到曹营，凭借着蒋干的力荐和自己的三寸不烂之舌，很快便取得了曹操欢心。但曹操乃本性多疑之人，对庞统这样的不速之客，自然不会全然信任。他表面上客气客气，背地里却暗中观察庞统言行，直到庞统将和蒋干说过的假的兵力布置告知了曹操，他仍将信将疑。

曹操装作无意地又询问了周瑜大军防布之事，庞统拣些无关痛痒的透露了些，别的推说自己位卑一概不知。待他日回去定当留心观察再来禀告。如此一番探究考证，又听庞统说日后还来，曹操才算是更信了几分。他体贴地叮嘱庞统待上一日便回江东，日后行事切记小心，万不可露了痕迹。

庞统自是一一答应。第二日蒋干陪庞统观看了曹军大营，只见数不清的战船一字排开整齐地列于江上，一眼望不到边。看上去气势恢宏，让人望而生畏。

庞统内心十分震撼，他清楚这是曹操故意展现己方的实力，让自己效忠起来好死心塌地。如今看曹军这阵势，似有不打胜仗绝不还的决心。看来，自己的计划需加紧实施。但高手过招，招招致命，谁能忍到最后，方能见输赢。此次来只能表明自己效忠的决心，至于连环计策，还不是说的时候，万不能操之过急。

第二日傍晚，庞统悄然回到江东，向周瑜言明了此次去曹营的经过，并将看到的一切如实转述。周瑜听到曹军的兵力如此雄厚，立时变了脸色。他轻敲着案几说道："早知曹军实力了得，这些年曹操领兵东征西伐，手下的将士皆是见过血的，论神勇自是不弱。如今只能寄希望于这些北方兵不熟悉水战，尚可拼上一拼。"

"大都督莫急，我有把握让曹操中计，待我再去上两回，让曹操对我多些信任，方能献计。值此危急时刻，半步都错不得，咱们且耐心等待。"

"曹操性子多疑，确实不能表现得太过急切，此事你做得对，稳当些，徐徐图之。"周瑜深以为然，觉得庞统此事处理得当。以曹操的个性，此事必得有个循序渐进的过程，万不可操之过急。

双方军队相安无事地过了些时日，水战上吃了一亏的曹操并未急于开战。而周瑜也正好借机部署防务，以静制动。

这日蒋干又来了江东，带来了曹操的口信，邀请庞统再次前去曹营参观。庞统找了个时机过江，曹操亲自前去相迎。他邀请庞统上了自己的帅船，指着江中密密麻麻的战船叹道："我军兵力数倍于孙权，但因是北方兵，大都不擅水战，不少人晕船，可如何是好？"

庞统一听暗自高兴，心想时机来了，忙俯身说道："我有一计，不知是否可行。"

曹操一听忙倾身问道："士元有何计速速说来。"

"可用铁链将大船串联起来，减少晃动，既可防止晕船，还能在船上跑马，相互策应，岂不美哉？"

曹操一听大悦，高兴地吩咐手下，按庞统之计加紧实施。一旁有将领迟疑着说道："此计虽好，却怕东吴火攻。"

曹操大笑道："如今这时节，刮的全是西北风，我军处于东南方向，火缘何攻得过来，哈哈哈，过虑了。"

曹操此话有所偏颇，因他是北方人，北方的冬天从来不刮东南风。自信的他却未想到，长江流域的气候与北方并不完全相同，偶尔也会刮东南风。曹操绝想不到，便是他这一致命的疏忽，不久将十万大军推入了可怕的绝境，几乎全军覆没。

曹操兴奋地拍着庞统的肩膀说道："我得凤雏，胜雄兵十万，此计可保我军再不受晕船苦累。"

庞统不动声色地笑笑，心道：再过些时日，怕是你会恨我入骨。唉，乱世之中，双方立场不同，以智取胜，无所谓对错。只可惜了这些年纪轻轻的将士们，怕是要殒命江东了。想到此，他在心里暗叹了口气。

很快庞统笑容满面地回了江东，周瑜便知连环计第一步已成。于是当着诈降的蔡中、蔡和二人，又演了出好戏。

这日在军事会议上，黄盖假装与周瑜意见不合，接连出言顶撞，甚有轻视之意。周瑜盛怒之下，下令将黄盖斩首。众将军不知是计，皆跪下为黄盖苦苦求情，周瑜无奈将斩首改为笞刑，当众打了黄盖四十军棍，打得他卧床不起。

黄盖受此奇耻大辱，自然愤愤不平，私下在蔡和、蔡中面前大骂周瑜，假意要归顺曹操。喜出望外的蔡中将这一假情报传回了曹营，曹操深信不疑。

这日前夜，连日刮西北风的江东，不期然地刮起了东南风，众人知道机会来了。于是周瑜密令黄盖带着几百艘淋了火油的小船，乘着夜色前往曹营诈降。曹军不疑有他，竟未加阻拦。

黄盖的船队在离曹军百十米处时点燃火把，船上将士纷纷跳船往江东游去，后面有东吴的船只悄悄接应。船借着风势，火速往曹军冲去，刹那间便火光冲天。

因是夜间，曹军正在熟睡。发现情势不对时为时已晚。大火烧得噼里啪啦，曹军四处奔逃，却因船只被铁锁串联，挣脱不得，竟被烧死大半。

惊慌失措的曹操被众将掩护着，弃船往岸边奔逃。他气急败坏地大骂道："周瑜匹夫，竟使如此卑劣之计。庞士元、黄盖两个无耻小人，我与你二人不共戴天。"

也难怪曹操恨之入骨，此次赤壁之战，曹军大部分人马皆被烧死，曹操狼狈不堪地率领小部分残军败走华容道。而看守华容的大将关羽，碍于往日曹操放他归荆州之情，最终放走了曹操。殊不知让他镇守华容，正是诸葛亮计划中的一部分。

　　他要的是三足鼎立之势，作为势力最弱的刘备军，唯有在夹缝中方能求生存。曹操的北归，必会让孙权有所忌惮。如此，自己这方才能谈条件谋发展。他早已料定关羽定会偷偷放了曹操，故让他当众立下了军令状。此后放他一马，他便欠了自己一个天大的人情。就连主公刘备，也定会为他说情。这一石三鸟之计，岂不快哉。

四十六

曹操带领小半残军北还，留征南将军曹仁固守江陵。曹操心里清楚，此次战败，他彻底失去了一统中原的大好机会。日后怕是要与孙权、刘备分江而治了。

周瑜以四万精锐大败曹操十万大军，算是创造了以少胜多的传奇。吴军搬营回城那日，江东百姓夹道欢迎，击鼓相庆，莫不喜气洋洋。众人高喊着大都督威武，争先恐后往将士们手中塞各种吃食。那些前来迎接得胜亲人的军属，立于道旁引颈相望。看到亲人的激动得泪流满面，遍寻不见的则沮丧失望，气氛热闹中又透着悲凉。

皆罗和周瑛二人，夹杂在欢迎的人群中，仰着脖子搜寻庞统的身影。当三人视线相交的刹那，都流下了激动的泪水。这一场分别，历时不长，却充满着未知的艰险。如今能再度团聚，也是莫大的幸运。

东吴此次大胜，极大提振了将士们的士气，一众将领也得以封赏。周瑜被任命为偏将军，领南郡太守。程普为裨将军，领江夏太守，黄盖为武陵太守，全柔为桂阳太守，许多有功之臣或多或少皆有犒劳，唯有立下大功的庞统，未有任何封赏。

要说这功曹专司官员功绩考评，职位虽不高，也并无多少实权，却胜在轻松。对于一般人来说，也勉强算是个不错的去处。但对于智谋双全、才堪大用的庞统来说，却委实有些屈才。

听着得了犒赏的同僚们相互道贺的声音，庞统表面泰然自若，内心却苦闷不堪。他想不通为何自己百般努力，却始终得不到孙权的信任与重用。

回忆起前段日子刘备与诸葛亮他们在东吴客居时，君臣间相处的愉悦与尊重，庞统越发觉得憋屈。卧龙、凤雏昔日声名初显时，两人际遇差不太多，如今却渐渐分出了高下。虽刘备如今的实力与孙权比，仍有较大差距，但观其做派格局，日后必会后来居上。到那时诸葛亮有拥立之功，定有位极人臣的一日。而自己，显然已失去了最好的发展机遇。

想到日后可能的种种结局，庞统心情越发不畅，又无处宣泄，便日日在府中喝闷酒，略作排解。

周瑛与皆罗都知其心事，却无法劝解。又恐他借酒浇愁更为伤怀，不免暗自心焦。商量着让阿盛去请鲁肃，常来府中走动一二。

鲁肃知庞统为何郁结，却并不说破，只时常过府陪他小酌，有时也弈棋赛琴，比武练剑。如此半月下来，庞统的心情日渐开朗起来。他本就是豁达之人，又岂会久困心笼。况鲁肃如此用心良苦，他焉能不振作起来。

庞统终于放下心结，不再执着于此事，只一心一意干好自己的功曹本职。他本就慧捷，一旦用心便十分出色，自然赢得了同僚们的一致好评。

自曹操败退北方，孙、刘联军便乘胜扩大战果，分占荆州要地。荆州地域辽阔，其中江北之地在曹操手中，江南之地靠近江东的部分在孙权手中，其余南郡南部的郡县便成了一块肥肉。

尤其是长沙、桂阳、零陵、武陵四郡，被南郡和江夏隔开，远离曹操的势力范围，因此曹操并未放于心上。但作为荆州政治中心的南郡，曹操却不愿意放手，故他留下曹仁镇守江陵，乐进屯驻襄阳，徐晃驻扎樊城，满宠屯兵当阳，以力保南郡不失。

南郡是江东的西大门，更是通向益州的必经之路，战略地位远比荆南四郡重要。故此时的周瑜将主攻方向放在了南郡，根本无暇顾及其他。休息了一月有余，周瑜的箭伤已然复原，野心勃勃的他，决意乘胜追击攻下南郡。孙权乐得顺水推舟，自然满口答应。

刘备听从军师诸葛亮之言，主动让关羽、张飞率军前去帮忙，意图切断镇守江陵的曹仁与曹魏援军的联系。周瑜见刘备帐下的两员虎将皆前来襄助自己，自然十分高兴。

　　庞统听鲁肃说刘备对攻打南郡甚是积极，便知他另有图谋。忙前去面见周瑜，再三提醒道："都督此次出兵攻打南郡，刘备派张飞、关羽襄助，我担心他会借机抢占部分领地，一些无关紧要的地方便罢了，关口要塞还是应掌握在自己手中，都督还需提防一二。"

　　周瑜不以为然道："若他们能助我军拿下南郡，分给他们些领地又有何妨。到底是联军，也不好太过薄待。不行一些与曹军接壤的边塞之地，日后就派给他们驻防。"

　　"如今刘备羽翼未丰，自是不惧。怕只怕他们胃口太大，欲与江东分庭抗礼。倘若日后真成了气候，再欲防备可就晚了。"

　　"不过士元所说也不得不防，我会着人盯着的。但有异动，便出应对之策。"周瑜沉吟了半晌，郑重地点头说道。

　　庞统见周瑜总算听进去了，才略放了心，遂告辞回府。对诸葛亮了解颇深的他知道，刘备与诸葛亮肯定已经蠢蠢欲动，他们的目标应是拿下长沙、零陵几郡。只是如今周瑜的主攻方向是南郡，的确自顾不暇，分身乏术。想着日后可能出现的种种境况，他不免无奈地叹了口气。

　　周瑜历时近两年，终于夺取了南郡南部的江陵城，这是与江东接壤的地方，相当于江东的西大门，故周瑜誓要夺回来。此后曹仁被逼无奈退守襄阳。

　　乘曹军主力被周瑜牵制之机，刘备伺机而动。他先是上表朝廷，建议封刘琦为荆州刺史。自刘琮被迁往青州后，刘琦作为刘表长子，由他承袭刺史之位更顺理成章。且刘琦为人宽厚，一向与刘备亲厚，他当刺史肯定比孙权当刺史对刘备更为有利。倘若真有一天，自己即便是想取了荆州，在刘琦手中便如囊中探物。故此荐表便是刘备打的如意算盘中的第一环。

　　对于刘琦来说，江夏军北有曹操，南有孙权，要想在夹缝中求生存，也只能依附于刘备，和他结成生死联盟，如此才能保全自己。

善于谋划全局的诸葛亮，早就对荆南四郡垂涎三尺。他深知此次周瑜出兵南郡，是刘备拿下四郡最好的时机。此时的孙刘双方正密切合作，利益大于分歧，即便孙权不悦，也绝不会明着反对。

　　诸葛亮向刘备献计，借机拿下荆南四郡，刘备自然欣然同意。经赤壁一战，诸葛亮的雄才大略已显露端倪。他精心谋划，步步为营，在关键时刻探察到东南风，为周瑜的火烧赤壁助力，这桩桩件件事情，皆让刘备及一众将军深为折服，自然对他的话言听计从。

　　这些年寄人篱下的刘备，深知没有属地的艰难。故他将关羽和张飞派去襄助周瑜攻打南郡，借此稳住周瑜。自己则暗中带领诸葛亮与赵云、魏延等人，去攻取荆南四郡。

　　迫于刘备、诸葛亮及赵云的赫赫威名，武陵太守金旋，长沙太守韩玄，桂阳太守赵范，零陵太守刘度皆不战而降，纷纷归附了刘备。

　　刘备派军师中郎将诸葛亮屯驻零陵、桂阳、长沙三郡，调其赋税，以充军实。自己则率领魏延等将领继续扩充领地，私下里广征兵勇。那些被打散的游兵，皆重新投奔而来，刘备军力短时期内得以大幅提升。

　　眼见局势趋于稳定，刘备便将治所迁往南郡油江口，改名为公安。原荆州牧刘表的不少故吏和将士，不甘心在曹操麾下效力的，皆前来投奔刘备。尤其是庐江郡雷绪，率领五万部曲及全部亲眷前来投靠，刘备兴奋不已，盛情款待，并任命他为偏将军。

　　孙权知晓后，十分不悦，却也无可奈何。思及当日若没有关羽断绝北道，挡住乐进、徐晃、满宠、李通等人的援兵，自己想要击败江陵的曹仁委实不易，权衡之下索性大方地承认这四郡划分给刘备，由其驻守。如此，流浪半生的刘备军总算有了自己的安身之所。

四十七

赤壁一战，周瑜声名更显，江东百姓几乎将其奉为战神。但他在战场上被流矢所伤，一直未曾好生休养，伤口至今尚未复原，便向孙权告了假回府中休养。日常除了鲁肃与庞统二人外，他谢绝了一切探视，只图个轻松自在。

这日庞统处理完公务，见时日尚早，便徒步前往都督府。途经医馆时，特意拐进去拿了几味治炎症的药，想着大都督伤口始终未愈，需防日后有感染迹象。

进了周府，管家见是庞统，颇为殷勤地领着他径直进了书房。只见周瑜正伏首书案批注着什么。休养了这十几日，貌似气色并未见好转，竟比往日清减了许多。

庞统上前劝道："都督此战大破曹军，劳苦功高，正该好生休养才是。此番受了箭伤，万不可落下病根才是。"

"士元来了，快请坐，我少顷便好。"周瑜抬头看了庞统一眼，笑着打招呼，手里仍在奋笔疾书。他语气轻松道："这点小伤算不得什么。往日受的伤比这还严重，不是照样挺过来了。此次士元厥功至伟，连环一计精妙绝伦。此次主公虽未加封赏，但士元之才必令世人景仰，你该当欣慰。"

"谢都督褒奖。"庞统谦恭地俯身谢道，心里却五味杂陈。此次赤壁之战大捷，江东危机解除，众人莫不欢欣鼓舞。眼见着周围一圈人都封赏不菲，唯自己原地踏步，心里多少会有些遗憾。

好在他是个豁达之人，早已看开。比起那些横尸疆场的将士来说，能安然归来已是莫大的幸运。至于名利这些东西，得之是幸，失之是命，他已不再强求。

　　"大都督，我心中有虑，想一吐为快。如今江东大患虽除，但刘备在南部大肆扩张势力，抢占郡县，已成燎然之势。听说最近不少刘表旧部，皆去投靠他，尤其是雷绪，竟带家眷和五万部曲投奔，刘备如虎添翼。长此以往，形势恐对江东不利。"

　　"你之顾虑我焉能不知，主公也暗自气恼。打曹操时他才万余兵，听说如今已八万余众了，这便不得不防了。只是如今主公与他已订立攻守同盟，却也不好横加干涉。"周瑜皱着眉头说完，搁下笔伸了个懒腰，站起身来。

　　"刘备素有贤名，从新野逃跑时不嫌累赘，携了百姓一起逃命，更是赚取了大好名声。短短几月他的势力便远胜从前，久之必成大患。"

　　"是啊，此人貌似忠厚，实则狡猾异常，泥鳅似的平日里也寻不到他什么纰漏，士元可有什么高见？"

　　"刘备如今兵马日渐壮大，仅有零陵、桂阳四郡，恐不会满足。他定会再度扩张领土，或许有朝一日还会来向主公索要属地，都督千万告知主公，无论如何都需果断拒绝。否则待其羽翼渐丰，便越发不可掌控，此时万不能心软。"

　　"士元所言甚是。对刘备须得扼其势，弱其志。前几日我私下面见主公，提议将其妹孙尚香嫁于刘备，一方面可向其示好，另一方面则可作监督，让其不敢轻举妄动。主公虽有几分迟疑，却明显是动心了。只是可怜郡主豆蔻年华，却要许于刘备这半老匹夫，委实有些可惜。"

　　"双方结秦晋之好，短期内或能和平相处。但这取决于一个前提，那便是郡主十分得力，方可互为策应，如此倒也不失为好计策。"

　　庞统说到这里略顿了顿，苦笑一下又接着说道："怕就怕郡主年纪轻轻，未经世间疾苦，反被刘备策反了去，那便得不偿失了。"庞统这话是有些缘由的。他观郡主行事一向泼辣骄横，并无太多心机，这样的人成事不易，焉能对其寄予厚望。

　　"士元顾虑并非毫无道理，但如今却也没有更好的办法。郡主和小乔关系亲密，我待她如同亲妹一般，如此决策，我也心痛。但欲成大事者，不可有妇人之仁。只要对江东形势有利，这些牺牲便是值得的。这段时日我会让小乔常去郡主府走动走动，给她讲些道理，她二人一向关系融洽，容易交心。"周瑜听后若有所思，却仍固执坚持自己的意见。

"如此，便再无不妥了。"庞统点头说道，心里却隐隐有一丝不安。刘备老奸巨猾，郡主却涉世未深，情势终将向何处发展，尚无法预料。这种不般配的政治联姻，他并不乐见。但观都督神色，此事似乎已是板上钉钉之事，他自是不便再反对。只是对那个豆蔻年华的郡主，油然生起一丝怜惜。

庞统回去时，周瑜让管家挑拣了几幅自己珍藏的名家字画赠予庞统，以作此次未加封赏的补偿。庞统本欲推辞，却见周瑜态度坚决，便欣然受之。

此次周瑜送的书画共有三幅，其中一幅前朝蜀郡太守刘褒的"云汉图"，庞统最是喜爱。回府后便将其挂在了书房日日观赏，从不倦怠。

这日周瑛回娘家，无意间抱怨主公处事不公，周泰叹息着说道："此次大战，庞统的连环计起了关键作用，却未得恩赏，看来主公对他并无多少好感。丫头啊，你让他日后万事小心，切莫触了霉头。"

周瑛听父亲如此说，心里有些不好受。如今她的日子过得还算顺心。平日里一门心思打理府务，料理一日三餐。庞府人口简单，没有公婆在身后立规矩，庞统行事也算公道，对她和侧室皆罗不偏不倚，自己和皆罗处得情同姐妹，日子过得当真是滋润。在她看来，只要夫君顺心，自己便没有更多需求，她只盼着日子便这么长长久久地过下去。

"你别只顾着侍候庞统，好歹也心疼心疼自己，我前些时日给你请的医师，给不少勋贵看过病，口碑不错，他的方子你记得吃。不要心疼银钱，你那些嫁妆，只要不太过挥霍，够你用一辈子的。我也会时不时地暗中差人给你送些过去。"周泰唠唠叨叨叮嘱道，眼神里满是心疼。眼看着女儿日子过得不错，却没一儿半女傍身，终是不安。他便找了个医师过去为女儿看看，却似乎并未奏效，心里委实有些着急。爱女如命的他，只盼着女儿一切都好，自己也便满足了。

"阿爹，我晓得啦。您也别只顾操心女儿，也时时顾着些自己，我如今不在身边，您可要好好的。上次士元说让您搬去庞府居住，您非不肯。"周瑛说着眼睛有些湿润，细心的她发现爹爹的鬓角又添了些许白发，好在身子依旧健硕，看上去雄风不减当年。

"看你说的，我堂堂一个大将军，自己的家不住，反跟着女儿女婿挤在一处，岂不惹人闲话。"周泰嘴上说得严厉，心里却暖暖的。像他这般久经沙场的人，自带一股逼人的威势。但在女儿面前，他永远是那个温和体贴的父亲。

"嘻，和您说不通，我走了，您照顾好自己，有事叫小李子给我递话。"周瑛说着如一阵风似的卷了出去。这些时日庞统明显心情不畅，她看着十分心疼，却又无能为力。本想着回娘家找父亲寻求一些帮助，却被一瓢冷水给彻底浇醒。当下也顾不上留下用膳，一路心事重重地回了庞府。

平日里甚少出门的诸葛瑾，最近来庞府也勤快了些。他常带些自家夫人亲手腌制的菜过来，陪庞统喝上几盏。这日收到弟媳月英托人送过来的几坛子亲手酿造的黄酒月英醉，想着是家乡之物，便忙着给庞统送了两坛过来。

庞统喝着曾经的心上人酿的酒，心情颇为复杂。和诸葛瑾对坐狂饮，大醉了一场。两人吟诗弈棋，击鼓听曲，顺带聊聊城中的趣事，如此一番热闹下来，庞统心中的阴霾一扫而光。

月英送来的月英醉没两日便喝完了。看着空无一滴的酒坛子，庞统万分不舍。他突发奇想，既然月英能酿酒，自己又何尝不可。往日在酒坊里他曾亲眼见证过月英酿酒，其中的环节步骤至今仍历历在目。那便照葫芦画瓢先试试看吧。

说干便干，他叫上阿盛一起，在厨子的帮助下，泡米、蒸饭、前期发酵、煎酒、压榨、过滤，最后装坛封存，并用稀泥封住坛口以免跑气，随后将装了酒的三个坛子埋入了屋后院子里的大桃树下，只待三月后启封开坛。

原本庞统自己并未抱太大指望，毕竟第一次尝试，失败的概率大。哪知开坛这日，揭开盖子的刹那竟酒香扑鼻。他大喜过望，给自己及周瑛与皆罗等人都倒了一大碗，几人喝过后都说口感香甜。他让阿盛也坐下尝尝，结果皆爱不释手。一坛子酒竟然半个多时辰便被喝光了。

庞统将余下的两坛酒一坛送给了诸葛瑾，一坛邀请了周瑜及鲁肃来庞府品鉴。二人喝后皆赞不绝口，问起此酒缘何如此香醇，庞统傻笑着摸摸鼻子道："一应步骤皆是照着旧友月英酿酒时用的法子，未曾有过添减，唯一不同的便是泡米用的水，是后渠担来的泉水，十分甘甜。"

"想必便是这缘故了。此酒甚妙，须得取个好听的名字，士元可有了？"

庞统笑说尚未来得及起名。周瑜沉吟半晌叹道："我等皆自认风流，好酒岂能不配好名，我看不如叫霸王醉吧。"

鲁肃摇头说道："此名虽好，却不甚吉利。西楚霸王后人对其褒贬参半，我却觉得他勇猛有余，智谋不足。否则也断不会落得个拔刀自刎的下场。"

"非也，仁者见仁，智者见智，岂可一语论之，不管如何，项羽肯定算得上绝世英豪。士元的研发的这款酒，清冽纯正、香气郁人，甜而不腻，香却不厌，正合了西楚霸王的品性，故方起此名。士元若觉不妥，可另想一名替之。"

"霸王醉，这名字起得响亮，真真是好极，我甚是喜欢。却又恐自己酿的酒配不上如此好的名呢。"

鲁肃一听哈哈大笑道："既你们二人皆心悦此名，我自当是赞成，来来来，今日这好酒，岂能不一醉方休，我可等不及了，先干为敬了。"说完他端起碗中的酒一饮而尽，还意犹未尽地使劲咂巴了下嘴巴。

周瑜和庞统见他那猴急样子，不约而同地笑了。这一场欢宴过后，庞统的霸王醉自此响遍了江东。

前来求酒的络绎不绝，但庞统却并未大量生产，一是精力顾不上，二是他想着这个配方要留着回荆州时作为礼物送给山民兄及庞林。父亲与叔父日渐老了，府中并无好的赚钱营生，单靠着祖上那些田产及叔父看病的收入，终有一日会坐吃山空。莫如开个酒坊，倒是可以作为一个进项。因此他只酿一些极少的酒，供给周瑜、鲁肃及诸葛瑾等少数亲厚的人喝，从不售卖，更显出这款酒的高贵和神秘。自此江东酒贵，尤为"霸王醉"。

日子缓缓地过着，倒也算平静。这日庞统在书房看书，皆罗在一旁整理笔墨纸砚，两人有一搭没一搭地说着话。突然皆罗一阵眩晕倒在地上，吓得庞统赶忙抱起她搭脉，竟是有了身孕，两人兴奋异常。

自此庞统除了去衙门处理政务，其余时间皆待在府中陪同皆罗，过起了从来未有过的安逸日子。

这个即将出生的小生命，给了皆罗莫大的快慰与满足。已三十有三的她，初为人母，内心的喜悦可想而知。庞统这些日子的悉心陪伴，让她体会到了从未有过的温暖。

作为庞府当家主母，自从皆罗有了身孕，周瑛比往常更忙碌了。她每日里尽心尽力安排皆罗的饮食起居、膳食营养，甚至亲自为这个即将出生的小生命缝制衣裳。

因着对庞统的爱和对皆罗的真心接纳，周瑛给自己定下了规矩，收起内心的嫉妒与酸楚，每日去看望皆罗，对她嘘寒问暖，真心为她、为庞统、为这个家感到高兴。她甚至比皆罗自己都上心，张罗着给孩子准备了各式用品，希冀孩子出生后便能用上。

次年春天，皆罗生下了一个大胖小子，取名庞宏，阖府欢庆。得到喜讯的少时伙伴从遥远的四面八方赶来，蔡显、习祯、习温、蒯祺、向条，时隔多年又相聚东吴。就连婚后甚少露面的黄月英，也带着女儿诸葛果随同姑姐诸葛玲夫妇到了庞府相贺。

乍见月英，庞统竟激动得说不出话来。嘴唇哆嗦了半晌，才勉强挤出了一句："月英来了，还好吧？黄叔父叔母可好？"

"都好，你也好吧？对了，这是果儿。"月英淡淡笑着说道，也微红了眼眶，她将藏于自己身后的诸葛果拽了出来温声说道："果儿，快叫庞伯伯，这是你玲姑姑的阿弟，也是娘亲少时的好友。"

果儿好奇地看了庞统半晌，笑着上前矮身福了一礼说道："庞伯父好，常听阿娘提起你，听说你还曾救过阿娘一命呢，我代阿娘谢过了。此处可有什么好玩的地方？我看这里的景致和襄阳不一样呢。对了，小阿弟呢，听说生下来便胖胖的，可逗人了，我要去看小阿弟。"

"呵呵，果儿真乖，东吴好玩的地方可多了，我带你和阿娘都去看看。小阿弟太小了，还出不得里院，一会儿便带你去看哈。"

庞统看着眼前扑闪着一双大眼睛，看似天真却又有几分严肃的小姑娘，向来机智的他竟有些手足无措，忙矮下身来带着几分讨好的笑意说道。

庞统殷勤地招呼众人落座，眼神时不时装作无意拂过月英，见她一脸自在地与众人闲聊，白皙的脸上依旧是云淡风轻的笑。庞统的心里便如注入了一股暖流，四肢百骸都说不出的舒畅，连带着这些日来的阴霾全被抛到了脑后，这一刻的他，餍足而幸福。小姑娘说阿娘在家中时常提起他，看来她对自己至少存着朋友之谊，这便够了。往日的种种遗憾与不甘，这一刻仿佛都烟消云散。时隔多年，他终于真正释怀了。

这些多年未见的老友，天南海北各自忙碌，已很少有相聚时日。如今在庞府再会，不免都感慨万千，回忆起少时的诸多往事，偶尔还会激动得潸然泪下。

作为当家主母的周瑛，笑逐颜开地忙着给众宾客添茶倒水。她眼角的余光时不时有意无意地往月英这边瞥上一眼，心中充满了好奇。她曾听皆罗说起过月英，知道她是自家夫君心中的意难平。今日见了本人，当真是气质高贵，人淡如菊。那份发自心底的自信与从容，让她即便静静坐在那里不发一言，也能成为全场的焦点。很明显，这是一个极有主见、淡定沉稳的女人，对任何男性都会有致命吸引力，让人不自觉地想要靠近。这一刻，周瑛终于理解了庞统对她的深沉情感缘于何因。

月英边照顾女儿边和诸葛玲说着闲话，敏锐的她总觉得有一双眼睛似粘连在自己身上，她下意识地抬头，便对上了庞统夫人周瑛那双带着探究、羡慕与好奇的眼睛，她温和地对着周瑛淡淡一笑，微点了下头。周瑛有些尴尬地笑着移开了目光。

以往爱拈酸吃醋的皆罗，自有了儿子性情变得很是平和。她开始理解了庞统对月英的感情，为自己往日的那些行径感到羞愧。此次月英母女来到江东，她很是高兴，觉得这是给了自己一次修复少时友谊的机会，便真诚地再三挽留，让她多住些时日。

　　月英见她言辞恳切，不似作假，不禁诧异于她的转变，也暗中为庞统感到高兴，遂笑着同意了。

　　因着路途遥远，来江东一趟并不容易，蔡显和习温等人待了两日便回去了。而庞山民与诸葛玲夫妇、庞林与习芝夫妇及月英母女俩，则在庞统及夫人的再三挽留下住了小半个月，直到给庞统儿子过完了满月，方才告辞回去。

四十八

不久刘琦病死，消息传来刘备甚为伤怀，内心却又有几分窃喜。昔日刘表病重之时，曾向刘备托孤，嘱他好生关照自己的两个儿子，刘备自然满口应承。刘表病逝后，诸葛亮曾劝他自立为荆州刺史，考虑到刘表往日的相助之情，刘琦对自己的信重之谊，刘备不愿做悖理之事，便没有答应。如今刘琦已死，便无须再有什么顾虑。

诸葛亮等人见机会来了，便再次劝诫刘备自领荆州牧。刘备假意两度推辞，经众人反复相劝，才最终受领。

刘备正式上任那天，跟随他多年的部将，从各郡县赶赴公安为他庆贺。苦熬多年的刘氏集团，第一次有了真正属于自己的权力中心，皆百感交集。

志得意满的刘备，见这些跟着自己颠沛多年，方才见到一丝胜利曙光的兄弟个个热泪盈眶，心里也是五味杂陈。他当即任命关羽为襄阳太守，张飞为宜都太守，赵云为偏将军，领桂阳太守，诸葛亮为军师中郎将，马良为从事，其余众将领或多或少皆有恩赏。

为防孙权知晓后不悦，刘备又即刻上表朝廷，推举孙权为车骑将军，领徐州牧。不仅如此，他还派使者前往柴桑面见孙权，说自己兵广地少不堪重负，恳求孙权将南郡也借于他使用。

孙权闻讯气得七窍生烟，当即对一旁的亲信怒道："上次曹操讨伐荆州，若非我不计前嫌定下联合抗曹之计，他刘备早已命丧黄泉。此次攻打南郡，又是我东吴军队不遗余力，打退了曹仁，刘备才借机摘取了些胜利果实。如今他竟然未曾与我商议便自领荆州牧，还敢厚着脸皮前来讨要领地，当真是厚颜无耻！你速去召大都督与鲁肃前来见我。对了，还有庞统。"

侍者领命而去。孙权再没心思批阅公文，怔怔地陷入了沉思。

周瑜奉命前往柴桑，行前让鲁肃、庞统过府相商。他想起攻打南郡前庞统对自己所说的话，如今——应验，心里好生不快。又觉庞统料事如神，可惜当初自己并没将他的话太过放在心上。如今局面已有些不可控，他有些悔不当初。他料主公急急召见自己，定也是为了此事。

庞统匆匆入了周府，见鲁肃也在，三人也顾不上寒暄便直入正题。周瑜急道："士元，主公召我等前去柴桑，想必是为刘备讨要领地一事，你有何看法？"

"大都督，以我对刘备与诸葛亮二人的了解，前来讨要领地是早晚的事，前段日子我也曾提醒过大都督。当然，即便知晓，结局仍是一样。刘备此人，极具野心又擅长伪装，这样的人岂肯久居人下。他们这一招叫以退为进，想借此观察我方的反应。我仍是原来的观点，关塞要处、富饶之地皆不可予之。他们如今占领之地，可酌情承认赠予他们。"

"主公刚直大气，又要面子，怕是抵不过刘备纠缠。我猜最终或许会同意借地与他。"周瑜右手无意识地轻轻敲击着桌案，忧心忡忡说道。

"大都督，说句您不爱听的话，刘备素有贤名，又在荆州经营数年，有根基在。若此次再借南郡与他，最终的结局便是日后与江东分庭抗礼，那三足鼎立之势便成。"庞统毫不客气地一针见血道。

周瑜与鲁肃听了庞统此话，并未显出多少惊异的神色，显见他二人也早已预见到了这点。三人一时无话，气氛颇有些沉重。过了半晌，周瑜重重叹了口气起身说道："走吧，马已备好，即刻出发赶往柴桑。"

三人马不停蹄，于傍晚时分到了柴桑，未作休息便进殿面见孙权。却见从各地赶来的一众将领正肃穆坐于两侧，大殿上鸦雀无声。一向意气风发的孙权，此刻眉头紧锁，面色阴沉地坐于大殿中央，不过二十六七岁的年纪，一眼看去竟有了些沧桑之意。

孙权见三人进来，面色稍有缓和，也不寒暄，直奔主题道："大都督来了，坐吧。今日召众卿前来，是有要事相商。想必你们也听说了，刘备自领了荆州牧，捡了这现成的便宜。这个姑且不论，他竟遣使前来，说现今的四个郡县领地太小不够他安置大军，欲找本将军索要南郡，还真让人一言难尽。众卿有何见解，不妨说来听听。"

众人听了议论纷纷。鲁肃率先说道："此番刘备所为是有些急功近利，大战的主力分明是我军，他却乘乱捡了个大便宜。只是如今木已成舟，却也不好撕破脸。主公不妨顺水推舟去信相贺，以示诚意。至于借不借南郡，主公还需三思而行。"

程普一听，当即愤然道："上次大捷，若无我军力战，刘备怕是早已粉身碎骨。他不知报恩，反抢先占了荆州牧，真乃小人行径。主公理应派使者前去，严厉斥责，驳回他索地的请求，也好给他些教训。"

众将一听有人点头附和，也有人摇头反对。周瑜忙劝阻道："不可。如今既已成事实，主公不妨大度些，将他们原先占有的零陵四郡正式划拨予他们使用，至于他索要的南郡，万不可再给。同时尽快增调兵力前去江陵驻守，以防他趁乱偷袭。"

孙权觉得周瑜说得有理，正欲敲定下来，庞统却道："就怕刘备不给自取，主公又当如何，还是应做好两全准备。"

孙权气得一掌拍向几案："他敢！这老匹夫，枉担了贤德之名，原来却也是欺世盗名之辈。"

"在这里骂上几句倒是痛快，却无甚用处，主公还是想想接下来如何应对吧。"庞统垂着眼皮淡淡说道。

众人吃了一惊，心道，这庞统真是个狂悖之徒，主公震怒之时他还敢如此说话。

孙权怒目一睁看向庞统，审视了他半晌，才悠悠说道："功曹有何妙策，不妨说来听听。"

"此次刘备派人前来求借南郡，赞同大都督意见，万不可出借于他。但鉴于两军联盟之谊，可答应将他如今在用的四郡拨予他用，另承认他荆州刺史的身份。如此打一掌再给些甜头，也让他看到我方的联盟诚意。"

孙权听了未置可否，神色游移不定地思虑了半晌。

周瑜进言道："倘若能找个理由引他前来江东，主公或可另作安排，那时便由不得他了。"

孙权迟疑着点了点头。让众人解散，独留下大都督周瑜和鲁肃二人私下商议。

此次会见后不久，便有消息出来，孙权的妹妹孙尚香，以二十岁妙龄嫁给年已不惑且已有两房妻妾的刘备，着两月后在东吴完婚。消息一出，举国哗然。

东吴郡主孙尚香，美貌率性，有些许骄横，深受国太宠爱。自小爱舞刀弄枪，府中训练了一支女子近身卫队，规模已近两百人。如此金娇玉贵的女子，本可以找个年轻英朗的世家大族子弟婚配，无忧无虑地过完一生。如今却被许给了一个半大老头，怎不令她气恼异常。

性情刚烈的孙尚香当即跑去与兄长大吵一架，哭得花枝乱颤。她本想去找母亲为自己做主，迟疑半晌还是作罢，决定前往都督府，面见自己的好友小乔后再行商议。

孙尚香怒气冲冲地骑马到了周府，因是常客，门房并未阻拦。进了前院，却见周瑜及夫人王睿还有小乔三人，正在桂花树下的石桌前品茶叙话，看上去颇为悠闲自在。

孙尚香触景生情，未语泪先流了下来。她哽咽着说道："大都督一家子好不快活，不日我却要嫁去荆州，这馊主意想必有大都督的功劳吧。亏我当你兄长一般亲切，你却不顾情面将我推往火坑。倘若日后嫁去如此远的地方，再想和阿娘及兄嫂见一面便难了，还有小乔。一想到要和一个半大老头同处一室，生不如死。小乔，我可怎么办啊？"

"你说什么？此话当真？"小乔及夫人皆吃惊地迎了过来，二人的表情甚为诧异，显见也是刚知道消息。

"我竟未听见半点风声。消息核实了吗？郡主果真要嫁？"小乔掩饰着内心的震惊，急步上前扶着孙尚香的肩膀柔声劝慰道。

"我方才从阿兄寝殿出来，和他大吵了一架。呜呜呜……"孙尚香悲从中来，不管不顾地抱着小乔大哭起来。

"妹妹不必哀伤。听说那刘皇叔，也算得上是个英雄人物，仁义贤德。虽年纪是老了些，但想必更成熟稳重，你嫁过去定会好好待你。"小乔眼眶也湿润了，轻轻拍着郡主的背好生劝慰道。

"小乔所言甚是。郡主当知自己身份与旁人不同。如今你兄长背负的不仅是一个家族的荣辱兴衰，更是江东成千上万百姓的身家性命。你嫁去荆州，便是要替你兄长看着刘备，不让他起二心。身为郡主，你受万民供奉，便要为百姓谋福祉，这是你无法推脱的责任。欲戴王冠，必承其重。此事你恨我也罢，但千万不要怨怪你兄长。他身处此位，有着许多的不得已。作出这个决定，他比谁都难过。"周瑜上前抱拳施了一礼，语重心长地说道。

孙尚香听了，缓缓止住了眼泪。她怔怔地看着周瑜未曾出声，神情颇有几分茫然。这还是头一次，有人如此苦口婆心地劝导自己。她想起了阿娘，年轻时便跨马挑缰，和阿爹一同上战场，从不畏惧。接连失去两个至亲，她背地里撕心裂肺，人前却始终挺直了脊梁。或许，生于这样的钟鸣鼎食之家，便需承受一般人承受不了的苦痛吧。

几声清脆的鸟鸣传来，打破了屋子里的宁静。孙尚香扭头望向窗外，见有只好看的黄雀，停在了院子里那棵银杏树上探头探脑地张望着。上次来还生机勃勃的银杏树，如今叶子已开始枯黄，风一吹便扑簌簌落下几片，地上已铺满了金晃晃的一层，看着煞是耀眼，却分明又带着几分落寞，像极了此刻的自己。

看着以往活泼明艳的郡主，此刻两腮垂泪，可怜巴巴的样子，王睿的心也揪在了一处。她知道此事肯定有夫君的参与，不免很是内疚。生平第一次，她对周瑜有些失望，生气他竟用一个涉世未深的女人做筹码。不管目的为何，皆非君子所为。

看着孙尚香脸色明明暗暗，那双漂亮的大眼睛此时红通通的，样子甚为可怜。周瑜不安地给小乔使了个眼色。小乔会意，嗔怪地瞪了周瑜一眼，拉了孙尚香去后院，私下里宽慰去了。

见二人走远，王睿瞥了周瑜一眼说道："也不怪郡主生气，以她的家世条件，本可以好好嫁个如意郎君，你和主公偏要给她订这么一桩婚事，可惜了人家娇滴滴的大姑娘。此事若当真是周郎你的主意，估计还有一骂，兴许国太这一两日便会上家里来，到时候周郎只能安心受着了。"

"夫人说得是，我加紧将这边的公务处理一下，明晨用罢膳便回军营。到时候国太来了，我不在府中，好歹也能避上一避。莫说，国太那火暴脾气，骂起人来真够受的。"

周瑜想法虽好，可尚未等他回军营，便被怒气冲冲的国太堵在了府中。原来，早已不理政事的国太，竟最后得知消息，想必是孙权刻意做了交代。听说自己的宝贝女儿被许配给了刘备，老太太气急败坏，当即冲到孙权宫里大骂儿子不孝。一向有些惧母的孙权羞愧无奈，只得推说是大都督周瑜的主意。

国太听了更是怒不可遏，乘着马车便到了周府，还不许门房进去通报。待她怒气冲冲进了前院，周瑜及夫人才知晓。二人赶紧跪下接驾。谁料国太根本不让他起来，指着周瑜颤巍巍骂道："周瑜匹夫，你做了六郡八十一州大都督，自己无计去取荆州，却拿我女儿使这美人计。你和不肖子孙权沆瀣一气，谋划出这歹毒主意，误了我女儿一生哇！"话音刚落她已泣不成声。

周夫人王睿嗔怪地瞪了夫君一眼，忙上前扶着老太太好言劝抚。此时小乔与孙尚香也闻讯赶来，国太见女儿也在周府，一把拉过孙尚香的手红着眼圈问道："我的儿，你为何也在此处？哼，亏你还把他们夫妻二人当亲兄嫂一样对待，他们却昧着良心挖个坑让你跳，我苦命的儿啊！"

母女二人众目睽睽之下又抱头痛哭了一场。周夫人和小乔温言细语，伏低做小地劝了半晌，国太的怒气才略微消散了些，终于肯进了前厅用茶。周夫人亲自立于国太身边小心侍候着，小乔则悄悄陪着孙尚香说些体己话。如此一番排解下来，才终是让气氛好了些。

一向威武霸气的大都督周瑜，此刻只能红着脸尴尬地立于一旁，赔着笑脸任凭国太大发脾气，不敢稍作辩解。毕竟此时说什么都不合适。

还是孙尚香觉得他这副样子实是可怜，便撒娇地对国太说道："阿娘不必伤心，女儿想过了，若此事无法转圜，我便嫁去荆州又如何。听说那刘备也算是个英雄，虽年长了些，却宽厚仁义，女儿嫁过去必不会吃亏。您就别忧心了。"

"仁义之人岂会行如此唐突之事？莫不是世人皆被他骗了。我观此人行径，不甚地道。唉，我的儿啊，就你这天真无邪的性子，怕是日后要吃些苦头了。"

国太说着悲从中来，眼泪又扑簌簌掉了下来。她狠狠地剜了周瑜几眼，还欲骂上几句，却想着终究于事无补，便不好再生事端。只得收了眼泪，握着女儿的手说道："丫头不怕，有娘在，谅你兄长他们也不敢强求于你。只要你自己不愿意，我便逼着你兄长退了这门亲事，我看谁敢横加阻拦。"国太说完眼神犀利地斜了周瑜一眼，以示警告。

"国太言重了，小的不敢！"周瑜一听颇有些汗颜，忙躬身施了一礼自嘲道。

"丫头我们走，不敢叨扰了大都督的清静。"国太说完也不理会众人，拉了女儿便匆匆出府去了。虽知周瑜本意是为了江山社稷，并无他念，却暗恼他多事，害女儿远嫁。自己一生孤苦，年轻丧夫，中年丧子，历经人世间种种磨难。如今半生已过，所求本就不多。膝下只此一女，一向金尊玉贵地养着，眼看就到说亲的年纪了，正欲为她配一门极好的婚事，谁料儿子与周瑜却来了这么一出，让她怎生不恼恨。

在动荡漂泊和阴谋诡计里浸淫了这么些年的国太，十分清楚这一段联姻的实质，女儿这是被当作了棋子。在她看来，巩固政权可以真刀真枪地打去拼，而不是用花骨朵一般的女儿去交换。一想到自己娇艳明媚的丫头，日后要委身于一个颠簸半生的老头子，她便心如刀割。

但她素来清楚孙权的性子，已经说出口的话，重诺的他是无论如何也不肯收回的。况这桩婚事平衡的是两地的政局，牵一发而动全身。此事可以预见的结局，只能是女儿顺从地出嫁。

想及此，国太重重叹息了一声，将女儿轻轻揽在怀里。也罢，趁着这些时日女儿还在自己身边，便好好地享受这出嫁前的最后团聚时光吧。日后天各一方，再欲相见便不是易事了。

这边国太万般无奈地开始给女儿准备嫁妆。荆州刘备却跟没事人一般丝毫不急，他每日专心忙着自己的政事要务，全不把婚事放在心上。此时的刘备，掌控着荆州半壁江山，势力已远非昔日可比，正是志得意满的时候。他很清楚，孙权此次联姻意味着什么。

以己度人，东吴在荆州战场上耗损了大量兵马与物资，战斗数月却只瓜分到小半荆州，心中自然十分不快。如今自己又上门讨要领地，任谁都不会舒坦。但蹊跷的是，孙权不仅未有任何不满表示，还亲口许诺将亲妹妹嫁给自己。这一番动作下来，倒给刘备弄迷糊了。

眼瞅着婚期将近，诸葛亮一再提醒要开始筹备婚礼事宜。

刘备这才不慌不忙地召集众将前来商议。他笑着问众人："我遣使者前去东吴借地，孙权未置可否，却将妹妹孙尚香许配于我，此举究竟意欲何为？"

诸葛亮淡淡一笑答道："东吴心中不快是肯定的。但事已至此，没必要撕破脸，便干脆再给点甜头，若主公成了妹夫，日后有事便好商量，这应是他们的真实意图。"

"军师所言甚是。我想不止如此，他们请主公上门迎亲，定是还准备了后手，主公可派我等前往东吴代为迎亲，万不可以身犯险，免得中了他们的诡计。"关羽听了忙劝刘备切勿前去东吴。

刘备知二人说得在理。对于孙权递来的橄榄枝，不管这枝头挂的是果实还是罂粟，他必得要接住。自己抢了荆州刺史一职，实惠已然到手，面子上也需做得好看些。此番孙权让他亲上东吴迎亲，他一直迟疑不决，便是怕东吴将自己扣留下来，届时荆州必乱。

此刻见心腹爱将分成了两派，议论纷纷，大都反对亲去江东迎亲。刘备思索了半晌，方清了清嗓子说道："各位将军，眼看再有十来日便是婚期。那边的意思是要上门迎亲，我欲亲去东吴，众卿以为如何？"

"大哥万不可前往，只怕东吴使诈，不放大哥归来。"张飞率先劝道，语气里满是急切。众人觉得他说的甚为有理，也跟着附和。

诸葛亮淡淡一笑说道："无妨。想那孙权也算是英雄人物，向来将面子看得甚重，断不会做些出尔反尔之事。此番若不去，便是我方不知好歹，有损于联盟大计。莫如将计就计，让他生米煮成熟饭。到那时即便孙权后悔，却也不敢公然行阴诡之事。"

"军师所言有理。刘、孙两军有联盟之谊，任谁行事皆会仔细掂量。子龙愿随主公前去，守护主公安全。"赵云点头附和道，自告奋勇一路随行。

"我看可行，子龙行事一向稳妥，此行再机敏谨慎些，可保无虞。这样吧，孙乾随行。"刘备沉吟了半晌说道，显见对赵云行事十分放心。诸葛亮的一番话彻底打消了他的顾虑，他清楚孙权此时还需要自己联合抗曹，必不会拿自己的性命作赌。至于东吴的一些宵小之辈，自己却也不惧，到时便见机行事吧。

关羽、张飞二人请求带上自己同行，皆遭刘备拒绝。他耐心劝道："二位贤弟，大哥此去是迎亲不是打仗，你们二人威名赫赫，带上恐东吴那边会有压力。况你们留在荆州，万一有事还可做策应。此去人不宜多，只赵云一人便可。相信我，定能平安归来。"

二人见他如此说，只好作罢。其余众人见这二人都吃了瘪，更不敢再劝。此事便如此敲定下来。

当下众人商量好了行程，随行人员只猛将军赵云、副将孙乾两人。诸葛亮命魏延、马良各带一队人马随时在两个渡口接应，以备不时之需。其余众将则留守荆州。

四十九

　　临行这日，诸葛亮唤过赵云、孙乾叮嘱一番，令其二人不管出任何状况皆不必理会，要时刻护在刘备左右。又似无意地提及当年马跃檀溪之事，逼得赵云情急之中立下军令状，言道即便拼了自己性命，也定保主公安然无恙，否则愿提头来见。

　　刘备一行人轻装快马前往东吴。一路上只在各处驿站稍作歇息，如此行了七日方到柴桑。

　　孙权见刘备只带了赵云、孙乾二人前来，全然不似有所防备的样子，一颗心便彻底放松下来。他热情地为刘备大摆宴席，着八品以上官员相陪。

　　刘备一路长途跋涉，自是有些疲累。见孙权如此盛情，不好败兴，只得打起精神一一应对。席间，江东官员车轮战，一个接一个上来敬酒，刘备酒量虽不差，却也是不敌，很快便有了醉意。一旁的赵云、孙乾二人却借口不能饮酒，始终不动如山地坐于刘备身侧，谁来敬酒皆不予理会。

　　庞统虽也出席了欢迎宴，但他的官职较低，只能坐于一旁角落里的那桌。别人都在大口喝酒吃肉，他却借口有些伤风在吃草药并未喝酒。心思缜密的他，饶有兴味地观察着刘备这一桌的动向，很快便有了新的发现。

　　刘备看似坦荡豪放，但紧绷的嘴角却昭示着内心的紧张。他每次举杯时皆会微眯下眼神，借机观察一下周遭动静，显然是有所防备。但他表面上却装得很是兴奋，似乎被江东人的热情感染了，对于敬酒者皆来者不拒，一杯接一杯狂饮。

随行的赵云、孙乾两人一直在自顾自吃东西，似乎丝毫未被周围气氛影响。赵云还好，看上去轻松闲适。但孙乾却明显很是紧张，那绷直的背部，不时环顾的犀利眼神，昭示着他的警觉与不安。庞统笃定，他们看似随意，实际上是有备而来。

庞统想起几年前在新野时，自己和赵云两人曾把酒言欢，视为知己。一起畅想过未来，约定不管身在何处都不能忘记彼此。如今却身在不同阵营，就连好好说几句话似乎也变得奢侈。他不免感慨万千。以赵云长坂坡之战时单骑挑敌营的传奇过往来看，他一人可抵万兵还真不是夸大其词。有他护在刘备身边，想成事并不容易。

庞统正胡乱想着，却见赵云的目光扫了过来，二人视线相交的瞬间，皆是一愣，随即淡淡一笑点头算作招呼。庞统正犹豫着要不要去敬敬酒略表心意，却又恐孙权误会，一时倒有些迟疑不决。正踌躇间，却听周瑜伸长了脖子对自己喊道："士元，家乡人来了，快些过来敬酒。"

庞统一听忙起身端着酒盏走了过去，殷勤地笑着说道："早就想过来敬几盏酒的，又恐扰了刘将军的雅兴，正犹豫着呢，大都督传唤了。来来来，我自己满上，刘将军，我先喝为敬。"

刘备见庞统仍用的是旧时称谓，心里略有些不快，却并未表现出来，端了面前的酒盏小抿了一口说道："我已醉了，实不能再喝了，便抿上一口罢。功曹可不要怪罪。"

"无妨无妨，我先干为敬！"庞统笑着将手中的酒一气喝了，又斟了一杯举起看着赵云说道："我敬子龙将军一盏。久仰大名，不胜荣幸！"庞统说着端起酒一饮而尽。

赵云见了庞统，自然是欣喜不已，却又不便太过亲热，免得引起众人误会。忙站起来微笑着说道："这几日得了风寒，不宜饮酒，我便以茶代酒，与士元兄共饮一盏。"说完略带歉疚地端起面前的茶水喝了。

随即赵云又接着说道："上次赤壁之战，士元兄的连环计实在高明，小弟甚为佩服。这几日若能得士元兄指点一二，子龙与有荣焉。"赵云说完难得地露出了一脸和煦的笑容，让本就英气逼人的他，显得格外令人瞩目。

庞统客气地抱拳说道："子龙将军闲暇时尽管唤我，士元随时恭候！"说完他又各敬了孙乾、孙权、周瑜每人一盏，方意犹未尽地回了自己座席。

看来此次江东之行，刘备等人是有备而来。他惯会的装腔作势及和稀泥本事，自己早见识过了。说不定诸葛亮安排的尚有暗兵未曾露面，或许正四散在城中作为外援。柴桑城外及各渡口也可能安排了人做策应。以诸葛亮的智谋，此行定会作妥善安排。

庞统假意如厕，围着膳房四周勘探了一圈，并未有什么发现。正欲进屋，却见廊下的窗棂外，有两人鬼鬼祟祟朝里张望，他轻轻上前，扭住一人的肩膀低声喝道："谁人敢在此处偷窥？"

却听娇喝一声，来人满脸通红扭头怒斥道："大胆，竟敢对本郡主无礼！"原来竟是扮了男装的孙尚香。另一人仔细一看却是同样男装的小乔。二人皆穿了侍者的衣裳，许是衣裳大了些，看上去竟有几分滑稽。

庞统大为尴尬，忙躬身行礼道："下官该死，竟不知是郡主和侧夫人在此，还望恕罪。"

小乔见是庞统，明显松了口气，略有些尴尬地说道："幸亏是庞大人，我与郡主本想前来看看热闹，却是什么都未曾瞧清楚，甚是无趣。郡主，不行我们二人便回去了。"

"那下官送二位出去，沿途若有人询问，也好解释一二。"庞统知她们二人是来相看刘备，却并不说破，只谦恭地闪身往前面带路。一行三人穿过回廊往院外走去，还好一路上除了遇到两个熟人打招呼，并无人追问。

"素闻功曹大人足智多谋，看人入木三分。今日见了刘备，敢问有何见解？"眼见即将分别，郡主迟疑了半晌，鼓足勇气问道。

"刘将军刚毅多智，心性坚韧，绝非池中之物。"庞统沉默了一瞬，见小乔满心期待地看着自己，酌量着回答道。

"本郡主是想问，他是个温和易相处的人吗？"孙尚香并不太满意庞统的回答，有些害羞地跺了跺脚继续追问。

"这个，让下官如何说呢？刘将军看着自然是温和谦逊的，但内心却极有主张。郡主若想与其好好相处，切记遇事多征求他的意见，避免自作主张。还有一点，不知当不当讲。刘皇叔已年过不惑，自然没有年轻人的冲动与热情，郡主若想渴求举案齐眉，恐会失望。这场联姻终不是起源于情爱，而是利益权衡，望郡主任何时候都牢记这点。如此才不会奢求，更不会失望。"

"受教了庞大人。想我堂堂郡主，日后尚须委曲求全，还真是讽刺。"孙尚香若有所思地喃喃说道，神情颇有几分恍惚。

"郡主，功曹大人的话很有道理。你若真嫁去荆州，须得时时谨慎，再不可如往常那般恣意。男人须得时时顾着他们的面子，尤其是你们本就非普通夫妻，若执意寻求常人的情爱，怕是不易。郡主向来纯善，对任何人皆无防备之心，日后还是要多留几分心眼。"小乔见孙尚香毫无城府的样子，不免着急，便趁机提点了几句。

孙尚香见小乔与庞统二人皆面色凝重，知他们今日所说全是为自己好，便郑重点头答应。

不久，刘备与郡主孙尚香的婚礼如期举行。整个江东皆沸腾起来，官员百姓皆倾巢出动，朝着郡主的府邸而去。有的人纯粹是想看看热闹，而大多数人则是冲着刘皇叔的盛名而来，欲一睹真容。

天真可爱的孙尚香，想着刘备既是个横刀立马战天下的英雄，必也爱刀枪剑矢这些打仗用的东西，便自作主张地让自己的近卫侍女身着盔甲，整装以待守在卧房门口，预备给刘备个惊喜。

喝得半醉的刘备回房，见新婚夫人房中刀枪森列，侍婢皆着甲佩剑，不禁大惊失色，站在门口迟疑许久，不敢入内。

郡主的管家婆子见新姑爷面色煞白，似受了惊吓。忙赔着笑解释："贵人休得惊惧，夫人自幼便喜好武事，常令侍婢击剑为乐，故而今日才令众婢如此行事，以示对姑爷隆重欢迎。"

刘备听了勉强定定心神，十分不悦道："如此行事非贤良夫人所为，我看着甚感心寒。快叫夫人将这些刀剑枪戟尽数撤去，让这些侍婢也速速离开。"

管家婆子只得回房禀复夫人，孙尚香听后大笑道："将军厮杀半生，还畏惧几样兵器吗？"

天真的郡主从不曾想过，在刘备眼里，自己并不是一个普通的女人，而是江东霸主孙权的妹妹。这一场彼此心照不宣的政治联姻，注定了双方都要戴着面具生活。而她无意中所做的这一切，却把一个最坏的开端呈现于对手面前，也注定了刘备此后再也不会真心实意地对待她。

若孙尚香足够清醒，她一开始便不能奢望自己与刘备两情相悦、恩爱不疑，而是守好自己的本心，扮演好自己的角色。可她却天真无邪，在洞房花烛之夜，按自己的喜好上演了一场别出心裁的洞房列兵，不能不说委实愚蠢。刘备面上不便斥责，心里却早已恼羞成怒，自此满心提防，深疑孙尚香是孙权安置在自己身边的探子。

怀疑的种子一旦种下，便会生根发芽，并茁壮成长为参天大树，终至再不见一丝阳光。若说刘备和孙尚香的这场源于政治交易的婚姻注定是悲剧，那么两人性情阅历的不同及认知的差异，则从新婚这一刻便初显端倪。这场联姻从一开始便埋下了不和谐的伏笔，这是年轻的孙尚香始料未及的，也是招致她不幸婚姻的诱因。

而一向老谋深算的刘备，十分清楚自己此番的使命。他收敛起所有的不快，装出一副温情脉脉的样子，对初涉人事的孙尚香，曲意逢迎，百般温存，长夜欢愉，竟至天明。

次日新姑爷刘备，将从荆州带来的金帛玉器，大方地散发给众侍婢，以收买人心。众人见他如此知趣，又见郡主含羞带怯，情意绵绵的模样，皆叹新姑爷厉害，只一日工夫便收服了自家郡主。先前存有的一点轻视之心，已荡然无存。皆打起精神用心侍候着新姑爷，生恐自己落了埋怨。

刘备一连数日在郡主府中饮酒作乐，并将国太接来府上，悉心陪伴。国太虽地位尊崇，却十分孤寂。儿子每日忙于政务，根本无暇陪伴，女儿又天真烂漫，喜爱出府游乐，也甚少在家。如今这个女婿，虽年龄偏大，与女儿并不十分般配。但好在知识广博，性情温和，善于揣摩自己心思，两人聊起来也有诸多共同话题。在一起处得久了，国太竟对这个原本不满意的女婿越看越喜欢。又见自己女儿短短时日便眼里心里皆是刘备，显然早已芳心暗许，便下定决心，定要护住刘备，为女儿博一个光明未来。她亲自去见了儿子孙权一面，告诫他这女婿自己看中了，切不可伤其分毫。

沉浸在蜜糖般情爱里的郡主孙尚香，见夫君对自己百般呵护，原先对于刘备年龄偏长的那点不满早已烟消云散。日日沉浸于和刘备两情欢好、恩爱绵长的畅想里，早已将周瑜及庞统的告诫抛到九霄云外。

这日，小乔前来探望，见国太、刘备与郡主三人正在院里的桂花树下对酌，显然相处得十分融洽。见她进来，孙尚香高兴地迎了上来，拉着她的手欢快地对刘备说道："这是小乔，夫君想必听说过，怎么样，比传说中更美吧？"

刘备淡定地看了小乔一眼，笑着对尚香说道："名不虚传。不过在我眼中，夫人飒爽英姿，青春活泼，最是好看。"

这看似随口而出的一句话，却让国太与郡主二人喜笑颜开。孙尚香白皙的鹅蛋脸瞬间红得像鸡冠花一样，她扭捏着身子对小乔娇笑道："你看他，就知道打趣我。"

国太心花怒放地瞥了刘备一眼笑道："还是玄德会说话。兰桂雅致，牡丹惊艳，花尚且各有风姿，况人乎！在我眼中，小乔和我家闺女皆是闭月羞花，哈哈哈。"

"国太才是花中牡丹，高贵典雅，仪态万方。我等自愧不如。"小乔见国太笑得花枝乱颤，忙上前施了一礼恭维道。心想刘备这人真是厉害，不显山不露水便化尴尬于无形，这份机智与沉稳，非常人所及。

小乔本是受周瑜所托来打探下郡主府动态，如今显然已有了答案。看着孙尚香那张明艳动人的脸，此刻笑得无比欢畅，她心想，但愿这笑容能永远伴随着她。奈何世事变迁，因果难料，谁又能猜到多年以后的模样呢。

国太见小乔如此会说话，指了指一旁的石凳说道："就你嘴甜，快坐下，喝口茶歇上一歇。"

刘备见丈母娘与夫人笑意盈盈，小乔却若有所思地打量着自己，知其前来估计是存了探究的心思，便亲自斟了盏茶放于她面前，淡淡一笑道："夫人请用茶，大都督可好？估摸着日日忙于处理军务。不似我，这些日子在郡主府过得悠闲自在，竟有些不思归乡了。"

"良辰美景，又有娇妻相伴，人间至味也不过如此。皇叔莫如干脆在江东过日子算了，这里物产丰美，人心向善，当真是极好的去处。"小乔听了假装憨直地顺嘴说道。

刘备正待说话，一旁的国太高兴地说道："我何尝不想你们留在江东，我只有这一个闺女，宝贝似的养了这么大，却要离我远去，我可真舍不得。女婿呀，要我说你就留下来，保证让你们享一辈子荣华富贵。"

刘备一听脸色阴沉了下来，带着几分尴尬地呵呵干笑了几声，埋头呷了口茶道："岳母大人厚爱，我本不该推辞，奈何荆州尚有长年跟随我的兄弟不忍舍弃，还有那些企盼我归去的父老乡亲，我实不忍辜负。岳母大人若不嫌弃，可常去荆州住上一年半载。那边的风土人情又有所不同，也是新奇呢。"

郡主见夫君面色不悦，忙撒娇似的抱着国太的胳膊说道："好端端地说这些做什么，日后我自然是要随夫君的，他在哪里，我便去往何处。"

国太见女儿给自己使眼色，又见女婿面色不悦，忙岔开话题道："好好，不提这个。前几日我让人给你做的那几身衣裳，怎不见你穿身上？"

"阿娘，一下子做这么多，我哪里穿得过来，身上这身便是新的，这颜色式样，我都喜欢。小乔，你觉得呢？"

"郡主自然穿什么都好看。你头上的这根簪子，式样还真是新奇，往常倒不曾见过呢！"

三个女人开始说起了衣物配饰，叽叽喳喳的甚是热闹。刘备在一旁却陷入了沉思。自己在这里扮演着母慈子孝，已有多日了。想必诸葛亮与关羽他们已在整备军事物资，做两手准备。行前他们已经商量好对策，一旦婚礼结束，便做出北方军攻打荆州的样子，并派人火速报于孙权，迫于战争压力，孙权必定会尽早放自己离去。算来，这些日子便会有消息送过来了。

刘备有些厌烦地看着自己的新婚夫人孙尚香。这个沉溺于情爱中的女子还真是头脑简单。装了这么些时日的深情夫君，他自己都烦了。

这日郡主府里的管家孙福，借着采买东西的缘由偷偷前去面见孙权，将这些日子刘备在府中的一言一行尽数禀告。原来，他早就得了孙权的密令，这段时日监视刘备的一举一动，有任何异常都需前来禀报。

孙权听说刘备成日里不是在府中饮酒作乐，便是跟着郡主流连于酒肆茶楼之中，看戏听曲，好不快活。表面看，似乎江东的繁华与美色已让刘备迷了心智。

孙权听了却有几分疑惑，虽然这是他最乐意见到的结果，但他总觉得刘备没有这么简单。但若事情真如自己期望的这般，岂不是大快人心。于是他下令重修东府，广栽奇花异木，又添了女乐数十人和无数金玉锦绮及玩物，一切布置妥当后，让妹妹和刘备搬去居住。刘备自然装出满心欢喜的样子，日日在东府里饮酒作乐，深居简出。

江东的官员皆以为刘备耽于安乐，已熄了争强好胜的心肠。唯有庞统忧心忡忡，他深知刘备绝非如此安于享乐之人。他装出如今这模样，必是已做好了周密计划。他虽不知刘备葫芦里究竟卖的什么药，但心里却始终惴惴不安。为此他前去请见周瑜道："刘备惯于收买人心，使障眼法。都督且不可被其表象所惑。他手下军师诸葛亮，与我有同窗之谊，更是智谋善变之人，刘备此番前来，必是已作了周详计划，望都督休要等闲视之。"

"放心，不管他刘备打的什么算盘，此次定要他有来无回。主公已决定将其终生困于东吴，勿使蛟龙归海。"周瑜拍着庞统的肩膀胸有成竹地说道。

庞统见他说得坚决，方略放了心，又建议周瑜去找孙权敲定一下相关事宜。周瑜深以为然，遂去面见孙权。

周瑜有些苦涩地说道："瑜往日所谋，不过是想将刘备骗来江东，没承想却弄假成真。如今听说刘备整日里耽于歌舞声色，不思回荆州。主公切莫轻信，刘备这人向来狡猾，恐他另有图谋。他如今占据荆州，手下有关羽、张飞、赵云等多员猛将，又兼智囊诸葛孔明，已不可等闲视之。主公将其困于吴中，日后再择机杀之，方可永除后患。"

孙权叹道："都督深解吾意，唯有此举才可稳定大局。奈何阿娘与小妹日日与他处于一室，恐找不到机会下手。最让我顾虑的是日后尚香与阿娘倘若知晓，恐会与我拼命。"

"大丈夫为图霸业，岂可拘此等小节。真到那时，木已成舟，即便国太她们知晓也无济于事。况国太虽深居后宫，却知晓前朝之事，若真论起道理她比任何人都清楚。"

"公瑾所言甚是。你且放心，此次定叫刘备回不去荆州。"孙权笃定地笑着说道，脸上的神情甚是轻松。

"我有一计说于主公听。三日后是小乔生辰，我欲借机请刘备前来赴宴，席间可趁乱斩杀之。"

"如此一来生辰宴将毁于一旦，恐阿嫂与小乔皆会不安，日后必怨怼于你。你考虑清楚了吗？"

"无妨，与社稷大事比起来，这些皆不值一提。况我府上内人，对我的任何决定都绝无二话。"

"哈哈，公瑾你这辈子是值了，嫂嫂贤良，小乔美艳，你算是坐享齐人之福。"

"嘿嘿，主公面前，不敢大话。"

二人默契地相视一笑。商定小乔生辰之际，斩杀刘备以绝后患。

次日庞统也接到了周府请帖，他左思右想觉得此事有蹊跷。断定周瑜会在宴席上有所谋划。果然，他这日约丁奉喝酒，席间套问他的话，听说周瑜已密令他席间效仿项庄舞剑，不免大吃一惊。

庞统虽不喜刘备，却只是忌惮他日后愈加强大，势力会盖过东吴，打破二者现有的平衡。却并不愿看着他丧了性命，这于江东大局不利，于天下大势更不利。为此他迟疑半晌，还是决定去会会赵云。刘备目标太大，定有暗哨成日里盯着。但赵云却不同，自身武艺高强，盯着他稍有不慎反会露了行藏。故他身边反而安全。

夜里三更时分，庞统乘着天黑到了郡主府。果见门口有重岗轮值，他绕到后花园，翻身潜了进去。一路摸索着找到了客房。一番查找后终于到了赵云房间。哪知刚翻进窗便被一柄冰冷的长剑指在了胸口。

庞统低声说道："子龙，是我，庞士元。"

赵云吃了一惊，忙将剑撤开，诧异问道："士元，你怎的此时过来了？"

庞统扯下黑巾说道："我说几句话便走。后日周府生辰宴，恐大都督会有所行动，你们做好应对准备。"

"士元如此深明大义，兄弟我甚为感动。实话告诉你，主公已猜到了，会有妥善安排。你且放心。"

"子龙千万保重好自身，告辞！"庞统匆匆说完，仍从窗户翻了出去，径直消失在了茫茫夜色里。

赵云怔怔立于窗边，心绪久久难平。想着庞统竟如此仗义，惦记着往日情分冒险前来送信，还真是不枉自己与他相交一场。他决定明日一早将此情况汇报给刘备，好早做决断。

小乔生辰这日，周瑜在府中设宴，邀请了几个亲近的好友携家眷前来，有鲁肃、庞统、周泰、丁奉、吕蒙、黄盖夫妇等。作为小乔好友的郡主，自然也在受邀之列。

午时将近，郡主孙尚香携夫君刘备盛装而来，一向和刘备形影不离的赵云，此次未受到邀请，并未随在刘备身侧。

周瑜大喜，和丁奉、吕蒙偷偷交换了个眼色。为防走漏风声，他此前只和这二人交了底，并让他们席间以杯盏摔碎声为号，伺机协助完成斩杀大计。

周夫人王睿殷勤周到，亲自为众人添茶倒酒，并安排了乐伎献舞，美味佳肴也准备得十分丰盛。但众人各怀心思，并无心观赏歌舞。唯有小乔、郡主、鲁肃几人，看得十分投入。

刘备的位置在左侧第一席，他的副将孙乾则立于他身后。刘备落座前便仔细观察了一遍，见平日里不离周瑜左右的吕蒙并不在席间，且丁奉的表现也与往日有些不同，显得有几分紧张，便知情形有异。但好在赴宴前他便已做妥善安排，故也不惧。他环顾了一下四周，发现在场大部分人应也不知情，只顾着埋头吃肉喝酒，心无旁骛。便暗自讥讽一笑，面上却不动声色。

酒过两巡，歌伎也舞罢。周瑜端盏笑道："各位大人，丁奉将军一套剑法使得行云流水，出神入化，莫如由他来为大家助助兴如何？"

众人大笑着怂恿，丁奉也未推辞，拿着剑站在了厅中央。刘备心想，终于来了，他扭头望了孙乾一眼，孙乾会意，手紧张地按在了腰间的佩剑上，做好了随时迎战的准备。

高昂的琴音响了起来，丁奉正起势欲舞，却见赵云扶着笑容满面的国太走了进来。惊得众人赶忙站起来迎接。周瑜在看见国太的刹那，面色变得煞白，错愕之中他看向刘备，却见他对着自己淡淡一笑，不慌不忙地起身上前扶了国太到自己席间就座。

孙尚香见母亲来了，有些惊讶，也十分开心，亲昵地挽了国太的胳膊，在她身上撒娇。单纯的她并不知道，今日的宴席看似热闹，实则杀机四伏。

众人并不知其间蹊跷，纷纷上前给国太敬酒。国太乐得高兴，来者不拒。好在她酒量一向很好，喝了许多仍面不改色。

自国太进来的那刻起，周瑜便知今晚大计成空。他铁青着脸对丁奉使了个眼色，丁奉心领神会，瞅了个空当出去撤了埋伏的将士。

众人谈笑如常，丝毫未觉厅内方才的剑拔弩张，唯庞统发觉气氛不对。他见周瑜虽是笑着，却明显心不在焉。再看丁奉，出出进进的神色皆不坦然，尤其此刻，心神不定地站于周瑜身后，面色隐有一丝慌张、失望甚至愤懑。庞统知道今晚大都督精心策划的这场鸿门宴，终因国太的到来而功亏一篑。

任谁都不曾料到这一场热闹的寿宴，前一刻厅外还弓弩全开，危机四伏。这一刻却又风平浪静，笑语嫣然。若非国太的突然出现，今日周府怕是要血溅四座。

周瑜在心底长叹一声，看来刘备命不该绝，怕是今晚一过，便再难有合适机会了。这一刻，虽美食可口，歌舞惊艳，庞统却甚觉无趣。他心里清楚，刘备已将国太当作了自己的尚方宝剑。有她在，自己便能毫发无伤。

精明的国太并非未察觉刘备对自己的利用之心，但为了宝贝闺女的幸福，她不惜当一回傻瓜，这便是拳拳慈母之心。

庞统下意识地看向郡主，却见她和国太、刘备二人谈笑正欢，全然不知方才自己的夫君九死一生。依她这全无心机的性子，刘备若想拿捏她十分轻松。唉，主公这一昏招，便宜没占着却赔上了自己妹妹的一生，当真是得不偿失。

晚宴结束，众宾客散尽，周瑜将鲁肃与庞统叫进了书房，气急败坏地说道："国太坏我大事，我看她这慈母之心委实用错了地方。今日机会难得，却让刘备逃脱了，却不知日后再除掉他要等到何时。"

"怕是没机会了，今日事明显刘备事先已做安排，他既已有所警觉，必会在近期内筹谋回到荆州，大都督还需着人严密监视。但统以为，大都督今日之举并非上上之策。如今曹操劲敌虎视北方，江东实力仍是悬殊，须得有刘备居中分庭抗礼，方为长久之策。望大都督三思。"庞统神情颇为严肃地说道。

鲁肃听了微微点头，他本不知今日周瑜所谋之事，如今听二人所说已然明白。但他内心却并不赞成刺杀刘备，因他看得分明，曹操实力强劲，主公一人无法形成抗击之势。刘备有勇有谋，又和曹操是死敌，如此天选之盟友，何故杀之。刘备目前还不能死。但这想法鲁肃却也不便说破，他怕面对公瑾那义愤填膺的眼睛。

三人各怀心思，一时无话。见周瑜神情疲惫，庞统、鲁肃二人方告辞出来。眼见天色已黑透，遂各自上马回府。

刘备一行人回到郡主府。因国太喝了不少酒，有些头晕，便早早歇了。刘备嘱孙尚香先睡，自己则和赵云、孙乾进了书房。为防有眼线，他特意吩咐孙乾在四周仔细探察了一遍。

"今日周瑜小儿明显是摆了场鸿门宴，幸得去前作了周密安排。今日若不是国太，兴许此刻你们见到的便是我的尸首。我看这江东是一刻也不能再待了。"刘备阴沉着脸心有余悸地说道。

"还好有国太这个倚仗。今日席上剑拔弩张的，末将担心得紧，眼珠子都不敢错一下。"孙乾有些后怕地连连拍着心口说道。

"周瑜是个狠人啊，竟敢借侧夫人生辰之机施诡计，看来他早早便瞅准了这个时机。还好子龙及时将国太请了来，否则今日后果难料。国太并非为我，而是心疼她女儿，不想她年纪轻轻便成了寡妇。我便是瞅准了这点，才敢放心前去赴宴。"

"主公英明，料事如神，我等敬服！"这一刻赵云心服口服。谁说主公软弱，他实则大智若愚。这么些年历经劫难却始终安然无恙，靠的并不单单是运气，而是不动声色的运筹帷幄，还有坚韧顽强的毅力与百折不挠的信心。自己亲眼看着他一步步从微末之时走到如今雄霸一方，让孙权及曹操忌惮，或许终有一天还能走向顶峰。

"乘着周瑜心情灰败，无暇顾及我等，今夜五更，咱们便悄悄回荆州。"刘备沉吟了半晌，下定决心说道。

"夫人如何安置？"孙乾脱口而出追问道。对这个天真无邪的郡主，他心里还存着那么一丝怜惜。

"自然带上一起。我信她情愿与我同行。你们这便散了去准备，五更在府门外集合。子龙你与孙乾去牵马，以布裹蹄，以免发出声响。"刘备轻声吩咐道。

二人领命各自去准备。刘备则悄悄回了卧房，却见孙尚香躺在床上并未入睡，见他进来，忙轻声问道："回来了，怎的如此晚？"

"多说了几句话，竟忘了时辰。"刘备迟疑了一会儿，还是决定明说，毕竟需要郡主做决定的时候到了。

"夫人，你可知今日若不是岳母前来，你便再也见不到我了。"

"此话何意？"孙尚香睁着一双无辜的大眼睛诧异地问道。天真的她竟似未听懂刘备话中的意思。

"唉！真不忍心将你这冰雪洁净之人卷入这等污秽事中，奈何不说不行。夫人，我的意思是，大都督今夜埋了伏兵，若不是国太及时赶到，我便身首异处了。"刘备长叹了口气说道。

"什么？周瑜他如何敢？"孙尚香惊得直接从床榻上坐了起来，看着刘备尖声问道。

"恐怕他早就看我不顺眼了。"刘备看着一脸惊惧的夫人淡定说道。

"不，不会的，我不信，兄长必不会如此待我！"孙尚香拼命摇着头，声音却一声比一声低，眼泪也跟着流了下来，无声地淌了一脸。

"你兄长或许不知他此次布置。夫人，我只问你，你是选择和我站一起，还是站你兄长这边？"刘备紧盯着孙尚香的眼睛质问道。

"我、我自是与你一起。"孙尚香大张着嘴巴，艰难地喘着气说道。眼泪流得更欢了，似断了线的珍珠一滴接一滴。

"那好，夫人今夜便随我去荆州。今夜是我唯一的逃生机会。"

"好，我简单收拾些行装。"孙尚香胡乱抹了把眼泪，起身欲收拾几件随身穿的衣物。

"不用了，到那边我自会重新为你添置。赵云他们会准备些路上的吃食。不能带包裹，免得下人起疑心。"

"嗯，听你的。"孙尚香心里乱得很，委屈得想大哭一场，却拼命忍着，不敢让自己哭出声来。自嫁给刘备的那刻起，她已经做好了远走天涯的准备。只是她没有想到，这一天来得如此快。

天边刚露出一丝青白，刘备便带着孙尚香、赵云等人直奔江边，坐上了早已停泊在岸边接应的小船。一行人悄无声息地渡江而去，很快便上了对岸。

岸上早有马良带了大队人马在等候，一行人护送着刘备及新夫人，星夜兼程回了荆州。

待周瑜得到消息，天已大亮。他带了大批兵马追赶，却见茫茫江面早已人去船空。河中心的小船上远远站着一人，却是赵云，持枪立于舱边，威风凛凛，一个人竟似站出了千军万马的气势。

周瑜情知大势已去，长叹一声说道："刘将军怎的不打声招呼便回了荆州，也未能给他饯行。子龙缘何未一路同行，难不成还想留在江东再住上一阵子？"

"主公走前交代，大都督必前来相送，让我留在此处替他说声谢谢。这段日子在江东得大都督殷勤招待，又将郡主嫁于主公，他好生感激，必会珍之惜之。大都督，如今话已带到，末将告辞！"

赵云说完转身划桨而去，很快便消失在了众人的视线里。徒留下周瑜气怒交加，差点喷出一口血来。他心知刘备此去，日后再想对付他便难了。如今郡主也随他去了荆州，刘备无形中如同多了个人质，主公再做什么，便得三思而行了。这老匹夫，当真是狡猾无比。周瑜悻悻地想着，懊恼异常，却又无可奈何，呆呆立于江边吹了半晌的急风，方怏怏回府。

庞统晚膳时才得了消息，还是鲁肃前来庞府相告。庞统叹了口气道："刘备命不该绝。上苍留他性命，便是他尚有未尽的使命。子敬兄，日后便是三足鼎立之势了。还是让主公多想想如何处理好彼此关系吧。"

"贤弟此话正合我意。我一直不赞成杀了刘备。是因主公的势力范围在江东，荆州一带需有人与曹操抗衡。刘备此人老谋深算，又和曹操是死敌，乃是最好的合盟人选，如今两家成了姻亲，当想着修复关系，联合抗敌才是正经。"鲁肃如释重负地说道，语气里满是真诚。

庞统看着他清澈明亮的眼神，被深深触动了。这是一个有大格局的人，他的心中没有个人恩怨，没有小情小爱，有的只是社稷天下、黎民苍生。这样一个活在功利世俗之外的人，才着实让人钦佩。这一刻他为自己有这样一个坦荡磊落的朋友而欣慰自豪。

鲁肃走后，一旁斟酒的周瑛摇头劝道："操那些闲心做甚，如今你领着闲职，军国大事与你何干啊！况那刘备，怎么着也是你家乡之人，你尚有无数亲人在他辖区，万不可得罪狠了。"

"妇人之见。荆州若彻底落入刘备之手，便又是一番局面了。都督本欲乘此次联姻拿回荆州，如今却是赔了夫人又折兵。唉，刘备老谋深算，诸葛孔明步步为营，二人行事越发老到了。主公自恃中正，不屑行阴诡之事。长此以往，便宜都让他们占去了，江东恐会落了下风。"

庞统痛心疾首地说道。想着诸葛亮虽远在荆州，却对江东之事算无遗策，佩服之余，内心也很是失落。回想起少年时两人在一起饮酒作诗的那些意气风发的岁月，仿佛还在昨日，如今却各为其主，天各一方，日后说不定还会兵戎相见，庞统心里便说不出的惆怅。他心绪烦闷地一杯接一杯地喝着闷酒，再不出声。

"我虽不懂什么军政大事，但船到桥头自然直，老话说得总没错，你不要太过忧心了。"

周瑛絮絮叨叨地宽慰着，欲劝庞统少喝几盏，想想还是作罢。心道：便这样大醉一场也好。自来了江东，他舒心的日子不多。如今在这个闲差上耗着，却操着忧国忧民的心，对于心高气傲的他来说，也是种煎熬吧。

气氛正有些压抑，却听到几声稚气的童音自屋外传来，原来是皆罗带着刚满两岁的儿子庞宏进来了。小家伙一进门便往庞统身上扑："阿爹又喝酒，我也要。"说完还馋得咂巴了几下嘴巴。

周瑛一见庞宏进来，高兴得眉开眼笑，几步上前抱起他笑道："我的儿，你年纪尚小，这东西烈，再长大些方能喝。"

"大娘，有好吃的吗？"庞宏在周瑛怀里拧成了麻花，嘟着嘴撒娇道。

"有有有，宏儿想吃什么，大娘给你拿。这块桂花糕，酥酥软软的，可好吃了，宏儿要不要来一块？"周瑛顺手拿起了一块果点柔声哄道。

"我要吃桂花糕，还要吃红糖糍粑，还有小糖人。"庞宏一把抢过果点往嘴里塞，两眼放光地盯着桌子上的吃食，含混不清地嚷道。

"好，一会儿便吩咐厨子做。"周瑛看着眼前萌萌的小人，心都要化了，一迭声地答应着。

"瞅你给孩子惯的，可不能啥事都由着他。"庞统见周瑛一见到宏儿便似没了魂，摇头劝诫道。

"晓得了，我有分寸。"周瑛毫不在意地说道，视线始终在庞宏身上未移动分毫。

"门口的狗狗呢，我要和它玩会儿。"庞宏说着突然挣脱周瑛的怀抱，往屋外跑去。

"慢点，我的个乖乖，小心摔了。"周瑛心疼地一路喊着追了出去，两人去院子里疯闹去了。

皆罗开心地看着两人玩闹的身影，心里很是满足。她未曾想到，周瑛喜欢宏儿有时竟比她这个亲娘还甚，宏儿对她也十分亲近。不知何故，周瑛至今都没有生个一儿半女，药吃了一大堆却不管用，可想而知她内心的酸楚。但她是个善良大度的人，将全部的爱都给了宏儿。有时候连她这个亲娘都感慨，宏儿真的是好福气，拥有两个阿母无私的爱。

"周瑛还真是喜欢孩子，她看宏儿的眼神，比你这个亲娘还慈爱。"孩子一来，庞统的心情明显好了许多，也开始逗趣起来。

"是啊，妹妹对宏儿是真好。前段日子周老将军请来的医师怎么说？还是没用吗？"

"弄了药了，如今她正喝着，但愿有些用处吧。"庞统叹了口气。周瑛要子心切，这两年中药喝了几大箩筐，却并不奏效。自己也曾为她把过几次脉，天生的湿寒体质，不易受孕。但他不忍心说破，就让她保留一点微薄的希望也好。

"妹妹人好，但愿佛祖保佑给她个孩儿。"皆罗双手合十虔诚说道。如今的她十分满足。夫妻恩爱，主母宽容，娇儿在怀，老母相伴，日子过得简直赛神仙。她是真心企盼周瑛能有个一子半女承欢膝下，也好享受一下这天伦之乐。

庞统依旧不急不缓地呷着自己的酒。突然，皆罗想起来什么似的说道："昨日我去集市，碰到了以往在洛阳时的旧邻，她说起一事，不知你感不感兴趣？"

"又是些陈芝麻烂谷子的事情，我哪里有闲心听这个。"庞统皱着眉头说道。

"说她夫君有一表弟，前些日子从益州过来探亲，说其父在益州牧刘璋宠臣张松府上当管家。这张松上月奉命去曹操那里联络，被怠慢了，受了一肚子气，大约路上又受了寒，回来便病了半个来月。他爹爹忙坏了，成日里陪在病榻边，一步不敢离开，人都瘦了一大圈，他娘亲要照顾爹爹，才没有一同过来。"皆罗说到这里，得意地抬眉看向庞统。她知道庞统必会感兴趣。

果然，庞统听得早放下了杯盏，连连催促道："可还说了些别的？"

"我就知道你对益州有兴趣，所以刻意打探了一番，听说张松在病榻上曾叫嚣着要向刘璋进言，断掉和曹操的联系，转而和刘备结盟呢。不知这个消息对你可有些许用处。"

"哈哈，还是表姐懂我。我得立时去都督府一趟，倘若能在这事上抢得先机，或许尚有几分胜算。"庞统说完不待皆罗回应，便起身急步出了府门。

"大都督不是镇守在江陵吗？"皆罗怔怔地对着庞统的背影喊道。

"这几日应在府中。"庞统头也不回地说道。刚才有那么一刹那，他灵光顿现，他想起了益州。早在襄阳时，他便和孔明讨论过益州的重要性。如今眼见失去了大半个荆州，若能拿下益州，成合围之势，江东便能坐拥半壁江山。

现今的益州刺史刘璋是个平庸之辈，远不如他的父亲那般精明。懦弱多疑，毫无决断。汉中张鲁骄纵，平日里不听刘璋号令，刘璋恼怒之下，杀张鲁母弟，双方遂成死敌。如今张鲁自立门户，刘璋也曾讨伐过几次，却都无功而返。

刘璋与曹操虽表面交好，暗地里却互相防备。曹操随时都可能攻伐益州，刘璋常暗自心惧。值此内忧外患之际，若此时派兵攻打益州，当是最好时机。

庞统想着，越发觉得时不我待。去马厩牵了马，一路狂奔到了都督府。也不让人通报，长驱直入进了周瑜书房。周瑜正在埋头奋笔疾书，见庞统进来，有些诧异道："士元来了，可有要事？"

"大都督，听说刘璋宠臣张松，因不满意曹操只让他当了个苏示县令，正试图劝说刘璋同曹操断绝关系，转而结交刘备，刘璋已有所心动。若他近期派人前往荆州与刘备联络，江东便陷入了被动。那刘备、诸葛亮本就擅长交际，想必不费吹灰之力便能说动益州。我方若再不采取行动，怕是又会被刘备他们抢了先。"

庞统一番慷慨激昂的劝说，立时便打动了大都督周瑜，他决意去面见孙权，请求出兵益州。

所谓英雄所见略同，素来能谋善断的孙权，一听大都督之言便来了兴致。二人经过彻夜磋商，很快便敲定了出征的细节。眼下已是隆冬季节，粮草不丰，行军不便，只得定于来年春进军益州，由大都督周瑜领军。

周瑜言明此举是庞统建言，将他的忠诚与谋略又夸赞了一通，并提议让庞统随军，担任军师。

孙权诧异地问道："这庞统究竟有何本事，能得都督如此看重？"

"平心而论，若论运筹帷幄、决胜千里的本领，庞统与末将不遑多让。"

"如此高评价？"孙权见一向自视甚高的周瑜竟说出了这番话，心里暗暗吃惊。但身处高位，他早已学会了喜怒不形于色，故并未多说什么。只轻轻叩着案几略作考虑，便答应下来："便让他跟着你吧，不下明令，先看看他表现再说。倘若此次又立新功，我再行封赏也不迟。"

周瑜大喜，高兴地替庞统谢恩。孙权既如此说，此次出征归来，怕是便有恩赏。以庞统之才，立个大军功应是指日可待。他让人快马通知庞统，主公已下旨，明日辰时随他前往江陵点兵，准备进军益州事宜。

庞统接了消息，先回衙门移交手头上的一些紧要事务，处理完毕已到了掌灯时分。回府便兴奋地吩咐周瑛替他收拾行囊。

周瑛一问方知他要随周瑜去攻打益州，一时忍不住，竟期期艾艾哭了起来。

见夫人泪眼婆娑，庞统也红了眼圈。战场上刀枪无眼，一切只能听天由命，自己这一去不知何时才能回来。自己虽不是冲杀在最前线，但风险依然极大，能不能平安归来还未可知，周瑛自然担忧不已。

但此次出征对于庞统来说却是个极好的机会，毕生所学也许便派上了用场。他天生便不是个安于家府之乐的人，他的兴趣在战场。为此他踌躇满志，激情满怀，不惜抛却眼前的温柔乡。

此刻见周瑛泪水涟涟，庞统知她担心自己，忙温声宽慰道："放心，我只是个出谋划策的军师，不会冲杀在最前线。况且这次对于我来说，是个建功立业的好机会，必不能错过。"

"我知你抱负远大，家中妻儿困不住你。也罢，你就安心随大都督去吧。府里一切不用操心，我必料理得妥妥当当。皆罗和宏儿，我也会照顾好。只一条，你千万保护好自己，给我全须全尾地回来。"

周瑛哽咽着说完，拿过一旁小箩筐里缝了一半的冬衣，飞快地穿针引线，忙活了起来。这件冬衣已缝了半月了，只领口还没有缝好，今夜无论如何得赶出来，明日好让庞统带走。

如今虽已是早春，仍天寒地冻，风刮在脸上如刀削般的疼。还得再做双棉鞋，路上好轮换着穿。好在鞋底早纳好了，只上个鞋帮，要不了多少工夫。周瑛心里盘算着，手上的速度越发快了起来。

"谨遵夫人之命。我去书房收拾几卷书带上，还有些随身之物，顺便再去西院看看她们母子。夜里夫人先睡，莫要等我。"庞统答应着往房外走去，脚步极是轻快。想着明日便要出发前去江陵，竟有些迫不及待。

"去吧，好好陪陪宏儿，我这里赶着把这棉衣和棉鞋做出来，明日你好带走。"周瑛头也不抬地交代道。

庞统去西院见了皆罗母子，一说出征，皆罗自然又是泪水涟涟。庞统好一番安慰才让她止了眼泪。年幼的庞宏不知阿母何故哭泣，也跟着委屈得撇起了嘴巴，黑亮的大眼睛里蓄满了泪水，可怜巴巴。庞统心疼得一把抱起儿子，小心地给他擦着眼泪哄道："宏儿不哭，阿爹只是出趟远门，要不了多久便回来了，回来给宏儿买东西好不好？"

"阿爹说话算数。宏儿要剑，还有糖人。隔壁的小牛哥哥有把木剑，可神气了，宏儿也要。"庞宏撒娇地搂着庞统的脖子说道。

"好好，阿爹回来了便亲自给宏儿做把好看的剑，再手把手教宏儿练，好不好？不过习剑要吃许多苦，手上要磨出血，宏儿怕不怕？"

"宏儿是男子汉大丈夫，宏儿不怕！"庞宏勇敢地将自己的小胸脯拍得咚咚响，那傲娇的模样别提多可爱了。

皆罗见父子俩一来二去说个不停，既好气又好笑，心情也好了许多，便忙着为庞统收拾东西去了。庞统瞅着她忙前忙后的，再也顾不上埋怨，这才暗自松了口气。

次日，庞统本想偷偷离府。哪想周瑛和阿盛二人却早早等在大门口为他送行。周瑛将自己熬了一夜做好的衣物包裹递于庞统，泪眼婆娑。这一去，再见竟不知何日。想着宏儿还不到两岁，父亲便上了战场。倘若有不测，这个家便再无依靠，不免悲从中来，泪如雨下。却使劲忍着，不敢哭出声来。

庞统抚了抚周瑛的肩膀，叹了口气道："夫人保重，阿盛，府中便交于你和夫人了，保护好她们，我走了。"说完强忍着内心的酸楚，一拽马缰上马绝尘而去，一阵急促的马蹄声后便没了踪影。

阿盛呆呆地看着远方喃喃道："老爷放心，阿盛会的。"他转头见夫人哭得伤心欲绝，忙轻声宽慰道："夫人切莫伤心，老爷聪明绝顶，定会保护好自己。反是您，这府中全靠您打点支撑，需得保重自身啊。"

周瑛含泪点了点头，惆怅无比地转身往屋内走去。阿盛说得对，这府上老的老小的小，都得仰仗自己照顾，自己可千万不能倒下。不就是等个两三年嘛，咬咬牙一晃就过去了。

周瑜带着庞统、丁奉及自己的亲兵侍卫，马不停蹄地赶往驻地江陵。为防走漏消息，除了随行的这几个心腹之人，并无人知是进军益州。

一行人快马加鞭，沿途也很少下马休息。傍晚行至一处小山村时，众人又累又饿，正欲歇会儿，不想周瑜竟从马上栽倒下来，不省人事。

众人大惊之下忙围上前查看，只见周瑜双眼紧闭，面色暗沉。庞统情知不妙，探其额头，竟有些烫手。再一搭脉，吃了一惊，当即吩咐众人就近找了家农户，安顿好周瑜。

庞统强作淡定地说道："我要为都督瞧病，屋子里人不宜过多，大家都出去吧，丁将军请留下帮忙。"

待众人出去，庞统忧心如焚地对丁奉说道："都督此次高热并非风寒所致，莫非是赤壁之战时的箭伤复发了？看来以往未得及时医治终留下了隐患，可如何是好！"

丁奉一听吓得变了脸色，忙上前撩起周瑜胸前的衣襟说道："我记得伤口在左胸，快来检查一下，看看是不是箭伤问题。"

庞统上前细细查看了一遍伤口，见左胸的创面已有溃烂迹象，心立时便沉了下来，他颤抖着声音说道："箭伤发炎了，有脓肿出现，看来治疗时创面未能及时清理干净，又不曾好生休养。此次若不能妥善处理，恐有性命之忧。"

丁奉一听面色煞白，抱拳揖了一礼急急说道："素闻功曹医术精湛，都督便拜托你了，江东如今可不能没了都督。"

"我何尝不知！都督于我有恩，我岂会不尽全力。只是此病拖延已久，炎症已侵入心肺，如今此处贫瘠，怕是没什么好药材，都督此刻又动弹不得，还望将军早拿主意。"庞统心情沉重地回了一礼肃然说道。

"为今之计，只能先秘密派人前往江陵传唤军医，带上贵重药材前来。若这几日病情仍未有好转，则派人前往柴桑告知主公。"

"也只得如此了。我先去给都督开药方，着人去找个药铺抓上几服药熬了，看能否退热。"庞统说完进里屋开了药方。丁奉让侍卫找个农夫领路去抓药，另派一个亲卫急速赶往江陵通知军医。

庞统让人端了盆凉水进来，将汗巾浸湿了贴于周瑜额头散热。如此忙活了一炷香工夫，周瑜的高热稍稍退了点下来，人也悠悠醒转了过来。

周瑜睁眼见众人担忧地围在榻前，自己倒吓了一跳。他强撑着坐起来道："想必是有些疲累了，让大家忧心了。"

"大都督，快请躺下，你发着高热，想必是往日的箭伤未愈，可千万不能再劳累了，好好歇上几日吧。"庞统极力压抑着自己的情绪恳求道。

"那怎么成，如今益州之行刻不容缓，岂可因我延误。放心吧，我身体底子不差，想必歇上一觉便好了。"周瑜说完试图起身，却没有成功。他皱着眉头看了自己的左胸一眼，见已重新包扎过，脸色阴沉了下来。

"大都督，不要急，先安心养好身体再说。士元医术精湛，您就听他的吧。"丁奉急了，竭力劝说着，眼神里是抑制不住的忧心。

周瑜见庞统和丁奉二人皆神情肃穆，情知自己病得不轻，遂点头说道："就依你们二人所言，歇息上两日再行出发。"

一行几人在村中逗留了两日，周瑜病情略有好转，便不听劝阻吩咐出发。庞统再三劝说未果，想着此地药材匮乏，条件简陋，确不是理想之地，便不再坚持。

一行几人快速往巴丘方向进发。一路上周瑜胸部疼得厉害，头也昏昏沉沉，但他怕误了行程，咬紧牙关不吱声，勉强支撑着到了巴丘，病情便越发沉重，竟又昏迷了过去。

这次任凭庞统使尽了本事，却也未能让周瑜好起来。来时还优雅俊朗的大都督，不过短短时日便被病痛折磨得日渐消瘦。他时而清醒，时而迷糊。清醒时会对庞统和丁奉叮嘱一番日后江东的发展方向及对敌策略。

虚弱的周瑜情知自己大限将到，恐此时不说日后便再没了机会。他心中充满了不甘。他的诸多抱负尚未实现，府中幼子也未成年。夫人与小乔倘若得知自己不久于人世，会怎样伤心欲绝、痛断肝肠。想自己这半生，虽有过伤痛和失落，更多的却是驰骋疆场的快意，即便有些遗憾，却抵得上常人的几辈子，也应该知足了。

这日庞统正在院里为周瑜煎药，听到有亲卫进房禀报说有大都督书信。他心里咯噔一下，忙急步进屋预备阻拦。

哪知周瑜已强撑起病体，颤巍巍接过信，却是诸葛亮寄来的，上面写道：

> 亮自柴桑一别，至今念念不忘。闻大都督欲取西川，窃以为不可。益州民强地险，刘璋虽暗弱，却足以自守。今足下劳师远征，倘曹操乘虚而至，江东不保也。亮实不忍坐视不理，特此告知。幸垂昭鉴。

周瑜览毕，长叹一声，唤左右取来笔墨，拼尽力气给孙权亲书了一封信。信中说道：

> 当今天下，正值混乱多事之秋，末将日夜忧心。恳请主公未雨绸缪，先考虑政事，后才安逸享受。现既与曹操作对，刘备近在公安，附近的百姓尚未归附，当用良将前往驻守镇抚。鲁肃智谋才略皆堪大用，我死后可由他来接替我职位。如此便再无牵挂之事。

信写好后，周瑜又仔细审阅了一遍，见所述无误，命丁奉当他面拿火漆封了，盖上自己的都督印戳，才着人快马送回柴桑转呈孙权。

随即他默默环顾了一下四周，嘶哑着嗓子说道："吾天命已绝，尔等跟随我已久，望善事主公，佐他共创大业。"说完他便再度昏迷了过去。

看着已瘦脱了相的大都督，庞统心如刀绞。他上前跪于榻前把脉，见脉如悬丝，知都督大限已至，眼泪唰地便淌了一脸。他吸了吸鼻子问道："丁将军，给主公的信可送到了？不知他何时能到，都督怕是撑不住了。"

"应是在路上了。快了。"丁奉哽咽着说道，抓着周瑜的手不停地颤抖。

看着气若游丝的大都督，他痛苦得恨不能自己替他身去。

是日午夜时分，孙权披星戴月赶来了，见了周瑜最后一面。此时的周瑜已无法言语，甚至连眼睛都无法睁开，但心里却还清楚。

孙权红着眼圈握住周瑜枯黄的手泣不成声地道："大都督放心，我知你心中尚有万千谋划，我必替你一一实现。这些年你如父如兄般护着我，为我百般周全，我心存感激。周府老母妻儿，我定视若至亲。对了，今日便封周循为骑都尉，将我女鲁班嫁于他为妻，先定下亲事，待他们成年后再行成婚。你看可好？大都督且安心去吧，你身后事，必尽享哀荣。"

话音刚落，始终皱着眉头的周瑜，面色和缓了下来，不久便停止了呼吸。这个意气风发，令无数女人倾慕的英雄，病逝在了三十六岁的最好年华。

众人悲痛得号啕大哭。孙权流着泪沉声叮嘱道："都督这一去，先不可大肆声张。待我安排好接替之人，再正式出殡。庞士元，你和亲卫一同扶大都督灵柩回其家乡庐江，好生安葬。"

庞统流泪领了旨意。禀告说大都督刚给主公亲书了封信，已交予亲卫送往柴桑，路上或许能追上。

孙权听了泪流满面，大都督临死之际还在为自己出谋划策，这份忠心当真是日月可鉴。他又交代了众人半晌，方带着自己的亲卫启程回治所。向来健硕坚强的他，上马时腿一软，竟差点跌了下来。好在马颇通人性，竟半跪了下来，用嘴轻轻拱着他的手，似是安慰。

跨上马背的刹那，孙权泪水滂沱。周瑜的死对他打击太大。这么些年二人相互扶持，肝胆相照。周瑜于他，早已不只是部下这么简单。他似兄似父，在自己执掌东吴政权的这么些年，给予了自己最大的信任与支持。他如一颗璀璨明珠，照亮了这条通往权力的荆棘之路。因为他的忠义，少年便丧父失兄的自己，在这人世间，才拥有了一丝兄长般的温情。自此，漫漫长路，再无人对自己苦口婆心，谆谆教诲。那条通往帝王的路，将变得越发艰难，充满未知。

许是天地同悲，这夜，巴丘竟下起了久违的瓢泼大雨，间或伴随着震耳的滚滚雷声，直至天明。

孙权采纳了周瑜临死前的建言，任命鲁肃为奋武校尉，接替周瑜统领军队。鲁肃等不及给周瑜吊孝，当即便奉命出发前往江陵。如今的当务之急是稳定军心，防止有人乘机作乱，或者敌军乘乱偷袭。

三军将士见突然换帅，情知有异。听闻大都督病逝，皆失声痛哭。哭声震耳欲聋，惊得营地周遭的鸟兽皆四下里奔突逃窜。

自此，周瑜的私属部队四千余人及原来掌管的奉邑四县，全部转归鲁肃所管。鲁肃成为继孙权之外，掌管重军的第一人。他暗自发誓，一定要好好继承都督的遗志，将军队发扬光大。

是夜，鲁肃流着泪在营帐外的树林里烧了不少纸钱。想起从前和周瑜在一起时的种种时光，他哭得不能自已。那个欢喜时共享快乐、忧愁时共担烦恼的密友再也不见了，这腥风血雨的人世间，只留下自己一人孤独面对。这一刻，他觉得山林里的风竟彻骨的寒凉。

伤心欲绝的庞统奉旨和丁奉一起扶周瑜灵柩回乡。在舒县周府老宅停灵七日后，再送到山里安葬。途中他做了人生又一个重要决定，待周瑜丧事完毕，自己便离开东吴，回荆州投奔刘备。

周瑜灵柩回到庐江的那日，大小官员及舒县百姓，夹道相迎，哭声震天。人们跟随着大都督灵柩，一路缓移着往周府而去。沿途街巷被堵得水泄不通，无奈县丞只得出动城防军维持秩序。

庞统和丁奉亲扶着棺木，灵柩刚进入巷子口，一身白布麻衣，早哭肿了眼睛的周夫人及小乔，带着两儿一女，跌跌撞撞迎了上来。乍见周瑜棺木，小乔满脸是泪哆嗦着身子便朝前扑，却因体力不支差点摔倒在地，一旁侍候的丫头眼疾手快地扶住了她。

强自镇定的周夫人颤巍巍上前，悲痛欲绝地大喊一声："周郎啊，你不过走了月余，怎的就天人永隔，撇下这一屋子的孤儿寡母，我待何如啊！"

说完她泪如泉涌，一下子扑倒在棺木上，任凭谁拉都不肯起身。一旁的长子周循、次子周胤，也跟着哭喊着扑倒在棺木旁，唯幼女周彻睁着双懵懂的大眼睛，看看大娘，再瞅瞅哥哥们，撇着嘴一副将哭未哭的样子。

庞统见棺木尚未进前堂便被拦下，忙上前虚扶了周夫人一把，温声劝道："夫人请节哀，先让都督棺木入屋才是，稍后恐百官会前来祭拜。"

周夫人见庞统如是说，勉强让开身子，扶着棺木亦步亦趋地跟着往前移。

众兵士抬着棺木进了前厅，将其搁置在绑了白布的长案上。安置完毕，众人流着泪轮流上香祭拜，磕头完毕，才依次退了出去，默默立于厅外过道两侧，算是为都督值好最后一班岗。

庞统与丁奉头上皆绑了白布条，立于灵堂两侧招待前来吊唁的宾客。周夫人、小乔和孩子们则痛哭流涕地跪于蒲团上为周瑜烧纸。个个神色悲戚，看着莫不让人垂泪。

风华绝代的小乔，此刻哭得梨花带雨，让人不忍直视。而周夫人王睿，却已止了悲声，只无声地流着泪，那绝望的眼神看着更令人心碎。

庞统将头扭向一旁，长叹一声心道：失去了大都督的都督府，即便周循被指为驸马，也挡不住日渐衰落的命运。谁能想到，一向健硕的大都督，未死在马革裹尸的战场上，却死在了一次不起眼的箭伤里。许是天妒英才吧。只是他这一去，东吴自此再无人可以替代。鲁肃虽智谋超群，但他在百姓眼中的影响力，与大都督比却相差甚远，不可同日而语。

庞统为周瑜守完头七，借口更换衣物回了趟家。此次回来他另有交代。刚进门，便见周瑛与皆罗坐在院子里做针线，两人有一搭没一搭地说着话。看见庞统，二人惊叫一声，显然甚为吃惊。

周瑛双眼含泪地扑了过来，拉住庞统反复打量着："你还好吧？看看这么些天定是没顾上收拾自己，看起来都像个山匪了，我让阿盛备些热水，你先舒舒服服洗个澡，这些日子定是累着了，便好好歇歇吧。对了，我赶紧去吩咐厨子一声，好好炒两个你爱吃的菜。"说完喜笑颜开地匆匆地往后厨而去。

很快阿盛也从外面跑了进来，看见庞统大声笑道："老爷回来了？我就说嘛，今日一早喜鹊在枝头喳喳叫个不停，我就想着是否老爷要回来了。这不，应上了。您快歇着，我去叫小公子去，顺便张罗张罗。"

皆罗见阿盛也急步忙去了，莞尔一笑道："士元，你这一回来，看把妹妹她们高兴的，都忙去了，我左右成了闲人，便给你煮茶吧。"

庞统笑着打趣："夫人还是风风火火的性子，话都没说上两句便跑了。还有你这张嘴，得了清闲还要卖乖，幸好无人与你计较。"

皆罗佯装生气地翻了个白眼道："谁让她是当家主母呢，自然受累些。快来喝两盏茶，然后洗个热气腾腾的澡，也好去去晦气。"

庞统听了一愣，变了脸色道："大都督对我有知遇之恩，可不敢如此说。"

皆罗脸红道："说错话了。周夫人和小乔她们还好吧？"

"遭此巨变，估摸着要很久方能缓过来。我想侧夫人倒还好说，毕竟儿女绕膝，也有个盼头。周夫人却难说，今日观她神色，以往那么温和机变的人，今日却痴痴傻傻的，兴许是打击太大。唉！"

"算了，不提这些伤心事了，安心喝茶吧。"

二人正说着，周瑛怀里抱着庞宏风风火火又进来了。小小的人儿一见爹爹，笑得甭提多开心了，挣脱了周瑛的怀抱，直往庞统身上冲来。庞统抱起儿子狠狠亲了两口，逗得庞宏咯咯笑个不停。一家人其乐融融地说笑着，对于刚见证过生死劫难的庞统来说，再没有比这更幸福的时刻。

吃了顿丰盛的晚膳后。庞统屏退了众人，独留下周瑛、皆罗与阿盛三人。他郑重说道："大都督已去，我待在东吴再无甚意趣，莫如咱们回荆州，另谋出路。"

皆罗一听大喜，她十多岁便到了襄阳，早已习惯了那里的一切。这两年一直心心念念着有朝一日能回去。而阿盛的父亲也在襄阳，自然甚为赞同。唯有周瑛一人沉默不语。

"阿瑛，你是担心岳丈吗？如今他老人家年事已高，莫如干脆告老，随我们一同去襄阳。"庞统见周瑛面色煞白，不发一言，显是太过震惊，急忙关切问道。

"为何突然做了决定？连个转圜的余地都没有。爹爹的性子你不是不知道，他那么要强的一个人，绝不会离开江东。"周瑛有些生气地说道，眼睛里已隐有泪水。

"大都督若活着，我不会离开江东。可如今大都督去了，主公对我始终缺乏信任，我对此地也再无留恋。我知让夫人背井离乡实为不易。奈何我父亲、叔父、阿弟全在襄阳，我要回去与他们团聚，望夫人能体谅一二。"

"妹妹，你就跟我们去吧。襄阳甚为热闹，民风淳朴，你定会喜欢上那里的。"皆罗上前挽了周瑛的胳膊劝道。

"姐姐，非是我不去。我爹爹年事已高，这些日子又染了风寒，身边无人照料。爹爹就我一个孩儿，若我扔下他自去享福了。岂不是枉为人女。待我考虑一二，明日问过爹爹意见再说。"

"如此也好，明日我便和你一起回去问过岳丈意见再行定夺。"庞统有些郁闷地说道，他没想到周瑛竟如此激动。

庞统沉默了半晌转头看着阿盛说道："我歇上一夜明日仍要赶去庐江，待大都督过完'五七'方能离开。你们这两日便赶紧收拾行装，对外便说回襄阳给父亲过七十大寿。切记，除了贵重物品，衣物什么的少带些，莫让人看出了端倪。"

"妹妹呢？你的东西收拾不？"皆罗有些诧异周瑛竟不太愿意随行，遂不无担忧地问道。

"我明日从娘家回来再收拾不迟，你们先行准备吧。"

"我要在庐江待到一个月后方能回荆州。大都督待我一向亲厚，该尽的礼数定要尽到。你们不必管我，我到时候直接从庐江回去与你们团聚。"庞统正色说道。

"老爷放心，我会安排妥当，我这就下去收拾去了。"阿盛开心地说道，步子轻快地转身出了房门。

"对了，皆罗你明日备些重礼去大哥诸葛瑾府上一趟。此次回乡，怕是再无缘相见了。记得切莫说漏了嘴，只说替我回去贺寿尽孝。回乡一事千万记得对谁都不能提。"

"记下了，我晓得轻重。"皆罗郑重地点头应道。嫁于庞统这么些年，她知道夫君是个干脆利落的人，却也十分重感情。自己虽无力帮衬，但他吩咐的事尽全力做好，便是对他最大的支持。

第二日用完早膳，庞统正欲动身回庐江，却突然接到王令命他即刻去觐见孙权。原来，周瑜一死，鲁肃便向孙权郑重推荐了庞统，说他智谋双全，堪为大用。庞统心想，原来自己的一举一动都逃不过主公的眼睛。

孙权早就听周瑜及孙贲屡次三番推荐过庞统，也曾有过重用他的念头，奈何总是差点机缘。如今见鲁肃也极力推荐，便决定召见他探探虚实。

庞统进殿的刹那，孙权脸上的笑意肉眼可见地凝固了。只见庞统腰间的孝带未取便进来了，孙权有几分忧伤，又有些恼怒，却发作不得。便掩饰似的清了清嗓子问道："先生如此装扮，进殿前为何不梳理一番？"

"奉命为都督守灵，接到王命时正欲出发去庐江，一时情急竟忘了回府更衣。"庞统毫不在意地淡定说道。他并非来不及，这根白布条是他上马车后方从袖中拿出来系上的。

孙权皱眉继续问道："你平日里都习些什么？"

"回将军，统自幼习得杂，像兵法、诡道、奇门、天象、占卜、医术，皆有所涉猎。"迎着孙权犀利探究的眼神，庞统面不改色地回道。

孙权一听，心中越发不喜，深觉此人狂妄，竟敢自吹什么都会。他漫不经心地敲着案几挑眉问道："你的学问比之公瑾如何？"

庞统略作思忖后回道："某之所学，与公瑾大不相同。"

这下孙权彻底恼了。在他心中，周公瑾是和兄长一样的大英雄，江东百姓敬如神明。眼前这个不知天高地厚的登徒子，竟敢大言不惭与公瑾比肩，实是亵渎了都督。

孙权怨责地瞅了庞统一眼，沉声说道："你下去吧，好好为公瑾守灵，也不枉他对你厚待一场。"

庞统见孙权面色不悦，垂了双眼不再看自己，便知此次会面无益，遂暗叹一声出门而去。等在殿外的孙贲见庞统如此快便出来了，忙上前关切问道："士元，会见可还顺利？"

"兄台的心意我领了，日后切莫为我的事情再费神了。军务繁忙，您肩上的担子很重，千万保重好自身。我还要赶去庐江，便不说了，告辞！"庞统说完真诚地抱拳揖了一礼，头也不回地离去了。

孙贲呆呆怔了半晌，进殿问孙权有何不妥。孙权气恼道："狂士也，用之何益。竟敢与公瑾比智，实不知天高地厚。"

孙贲见孙权一脸怒容，甚是不快，也不敢再劝，禀报过手头的军务后便告辞退了出去。精明的他已猜测到，江东大体是留不住庞统了，此去庐江，他必不会再回来。日后山高水阔，将后会无期了。

庞统走前陪周瑛一起回了趟娘家，向来急躁的老将军听说后却很是平静，他斩钉截铁地对女儿说道："此事不必问我。常言道：嫁鸡随鸡，嫁狗随狗，你既然嫁了庞士元，生生世世便是他府上的人。爹爹只是小病一场，不日便会好了。况你堂兄一向孝顺，有事我会喊他。你不必牵挂。日后爹爹若想你了，自会去荆州看你，不过是几日的路程罢了。"

周瑛看着爹爹日渐花白的头发与一脸病容，心疼地哭道："日后我不在爹爹身边，爹爹千万保重好自己，有事没事常给我去信，我也好知晓您老人家境况。"

庞统和周瑛回府前，周老将军让管家准备了五百两银票给女儿带上，说是日后贴补家用。坐在回去的马车里，周瑛哭得稀里哗啦，为即将到来的离别肝肠寸断。庞统无声地揽着她的肩膀，心里竟生出了几丝愧疚。

临行前，庞统仿堂兄庞山民的字迹给自己写了封信，信中说道：伯父七十寿诞将至，十分想念孙子，望弟带妻儿速归探望。他嘱咐皆罗去诸葛府时带上这封信，免得众人起疑。

安顿好这一切，庞统才安心回了庐江，接着守了一月的灵。其间，他提笔给父亲及叔父写信，说自己不日便会带上阖府家眷回荆州。

周瑛这几日身心疲惫。一方面要收拾行李，安顿家仆，一方面又要操心父亲，恐日后再不能相聚，心里七上八下地不得安生。

皆罗见她魂不守舍的样子，悄悄对阿盛说道："夫人这些时日怕是伤透了心。这些年她尽职尽责，阖府上下都打理得妥妥当当。如今就这么走了，离开生养自己的亲人和家乡，心里肯定十分难过，你多照看着些。"

"是这么个理，难为大夫人了。老爷回襄阳必是有长远打算，我们还需谨慎些。若走漏了风声，坏了老爷的大事，便得不偿失了。东西不能带太多，便拣好的略带些吧，只把金银细软带上，回去再添置是一样的。"阿盛见皆罗收拾了一大堆东西欲带上，连忙劝道。

"你说得对，那便精简些吧。明日一早我便去诸葛府跟瑾大哥及嫂嫂告个别。日后回了荆州，再想见面便难了。"

"好的夫人。我一会儿把去诸葛大人府上的礼物备好，明日夜间将所有东西装车，后日一早便离开。为避人耳目，除了小公子，每人带两套换洗衣物便够了，一切从简，万不能搬家似的惹人生疑。"

"这个我晓得。别的就算了，只多带些吃食，出门在外，万不能饿了肚子。尤其是宏儿，正长身体的时候。"

"是，我这便去准备。"阿盛恭身出了屋子，急急安排去了。

皆罗到东院去看周瑛准备得如何，见她心绪不宁，愁容满面，好言宽慰道："妹妹其实不必如此纠结，周老将军目前身子尚还算硬朗，周府下人都是些用惯了的老人，侍候起来也妥当，等他真告老还乡的那天，让士元再来接他去荆州与妹妹团聚。到那时想必他也想得开了。"

周瑛听皆罗如此说，心里总算好受了些，强笑着说道："姐姐收拾好了吗？宏儿还小，却要受这么远的颠簸，可怜见的，得多给他备些吃食，可不能委屈了他。我这就去吩咐厨子多准备些宏儿爱吃的糕点，带路上吃。"

说完周瑛敛了神色郑重说道："我想过了，倘若我们一同出发，恐惹人耳目。不如由阿盛带你们母子先行一步，我过上半月再独自前去，如此便再无不妥了。"

"还是妹妹思虑妥当，只是，你不会改了主意不去荆州了吧？"皆罗迟疑着问道。

"怎会？我既然答应了夫君与你，自然是要陪你们到老的。只是一起走太过扎眼，恐惹人怀疑。我留在府中，旁人见了才不会生疑。如此夫君在庐江也可便宜行事。"

皆罗见周瑛说得有道理，便答应下来。二人一同出了东院，周瑛急步去了伙房，皆罗则回了西院。一路上皆罗频频回望，心里默念着：好妹妹，你如此全心全意为我们打算，我必不负你。自此你远离家乡，远离父亲，日后我们都是你的亲人，必会好好照顾你的。

次日早膳毕，皆罗和母亲及幼子在阿盛陪同下，坐马车离了南郡，一路往襄阳方向而去。快出城时竟遇上了周泰的副将吴征。此人一向与庞统不太对付，只因他往日倾慕周瑛，周瑛却对他毫无情谊，一门心思嫁了庞统。两人的梁子自此便结下了。

吴征见阿盛亲自驾着马车出城，初始还以为周瑛在上面，便大声问道："盛管家这是欲往何处？车上可是夫人？"

"车上是二夫人及小公子，老太爷诞辰，来信让二夫人带小公子回去探望。吴将军这是才巡营回城？"阿盛笑着抱拳说道。

"噢，盛管家你这就不对了，夫人是夫人，妾室是妾室，岂可混为一谈？难不成府上一直如此没规矩，竟乱了纲常尊卑？"

吴征一听周瑛不在马车上，态度立时变了，前一秒还满是笑意的脸瞬间便阴沉了下来，开始阴阳怪气起来。

"哟，这不是吴副将嘛？怎么，是看瑛妹妹不在故意找碴儿吧？我与瑛妹妹情同姐妹，她待宏儿更是如同亲子，就连周老将军待我们也是极好的，这不，我宏儿项子上戴的这银顶圈，便是今岁生日时周将军送的。要不吴副将同我们一起去见妹妹，好好说道说道？"皆罗一听这话受不住了，掀开帘子露出半个身子讥讽道。

吴征见皆罗如此泼辣，倒也不敢太过造次，从鼻子里哼了一声强笑道："倒也不必。只是不知几位是否有通关文牒？"

阿盛一听忙将手中的文书递了过去，装作无意地说道："这可是诸葛大人昨日午后专程派人送过来的，吴将军好好查验查验，可有纰漏？"

"您几位好走，末将还有公务要忙，就此别过！"吴征接过文书仔细审查一番，见并无不妥，便递还了过去说道。随后一扯马缰，很快便没了踪迹。

"哼，不识眼色的东西，跟姑奶奶我掰扯这些，定怼得你哑口无言。"皆罗轻蔑地扫了一眼吴征离去的方向，一摔帘子说道："走吧，免得误了时辰。"

阿盛答应了一声，苦笑着摇了摇头。心想皆罗还是往日那个泼辣的性子，近些年日子过得顺遂，脾气温和了许多。但一遇事，便仍是天不怕地不怕的样子，还真不似老夫人那般温柔随和。

皆罗他们日夜兼程，生怕有人追了上来。一路上除了吃饭住宿外，并不多作停留，终于在第十日午后回到了襄阳。

眼见周瑜已过了"三七"，但前来吊唁的官员百姓仍络绎不绝。这些年周瑜好似江东的定海神针，如今神针没了，众人皆有些六神无主。尤其是那些曾经追随周瑜多年的武将，个个在墓前哭得死去活来。

庞统听着越发悲伤。他红着一双似要滴血的眼睛，既要照顾众宾客，又要安抚周府家眷，迎来送往忙得不可开交。

这些年因着周瑜的知遇之恩，庞统留在江东做了个难展抱负的小小功曹。如今周瑜病逝，江东再无值得他留念的东西。前几日他接到周瑛的来信，说皆罗母女及宏儿已在阿盛的护送下回了襄阳，为免别人起疑，自己留下来再择机出发，让他不用管自己，一切便宜行事，届时在襄阳再聚。

如此一来庞统心中再无顾虑。他回信让周瑛定要在近几日便寻机离开。若"五七"一过自己仍未回南郡复命，再走恐不易。

庞统想起在孙、刘联军抗曹时，诸葛孔明曾和庞统聊起过归属问题，劝他回荆州与自己一起效力刘备。当时只道是顺嘴说的玩笑话。如今看来当时的孔明确也有几分认真。如今再忆起此事，还真是感慨不已。或许人失意时便会思念家乡、思念亲人，回襄阳虽不一定就能事事顺意，但至少能得亲人团聚，享天伦之乐。如今阿爹与叔父都老了，不知是否还如从前那般健朗，自己回去也能关照一二。

这日，陆绩、顾邵、全琮三人前来祭拜都督亡灵，仪式结束后，三人请见庞统，期望他能对自己评品一番。

庞统见三人神情严肃，甚至略带一丝紧张，淡淡一笑对全琮说道："你喜好施与，敬慕贤明，有点像汝南人樊子昭。"

随后又转向陆绩、顾邵二人说道："陆绩有驽马的脚力，而顾邵则有驽牛负重行远的能力。"

全琮大笑着问道："如你所见，他二人谁更胜一筹？"

庞统正色道："驽马只能负起一人。但驽牛一日能走三百里，所负又岂止一人。人生如行路，走得快不如走得远。"

陆绩听了有些许不快，当即告辞离去。全琮、顾邵却十分感激，再三请庞统去自己府上一聚。庞统再三推托不得，只好应允。

顾邵次日设宴款待庞统，为避嫌并未请他人。席间，喝得半醉的顾邵突然问道："功曹评价过如此多名人，我与你相较如何？"

庞统毫不迟疑地说道："陶冶世俗，甄综人物，我不及你。但若论帝王之秘策，揽倚伏之要最，我似有一日之长。"

顾邵笑着点头道："大人此话中肯，来，再敬兄台一盏，日后兄台若得闲，可常来此地小聚，下官定欣然作陪。"

庞统笑着将杯中的酒一饮而尽道："待天下太平，愚兄定与你谈尽四海名士，届时再一醉方休。"

"哈哈哈，一言为定！"

看着眼前的顾邵，庞统心想，若非自己即日便要离开，日后大体也再无相见的机会，否则以顾邵的真性情，自己与他趣味相投，恐能成为知己。可惜人生际遇，千差万别，许多人皆是过客，留下惊鸿一瞥便销声匿迹。这便是遗憾吧！

眼看着周瑜"五七"将近，前来吊唁之人也日渐稀少。庞统回荆州的日子指日待，心中反而多了些平静。这日他正在周府后院温书，听门子说门口有故人来访，忙迎了出去，一看竟是孙贲。他看上去头发有些散乱，模样也甚是疲惫，看样子是刚到此地，庞统不免大为吃惊。忙上前握住孙贲的手道："兄台如何来了？快些进来歇息一二。"

"我来送大都督最后一程，顺便也送送你。"孙贲深深看了庞统一眼，笑着说道。

"兄台何来此话？"庞统心里暗惊，却装作不在意地问道。

"无妨，就当是前来见见老朋友，日后怕是再见面便难喽。"孙贲说着话将手中的马缰递于门子，随庞统进了周府。见了周老太爷及周夫人他们，自然又是好一番劝慰，随即净手焚香一顿跪拜，才算是结束了祭拜仪式。

孙贲在周府滞留了一晚，和庞统说了大半夜的话，直到近四更天，庞统才哈欠连天地去睡了一觉。第二日庞统近午时才醒来，去客房找孙贲，却听说孙太守五更天刚过便离了此处回豫章去了。

庞统想着昨晚两人聊了半夜，自己未曾吐露过半句要回荆州的打算，心里不免甚是愧疚。他知道孙贲心里明镜似的，知道江东是留不住自己了。他昨日风尘仆仆赶来，不过是为送自己一程，也好全了二人这些年的情谊罢了，还真是个至情至性之人。回想着两人这些年相处的点点滴滴，庞统不免红了眼眶。

周瑜"五七"这日，鲁肃千里迢迢从江陵赶了过来。作为多年好友兼知己，他怎么着都得赶来送周瑜最后一程。

周夫人与小乔见了鲁肃，自然又大哭了一场。这些日子鲁肃未曾露面，虽知他是因接手军务，稳定大局，才鲜少出现，但二人心里还是有怨气。如今见鲁肃在周瑜墓前大哭一场，几欲晕厥过去，方知鲁肃还是往日那个仁厚仗义的鲁肃，那个肝胆相照的兄弟。

庞统对鲁肃向来是异常敬重的，他一直觉得鲁肃是整个江东最有远见与格局的人，是一个值得信任与尊重的朋友。此刻见鲁肃不顾形象地跪在周瑜墓前，哭得痛断肝肠，忙上前扶起他温声劝道："大人骑马累了几日，又过于哀伤，恐伤了身体，还是起身歇歇，一会儿回府喝口热茶润润嗓子。"

鲁肃颤抖着欲起身，却感四肢无力，只得依靠庞统的臂力才勉强站了起来。庞统知他力竭，忙将手中端着的一碗红糖水，递给他喝了，鲁肃才算是恢复了点力气。

一行人缓缓下山，庞统建议鲁肃回驿站去歇息，鲁肃坚决不肯，说今晚要在周瑜的灵牌前为大都督守一夜灵，方不枉二人这十几年的知交情谊。

庞统知鲁肃是个重感情之人，便不再劝说。随后周夫人王睿将其领到周家的祠堂，这里为周瑜新设了牌位。鲁肃含泪上了几炷香，随后便闭眼跪于蒲团上，入定一般再不出声。

王睿劝他出来歇歇，用过晚膳后再来守灵，鲁肃却充耳不闻。无奈她只得自行退下。她知以鲁肃为人，今日必不会进食。不行一会儿让后厨预备些参汤备着，万一他气力不济时逼着喝上一碗，虽不能饱腹却能救命。这些时日府中上下便是靠这东西维持着体力。

晚膳后庞统带了碗参汤随周夫人去祠堂，推门而入，见鲁肃仍一动不动地跪在蒲团上，大殿内烛火明明灭灭，显得颇有些阴森。寻常人一个人待着，还真是有几分惧意。

庞统赶紧上前几步劝道："子敬兄，跪了这半日了，起来歇歇吧，大都督泉下有知，必感念你拳拳之心。夫人带了碗参汤过来，你不进食，好歹补点力气吧。"

鲁肃睁开眼睛哑声说道："士元不必劝，我不会用的，就让我为公瑾守完这一夜吧，身子还撑得住。"

"那好歹起身动动，要不身子僵了，半天缓不过来。"

"不，这些时日你和夫人她们日夜奔忙，实是辛苦了。作为公瑾好友，我来不及为他扶灵，也不曾为他送葬，已是羞愧万分，今日便让我略尽下心意吧。"

鲁肃说着又流下泪来，才不过半日，他便憔悴不堪，整个人也没了精气神，看上去十分痛苦落拓。

王睿见鲁肃如此，知他心中悲苦，忙上前温声劝道："我知大人与夫君关系非比寻常，也是真心为夫君难过。但我想若夫君活着，必不忍心见你如此苦痛。夫君生前为东吴殚精竭虑，大人是知其志向的。您作为他最好的友人知己，当知他对您的期望，只要大人能继承他的遗志，替他守护好江东的父老乡亲，他便知足了。大人不必拘泥于这些世俗规矩，快些起来喝上一碗热汤，将身体养好，帮他看顾好这万里山河，便是对他最大的情谊了。"

鲁肃听了王睿这一番话，深受触动，他对着她长揖一礼道："夫人如此深明大义，是子敬浅薄了。公瑾得您为妻，当真是三生有幸。"说完他欲起身，却因跪得太久，一时没站起来。

庞统忙扶住他胳膊，将他托了起来。将参汤递予他殷殷劝道："大人长途跋涉而来，又跪了这大半日，快些补充些气力。倘若你将自己弄病了，大都督留下的这一摊子事可靠谁去呢！"

鲁肃见二人皆眼巴巴地看着自己，便不再扭捏，接过参汤一饮而尽。一碗热汤下肚，身子瞬间便有了些热气。他感动地说道："夫人和士元有心了，这些时日苦了你们了，我看你们都清减了许多。"

"大都督于我恩重如山，这些皆是我分内之事。清减了也好，几年前的衣裳又能穿上了。"庞统打趣道，随即对夫人说道："夫人你便先回去吧，今夜我陪子敬兄在这里好做个伴。"

王睿点点头说道："好，一会儿我让下人送两件夫君穿过的厚披风来，夜里凉，二位大人切莫冻着了。"说完她便提了食盒轻声出门去了。

待王睿走远，鲁肃目光如炬般看着庞统问道："士元有何打算？守完灵还回南郡吗？"

庞统大吃一惊，面上却不露声色道："兄台何出此言？"

"我知这些年你在功曹一位上并不舒心，以往碍于大都督情面不曾离去。如今大都督已逝，你必会离开。放心，我不会声张。"鲁肃诚恳说道。

庞统见他言辞恳切，眼神清澈，便知他并无恶意，忙点头说道："兄台料事如神。我的确不欲回去任功曹一职了，预备先回趟家乡襄阳，我的父母亲人都在，回去看望一下，随后再作打算。此事我不愿欺瞒兄台，还望兄台也能为我保守秘密。"

"这个自然，你且安心。此处可有纸笔？我要修书一封。"鲁肃四下张望了一通问道。

"有的，老夫人有时会来此处抄经书为大都督超度，案上便是。"庞统忙找出纸笔递于鲁肃。为防不便，还专程往远处走了几步候着。

鲁肃奋笔疾书，不一会儿便写完了。他略微审视了一番，递于庞统说道："贤弟，如今刘备找主公借了荆州南郡，你这南郡功曹实际上便属刘备管辖。莫如你便去投奔他吧。这是我为贤弟写的举荐信，相信刘备会给几分薄面。我知你满腹经纶，这信或许派不上用场，但有备无患，也不枉我们二人相识一场。"

"谢兄台照应，小弟感激不尽。日后兄台但凡有用得上我的地方，尽管吩咐。"庞统深揖一礼说道，双手接过信郑重放于袖中。想起这几年在江东，鲁肃委实给了自己不少帮助，他是继大都督之外，对自己最亲厚之人。此次一别，不知余生是否还有相聚之日。想及此他便有些难过，眼睛也湿润了起来。

鲁肃也红了眼眶，但他什么都没有说，只重重拍了拍庞统的肩膀。此时恰巧有人送披风来，二人接过披于身上，也不再闲聊，只闭目假寐。

第二日天刚蒙蒙亮，鲁肃便离开了周府，打马回了江陵。庞统送他离开后，也辞别周父、王睿及小乔一众人，心绪复杂地离了庐江。一路上快马加鞭，千里迢迢回了襄阳。

进城门的刹那，看着眼前巍峨的城墙，庞统不免湿了眼眶。眼前的一切是那么熟悉，脚下的青砖、头上的碧瓦及城内百姓忙碌的身影，一切看起来都如此亲切，就连街边那家牛肉铺里飘过来的香气，仍是几年前熟悉的味道，庞统不禁深吸了口气。已三年未见父亲和叔父他们了，他不禁归心似箭。

庞统下马刚拐进篱笆院子，家里的大黑狗便高兴地扑了过来，围着他不停转圈，翘着尾巴摇个不停，显是兴奋极了。弯着腰在一旁菜地里施肥的叔父听到动静抬起头来，见到庞统怔了一下，黑瘦的脸上绽出了几丝笑意，平静地说道："士元回来了？快看看我这豆子和黄瓜，长得比往年好，摘个你尝尝。"

庞德公说完摘下一根嫩绿的黄瓜，用手搓了搓后递了过来，神情淡然得仿佛庞统不过是出了趟门回来了。庞统忙上前接过，咬了一大口快活地说道：

"好吃，我前些天做梦还在和您老人家一起种菜施肥呢。"

庞德公笑了笑道："院子里热，你先进去歇会儿，我把桶里的肥施完便回去。"

庞统将包裹取下扔在地上，一把抢过叔父手中的粪瓢说道："您快去一边歇着，我来弄。"说完便挨个给菜地施肥，忙得不亦乐乎。

"算了，甭忙活了，赶了这么远的路也累着了，咱们爷俩回屋好好说说话。一会儿让小顺子过来弄。"

"也好，叔父，您年纪大了，日后不要再做这些农活了，府上养着那么些人，交给他们弄好了。"

"不过是一种乐趣，哪里又累得了多少？如今腰不太好，弯一会儿便酸痛。"

"可找人看了？估摸着是腰椎脱出所致。晚上我帮您行针治疗会儿。"庞统担忧地说道。

"不碍事，偶尔会发作一下，这些时日尚好。"庞德公轻描淡写地摆了摆手说道，边朝里走边将卷起来的袖子放了下来。少顷回身问道："此次回来不去了吧？"

"不去了，大都督离世了，我在江东再无意趣。孙权待我一向情薄，我何苦再热脸贴他的冷屁股。"

"也好，就在家里待着吧，把你落下的医术再捡起来，也能造福一方。"庞德公见庞统如此说，似乎并未感到意外，沉吟了一下说道。

"我想去刘备帐下效力，叔父以为如何？"

"刘备帐下武有关羽、张飞、赵云，加上新近接收的黄忠，个个英武不凡、威名赫赫，文有诸葛亮辅佐，怕是一山难容二虎。"

"我是去建功立业的，并不是为和谁争个输赢。"

"最好的时机错过了。"庞德公摇头叹道。

"倘若不留在荆州呢？此次回来，侄儿想说动刘备前去益州，辅佐他开创一片新天地。"庞统说完饶有兴味地看着叔父。

庞德公初始一愣，显是未曾料到，但很快便回过味来。他若有所思地看着庞统，大笑道："哈哈，你小子，此计可行。看来这几年你委实成长了不少，眼光格局皆更甚从前。这是步好棋，抢占了先机便大有可图。"

"不瞒叔父，两个月前我便向大都督建言进军益州，孙权已准。可惜大都督在回江陵整军备战的途中，却伤重离世。天道不公哇！谁能料到他这般惊才绝艳的人物竟会英年早逝。唉，时也运也！"

"原来如此，周公瑾死于何病？"

"箭伤感染，炎症发作至五脏衰竭而亡。"

"这便是命数了，今岁方才三十有六吧？"

"是。大都督这一去，我再不愿待在江东，守完'五七'便直接从庐江回来了。"

"回来也好，至少离家近些，也免得我与你父亲挂心。好好休整几日吧，考虑妥当了再去见刘备。"

"时不我待。我预备歇息三日便出发去江陵。"

"好，你自己决定，和周丫头、皆罗丫头商量好。宏儿尚小，你又要离家远行，想必她们心里定不好受，好生安抚安抚。我看那周丫头人不错，五日前才风尘仆仆回到襄阳，未曾好好歇歇，这几日便忙前忙后的，将府中每个人都照顾得十分妥帖，是个贤惠能干的。你千万要好好待人家。对了，既回来了，这几日便将少时的伙伴约来府上，好好叙叙旧。"

"谢谢叔父。"

"一家人说这些客气话做甚，难不成出去几年反倒与叔父生分了？你快去见宏儿他们吧，我回屋里歇歇。"庞德公嗔怪地瞥了庞统一眼，朝里院而去。

看着叔父尚算矫健的身影，庞统心里涌起了一股暖流。叔父永远给他一种泰山般稳重安心的感觉，似乎有他在的地方，方能称得上家。

庞统在家中休整了五日，好生陪了几天父亲、叔父及妻儿，又出门见了不少旧友。众人似乎都有了不少变化。蔡显和蒯祺如今在蒯良、蔡瑁手下做一些辅助性事务。而习祯与马良，则跟随在诸葛亮身边做事。

众人见庞统回了襄阳，皆惊喜不已。轮番做东宴请庞统。聊起这些年各自的趣事，气氛依旧十分热闹。庞统却总感觉少了点什么，似乎再无往日的那种随心所欲。或许分别久了，心态境遇皆有了不同吧。

"士元有何打算？江东还去吗？"蒯祺问道。

"不打算去了。大都督一走，便再无意趣。"

"要不我回头问问爹爹，帮你踅摸个差事？"蔡显迟疑着说道，他虽渴望能帮上些忙，却清楚此事并不容易。

"谢蔡兄盛情，我不打算去北方。"

"还是来刘备将军麾下吧，将军为人宽厚，极易相处。如今孔明兄实权在握，刘将军甚是倚重他。让他引荐一下，以你之才，必能得重用。且卧龙、凤雏若归于一处，也算是一段佳话。"向条热情地邀约道。

习温欲制止向条说下去，却已然来不及。他偷偷观察了下庞统的脸色，却见他虽是笑着，眼睛里的光却明显暗淡了下来。忙暗地里用胳膊肘撞了向条一下，使了个眼色。

蔡显见气氛有些尴尬，忙赶紧岔开了话题："士元可知，北街的酒楼新来了个唱曲的，江浙来的，那声音真叫一个好听，爽得人骨头都酥了。要不明日我来作东，大家一起去饱饱耳福？"

"果真有你说得那么好听？我去过几次，咋愣是没听出来呢？"蒯祺开玩笑说道，眼神里尽是戏谑。

"骗你做什么，明日亲耳见识了再说。就这么定了，明日下值后我请大家去福轩楼，不见不散。"

蔡显豪气干云地说道，往日的大哥风范似乎又显露出来了。他拼命插科打诨，是因为他知道诸葛亮与庞统二人，自少年起便暗地里较着劲。尤其是庞统，自月英嫁于诸葛亮后，他和二人的关系便日渐疏远下来。加之后来他背井离乡，远隔千里，更是来往不多。如今迫于情势要在一处共事，内心多少是有些尴尬的。旁人不知，但深谙内情的他却清楚明白。

第二日日落时分，众人依约来到福轩楼，却见大堂内人声鼎沸，客满为患。若非早有预约，怕是已没了位置。小二恭敬地领着众人来到预留的靠窗一桌。这里离戏台不远，窗外便是繁华的街道。视线所及，整个大堂一目了然，当真是个闹中取静的好位置。

几人刚落座，便听见一阵喧哗。只见戏台左侧缓缓走上来一男一女，看样子似是父女。男抱古琴，女抱琵琶。二人落落大方地对着满堂宾客鞠了一躬，才各自坐下。

简单地调了下弦，男人对着少女微点了下头。立时便听见一阵悦耳的琵琶声响了起来，叮叮咚咚似在倾诉着无尽心事。少顷，男人的琴音也开始应和，声音却韵味绵长，两种声音杂糅在一起，竟显得尤为契合。一曲罢，众人仍沉浸在回味中无法自拔，良久，方爆发出一阵雷鸣般的喝彩声。

见庞统听得入迷，蔡显笑着打趣道："咋样，我没有夸大其词吧？自这对父女来酒楼坐堂后，店里的生意都兴旺了许多。啧啧，看看是否人满为患。"

"蔡兄说得是，这父女俩功夫皆不弱。尤其那长者，一手古琴弹得是出神入化，还真是开了眼了。"庞统由衷地点头赞道。

"我看却是那丫头更胜一筹。你们注意没，十指修长，天生是双弹琴的手。"蒯祺不以为然地说道。

"啧啧，我们听的是音，你关注的却是手，当真是公子风流啊。"习温假装嫌弃地打趣道。

"嘿嘿，关注手咋了，人不风流枉少年。"蒯祺并不以为意，摇头晃脑地反驳道。

"哈哈哈……就你那惧内的样子，还敢自称风流？你们不知，但凡弟妹大声一些，他便吓得直哆嗦。"蔡显大笑着开始揭短，全然不顾蒯祺的脸面。

蒯祺假装生气地剜了他一眼，得意地说道："惧内是种美德，尔等知道什么？此中乐趣不足为外人道也。"

"哈哈哈……"，见他如此逞强，众人忍不住大笑起来，惹得邻桌的客人纷纷侧目，才赶紧噤了声。

经此一闹，气氛总算热烈起来。众人就着琴音喝酒说闲话，好不自在。

突然大堂门口拥进来六七个着黑衣的汉子，一言不发便直往戏台上扑。

台上父女见情势不对，扔下乐器便起身迎敌。少女取出腰间的软剑往来人身上刺去，只见剑风阵阵，招招狠厉。老者自然也不示弱，一双掌似利刃，和来人纠缠在了一处。

大堂里的食客胆子小的已站起来逃窜，胆子大的仍坐在原地看热闹。庞统与蔡显他们对视了一眼，皆纹丝未动。在摸不清双方路数的情况下，他们决意坐山观虎斗。

"北宫源，莫要负隅顽抗。你护着少主子北宫清霏，东奔西逃了这么些年，还未疲累？快快束手就擒。我等酌情兴许还能饶你一命。"

"狗贼休要张狂，有本事胜了我再说。"年长的老者嘴上说着，手上的动作却丝毫未减弱，一个人以一敌三，未见落入下风。

"难道是北宫伯玉的后人？北宫伯玉为韩遂所杀，听说儿女尽皆丧命，何时又多出来个少主人？"庞统悄悄问道，视线却一刻也未离开过台上几人。

"是啊，看来当年那场清剿中有侥幸逃脱的后人，竟从未听人说起过。"习祯说着，脸上的表情竟有一丝兴奋。年轻人喜爱看热闹，尤其是当年凉州那场混乱，震惊了朝野上下。喝顿酒也能遭遇身份如此敏感之人，还真的是奇事。

"追杀他们的人，难不成是韩遂部将？"蔡显饶有兴趣地说道，明显一副将热闹看到底的架势。

几人边看热闹边私下里议论。却见戏台子上打斗的众人已移往了大堂纠缠不休，眼看不时有器皿遭殃，酒楼老板又惊又惧，呵斥店小二："你们死人啊，还不去报官！"

靠近门口的小二一听，忙扭身往外跑，却被飞来的一把凳子砸滚在了地上。小二疼得鬼哭狼嚎，店老板气得大骂道："哪里来的强盗，青天白日便敢如此放肆。要打要杀你们出去战，何苦祸害了我这小店。"

店老板说完扭身看了庞统他们这桌一眼，欲言又止。庞统见蔡显面色不忿，跃跃欲试，心想此店或许是他蔡家的产业。店老板方才的神情分明有些委曲，定是想请蔡显他们帮忙，当着众人面却又不便开口。

庞统正准备继续看热闹，却见年轻女子一个飞身竟从桌上蹿到了蔡显身侧。估摸是打累了，明显气息不匀。

黑衣人不管不顾一刀劈来，女子侧身一避，刀擦着蔡显的鼻尖不足两寸的地方落了下来，将桌子边缘削断了一块。蔡显这下是真怒了，反手一掌往黑衣人肩膀击去，嘴里骂道："哪里来的不长眼的东西，这里可不是你能撒野的地方，给我哪里来的滚哪里去，否则让你们吃不了兜着走。对了，滚前记得把店里的损失赔了。"

黑衣人挨了一掌，吃痛刀脱了手，其他黑衣人一见，又有两个围了上来。这下子似捣了马蜂窝，庞统与习祯也起身加入了打斗，唯有向条纯粹的读书人，武功底子弱，依旧坐在凳子上纹丝不动。

几个人缠斗在了一起。不过十余招，三个黑衣人全被打趴下。也是他们倒霉，招惹上了世家公子中素有"襄阳三剑客"之称的蔡显、庞统和习温。

另外三个黑衣人见情势不对，为首一人停止了打斗抱拳说道："我等此来只为捉拿这两个逃犯，不想却冒犯了各位，先给众位英雄赔个不是，这十两银子算作赔给贵店的折损，还望各位英雄行个方便。"说完他从怀中摸出个鼓鼓囊囊的钱袋，朝店老板面前一扔。

话音刚落，一旁的女子脆声说道："各位大哥休听他胡说，我和阿叔不是逃犯，我们二人靠琴艺讨生活，四处流浪，来到贵地不过两月。襄阳景美人善，我们二人流连忘返，正思谋着在这里长居。却不知从哪里跑来的一伙歹人，竟对我们二人大打出手，穷追不舍，还望众位大哥主持公道。"

"呸，任你巧舌如簧，你们北宫家族就没一个好东西。叛贼余孽，人人得而诛之。众位英雄，这女子便是北宫伯玉的孙女，这老的是她的堂叔父。当初二人侥幸潜逃至今，半年前才被找到。可惜二人太过狡猾，四处逃窜，始终未被抓住。今日得到线报，我等才于此设伏。万望各位英雄行个方便。"为首的黑衣人气得满面通红，失口骂道。

习温一听，大体猜到了整个事情的始末。心想此事还真是不宜插手。便

331

撞了蔡显一下说道："这是他们的私怨，我等还真不宜插手。"

蔡显听了犹豫了一下说道："我不管你等有何私怨，但在我蔡某人店里捉人就是不行。我不管客人身份如何，进了店里便是贵宾，我等要保证他们的安全。出了这个店，随便你们如何处置，皆不关我事。"

店里还有两桌看热闹未走的食客，听到这里皆大声说道："这兄弟说得不错，到别人店里抓人，还真是不讲究。"

"好，就依蔡兄弟说的规矩，暂且不抓人。我们走，着三人守在店门口，另三人去街边窗户下边守着，不信他们不出来。"

黑衣人一听蔡某人三字，便知眼前之人必是襄阳顶流世家蔡府中人，看这年纪打扮，十之八九是蔡瑁府上大公子蔡显。心知此人不好惹，忙答应一声，带领手下干脆利落地走了出去。

年轻女子这才略微松了口气，对着蔡显和庞统他们深深鞠了一礼说道："谢各位大哥救命之恩。"

"别，我等承受不起。借我等之力助你脱困，还真是好算计。"蔡显一脸阴沉地说道，眼神不客气地扫视着女子，显然对于被人利用一事耿耿于怀。

习温也有几分郁闷，莫名其妙被人利用了，偏偏还作声不得，换谁都会不舒服。他瞥了眼蔡显，见他正微皱着眉，面色不善，遂悠悠说道："此事到此为止，你且速速离去，我等不与你们二人计较。"

"今日帮忙便算作是你们二人这些日子在店里献艺的回报，我让店老板将工钱给你们结清，日后便不要来了。"蔡显说完招来店老板，交代了一番。

年轻女子甚是窘迫，红着脸说了声多谢，转身去店老板那里结清了钱。一老一少正欲出门。庞统喊了声"且慢！"二人停住了脚步，齐齐看向他。

"显兄，你这店里可有逃生的密道，救人救到底，他们二人如此出去，定是羊落虎口。今日且帮他们一把，日后如何便怨不得我们了。"庞统看着蔡显小声求情道。

"哟呵，今日咋的动了善心？莫非看上人家小娘子了？"蔡显有几分好奇地打趣道，他知庞统素日里虽爱打抱不平，并非是个没有分寸的人。

"你就说帮还是不帮？"庞统假意不耐烦地斜着眼问道。

"你都如此说了，我能说不帮嘛？老刘，过来。"蔡显叫过老板低声吩咐道："你带他们二人从侧后门出去，切记别让人看见了。"

"是！"店老板诚惶诚恐看了众人一眼，麻利地带着一老一少从后门出去了。那里有个秘道，直通下一个街口。知道的人除了蔡大人父子，便只自己了。多年来从没有开启过，如今倒是用上了。

几个小二赶紧收拾被打烂了的桌椅，又给蔡显他们这桌上了几壶好酒，几人继续海喝起来。都是见多识广的人，方才的打闹并未影响他们的兴致。

"北宫一族自被韩遂灭门后便销声匿迹，几十年来杳无音信，如今又冒了头，难不成有什么图谋？"习温突然疑惑问道。

"自北宫伯玉响应太平道，率数万骑兵打着诛杀宦官的旗号入寇三辅，侵逼园陵开始，便注定了他失败的命运。此人有勇无谋，掌权必不能长久。被韩遂反杀也在情理之中。"庞统压低声音说道。往日在荆州时，他还和叔父探讨过这个问题，这是叔父对北宫伯玉最中肯的评价。

"算了，别说这些陈芝麻烂谷子的事了，跟我等没什么关系。士元兄，你此次回荆州究竟有何打算？"向条不耐烦地打断两人，好奇地问道。

"或许会去江陵，现下还说不准，先在家里待些时日再说。"庞统迟疑了一下回道。

"士元预备去刘刺史帐下效力？难不成你和我那妹夫一样眼光独到？搞不懂你们都看中了他什么。"蔡显有几分诧异地说道。

"那日后你和祯兄便可在一处共事了。他上次回乡探亲，还提起过你，说又有大半年未见了，不知你一切可好。"习温高兴地说道。

"是啊。我去了再拜访他和孔明。对了，向弟如何考虑的？莫如和我一起前去江陵。"庞统笑着说道。

"好啊，反正我们这茬兄弟里，就余我一人天天混日子了，显兄和温弟如今皆在襄阳衙门里做事。我便随你出去闯闯，今日回去便禀告母亲。届时我们二人一同出发。"

"好，就这么说定了。"庞统高兴地说道。

习温笑着打趣道："得，本来是士元兄一人的接风宴，这一下又成你们二人的饯行宴了，当真是计划赶不上变化快，哈哈哈。"

"这下兄弟们当真是天南海北了，以后想喝酒都聚不齐人了，唉！对了，你们走时说一声，我给果儿准备些东西，你们帮忙给带过去。"蔡显有些郁闷地说道。

"好！"庞统和向条知道蔡显是好心，借着送东西的名义，让他二人多和诸葛亮亲近亲近。毕竟他现下在刘备那里深受重用，已有些根基了。

几个人又喝了小半日，方才醉意朦胧地各自回府。是夜庞统早早便歇息了，睡了他这些日子以来最好的一通觉。

第二日起床，阳光灿烂，满院花香。树上的喜鹊更是喳喳叫个不停。辰时，府中来了贵客，却是黄承彦与月英父女。二人一大早便坐着马车来了，带了不少吃用的东西，外加一封诸葛亮给庞统的书信。

月英带着一身花草清香走进前院的刹那，庞统的眼睛眨了又眨，却以为是自己的幻觉。他呆愣在原地怔怔地看着她，竟忘了打招呼。直到月英笑着问道："士元兄，回来了？"

庞统这才回过了神，嗫嚅了半晌问道："英妹来了，你怎的未随孔明去江陵？"

"去了，此次回来给阿娘过寿，在家里待上几日便走。"

"哦，我竟忘了，未去给叔母贺寿，对不住。"庞统恍然大悟地拍着自己的脑袋说道。

"你叔父已然代你问候过了。"黄承彦看着迎出门来的庞德公，笑着说道。

"老弟，有些日子未过来了，快快随我进屋。"庞德公高兴地一把挽了黄承彦的胳膊往里屋走。

"别忙，我这里有封孔明让我转交给士元的信，也不知道写了什么，神神秘秘的。给，拿着。"黄承彦挣脱了庞德公的手，从袖子里拿出一封封了口的信，递给了庞统。

庞统展开信看了，神情有些凝重地问道："此信孔明何时写的？"

"此次陪英儿回乡贺寿时所写，交代说若你回了荆州，便交予你，信上说了些什么？"黄承彦好奇地问道。

"孔明写给刘备的推荐信，估摸着是想为我省去些功夫。只是此信我不能交于刘备。大丈夫当凭本事攫取功名，靠关系取胜，岂非是让人小瞧了去。不过还是替我谢过孔明，他的好意我心领了。"庞统说着将信折好放于袖中，神情却仿佛那是只烫手的山芋。

"我当时便说你必不肯要，孔明却说交于你便可，至于用不用，你自己决定。"月英见庞统神情有丝抗拒，笑着解释道。

"士元样子老成了不少，但脾性还是和小时候一样耿直。此信只不过是起个穿针引线的作用，别的决定不了什么。想那刘备，见识了太多人情世故，用人必定自有一套章法。若你合他意，有信无信没多大区别。孔明的意思只不过是想让你少走点弯路罢了。大丈夫行事，当不拘小节，何苦在这些细枝末节上浪费功夫。"黄承彦笑着开导道。

庞德公见老友如此费心指教，忙接过话题道："你黄叔父所言甚是，亲戚间便不说那些见外的话。若得录用，日后你和孔明便在一处共事，相互间也好有个照应，我和你阿爹也能放心些。"

顿了顿他又感慨地说道："年岁不饶人啊，孩子们都大了，我俩也老了。近些日子常睡不好觉，总觉得有些心绪不宁。老伙计，你咋样？"

"我大体尚好，偶尔会头昏，容易忘事，别的倒没什么不适。"

"那便好，看来你身体比我要好上许多。我前些日子去鹿门山采药，得了几株好东西，待会给你拿两样回去熬汤喝。补血益气的。"

"多谢老兄，有什么好事都想着我。"

"和你拿过来的这些吃吃喝喝的东西比起来，我这几株草药算得了什么。"

"这不是想着士元好些年没回来了，又添了麟儿，府上这两天估摸着来拜访的人也多，拿过来兴许派得上用场。"

"嗯嗯，还是老弟思虑周全。"

两人高兴地聊着天，已小半年未聚的他们，话匣子打开了便有些收不住。如今各自府上都添丁带口的，出行并不十分方便，走动较之往常便少了许多。今日相聚，倒像是要将半年未说的话全补回来。

　　庞统与月英会心地一笑，跟在两位老人后面进了前厅。庞山民及诸葛玲夫妇见弟媳及干爹来了，忙亲自上前奉了茶，热情地在一旁陪坐。

　　一行人边吃茶边静静地听两位老人扯闲话，偶尔也插上一两句话。气氛温馨又随意。庞统觉得这情景像极了多年前，也是在这院子里，也是这相同的几人。不同的是那时的他们，青葱岁月，风华正茂，眼神里是对岁月无尽的激情与憧憬。如今，历经生活磨砺的他们，脸上都或多或少有了岁月的风霜，也添了些平和与从容。时间，待每个人都是公平的，它不管你富贵还是贫贱，博学还是无知。

此后不久，庞统和向条一道去了江陵，求见刘备。此时他的身上怀揣着两封举荐信，一封是诸葛亮写的，一封是鲁肃写的，每一封皆价值千金，庞统却都没有拿出来。他是个有傲骨的人，想的是要凭本事服人。

刘备听说"凤雏"庞统前来投奔，想起赤壁之战时他献的连环计起了决定性作用。还有小乔生辰宴前夕，他冒险前往郡主府给赵云送信，也算是对自己有恩。此人有大才，自然要收入麾下。

刘备正欲让人唤庞统进来。转念一想，觉得他舍近求远投奔孙权，在孙权处郁郁不得志，才来转投自己，心里多少有些不舒服。想着若一开始便对他委以重任，恐二弟三弟他们不服。况如今军师诸葛亮雄才伟略，十分得力，不知道他是何想法。想当初他初来军营，自己对他十分倚重，关羽、张飞两兄弟初始不服，直到诸葛亮屡施妙计，助刘备开创了如今的繁盛局面，他们才心悦诚服。对待庞统万不能再重蹈覆辙。莫如先让他到耒阳县担任县令，既能观察他的心胸气度，又能考察一番他是否如传说中那般智勇双全。

心中有了计较，刘备才正式接见庞统。见他虽穿着朴素，却神采奕奕，和半年前并没什么不同，忙上前亲热地握了庞统的手说道："我对士元渴盼已久，今日前来欣喜之至。只是如今暂时无合适职位，便委屈士元从耒阳县令干起如何？"

刘备说完眯着眼睛审视了庞统半晌，见他神情尴尬，仿佛未曾想到会给自己如此难堪的一个职位。嘴里嗫嚅了半晌，却什么都没有说出口。狡猾的刘备似全无察觉，又例行公事地询问了几句，便借口有军务离座而去。

庞统心里很不是滋味，自己从江东回来转投刘备，却只得了个微末的七品县令之职。换作以往，他或许会拂袖而去，如今理智却告诉他，再不可任性而为。

庞统郁郁寡欢地从治所出来，恰巧遇到前来汇报军务的诸葛亮。诸葛亮见他面色不善，便知此次会见并不顺利，忙关切地问道："主公可说了让你任何职？"

"耒阳县令。"庞统苦笑着说道。

"什么？"诸葛亮大吃一惊，他未曾想到刘备竟只给了庞统一个县令之职。但此时再去进言似乎并不合适。他皱眉问道："我给你写的推荐信，你方才可曾拿给主公看？"

庞统摇了摇头说道："不曾，我还是想凭着自己的实力谋个职位。"

诸葛亮一听叹了口气安慰道："那便先去上任吧，主公话已出口，岂会朝令夕改。不过相信凭士元的能力，多则一年，少则半年，必会高升离了那里。"

"孔明放心，我来前便有心理准备。只是未曾料到会去如此远的地方任职。"庞统淡淡一笑，自嘲地说道。

"明日我在府中为你设宴饯行。喊上习祯、向条他们，让阿英亲自下厨做几个小菜。对了，你最爱吃的那个虾仁豆腐，怕是有几年没尝过了吧，明日看看是否仍是往日那个味道。阿英新近又酿了种酒，口感不错，我悄悄取了个名字，叫月英花田。明日你尝尝看，若觉味道尚可，还有几坛存货，走时便给你捎上两坛。"

庞统心情本十分低落，听了诸葛亮一番话，脸上的表情略微松快了些。一别经年，这道菜他已多年未曾吃过，不承想孔明竟还记得。月英新酿的酒定是不错，就冲孔明起的这名字，便知是仅供他们自己人喝的，外面绝买不到，看来明日有口福了。如此想着，他爽快地答应了下来。

见庞统的面色好了些，诸葛亮的嘴角挂上了一丝了然的笑意。以他的聪慧，早已窥探到庞统的心事，却始终未曾点破。他清楚月英对自己的情感矢志不移，从未动摇，故对庞统的这份单相思从未放于心上。今日见他心情灰败，那便在心理上稍稍作些补偿也无妨。

今日出门前月英还曾叮嘱自己："庞士元回来有些时日了，你抽空邀请他到府上来吃顿便饭，将他相熟的朋友一起喊过来聚聚，当是为他接风了，可不能忘记了。"

诸葛亮爽快地答应了，心里却有些酸溜溜的。现在想来，自己还真是矫情。月英的坦荡反而昭示了她问心无愧。好在庞统答应明日前去赴宴，他心里不免松了口气。

次日傍晚时分，庞统、赵云、习祯、向条、马良几人，齐聚诸葛府。月英亲自下厨，做了几个拿手好菜，并将自己酿造的月英花田搬了出来。众人边吃边喝，听庞统聊着这些年在东吴的各种见闻，不胜唏嘘。

看着眼前老友环绕，庞统一时间竟有种回到了从前的错觉。想想这些年远走他乡，到头来不过一场空。曾经那些建功立业的执念，突然间便淡了许多。所谓的拼搏说到底其实不过是满足自己无尽的欲望罢了。许多人平庸一辈子，活得也十分满足。那些人生中的高低起伏、坎坷激扬，抑或平静如水，不过是际遇不同罢了，一切但求无愧于心便好。

如此一想，庞统的心情好了许多，酒喝起来更觉添了滋味。众人初始还恐他不高兴，气氛有些压抑，如今见他兴致勃勃，便放开了轮番劝酒，他来者不拒，竟喝了个微醺。

宴席结束后，几人挪到前厅吃茶。正闲聊间，诸葛果一头大汗地笑着跑了进来，娇声喊着爹爹。乍见这许多人，她有些吃惊，迟疑着不敢上前，只睁着双黑亮的大眼睛四处瞅了一圈，突然冲着庞统伸出胖胖的小手，指着他说道："我见过这个伯伯，坐船去的，有小阿弟。"

庞统笑得眯了眼，大着舌头说道："果儿记性真好，去岁你去看小弟弟时，我们见过的。"

"弟弟软软香香的，果儿喜欢！"诸葛果歪着脑袋想了一下笑着说道。

她突然注意到庞统腰间的玉佩，觉得甚是好看，便指着问道："这是什么？好看！"

庞统见诸葛果双眼一眨不眨地盯着自己的透雕龙凤涡纹璧玉佩，显见甚是喜爱。忙将玉佩解了下来，大方地递给诸葛果赏玩。边扭头对诸葛亮笑道："果儿甚是可爱，既她喜欢，这个玉佩便送给她吧。这还是前年大都督送给我的，我一直随身带着，也算留个纪念。"

诸葛亮还未及说话，跟在诸葛果后面进来的月英急道："不行，这玉佩太贵重了。既是大都督赠予你的，岂可轻易送人。况小孩子不知轻重，打碎了可怎生是好，快，拿过来还给伯伯。"

月英听闻玉佩的来历，变了脸色，心知这玉佩定是庞统心爱之物。她想将玉佩拿过来还给庞统，奈何诸葛果将玉佩紧紧抓在手里，就是不肯松手。

"这样吧，英妹你先帮她保管着，稍大些了再给她。果儿如此喜欢，也算是一种缘分。"庞统见诸葛果爱不释手的样子，笑着说道。

"那便谢过士元了。兄台打算何时去耒阳上任？"诸葛亮见女儿娇憨可爱的样子，心都快化了，遂不再跟庞统客气，抱拳谢道。

"明日便出发。"

"去耒阳？怎么回事？"习祯此刻还不知道庞统的事，疑惑地问道。

"士元现是耒阳令了，主公刚任命的。过会儿大家都敬他两盏，不日便要出发了。"诸葛亮看似淡然地说道。心中有几分不忍，他是知道庞统的一身本领的，如今这个职位，的确是委屈他了。

"什么？士元兄的志向并不在此。既命令已下，如今只能先去上任，也说不定过不了多久便会有变动。"向条脸上的神色略有几分尴尬，显然十分震惊。在他心目中，庞统自小便聪慧敏捷，是个能干大事的人。完全可以做个指点江山、纵马天下的英雄。年少时便单骑进敌营，不费一兵一卒让敌军退兵。后来又献连环计，大败曹军，这桩桩件件，皆是大军功。为何却不受重用呢？

赵云与马良早已知道消息，并不觉得吃惊，心里也替庞统感到惋惜。而月英却是心里咯噔一下，她担忧地瞅瞅庞统再看看诸葛亮，见二人皆神色正常，云淡风轻，想说什么却终是没有开口。

月英起身往庞统的茶盏里注了些茶水，貌似无意地问道："皆罗和孩子都还好吧？回去代我问声好。"

"都还好，岳母照料得精心。此次我预备独身去耒阳，阿爹和叔父都老了，她们便留在府中替我尽尽孝道。"

"庞伯父身子还算康健，爹爹常和他约了弈棋。山民兄家的二小子可皮了，和我家果儿是不分上下，上月我和果儿随爹爹去庞府，他们两个小人为了争盘子里的最后一块柿饼，竟打了一架。你说好笑不好笑。"

月英为了岔开话题，扯起了这些平日里她不屑说的鸡毛蒜皮的事情。庞统知她是为自己缓解尴尬，感动地瞥了她一眼笑了。

"哼，阿牛打不过我！我那日将他揍哭了，他气得去找姑姑告果儿状去了，姑姑可喜欢我了，才不会帮他。还说男子汉怎可和小丫头抢吃的，将他又揍了一顿。"诸葛果听了，在一旁拍了拍自己的小胸脯自豪地说道，那神气活现的样子，将在座的众人逗得哈哈大笑起来。

"哈哈，果儿真厉害！日后要是阿牛再不小心惹了你，你告诉伯伯帮你出气，好不好？"

庞统大笑着和诸葛果开起了玩笑。方才关于职位的尴尬，在这轻松逗趣的氛围里，立时便化为无形。

庞统偷偷瞥了月英一眼，见她好气又好笑地看着诸葛果，满脸的无可奈何。突然想起她小时候也是如此的调皮，爱争强好胜。如今却是这般清冷沉静的性子。好在她懂自己，知道骄傲如他，最讨厌别人的安慰或是怜悯。不就是耒阳令嘛，去就是了，经历那么多的坎坎坷坷，这点打压算什么？人生便如一个又一个岔路，谁知道在下一个路口等待自己的会是什么？坦然面对便是了。这一刻，他有些释然了。

是夜，庞统带着伤感与失落、期待与满足回了庞府。躺在床上，想着日后可能会遇到的种种，想着如何才能从那小小的弹丸之地尽早脱身，想着自已充满变数的命运，他辗转反侧，直至天明。

不日庞统便孤身去了耒阳走马上任。当地衙门里的地方官员接到消息说新县令前来上任，今日便会抵达。自然是全体出动，顶着烈日站在城门口热情相迎。哪知从午时等到日落，也未曾见到人影。众人沮丧地回到县衙，却见新来的县令已然高坐大堂，悠闲地吃着茶，一脸促狭地看着众人。

众人拖着疲惫的身子上前见礼，面上一团和气，心底里却恼恨这新来的县令不通人情，竟如此捉弄自己这一行人。

焉知奇怪的事情不止一桩。自新县令来了耒阳，不是终日闭门饮酒，便是出门走街串巷看热闹，全然不理政务，任由案件堆积如山，竟似完全不将当地官员与百姓放于心上。

原本地方官们和当地百姓听说新县令曾在南郡任功曹，一向风评不错。后在赤壁之战中献连环计，方能大破曹军。如此桩桩件件，皆是了不起的功绩，自然十分高兴，以为来了个普世度人、解困扶弱的大英雄。如今见了真人，却是个不怜惜百姓、懒惰渎职的糊涂官，不免大感失望。众人一合计，便将庞统不思政务一事写信禀告给了刘备。

刘备一听恼怒异常，气得当即罢免了庞统的官职。他知事有蹊跷，便遣张飞与孙乾二人前去巡察，看看究竟是怎么回事。

张飞与孙乾马不停蹄来到耒阳，先召见了当地官员，找他们一一核实情况。官员们见张将军亲来主理此事，皆大感解气，将庞统的不作为汇报个干净。

张飞见衙门里案件堆积如山，落满了灰尘。便知众人所说不差，庞统自来耒阳后，便没有审理过一桩案件，处理过一件民情，心里着实恼怒，预备将庞统抓捕问罪。一旁的孙乾忙建议他慎重行事，说庞统乃大才，万不可草率处治。

张飞迟疑半晌，责令衙役们将这两三个月积压下的百十件案宗，全部抬了上来。却见卷宗竟有半人之高，张飞立时头大如斗，当即下令庞统升堂逐一审理，他和孙乾及其他地方官，则坐于堂内旁听。

庞统知道机会来了，这才将惊堂木一拍，不慌不忙地开始理案。他按时间顺序，将两个月积压下来的案件逐一审理，一日内便理完了所有的案件。

张飞见他审判公正，直奔要害，无一桩错漏。不免大为称奇，旁听的地方官员更是十分震惊。这才明白庞统的"凤雏"称号并非浪得虚名，看来他不理政事恐另有原因，却并非无能。

耿直又侠义的张飞高兴地拍着庞统的肩膀说道："庞大人确是栋梁之材，待在此地实属大材小用。这样吧，我回去后定将督察到的一切如实禀告大哥，你便等我消息。看来这小小的耒阳留不住你喽。"

庞统听了不卑不亢说道："多谢张将军盛情。主公已罢免了下官的职务，这里下官是待不得了，这便先回襄阳，咱们有缘再会。"

"张某有一言说于你听听。先生才智过人，确异于旁人。但须知世间万事万物皆有规律，月盈则亏，水满则溢。我虽是个大老粗，却也知大丈夫行事须审时度势，谨言慎行，方为长远之道。"张飞临行前拍着庞统的肩膀语重心长地说道。

"谢张将军教诲。"庞统知张飞是为自己好，忙长揖一礼郑重谢道。心想谁说张飞是个有勇无谋的人，他实则粗中有细，识人如炬。

"莫要性急，且静候佳音。"跨马上鞍的那刻，张飞再次沉声嘱道，说完一扬鞭子，马似箭般射了出去，不一会儿便没了踪迹。

"恭送大将军。"庞统表情凝重地抱拳说道。目送着张飞一人一马风一般远去，他才气定神闲地回了衙门，简单收拾下包裹，归心似箭回了襄阳。

张飞回来自是向刘备如实禀告，对庞统大肆褒扬，说他断案如神，百十卷案宗，一日判完，竟无一处错漏，的确可堪大用，莫如考虑重新给个合适职位。

刘备听了，并未觉得诧异，他对庞统的能力是认可的，之所以用县令之职来打压他，也是为了平衡各方势力的结果。如今张飞亲自考察过并明确表态了，自己便好办了许多。但庞统的傲气还得煞煞，否则动不动便耍脾气撂挑子还了得？便冷他些日子，换任一事不急。

周瑛与皆罗二人见庞统如此快从耒阳回来，起初以为是回来休沐，后来见带去的衣物用品全拿了回来，十分吃惊，细问方知被罢了职，不免甚是心焦。

唯庞德公不急不躁，也不多问，生性淡泊的他，觉得只要能好好活着，一切都不打紧。何况他相信庞统的智慧，见他气定神闲，十分笃定，便知他自有成算。

消息传到江东，鲁肃听说庞统被任命为耒阳县令，不到两月又被罢了官，深觉诧异，便写信给刘备道："惊闻庞统一事，甚为吃惊。他非管百里地之人，君若命其为治中、别驾等职位，方能展示其杰出才华，望刺史三思。"

刘备收到鲁肃的信后，反复看了两遍，沉默良久。想当初自己被曹操追杀几乎走投无路，是鲁肃主张的联合抗曹策略给了自己一线生机。后来自己去江东接亲，周瑜几度想取自己的命，也是他百般周全暗中相护。周瑜病逝后，鲁肃接管大都督职位，又不遗余力地劝说孙权，将荆州南郡借给了自己，方有如今江陵这一派祥和。按理说，鲁肃对自己是有大恩的。这份恩情，自己也没齿难忘。如今他的面子，自是不能不给。

况且庞统并不是个简单的人物。前些日子听诸葛亮提及过，他也曾为庞统写过一封推荐信，但至今庞统都没有呈给自己，看来是个有骨气的人。三弟张飞回来后对他更是推崇备至，如今连鲁肃也专程来信为他说情，看来此人确有大才。只是究竟对他作何安排，一时还不好决断，只能思虑周全后再做决定。届时再给鲁肃回信也不迟。

且不说刘备为庞统的事情大伤脑筋。诸葛亮这段日子也心神不宁，一方面二姐诸葛玲来信一再叮嘱自己关照庞统，觉得他在庞统一事上并未出力。另一方面月英也数次提及，让他好歹替庞统美言几句，看能否给安排个合适的职位。两个自己最亲近的人皆在为此事焦急，他自然不能袖手旁观。

这边诸葛亮思谋着如何向刘备开口，还未来得及付诸行动。二姐诸葛玲和姐夫庞山民带着小儿子竟风尘仆仆从襄阳来了江陵，还带来了不少家乡的山货与吃食。

诸葛亮与月英夫妻俩心知肚明，二姐此时上门，八成是为庞统的事来了。二人交换了一下眼色，赶紧迎了二姐二姐夫一家人进门。

姐弟俩到底也有一年未见了，见面自然亲热。诸葛玲拉着弟弟泪眼婆娑地瞅了半晌，见他比往常气色更好更气宇轩昂，便知月英照顾得好，才彻底放了心。她笑着玩笑道："把阿弟这一瞧，比往常气派多了，衣着装扮也比往常讲究，到底是当了官，有了官威了。阿姊真是替你高兴。"

诸葛亮脸上罕见地有了几分羞涩，他忙倒了盏茶递给诸葛玲说道："阿姊切莫拿我开心，哪有这样说自家兄弟的，让别人听见了岂不笑话。就你这性子，也就我姐夫给惯的。"

庞山民听了憨厚地笑着并未搭话。诸葛玲心肠极好，人也异常能干，却是急性子。他却是个温吞的人，两人偶尔一些事达不成默契，诸葛玲便会河东狮吼。故他有些惧内，对诸葛玲几乎百依百顺，襄阳但凡熟悉的人都知道。

"说得好像弟媳妇没惯着你似的。看这府上打理得井井有条，你也长得比往常更顺眼了，这些全是弟媳的功劳。啧啧，阿弟你有福气啊，我弟媳妇是个旺夫的。"

月英见诸葛玲刻意示好，忙上前给姐姐姐夫续了盏茶，看着姐夫怀中睡着了的孩子，笑着说道："二姐，你夸得我都不好意思啦。一路舟车劳顿累坏了吧？莫如先去客房躺会儿，晚膳好了我再叫您。实儿也睡着了，如此怕着了凉。"

"我不累。山民，你先和管家一起去安顿好孩子和行李再过来。我和阿弟弟媳说会子话。"

"好，那我先去了。劳烦李总管带路。"庞山民温和地答应一声，站起来抱着孩子随管家去了后院。

诸葛玲见前厅只余自己三人，呷了口茶开门见山说道："阿弟、弟媳妇，我这次过来一为看看你们和果儿，顺带也是为了士元的事。你们也知道，士元打小就和山民同吃同住，比亲兄弟还亲，公公待他甚至比山民还要好，他总说士元天分高，有大作为。士元的能力你们也是知道的，不说才高八斗，我看至少七斗是有的。弟媳你们自小一起长大，比我更知根底。如今他被罢了官赋闲在家，才三十多岁的年纪，如此下去终归不是长久之计。我这次过来也有公爹的意思，阿弟你看能否给刘刺史说说情，帮他引见引见。"

"阿姊，不瞒你说，前日我还和孔明说了此事，他会找时机想法子斡旋的，你且放心。孔明这人一向正直，从不徇私，此次为了士元兄的事，也是费神的。你便安心等消息吧。"

诸葛玲一听，眼睛立时亮了起来，她清楚月英此话的分量。想必阿弟已有所准备了。

"阿姊，这几日我也在琢磨此事。主公让士元当县令，估摸着是为了磨炼他的心性。平衡各方面关系。张飞将军前些日子亲去考察，回来对士元赞不绝口，已经建议为他另择职位了。放心，主公绝不会让他赋闲太久。目前应是在等个机会，估摸着也快了。阿姊和姐夫切莫心焦。我明日便去找主公，为士元请命。放心吧，很快便会有消息。"

诸葛玲一听喜得眉开眼笑，连连说道："我就说你们绝不会置之不理。山民他是个闷葫芦，心里有事嘴上却不说。这些日子他急得觉都睡不安稳，问他却什么都不说，我便知他是为阿弟士元的事心焦。这不，便带着他一起过来了。弟媳妇啊，你千万别嫌我叨扰。自我嫁入庞府，公爹和山民待我巴心巴肺的，我前半生吃过不少苦，知道这份真情的难得。不怕你们笑话，只要是为了庞府的事，即便刀山火海，我也得去闯一闯。今日当着你们两个最亲的人，便全都说明白了，免得你们嫌我麻烦。"

诸葛亮和月英听了，为她的这份坦荡与真情感动。尤其是诸葛亮，想起自己为了功业这两年四处颠簸，竟从未真正关心过阿姊，由得她孤身一人在襄阳谋生活，心里便十分内疚。忙红着眼圈安慰道："二姐，这些年阿弟四处奔波，对你照顾甚少，对不起。士元的事你且放宽心，我定竭尽全力。日后家里有什么事千万告知于我，即便我不在家，还有阿英可以帮忙。"

月英也附和道："是啊二姐，虽说姐夫一家对你关心爱重，但偶尔也难免遇到烦心事，你有难处时定要告知我们。"

"呵呵，我就这么一说。放心吧，如今阿姊日子过得顺遂，山民体贴，又有两个孩儿傍身，我已是万分满足。你们二人无须为我操心。"

正说着，庞山民抱着睡醒了的庞实回来了。这孩子刚放到榻上便醒了，吵着要娘亲，他便又抱回来了。刚才几人的谈话他全听见了，见自己女人如此维护庞家，不免也甚为感动。

庞实刚睡醒，眼神还迷离着，到了诸葛玲怀里便谁也接不去了。月英见他在姑姐怀里扭来扭去，甚是活泼，便找了些糕点给他，逗弄了一会儿。哪知孩子兴许是到了陌生地方，竟撇着嘴巴一副要哭的模样。

刚随在庞山民身后进来的管家清河笑着逗趣道："小公子想去找果儿姐姐吗？省得在这里拘束。果儿姐姐那里有很多好吃好玩的东西哦。"

庞实听了迟疑了一会儿，随即高兴地点点头，从娘亲身上溜了下来。清河上前牵了他的小手，往屋外走去。尚未行多远，便听到诸葛果脆亮的声音传了过来："实弟来了？快，我带你去后花园捕蝴蝶，可漂亮了！"

"好，姐姐拉手手。"庞实奶声奶气的声音混杂在诸葛果银铃般的笑声里渐行渐远，屋子里一下清静了许多。几人相视一笑，继续有一搭没一搭地扯着闲话。

庞山民知道诸葛亮是个言出必行的人，此事既他已应下，便彻底放了心。当即开心地笑道："士元的事劳烦阿弟、弟媳费心，在此谢过。"

"一家人如此见外做什么。对了，姐夫，你们一家子好不容易来一趟，这几日便在城里四处逛逛，有阿英陪着你们，我也放心。"诸葛亮见姐夫脸上的神色明显松快了许多，笑着说道。庞山民略带几分拘谨地应了声好。

此行的目的达成，诸葛玲与庞山民夫妻俩皆分外轻松，两人说说笑笑地聊起了襄阳的不少趣事，诸葛亮两口子听得津津有味。饭后两家人又说了半晌体己话，方各自回房休息。

次日诸葛亮汇报公务完毕，刘备将鲁肃写来的信交给他阅览，并追问有何建议。诸葛亮见机会来了，忙乘机进言道："庞统之才不亚于亮，主公若弃之不用，倘被别处寻了去，却是麻烦。依下官看，可给他个治中从事之职。"

诸葛亮见刘备听了未置可否，顿了顿又说道："庞统此人，有几分傲骨，但为人重情仗义。主公倘若能礼贤下士，亲自登门邀请，他必会以死报之。"

刘备听了，深以为然。第二日便带着诸葛亮亲自到襄阳面见庞统，这次他自然也见到了一直渴望见上一面的庞德公。刘备亲切地握着庞德公的手说道："庞公，多年前我曾登门拜访，奈何您去了外地访友，未曾谋上一面，我遗憾至今。好在今日总算见着了，也不枉我走这一趟。"

"刺史说笑了，今日相见依老朽看来是恰逢其时。"庞德公风轻云淡地笑着说道，态度不卑不亢。满是风霜的脸上有历经岁月浸淫后的智慧与豁达，刘备心道，不愧是襄阳名士，这份见识与气度，便非常人能及。

庞统恭敬地将刘备及诸葛亮迎入书房，叔侄二人陪着他们聊了大半日，从辰时聊到午后，从午后聊到黄昏。四人对当今局势各抒己见，相谈甚欢。眼见天色已暗，刘备才同诸葛亮匆匆告辞离去。走前任命庞统为治中从事，即刻到江陵上任。

自此庞统便随刘备在江陵长居。他的才情见识很快便显现出来，大事小情皆能快速妥善处置，时日愈久，刘备对他便愈加看重，稍大的决策皆会问问他的意见，而他也总能不负所望，给出精确建议。众人皆道主公身边又来了一高人，能掐会算，深受主公信重。

这日刘备无事与庞统闲谈，问他："你曾担任周瑜的功曹，听说那次我到吴国，周瑜曾上秘信给孙权让他扣留我，不知是否真有此事？我知你对周公瑾情谊深厚，但在谁手下便该忠诚于谁，你不必对我有所隐瞒。"

庞统正色道："确有此事。"

刘备叹道："那时我有求于孙权，不得不去见他，却差点落入周瑜手中，好险。当时孔明一再劝我不要去冒险，便是怕孙权扣留我。我当时想的却是东吴要提防的是北方曹操，而我可以做他的援手，故不会有任何危险，才坚持去见孙权。如今想来，这确是一步险棋，并非万全之策。"

"主公仁心厚德，天必佑之。故才能屡次化险为夷，我所知的马跃檀溪，火烧新野，哪次不是逢凶化吉？"庞统叹息着宽慰道，自己都觉得神奇。

刘备高兴地大笑道："士元所说有理，如今我自己想起来都觉得不可思议，简直有如神助。哈哈哈……"

日子过得飞快。不久孙权派使者来荆州劝说刘备和自己一起攻伐益州，遭刘备婉言拒绝。

并非刘备不愿。实因荆州处于益州和江东的中间位置，攻打蜀地，自然是荆州军当先锋。倘若攻不下来，孙吴在后面来一个两面夹击，岂不是腹背受敌，为他人做衣裳？

当着使者的面，刘备表现出一副丝毫不感兴趣的样子。一旁的孙尚香，并不明了刘备的心思。见家乡来了人，她倍感亲切，高兴地和使者拉着家常，不停追问母亲与兄嫂的境况。一别大半年，她十分思念亲人。

使者旁敲侧击，欲向郡主打听些消息，但数次暗示，郡主都是一副不问世事的模样，使者无奈只得打消了念头。

跪在一旁添茶倒水的丫头秀儿，竖着耳朵凝神细听着，欲从使者和郡主的只言片语中寻找一些端倪，但显然有些失望，二人的谈话除了日常问候外，没有丝毫破绽。

孙尚香淡淡瞥了秀儿一眼，眼神里隐隐浮现出一丝轻蔑。这个近身侍候的丫头是自己刚嫁过来时刘备亲赐的，明面上是关爱，实则是监视自己。孙尚香初始并未警觉，直到连续两次亲眼见她潜入自己闺房翻找东西，心里才清楚这是刘备对自己的算计。得知真相的那日她哭了许久，为想象中甜美爱情的破灭，为自己的少不更事。

远嫁荆州大半年来，孙尚香与刘备在一起的时日并不多。许多时候刘备都借口军务繁忙，极少在她的居所留宿。原本对婚姻满心期待的孙尚香，在流了无尽的凄苦泪水后，终于明白了一个道理：年已五十的刘备，远不像他最初扮演的那般深情。在他眼中，军务与百姓，每样都比自己重要。甚至，他对自己充满戒备，看自己的眼神无形中总充满了审视与探究，有时候甚至十分陌生。

酣畅淋漓地哭过几场后，孙尚香彻底埋葬了自己的感情，开始以一种清醒的姿态生活。她放弃了期望与挣扎，不再刻意讨好逢迎，也不想探问究竟。每日只做些自己爱做的事，日子反而过得较为轻松自在。

孙尚香到底出身于显赫世家，性子虽单纯，但自小见的阴诡之事并不少，对这些不入流的算计也略知一二。但身在异乡，孤立无援的她，只能以一副懵懂骄纵的大小姐姿态示人，如此方能让他们稍稍放下些戒备。

孙权曾派亲信前来面见孙尚香，但孙尚香皆避而不见。即便见也总拉上刘备一起，或者找刘备的亲信赵云、马良等陪同。如此几番下来，孙权便放弃了找妹妹打探机密的想法。

并非孙尚香无情。她知道自己唯有两不相帮，方能让刘备少些戒备，自己的日子也才能略微舒坦一些。世人哪里知道，这花团锦簇的显赫背后，其实是不为人知的艰辛与孤寂。

使者回江东后，对孙权直言刘备根本无意攻取益州。孙权遂也放弃了进军四川的想法。毕竟不管是在地理位置还是兵力上，江东皆不占优势。

殊不知此刻的刘备却打着自己的如意算盘。他对益州早存了吞并之心，只是不愿与孙权一同瓜分。庞统、诸葛亮都曾不止一次向他进言攻取益州，如此便可三分天下。野心勃勃的他岂会错过这大好的机会。早已蠢蠢欲动的他，如今只是还少个契机。

雄霸北方的曹操，自然也早看出了益州的重要性。为此他不顾不久前才在赤壁受过重创。休整半年便再次出兵攻打北凉，意图由北凉进军益州。

益州牧刘璋听说曹操进攻北凉，知其醉翁之意不在酒。情急之下听从别驾张松建议，派使者法正前去荆州，恳请刘备带兵入川，助其平定汉中列强张鲁。

刘璋此举无异于饮鸩止渴。他请刘备入川的真正目的，是希冀他能助自己抗拒曹操。但请神容易送神难，这是可以预见的结果。故益州的大部分官员持强烈反对意见，奈何宠臣张松百般蛊惑。

原来曹操南征荆州的时候，刘璋曾派张松前去晋见示好，表示自己愿意归附。当时的曹操正志得意满、雄心万丈，根本没把这个不起眼的地方官放在眼里。

而张松此人，自视甚高，小肚鸡肠。因他自小便有过目不忘之能，故来前为见曹操，他刻意做了许多准备，强行背下了《孟德新书》，在曹操面前存心卖弄，哪知却弄巧成拙，彻底惹恼了曹操，他当着众将的面，将自己一生的心血付之一炬。

因着这次不愉快的初见，此后曹操在接待张松的时候，态度轻慢，并没有按照以往的惯例为张松赐官晋爵。张松憋了一肚子气返回益州。

回川途中张松绕道去拜见了刘备。刘备知张松是益州牧刘璋近臣，故对他十分客气，殷勤备至。张松为刘备的热忱感动，便投桃报李，将益州的人情地理、兵器府库、人马众寡及军事要塞的防务部署统统告诉了刘备。刘备不费吹灰之力，便从张松那里得知了益州的种种情况，不免大喜过望。

待张松回到益州，正逢曹操在赤壁打了败仗。张松便乘机向刘璋痛诉曹操如何轻慢恶劣，刘皇叔如何贤德，并力劝刘璋同曹操断绝来往，与刘备建立亲密关系。

刘璋听从了张松的建议，派法正前往荆州同刘备联络，请求他出兵助自己讨伐张鲁。法正到达江陵后向刘备说明来意，刘备初始还有些迟疑，并未立时答应。他其实有自己的顾虑。一方面怕自己离开荆州后，现有的疆域被孙权乘机拿回去，另一方面又恐答应得太痛快，法正以为自己早就觊觎益州。

庞统私下劝道："荆州东有孙权，北有曹操，不易得志，主公要想建立大业，须拿下益州做大本营。本来还担心师出无名，如今刘璋亲自来请，这好比是瞌睡了有人递枕头，恰逢其时啊，望主公早作决断。"

刘备担心地说道："我与曹操水火不容。曹操峻急，我便宽厚，曹操暴虐，我便仁慈，曹操狡诈，我便忠诚。凡事与他反其道而行之，方有今日的成就。如今为得益州，若失信于天下，便失去一向安身立命的信誉，能行吗？"

庞统苦口婆心地劝说道："如今正当乱离之际，凡事不能墨守成规，要随机应变才好。况吞并弱小，攻击暗昧，逆取顺守，报之以义，正是大家所重视的。只要攻下益州之后，封还刘璋一块地，以善待之，谁敢说您有负信义？主公若不趁现在攻取益州，到时会被别人占了先机。"

刘备见庞统如此说，这才彻底下了决心，同意了法正的请求，答应不日将率兵入四川。

刘备听从了庞统的建议，派自己最得力的手下诸葛亮、关羽、张飞、赵云等留守荆州，自己则带领一部分人马到益州去另创天地。为此他和庞统如法炮制，极力拉拢法正，欲在赶赴益州前将其吸纳进自己阵营。

刘备为法正举办了盛大的欢迎宴，他亲切地说道："孝直兄弟，此行路途遥远，你辛苦了，先好生歇息两日。且放宽心，你家主公既如此信任于我，我定无二话。今日略备薄宴，为你接风，在座的全是跟随我多年舍生忘死的兄弟，他们十分敬重孝直的人品，来，大家一起敬孝直一碗。"说完刘备端起碗咕咚几声喝了个干净，其余众人也跟着豪气干云地干了。

法正见刘备待人亲厚，对部下也一视同仁，深受触动。他感激涕零地连连致谢，将碗中的酒一饮而尽。心道：刘皇叔果然如传言一般，礼贤下士，温和宽仁。比益州那位主公，不知要高明多少。贤主能臣，和谐共处，这才是真正的君臣相处之道。法正心里不免五味杂陈。

庞统、赵云、陈到等人纷纷起身劝酒，满面笑容，态度谦和。乍见这些传说中的名士、名将皆来给自己敬酒，法正既高兴又惶恐，来者不拒，很快便有些喝大了。

酒过三巡，眼见众人都喝得差不多了，刘备借口有事离了席。走前对庞统吩咐道："士元你们替我好好款待先生。"又转向法正介绍道："这位是治中从事庞士元，这两日便由他陪你四处走走，熟悉下荆州的风物民俗。"

法正忙起身谢过。刘备带着赵云、陈到几人先行一步，其余众人也纷纷告辞离去。庞统见法正若有所思，神情多少有些失落，已揣测出他此刻的心思，只不动声色地说道："荆州素来富庶，我带孝直兄四处看看。"

法正点头道好。二人出了治所，一路往南而去。相较于四川的苦寒，江陵算得上物阜民丰。二人一路行来，只见街道两旁商贾云集，绸缎铺、粮铺、银铺及各色小吃铺子，琳琅满目，此起彼伏的叫卖声不绝于耳。二人从南街转到北街，从东市再到西市，布置虽各不相同，却一样的热闹非凡。法正嘴上不说，心里却颇有些羡慕。

庞统偷偷窥探法正神色，叹息着说道："荆州早先几十年，盗匪盛行，民不聊生。自先刺史刘表来后，方四野安宁，民富物丰。如今主公接任，更是爱惜百姓，善待下属，四野无不称颂。不知益州比荆州如何？"

法正一听红了脸，吭哧了半晌竟无法言说，只好顾左右而言他，指着远处一座酒楼说道："转了这半晌也累了，听说襄阳茅庐春，还有兄台酿制的霸王醉，皆很是出名，兄台可否带我去见识一二？"

"有何不可？走吧，前面便是此地最好的酒楼福禄轩。说起这茅庐春黄酒，乃世家小姐黄月英十几岁时研发，你道她是何人？"说到这里庞统面有得色地考问法正，见他一脸茫然地摇头，淡淡一笑接着说道："她便是如今的军师诸葛孔明夫人，是个了不得的女子。现今孩童们玩的纸鸢、百姓用的水车，皆出自她手。"

法正倒吸一口凉气道："一介妇人便如此厉害？荆州当真是人杰地灵。有机会还真想见见你说的这个诸葛夫人。"

"哈哈，有机会的。你加入我方阵营，便有机会认识他们夫妇二人，皆是人中俊杰。"庞统貌似玩笑地说道，他偷偷瞅了法正一眼，见他并无反感的样子，心知策反一事能成，立时便轻松了许多。

二人边聊边走，眼见到了酒楼，庞统将法正让在前面说道："到了，孝直兄请，今日便让你见识下地道的荆州菜。"

店小二十分机敏，见庞统二人进来，笑着迎了上来招呼道："二位爷，里边请。一楼还有靠窗的座，二楼也尚有雅间，二位爷看看欲坐何处，吃点什么？"

"就在一楼择个靠窗的位置吧，拣你们店里最好的特色菜上几样，好好招待下我们远道而来的客人。"

"得嘞，您就瞧好吧，包二位爷满意。"小二引二人靠窗坐下，麻利地给二人斟好了茶水，便急步往后厨而去。

二人坐下喝茶。庞统乘机说道："孝直兄，恕我直言，益州刘璋昏庸无能，而我家主公却仁慈厚德。麾下文有诸葛孔明及在下庞统，武有关羽、张飞、赵云、魏延、马良等，如今又坐拥荆州这富庶之地，何愁大业不成。不日主公便要入川，我观兄台雄才大略，乃智谋机变之人，莫如乘此机会投奔主公，辅佐他建一番宏图伟业。如此日后主公得了益州，必许兄台高官厚禄，更可得主公无上信任。兄台意下如何？"

庞统说完仔细观察法正神色，见他虽有些迟疑，却明显动了心。忙又凑近些补充道："兄台若有此意，小弟愿做这穿针引线之人。"

法正一听心中暗喜，自家主公无能，此次迎刘备入川无疑是引狼入室，他日刘备必称霸益州。反观刘备，体恤下情，宽和待人，又善于笼络人心，有魄力有决断，是个干大事的人，且麾下人才济济。与其等日后刘备收服益州顺势而降，莫如现在便做个辅助开创基业之人。

如此这般在心中计较一番，法正终是动了投诚的心思。他沉吟了半晌说道："刘荆州一向贤名在外，此次算是领教了。我这里有益州地图一份，愿献予刘荆州。我主刘璋虽无能，却并无大过，公然叛之恐惹非议。我可暗地里为贵方做些力所能及的事，其他的视日后情势而定，若贵方能顺利拿下成都，双方再谈接下来合作事宜。"

"好，孝直兄深明大义、明辨是非，有你相助，定能早日拿下益州，如此也能让川中百姓少吃些苦头。明日我便带你请见主公，届时你亲自将地图交付予他。"

庞统大喜过望，诚恳说道。双方议定了接下来的章程，彼此都很是轻松。席间二人又商讨了一番，决意此事除了告知刘备，其他人一概不晓。如此法正可继续随在刘璋身边，关键时刻再出手以做策应。

谁都未曾想到，庞统凭借着他的三寸不烂之舌，轻松策反了刘璋的头号谋士法正，还意外收获了一份益州地图。刘备欣喜若狂，自此对庞统越发倚重。

不久刘备召开了一次高阶将领会议。诸葛亮、关羽、张飞等人皆从驻地赶到了江陵。刘备宣布了自己将入川助刘璋平叛，而后再设法谋取益州的战略部署，众人听了皆十分震惊。除了诸葛亮、庞统与赵云及马良四人赞成外，其余众人皆持谨慎态度。

耿直的张飞明确反对道："此去路途遥远，一切皆未可知，大哥何苦要蹚这趟浑水？"

"大哥此去必有缘由，三弟不可妄言。我与三弟观点一致，若益州久取不下，东吴与北魏一方或者是双方夹击荆州又如何？"关羽神情凝重地轻抚着自己的长胡子出言劝道。

"二弟、三弟，刘璋与我同宗，现派孝直求救于我，我岂可坐视不理？放心，此次我只带士元、封儿及十二将前去，兵力嘛，不宜多也不可太少，便一万兵卒吧。大家觉得如此安排是否可行？"

"主公此去益州，实为幸事。益州位置极其重要，以往欲去苦于无正当理由。如今他们自己将馅饼送了过来，焉有不接之理。正可乘此次机会一并拿下。只是一万兵力是不是少了点？无论何时，主公的安全当属第一。"诸葛亮却兴奋地持不同意见。

"那便两万兵？不可再多了。万不能益州未拿下，却丢了老本营。我走后，要防止东吴前来夺取荆州，拜托大家定要替我好好守住。一切要务悉听军师定夺。"刘备扫视了众人一眼郑重说道，脸上的表情甚是凝重。

众人一听齐声说道："请主公放心，绝不负主公所托。"

刘备这才放了心，经与诸葛亮、庞统二人反复磋商，才定下了此次入川的人选。如今的情势，最需要防备的仍是曹操，其次便是孙权，故刘备留下了自己的核心力量守护荆州，诸葛亮依然总揽全局，关羽、张飞及赵云等人，仍各镇守一郡。如此即便益州拿不下，仍可回归大本营。

刘备还有层顾虑，若带去的兵力过强恐遭刘璋疑心。毕竟此时的关羽、张飞、赵云都是声名赫赫的大将军。而黄忠虽精于骑射、武艺高强，却已近暮年。义子刘封，义侄关平，虽二人刚猛异常，有万夫不当之勇，却都年纪轻轻。魏延年轻气盛，谋略过人，此时的名声却也不响。而宿卫将军陈到，统率着刘备最精锐的白毦兵，忠勇可靠，能征善战。外加其他七位大将：霍峻、邓芳、冯习、辅匡、张南、刘邕、卓膺，个个皆是以一抵百的人物。这是一个战斗力超强的团体，却不容易惹人忌惮。

一切准备妥当，刘备率领庞统及义子刘封，连同帐下十位大将黄忠、魏延、陈到等及两万大军，随着法正入川。行前，正式任命庞统为军师中郎将，和诸葛亮同样的职位。这也昭示着刘备夺取益州的决心。

此次有庞统辅佐，纵览全局，还有张松、法正做内应，刘备甚是放心。觉得拿下益州，指日可待。故他带着两万大军入川时，心情可说是迫切。大军长途跋涉，昼夜急行，终于在一月后进入了四川。

要说这益州牧刘璋，也算是名门之后。其父刘焉原是汉景帝之子鲁恭王刘余后裔。因益州刺史郤俭在益州大肆敛财，贪婪成风，朝廷深恶之。欲派人前往却无人愿意。刘焉为得一安身立命之所，割据一方。便向朝廷请命愿为益州牧，封阳城侯，前往益州整饬吏治。刘焉进入益州后，派张鲁盘踞汉中，截断交通，斩杀汉使，从此益州与汉廷道路不畅，断了联系。刘焉为巩固自己的势力，对内打击地方豪强，益州大大小小的官职几乎都被刘焉带来的东州人占据，益州人敢怒不敢言。

后来刘焉因背疮迸发而卒，其子刘璋继领益州牧。益州人寻思刘璋性情懦弱好拿捏，便提倡"益州人管益州事"，轰轰烈烈地造起了反，却大多不成气候。

成都本地人张松，是个机变势利之徒，他在权衡利弊后，选择继续拥立刘璋。在他的里应外合下，刘璋顺利平定了叛乱。自此刘璋对张松感激莫名，一应政事皆先询问张松的主意后再行定夺，一时间张松权倾益州。

张鲁一向骄纵，自刘焉死后，便不再听刘璋号令。刘璋一怒之下杀了张鲁母弟，双方结为死仇。为永除后患，刘璋派手下大将庞羲几度攻击张鲁皆战败。偏此时曹操又率军前来袭击，内忧外患之下，刘璋听信张松进言，迎接刘备入益州。欲借刘备之力，抵抗曹操。

刘备率领的两万荆州军，风餐露宿到了益州地界，大军在离涪城八十里开外的郊野扎营。途中庞统劝说刘备，在与刘璋会面之际乘其不备杀掉他，这样便能不费吹灰之力夺得益州。

刘备却正色拒绝道："我等受邀初次入川，未立仁德，人心不齐，若贸然行此悖德之事，恐会四处树敌，万万不可鲁莽。"

庞统叹息道："主公所说固然有理，但若现下不杀刘璋，虽对他一人仁慈，却会让蜀中无数百姓遭殃。且自此便要做好打持久战的准备。我军长途奔袭而来，兵力有限，恐损耗不起。"

众将皆觉得有理，纷纷附和，唯刘备不为所动。庞统无奈只得又献计道："若此计不纳，尚有上中下三策，主公可择一用之。"

刘备饶有兴趣地说道："说来听听。"

"上策：暗中挑选精兵，日夜兼程，直接袭击成都，刘璋没有防备，大军突然到达，定能一举攻破成都，平定益州。中策：派人向涪关守将杨怀、高沛通报，说荆州有变，想要回师，并命令军队整理行装，做出回军的样子，杨怀、高沛必出关送行，利用这个机会捉住杨怀、高沛，拿下涪关，再进军成都。下策：撤回白帝城，以后再谋取益州。"

刘备思索一会答道："自然取中策最为妥当。"于是众人商定计策，找机会斩杀杨、高二将，拿下涪关，再徐图成都。

是夜三更时分，张松、法正乔装前来刘备营帐。二人建议刘备于明日会谈中直接杀了刘璋夺取益州，称这是最便捷高效的策略。刘备看了庞统一眼，情知三人的建议高度重合，也最为快捷。但他思虑半晌仍一口回绝。

一向以仁德著称的刘皇叔，涨红着脸说道："季玉与我本为同姓，又深信于我，怎可干出这等悖德之事。况我初来四川，威信未立，如此行事恐会损了名声导致根基不稳。尔等一片忠心为我算计，却非万全之策，今日便罢，日后切莫再提。"

法正与张松面面相觑，知刘备好面子讲义气，大抵是干不出这种事。本想再劝说几句，一旁的庞统对着他们缓缓摇了摇头，二人才熄了劝他的心思。

庞统知刘备大约是担心自己吃相太难看，难免会遭世人诟病。为了他一向的好名声，即便是作戏，他也得硬着头皮作全了。

张松、法正叹息着离去，一边遗憾一边欣慰。法正心想，刘备到底是忠义之人，行事讲求个公道人心，这样的人跟着终究安心。如今这局面，只能多费些功夫慢慢谋划，日子还长着，却也不急。

黄忠、魏延等一众将军，见法正他们的建言被刘备拒绝，嘴上不说，心里却腹诽，主公啊主公，为了您自己这点好名声，荆州将士们却要白白丢掉多少性命。益州百姓更是遭了难，真不知您这是仁慈还是残忍。

庞统清楚以刘备的性情，大概率便会如此行事，故他才提出了上中下三策由他选择。他早已料定刘备会选中策，果不其然。此刻他要思考的是，接下来的益州之战究竟该如何谋划。

第二日，刘备带领庞统、刘封、黄忠、魏延、陈到一行六人，在涪城与刘璋会面，刘璋设盛宴款待刘备等人。二人第一次见面便倍感亲切，酒席上更是称兄道弟好不亲热。

刘璋见刘备洞悉世情，老成豁达又十分谦逊，随行众将也个个威风凛凛，略放了心。他借着酒劲询问刘备带来了多少人马，刘备笑着伸出了三根手指，刘璋见了不免有些失望。但他不知道的是，三万还是刘备夸大其词多说了一万。

刘备与庞统皆能言善辩，法正、张松也很能活跃气氛，一顿豪饮下来，双方终是交谈甚欢。刘备见刘璋颇有了些醉意，乘机说自己带来的兵力太少，若对阵张鲁恐没有胜算，找他索要人马。喝醉了的刘璋当场大方地答应给刘备配备些将士及军需战马，以壮大荆州军队。其随行人员除了法正、张松外，皆大惊失色，叫苦不迭。

不久，刘璋下令为刘备大军配备了米二十万斛，马匹与战车各千乘，还有各色缯絮锦帛无数。让荆州大军略作休整后，便北上攻打汉中。

汉中是整个西南地区的战略要地，北依秦岭，南屏巴山，是连接关中、成都的要地。这些年因着汉中相对安定的缘故，人们从四面八方蜂拥而至，仅从关西沿子午谷逃往汉中的百姓，就达到了数万人。至今汉中的户籍人数已达十万众。

张鲁在汉中已苦心经营了二十余年，深得汉中民心，可谓根基深厚。再加上汉中盆地周边全是崇山峻岭，有地形上的防御优势，可据险扼守，十分难攻。这也是刘璋屡次攻打无果的原因。

刘备表面上答应了刘璋的建议，北上抗击张鲁。实则心里却打着自己的小算盘。他知道汉中易守难攻，自己这点人马，去了也是送死。当初曹操因垂涎汉中，前前后后耗费了近十万大军，都未能将此地拿下。而此刻的刘备，论兵力形势，皆不占优势，硬拼肯定拼不过张鲁。惯于审时度势的他，自然不会拿自己和将士们的性命冒险。便在大军行至葭萌关处时，下令军队原地休息，停滞不前。

刘备拿出法正献的地图铺于地上，众人审视了半晌，庞统指着一处画了标记的地方进言道："这是咱们现处的葭萌关，要进攻张鲁只能走金牛道和米仓道。走米仓道，距离远，粮草运输的损耗极大。我军就这点粮食，根本不够。走金牛道虽近些，但其终点便是阳平关。阳平关一夫当关，万夫莫开，张鲁只要把住阳平关不出，耗上几月我军便无计可施。"

"照军师说法，打张鲁无论如何都没有胜算，咱们莫如直接取道涪关，行中策之道。"魏延见庞统的神色讳莫如深，皱着眉头脱口而出道。

"我意也是如此，但这是后话。目前莫如先留在葭萌关，立恩德，收人心，逐步扩充军队，而后再作图谋。"刘备狡黠地笑着说道。

"那刘璋生性多疑，怕是不能容忍我军停滞不前，须得找个说法。"黄忠皱眉说道。

"这个不怕，刘璋暂且不会与我翻脸，他还指望着我帮他打曹操呢。"刘备胸有成竹地说道。

庞统思索了一会儿说道："属下有个办法，主公晚些时日可给刘璋写一封信，就说曹操率军攻打东吴，接孙权急报要回荆州救援。刘璋无奈，必会放主公归去。"

"哈哈，这个主意好，我等在此地磨上几个月，再说归去，他们便巴不得送我们走了。"刘备大笑着说道。众将皆觉得此计可行。

"主公既决定在此屯兵休整，莫如乘机再向刘益州要些好处，他这人好面子，想必多少都会有所表示。"宿卫将军陈到笑着进言道。

"哈哈，陈将军这招更狠。"魏延嘿嘿笑道。众人一听，都会心地笑了起来。

于是大军便在葭萌关就地扎营。每日练兵习武，却并不向前推进。当地百姓有活计忙不过来时，将士们还前去无偿帮忙，老百姓莫不交口称颂。家中有多个男丁的，听说了刘备的贤德后，竟将儿子送了过来参军。如此过了一两个月，刘备觉得时机到了，便手书了一封索要兵力、财物的书信，交于魏延亲自送往白水关。

杨怀接信后，觉得事出蹊跷，便嘱高沛守关，自己则陪同魏延入成都觐见刘璋。

刘璋见了杨怀奇道："杨将军不在白水守关，何以来了成都？"

杨怀呈上书信说道："末将专为刘备此书而来。刘备自从入川后驻扎于葭萌关，不思出兵，却广布恩德以收买民心，显是醉翁之意不在酒。今又写信求拨军马钱粮，主上切不可给予。倘若再相助，便如同置干柴于烈火之上，再难覆灭也。"

刘璋听后半信半疑，阴沉着脸说道："吾与玄德兄弟之情，不可废也。"

刘子初见刘璋如此糊涂，大声谏道："刘备乃枭雄之人，若久留于蜀中，实为纵虎入室。当初我便反对召其入川，奈何主公不听劝阻。如今他停滞不前，显有异心。若主公不思危险，仍助其军马钱粮，刘备则如虎添翼。万望主公三思而行，切不可再次犯险。"

刘璋见他义愤填膺，话说得也不甚中听，脸越发黑了，竟无视刘子初的建议，视线环顾了一圈，期望能有人给出更为妥善的建议。

黄权接过信，快速阅览了一遍，尚未看完便大怒道："刘备老匹夫，枉担了贤德名声。主上不听人劝引狼入室，已然危险，如今他竟又厚着脸皮索要钱物，万万不可再给。主上可回信曰：尔寸功未立，却一再索要财物，是何道理？"

曾经为阻止刘备入川，将自己倒吊在城门口力劝无果的王累，此刻更是急怒攻心，他惶急地再次劝道："刘备狼子野心，昭然若揭。主上让他去打张鲁，可他在葭萌关已停留两月有余，至今未有开拔迹象。现今又索要兵力财物，明显是有诈。主上再不能听信他一面之词了。"

见众人群情激昂，刘璋的脸色红一阵白一阵，异常尴尬。一旁的张松冷笑一声说道："尔等惯喜以小人之心度君子之腹。想那刘备，素有贤德之名，又岂会贪图我等这点财物。想是因攻打张鲁不易，多点倚仗罢了。大家别忘了，当初曹操屡次率重兵攻打汉中，不是皆无功而返。"

"好你个奸诈之徒，莫不是被刘备灌了迷魂汤，还是收了他什么好处，次次为他说话，难不成来日他取了益州，会第一个为你加官晋爵？"王累指着张松不客气地怒骂道，眼睛一片血红，显是愤怒到了极点。

张松不自禁地往后缩了缩，高声嚷道："我对主上一片赤诚之心，日月可鉴，岂容你来诋毁？"

刘璋头疼地大喝一声道："找你们问计，一言不合又吵起来，还嫌事不多？王累，你说话也太放肆了。本官念你一片忠心，不罚你言语不当之过，快些下去吧。此等言语，休要再提。"

"主公，此时你嫌我话不中听，他日必会明白我乃肺腑之言，可叹啊，我益州危矣！"王累还待说话，却被一旁的侍卫强行拖了出去。

黄权本欲再劝说几句，却见王累受此屈辱，心立时便凉了半截，想了想，终是面色灰白地闭了嘴。

法正见现场分为了两派，张松有些孤掌难鸣，便开始和起了稀泥："主上，我认为刘备此请，大抵是因双方兵力悬殊，欲再给自己添些倚仗。想他既千里迢迢来到此处，定不会置之不理。"

说完他眼珠一转又转换了语气："不过各位大人说得也在理，刘备虽是我方请来助力的盟友，不好置之不理，但全然驳回情面上也说不过去。却又不可不防，莫如就按他提出的要求减半执行，这样既全了彼此的脸面，又不怕造成太大的损失。主公和各位大人觉着如何？"

刘璋一听，深以为然，觉得这不失为一个两全之法。便立时下令又拨给刘备兵士四千，所求的物资俱减半供应。并答应五日内着人送至葭萌关。他思索了一下，命令法正亲自做这个押送官。

第二日刘备便收到了法正遣亲信送来的消息。众人心想：这刘璋还真是好骗，如此条件竟答应了。又过了五日，法正亲自押送四千兵士与相关物资到来。刘备大喜，异常客气地请法正入了自己营帐。屏退了众人，只留下庞统一人在侧。

法正将益州近期发生的一些大事简要说了，包括刘益州的迟疑不决，黄松、王累等人的强烈反对。为不露痕迹，法正并未作太久停留便匆匆离去。

刘备嘱黄忠将这些蜀兵打乱了顺序不着痕迹地编入自己军中，又召集众将领商议对策。众人一致决定，先在葭萌关休整个小半年再做其他打算。当下迫切要做的，便是安抚好刚送来的这四千蜀军。

刘备命义子刘封及魏延等人现场分发了大量的干粮和水袋给将士们，声情并茂地高声说道："军士们，非是我刘备等人不愿前去汉中，否则我们何苦千里迢迢来到四川。大家也看到了，就我们这区区两三万人，去对战彪悍的张鲁大军，岂不是白白送死。想当初曹操为打汉中，拼十万众，还差点葬身于阳平关，我等这点兵力根本无法撼动汉中。为避免不必要的牺牲，本刺史决定，大家先原地休整，来日再谋其他。今日来的这四千友军，是来襄助我们荆州军的，那便是我们的同胞兄弟，日后要将他们视作我们的家人，大家同舟共济，患难与共。"

荆州军一听，齐声喊道："同舟共济，患难与共。"声音洪亮，经久不息。

蜀军将士们一听，刘皇叔如此体恤下情，荆州军也当自己这些人是自家兄弟，莫不感动。本来他们极其不满自己这些人被当作礼物一般划归他人。

而今听了刘备慷慨激昂的一席话，第一次觉得原来自己也可以被人如此尊重，反而庆幸自己跟对了人。

庞统见刘备轻轻松松一席话，便赢得了蜀中将士们的喜爱，心中暗叹道：于收买人心这一途，主公的确称得上驾轻就熟。他这随随便便振臂一呼，众人便激动得热泪盈眶，看来这四千蜀军，终会被真正收入囊中。

刘备军自此驻扎在葭萌关整休，明面上垦荒种田，暗地里招兵买马，广纳贤才。附近一部分不满刘璋的势力，便都闻讯而来，暗地里投靠了他。

刘璋听闻心中恼怒，却又奈何不得。王累、黄权等人屡次私下劝刘璋驱逐刘备回荆州，刘璋却碍于情面不愿出尔反尔，反怒斥他们缺乏包容精神。极度失望之下，王累自此保持缄默。但他不甘心益州落入刘备手中，便找来刘子初、黄权二人商议，看有什么办法能阻止即将到来的灾难。

这日刘备派人来请刘璋前往葭萌关赴宴，刘璋也想借此机会亲近两人的关系，便欣然同意。但此举却遭到了大部分蜀将的反对，皆劝刘璋休要前往，怕刘备没安好心。

王累和黄权私下请见刘璋，建议他带上巴蜀第一猛将张任前往，届时好相机行事。又暗地里找到张任，痛陈刘备等人狼子野心，让张任千万保护好刘璋，若有可能，找机会除掉刘备，以绝后患。张任架不住二人反复劝说遂同意。

刘璋虽认定刘备不会伤害自己，但暗地里却也做好了万全准备。他带上了自己的得力大将张任、黄权、吴兰等人前往。另外让五万大军随同前往，等候于葭萌关外。

张任此人，算得上巴蜀第一猛将，勇敢刚毅，胆识过人。黄权和吴兰也都武艺高强，三人虽性情迥异，却皆是蜀中名将。

刘璋一行人到了葭萌关，刘备亲率庞统、黄忠等人出营相迎。庞统打眼一看，见刘璋虽只带了三位将军赴约，但不远处守候的军队却乌泱泱的一眼望不到边，心下吃了一惊，便知刘璋是有备而来。

转眼一看刘备笑得满脸欢畅，显然他也注意到了前面的境况，却恍若未觉，抢先一步握住了刘璋的手，大声说道："季玉兄，辛苦了，快请进帐一叙。"

刘璋笑着谦让道："玄德请！"

两人挽手进帐，同坐于上首，将军们分列坐于两旁。立时便有兵卒端了酒菜进来，众人一瞧不过是些红薯、南瓜、玉米等寻常之物，配了些数量不多的牛羊肉，酒是当地常见的苞谷酒。

刘备端起倒满酒的碗站起来恭敬地说道："欢迎季玉兄及各位英雄莅临指导，玄德略备粗茶淡饭，大家边吃边聊。"说完痛痛快快地将碗中酒一口气喝干。

刘璋一行人谢过。初始几人还保有几分警觉，推杯换盏几轮后，气氛立时便热闹起来。酒过三巡，魏延自请起身舞剑，意图伺机刺杀刘璋。刘备知其用意，却未加阻拦，他其实早就想探查一下刘璋的虚实。

张任见魏延立心不正，借口比试一番站了出来，成功牵制住了魏延。魏延见状，不得已给一旁的刘封使眼色，于是刘封也起身加入。未曾想张任竟勇猛异常，以一敌二仍不落下风。

三人打得难解难分，眼见张任以一对二仍稳占上风，庞统便知今日的试探应到此为止。尚未及开口，却见蜀将吴兰将手中的碗往案上重重一蹾站起来嚷道："这是何为，欺我蜀中无将？难不成贵军习惯以多压少？"

刘备这才顺坡下驴，笑着对刘璋及吴兰解释道："吴将军说笑了，不过是他们听说张将军勇武无敌，欲请指教一番而已。年轻人自然难免气盛。你二人还不快快退下。季玉兄乃清贵君子，尔等舞枪弄棒的成何体统？"

魏延和刘封这才告罪退回席间。刘备将自己面前的酒碗斟满赔罪道："兄台勿怪，他三人同场竞技，也算得上趣事一桩。未曾想张任将军如此威猛，当真是名不虚传。稍后备要单独敬张将军一碗，聊表敬意。哈哈……"

刘璋见张任得胜，本就十分高兴。又听刘备好一番恭维，心里更是乐开了花，淡淡地笑着夸赞道："无妨无妨，魏将军和刘少将军也甚是威猛，未来不可小觑。看来玄德不日攻打张鲁，少不了这二位将军襄助。"

"哈哈，正是如此。"刘备笑容满面地附和道。心想这老狐狸，时时不忘提醒我入川的本意。奈何去便是无谓送死，且这么耗着吧！

　　庞统见二人各怀心思，笑得一脸虚伪，忙上前敬酒和稀泥。这一场未经授意的鸿门宴，在张任的勇猛彪悍中化为无形，接下来便是和风细雨般的相谈甚欢。

　　愚蠢的刘璋却不知，一场惊天变故不久便要到来。自此，益州开始战乱四起。

且不说蜀地这边剑拔弩张。东吴孙权自听说刘备受刘璋之邀前往益州，便寝食难安。思忖着倘若刘备轻松拿下益州，那么自己与他之间的势力平衡或将被打破，孙权无论如何都不愿看到这一天。

张昭深知主公心事，暗地里献计道："主公休要动兵。倘若一旦兴师，曹操必再至矣。不如修密书两封。一封给刘璋，言明刘备结连东吴，欲暗地里夺取益州。如此一来刘璋必与刘备相疑，即便不与之开战也必谴之。另一封则修书与张鲁，许诺与之联盟，让他假意进兵往荆州来。若刘备首尾不能相顾，我军便可起兵取而代之。"

孙权一听大悦，立时便派了两个使者马不停蹄地前往两地送信。殊不知这边庞统早有预料，若江东得知刘备进军益州，必不会安分守己，恐会有异动。一方面早已吩咐关羽、张飞严守死防。另一方面让刘备修书一封送予刘璋。

信上写道：曹操派乐进领兵二十万攻打东吴，孙权派人传信，让我速去驰援。此次曹军攻势迅猛，时不我待，我欲从涪关先行回荆州，与孙权共抗曹敌。待敌军退后再入川襄助，还望刘益州应允。

信方送走，刘备大军便开始整装开拔，直往白水关方向而去。为防刘璋疑心变卦，大军早已做好了随时交战的准备。

为防消息泄露，刘备事先并未和张松、法正等人联系。故刘璋收到信后，召众人前来问计。张松看到刘备写的信，误以为他真要回荆州，情急之下赶紧手书一封预交给刘备，劝其千万不要回荆州，直接夺取益州。

不料张松的信尚未来得及送出，其胞兄广汉太守张肃便来了府中。匆忙之中张松将信胡乱藏于袖中，心不在焉地陪兄长坐着说话。但他心中有事，自然坐卧不宁，根本无心待客，几度欲请兄长离开。

张肃见胞弟心绪不宁，知其有事，便找张松要酒来饮。张松无奈，只得吩咐管家备宴款待兄长。酒至半酣，张松袖中书信无意中掉落地上，被眼尖的张肃随从快速拾起，藏于袖中带回了府。

张肃回到自己府中后，其随从将拾来的书信递于他，张肃看后大惊失色。只见信是写给刘备的，信中说道：逆取顺守，古之人所贵。今大事已在掌握之中，何故欲弃此而回荆州乎？使松闻之，如有所失。书呈到日，疾速进兵，以图王业，幸甚。松稽首再拜。

张肃对其随从长叹道："阿弟欲做灭门之事，我只能前去自首。"于是他连夜觐见刘璋，控告其弟张松与刘备同谋，欲献西川。并将张松的信交予了刘璋。

刘璋看后气得勃然大怒道："吾平生以仁义待人，对张松尤为肝胆相照，未承想他竟昧着良心背叛于我，岂不令人心寒。我必杀之，否则不能泄愤。"

遂下令即刻捉拿张松全家，尽数斩于市集。百姓无不哗然，想着昨日还恩宠不断的张松，今日便因投敌满门赴了黄泉。一时间那些暗地里欲投靠刘备的人，开始动摇了起来。刘璋的这招杀鸡儆猴，暂时起了成效。

怒杀张松之后，刘璋急忙召集文武官员商议接下来的对策："诸位大人，刘备欲夺我益州基业，该当如何？"

众人大骇，唯有王累、黄权几人并未感到意外。王累愤而骂道："下官早知会是这结果，才屡次犯颜劝诫主公。刘备匹夫，主公以仁义待之，他却以怨报德，莫如派兵将其抓获杀掉，永绝后患。"

张任皱着眉头说道："现时捉拿恐为时已晚，我猜刘备必已有所防备，或许已出兵向白水关进发。主公不是说他两日前来信，说曹操攻吴，请求他支援，他欲从白水关取道回荆州。坏了，他必已向白水进发。"

黄权禀道："事不宜迟，主公可即刻传令各处关口，增兵把守，不许放荆州一人一骑入关。另外整顿军备，做好随时应战准备。"

众人听后纷纷点头称是，于是刘璋紧急派兵前往各关口传令。

法正得知张松被杀消息，情知其通敌之事已然暴露，悲痛之余，担心刘璋派人监视自己，一时间不敢轻举妄动。

刘璋紧锣密鼓地布置，殊不知刘备早已听从庞统的中策建议，带军直奔白水关。此关乃通往成都之咽喉，也是返回荆州必经之路。此关隘由大将杨怀、高沛二人镇守。皆是刘璋手下名将，各持强兵，据守关隘、山谷等处。

此前二人曾数次上书劝谏刘璋，希望遣还刘备回荆州。奈何刘璋并未听从。如今听使者来报说刘备大军欲回荆州襄助孙权抗曹，明日要借道白水关，请求见二位将军一面，权作告别。

二人一听很是高兴，心想此人一走再无须提心吊胆了，当真是好事一桩。杨怀商量着问高沛："刘玄德此次回荆州，若来日再入川又当如何？"

高沛咬牙说道："莫如我们二人明日藏利刃于身，于送行处刺杀刘备，以绝主上之患。"

杨怀抚掌笑道："此计甚妙！"

次日二人为防刘备起疑，只各自带了随从一百人前去相送，其余兵力皆留守在关口。

临近白水时，庞统提醒刘备道："杨怀、高沛二人若欣然而来，恐有所布置，主公需严加提防。若二人不来，主公便起兵径直取关，不可迟疑。"

刘备痛快答应下来。二人正说着话，忽地刮起一阵旋风，将马前的"帅"字旗吹倒于地，刘备一见变了脸色，问庞统此情景作何解。

庞统沉吟道："此乃警报，正印证了我的想法。此次杨怀、高沛二人恐有行刺之心，主公可整兵御之。"

于是刘备身披重甲，佩上宝剑。魏延、刘封、陈到三人立于身侧也严阵以待。这时有士兵前来报告，说杨、高二位将军已前来送行。

刘备令军马歇定，庞统沉声叮嘱魏延："但凡白水关上来的军士，不问多少，一个也休得放回。"魏延得令，悄然前去安排布置。

杨怀、高沛二人，身上各藏利刃，带领两百军兵，牵羊送酒，直至中军营帐。见刘备正手持卷书在阅，身旁竟无一人在侧。竟似全无防备，不免心中暗喜。

二将上前说道："听闻刺史欲回荆州，我们二人特备了些薄礼相送。"说完将手中拎着的一坛酒递于刘备。

"二位将军守关不易，快些坐下共饮。"刘备接过酒，先给杨、高两位将军各倒了一碗，待二人饮酒毕，方才将自己碗中的酒饮了。随即刘备故作神秘地说道："吾有秘事与二位将军商议，闲人退避。"

杨怀、高沛带来的两百名手下，尽被赶出中军营帐。杨、高二将有些起疑，正欲动作，刘备突然喝道："左右给我拿下。"

帐后刘备义子刘封及关羽之子关平二将奔了出来，这二人此次随刘备入川，始终随其左右，充当着贴身护卫之职。刚猛异常的二人只几下便将杨、高二人当场捉拿。

刘备喝道："我与刘璋乃同宗兄弟，你们二人何故同谋，离间我兄弟二人？给我搜！"

高沛梗着脖子骂道："老匹夫还好意思提同宗，若你真心前来帮忙，何故驻扎在葭萌关数月，却不动一兵一卒？主公受你蒙蔽，当你是兄弟，实则你这人当真是虚伪至极。"

刘备听了，气得浑身发颤，显是愤怒至极。此时刘封从二人身上各搜出匕首一把，交予刘备。刘备把玩着匕首，轻蔑地看着二人说道："就凭你们二人？还想刺杀于我，当真是笑话。这些年我经历的艰险何至于此，不都好好过来了。本来我思谋着只取关口，不伤你们二人性命。如今看来，你们二人对我心存仇恨，留下也是死敌。莫如成全你们二人忠将之名。"

庞统一听厉声喝道："此二人意欲刺杀主公，罪不容诛，将二人推出营帐，斩首示众。"于是杨怀、高沛二人皆被斩于帐前。

随即一声号响，早有准备的黄忠、魏延令人将二百名随从全部拿下，不曾放走一个。刘备命人给这些俘虏赐酒压惊，面色和善地劝说道："杨怀、高沛二人离间我弟兄，藏利刃欲行刺我，不得已诛戮。但此事想来尔等事先并不知情，故不予牵连，恕尔等无罪。"

众人皆感激涕零，叩头拜谢。刘备又道："今夜若尔等引路，带我军夺取关口，必有重赏。愿意跟随我军的，必以兄弟待之。"

大多数白水兵皆点头应允。有少数不情愿的，也只敢暗自腹诽，不敢出声。

是夜，高、杨手下的兵卒带引着化装成白水军的刘备军行至白水关下，为首一人照事先交代好的说辞大声喊道："二位将军有急事回城，速开关门。"

城墙上的守军一听是自家军队，立时便开了关。荆州军一拥而入，兵不血刃，便得了白水城。城里的三万蜀军，除极少数败逃，其余皆悉数投降。刘备特赐重赏。随即命自己带来的荆州军，分兵把守各重要关隘。

次日志得意满的刘备吩咐犒劳军队，设宴于涪城前厅。喝醉了的他得意扬扬地问庞统："今日之会，可为乐乎？"

庞统正色劝道："讨伐他国却引以为乐，非仁者之兵也。那些不得已投降的蜀将，心中恐会有怨气。"

刘备大怒道："昔日武王伐纣，前歌后舞，难道亦非仁者之师？你这人败坏兴致，甚是无趣，速与我退下！"

庞统听了，面无惧色，大笑着起身离去，留下众将面面相觑。陈到见刘备醉得厉害，忙扶他进营帐安歇。刘备睡至四更酒醒，陈到告知白日里他因恼怒将庞统逐出厅去。刘备大惊，懊悔不迭，忙让他天一亮便去请庞统入内。

刘备见了庞统，羞愧地长揖一礼致歉："昨夜酒醉，迁怒于士元，请勿挂怀。"

庞统谈笑自若道："臣也有不到之处，说话方式欠妥，焉能独怨主公？"

庞统赔个不是，也算是给了刘备个台阶下。二人冰释前嫌，脸上皆风轻云淡。但庞统心里清楚，人在愤怒或者酒醉时说的话，恰恰代表了最真实的内心想法。刘备此人绝不似他平日里表现出来的那般仁慈敦厚，更多时候，不过是打着仁义的幌子，行谋取利益之事。日后自己尚需谨慎些，切不可存丝毫轻慢之心。

话说白水关自落入刘备之手后，大部分兵将皆降，唯有一小部分残兵连夜逃回了成都，向刘璋报信。刘璋大惊失色，急召文武官员商议对策。

"刘备这老匹夫，伪君子一个，竟私自攻占了白水关，看来不日便要攻打成都了。如此说来传令兵还是慢了一步，可怜杨怀、高沛二位将军惨遭杀害，其家眷定要善加安抚。尔等且说说，可有何良策？"

刘璋长子刘循出列请命道："刘备既起兵，目标便是成都。要守成都，雒县是关键。儿子愿连夜点兵去守雒县，誓与雒城共存亡。"

"好，我儿有此壮志甚好。你即刻领一万精兵前往增援，定要替我守住雒县。"刘璋欣慰地看了儿子一眼，心道：都说上阵父子兵，果然还是自己儿子靠得住，知道为父分忧。

刘循领命而去。刘璋想想仍不放心，又派刘璝、泠苞、张任、邓贤、吴懿五位将军，各领兵一万，星夜出发死守涪城。涪城北临成都，南邻葭萌关，是进军成都的必经之处。

且不说刘璋惶惶然忙了个人仰马翻。此时的荆州军，以葭萌关和白水关为大本营，各留下五千兵将据守。其余众兵则随刘备向成都进发，大军的下一个目的地便是涪城。

刘备任命黄忠和魏延两名大将作前锋。这二人骁勇善战，又各有所长，前者稳重谨慎，后者胆大机变。能够如此顺利拿下白水关，荆州众将大受鼓舞。处于兴奋状态的他们，竟一路过关斩将，先后击败了蜀将刘璝、泠苞、张任、邓贤等人，夺取了涪城。张任等人无奈只得退守绵竹。

刘备率军进涪城那日，庞统进言道："荆州军在此地并无根基，便需千方百计取得当地百姓的信任，为此主公需下严令，让将士们严明纪律，不得私拿百姓钱物，不得无故伤害百姓。主公向以仁爱闻名，更得以信誉为本。"

刘备深以为然，立时便下了整肃纪律的严令，他再三告诫将士们，任谁违命，皆军法处置。荆州军自然令出必行。早已听说过刘皇叔贤名的百姓，竟喜笑颜开地夹道欢迎。刘备深受感动。百姓们见荆州军纪律严明，作风过硬，也倍感欣慰。

自此刘备带主力军屯驻涪城，以事休整。这日庞统正专心看军报，忽然一阵吵吵嚷嚷的声音自外面传来，他大声喝问道："何事喧哗？"

只见外面有兵士答道："军师，有人鬼鬼祟祟在外窥探，恐是敌方探子，被我等抓住了。"说完将一个被扯下面纱的女子扭送着进了门。

庞统抬眼一看，大为惊异。原来，被五花大绑之人竟是那名唤北宫清霏的女子，二人曾在荆州酒楼有过一面之缘。女子见了他，突然激动地喊道："庞大哥，我此次便是专为来找你的。"

庞统半信半疑地审视着女子问道："找我何事？我可不记得咱俩之间有何交情。"

"上次荆州你帮我和阿叔解围脱困，便算是我的恩人。我们被人一路追杀，不得已逃来四川投奔远亲。前些日无意中听人说刘皇叔带兵来了此地，而随军军师是您，便想着前来见恩人一面。哪知方才在外面守军不让进门，这才吵闹起来。"北宫清霏深恐庞统不信，挣开士兵的手心急火燎地说道。

庞统见她说得真诚，情知不会有假，挥手说道："快松绑，弄些吃喝来。"

士兵见真是军师故人，有几分羞涩地挠挠后脑勺，答应着一路小跑地去了。

"不用，我不饿。"北宫清霏涨红了脸连连摆手，揉着自己被绳子勒红了的手腕说道："我此次来是想看看可有什么我能为你效力的地方。"

"你一个女子，每日打打杀杀的不累吗，好好过几天消停日子吧。两军对战可不是闹着玩的，稍有不慎便死无葬身之地，逞匹夫之勇有何用。"庞统见她如此急切地想要表现，不觉有几分好笑地劝道。

"哼，可不要小瞧了女子，女子能干的事也多着呢！"北宫清霏不服气地撇嘴说道，稍后一脸神秘地凑近庞统耳边低语道："你可知我表姨母是谁？"

庞统见她一副神神秘秘的样子，心中也添了几分好奇，但却装出一副不感兴趣的样子，并不追问。

"马超将军的正妻杨氏。"北宫小姐见庞统不为所动，自顾得意地说道。她见庞统脸上的神色从平静到诧异，显然有了倾听的兴致。便接着说道："想必军师也清楚。去岁曹操从潼关北渡黄河，被我表姨父率步骑杀得几乎丧命一事。自命不凡的曹操半生吃的两次大亏，一次在赤壁，一次便是与我表姨夫交战。这次若不是虎卫军许褚拼死救出曹操，兴许他已命丧黄泉。经此一战，曹操对我表姨夫恨之入骨。故我说，你们其实有共同的敌人，或可结成联盟。"

庞统惊喜地看着北宫清霏，他发现此女十分机智，眼光格局丝毫不输男子。她说的一切完全符合自己这方的利益，若双方真能结盟，于刘备来说，无异于是一件天大的好事。

"此事促成你能有几分把握？"庞统沉吟了一下试探着问道。

"我可先回去探探口风，但若真想成，估摸着还需静待时机，你懂的。"北宫清霏一双亮晶晶的眼睛紧盯着庞统迟疑着说道。

"嗯，我明白，他需要看我方的实力，若能在对阵刘璋的战场上得胜，把控住益州局势，那么双方谈判才有意义，否则，他连面都不会愿意见。"

"确是如此。你也别怪他势利，人都是趋利避害的，何况他掌着手下无数人的生死，更会十分谨慎。"北宫清霏表情凝重地说道。

"人之常情。这样吧，你帮我带个口信给你表姨夫，就说拿下雒城之日，庞士元必亲自登门拜访，届时再商谈合作事宜。"

"好，一言为定！"北宫清霏高兴地说道。她此来的目的已达到，也不欲再作过多停留，遂依旧蒙了面纱告辞离去。

看着北宫清霏离去的背影，庞统心情大好。谁能想到在这遥远的川地，竟能遇上故人。且这故人还给他带来了一个天大的好消息，简直是如有神助。

庞统面带微笑地去后院请见刘备，将此事向他汇报了一番。果然，刘备听后大喜，当即命令庞统全力促成此事，届时再为他庆功。

涪城失守的消息传到成都，刘璋及众官员皆十分惶急。益州从事郑度建议道："刘备孤军深入，远道来袭，所率部将分兵驻守后不过万余，那些不得已而降的蜀军，并非真心归附，一旦开打绝不会恋战。且荆州军并无辎重，粮草紧缺，只能靠抢掠田野里的庄稼为食。下官以为，如今最好的办法，便是将巴西与梓潼境内的百姓尽数驱赶到内水、涪水以西，将这两地库存的粮食物资及田野里的庄稼全部烧掉。如此一来他们没有了粮草补给，用不了多久便会全线溃败。我军只需高垒深沟，静待变化，根本无须死战。"

郑度所言得到了部分官员的附和，唯有刘璋面色阴沉，十分不悦。郑度叹了口气说道："刘备若率军前来挑战，我军坚守不出。最多一百天，他们熬不住必会自动撤退。待他们退时咱们再雷霆出击，定可以将其活捉。"

众人皆觉此计可行。法正却听得额头冒汗，心想，倘若此计照准，荆州军危矣，得想个法子打破才是。

他正待说话，却听刘璋不为所动地说道："向来只听说过抵抗敌人以保护百姓，却未听说过要迁徙百姓来躲避敌人的。百姓们种点粮食不易，岂可暴殄天物。"

法正见仁慈又少谋的刘璋，毫不犹豫地否决了郑度的计策，这才暗中松了口气。心道，刘璋啊刘璋，你懦弱无能便罢了，却又有着愚蠢的仁慈。若果真照郑度的办法施行，刘备此番怕是插翅难逃了。唉，你大事上无决断，小事上不清醒，被人取代是迟早的事情。跟着你这种人当差，当真是窝囊透顶。幸亏我抽身得早，投靠了明主，不必跟着你做那阶下囚。这一刻，法正竟十分感念庞统，觉得他为自己指了一条明路。

法正将此消息传于刘备，刘备大吃一惊，忧心忡忡地向庞统询问对策。庞统宽慰道："主公且放宽心，以刘璋性情，必不肯做下这令百姓怨怒之事，他绝不会采用郑度的计策。"

刘备听了，心下稍安，又派人联系法正，让他密切关注刘璋动态，以防他半途改变主意。法正自然一一照办。

刘备这才彻底放了心。他对庞统、刘封等人笑道："刘璋真乃昏庸之人，若他采纳郑度的计策，我军便陷入了绝境。奈何他却妇人之仁，看来是天助我也。哈哈……"

众将军跟着哈哈大笑，唯有庞统略含深意地看了刘备一眼，心道：一向以贤德著称的刘皇叔，若易地而处，将会作何选择呢？早先曹操攻打新野，刘备一把火烧了新野，携十万百姓奔逃，焉知是善心，抑或是一场豪赌。这其中关窍，又有谁能真正窥得分明。

想到这些，庞统不免感觉有些寒冷。他看着侍立在刘备身旁，笑得一脸欢畅的刘封，突然感觉惋惜。这个年轻气盛的少年将军大概没有意识到，自己的处境已然十分尴尬。如今的刘备已有了亲生骨肉刘禅，可义子的表现却如此耀眼，如此阳光明朗、勇猛无畏，那日后若打下了江山，将由谁来继承呢。刘封的存在，显然已对其亲子构成了威胁。如今大业未成，尚不足虑。可若真到了日后，焉知他不会成为刘备的心病。既然是病，总有一日会被连根拔出，只是时间早晚而已。

如此想着，庞统看向刘封的眼神里竟有了一丝不忍，他仿佛已看到了这个少年将军悲惨而又可见的未来。

正是这无限怜悯的一眼，却被敏感的刘封捕捉到了。军师的这一抹复杂眼神，让他的心里有了一丝丝的不自在。对于这个新来不久的军师，他是极其敬重的。一路行来，亲眼见识到了他的智计百出，屡创奇迹，他深知军师绝非一般人。这样的人有时甚至是可以预见未来的。刚才他看向自己的眼神十分复杂，虽是无心之举，却定是别有深意。

刘封决定无论如何，自己这两日都要抽空去拜会一下军师，即便什么都不说，表明自己的敬仰之心即可。日后若能得军师在关键时刻提点一下便好。

是夜，刘备本已在里间睡下，突然想起还有事情要商量，忙唤在外值守的刘封道："封儿，即刻去请军师过来，为父有事相商。"刘封领命而去。为方便随时联络，庞统就歇在一墙之隔的邻屋。

刘封恭恭敬敬地轻声叩了三下门，听到庞统请进的声音，才推门而入。却见庞统并未安歇，而是披衣坐于榻边，手里捧着本书正看得入神。

"义父有事相商，还请军师移步。"刘封笑着拱手揖了一礼说道。

"少将军稍等。"庞统听了忙起身穿好衣服，洗了把脸，又简单整理了一下头发便往门外走去。

"军师如此博学，还日夜勤读，我等望尘莫及。"

"少将军英武智慧，倜傥风流，乃青年楷模，实乃主公及我等之幸。"

"军师过奖了。本将自认尚算勤勉，奈何资质愚钝，恐令义父及军师失望。"刘封诚惶诚恐地说道。

"少将军资质出色，切莫自谦。只是下官以为，少将军要懂得韬光养晦，方为上策。"庞统略略迟疑了一会儿，还是忍不住出言点拨。

"噢？"刘封听出了军师言外有意，还待说话，二人已行至刘备房外。听得脚步声，刘备在屋内高声问道："可是军师，快请进来。"

庞统应声而入，刘封只得将已到嘴边的话咽了下去，也随之进了屋内。他麻利地给刘备、庞统各沏了盏茶，便默默退了出去，立于门口充当护卫。

"军师，下一步便是进攻雒城了，可有好的对策？"

"雒城易守难攻，守城之人乃刘璋长子刘循。听说此人勇猛异常，心智坚韧，胜刘璋百倍。有他在，雒城便易守难攻。看来这里是块硬骨头，轻易啃不动哇。"

"便是如此才头疼，我欲半月后整军出发。这些时日，军师便思索个周全策略交予我吧。"

"属下领命。"庞统皱着眉头说道。看来明日要出城去周边考察下地形，看看采取什么行之有效的攻击策略。

二人正一筹莫展。恰在此时刘璋派李严为护军，统一指挥据守绵竹的各路大军，哪知李严却不战而降，绵竹失陷。张任、刘璝无奈只得退入雒城。

要说这李严乃荆州南阳人，建安十三年曹操率军南下攻打荆州时，李严为躲避战乱选择逃往益州。受到益州牧刘璋重用，委任他为成都令。此次刘璋派遣李严、费观带领军队迎击刘备，却万万没想到他们如此轻易便投降了刘备。

李严及费观的到来，让刘备军的实力大增，也给了他足够的信心。一番交谈之下，刘备惊异于李严的才能，认为此人智计非比寻常，足能委以重用。

他思谋着待来日平定益州，定给他个重要职位。

这日庞统正在房中思索作战方案，忽听门吏来报说有客来访。庞统出门一看，见此人一头及颈短发，衣着凌乱，看上去有些怪异。问他是谁不答，却要来些吃喝大快朵颐。再问便说自己前来解救数万荆州军性命，需面见刘备后方肯说。

庞统无奈只能带着他去见刘备，原来此人却是彭羕。曾因直言忤逆刘璋而被贬为奴隶。彭羕见到刘备直言问道："将军有多少兵马在前寨？"

"黄忠、魏延两将及所属兵马。"刘备诧异他有此一问，迟疑着如实回道。

彭羕又道："前寨紧靠涪江，若蜀军决堤，前后再以兵围堵，便无一人可逃。我观今夜便有大雨，恐冷苞会有所行动，望将军慎之。"

刘备与庞统听了暗自心惊，忙谢过彭羕。遣人去通报黄忠与魏延二位将军，日夜巡查，防敌军决水。

果然，当夜冷苞见雷雨交加，便带了五千军士循江而上，预备决堤。哪知刚靠近便听四周喊声震天，冷苞方知荆州军早有防备，急忙下令撤军，却已然来不及。蜀军死伤大半，冷苞也被魏延生擒，押往涪关，后被刘备斩杀。

此役后，刘备设宴款待彭羕，并拜其为幕宾。荆州军更是如虎添翼。此时的刘备野心勃勃，早已不满足于涪城、绵竹这些弹丸之地。便和庞统商议着，如何尽快出兵攻打雒城。

庞统见刘备再无心等待，只得尽力筹措粮草军械，以备战时之需。此时已是六月，田野里麦浪滚滚，瓜果蔬菜也挂满了枝头。眼见后续军粮有了着落，大军便整装开拔前去攻打雒城。

谁承想自从入川后便一路势如破竹的荆州军，第一次遭遇到重大挫败。众将士接连攻城数日，却无半点进展，倒是折损了不少兵力，战事一时陷入了胶着状态。

此时刘备军人数已翻了两倍有余，达四万人之众，刘循与张任的守城军只有两万人，却仍将雒城守得固若金汤，一根针都插不进去。

双方都十分清楚，雒城是通往成都的最后一道屏障，一旦被拿下，成都便如探囊取物。到那时，整个益州都是刘备的了。胜败在此一举，刘循与张任派兵加固城防，补充军备，坚守不出，已做好了誓与雒城共存亡的准备。

这期间，马超在内侄女北宫清霏的陪同下，独自率二十骑亲兵前来绵竹，与刘备、庞统密会了一面，几人商定待刘备兵临成都那一日，马超率军来投。刘备得此承诺，自然高兴万分，待马超走后，他得意地拍着庞统的肩膀说道："我得军师真如虎添翼，马超来降，北部日后便无忧了。我观那北宫姑娘似对你颇有好感，难不成你二人竟是旧相识？"

"主公切莫拿属下打趣。以往在荆州时，曾机缘巧合救过北宫小姐一次，故她才一直想着报恩。此事也是由她极力促成。看来人还是要多行善事，说不定哪日便能得了福报。"庞统感慨万千地说道。

刘备连连点头，他是相信因果循环之人。但身在此位，却免不了杀戮，故他才在能行善时尽量不造杀孽，也算是为自己积德。他心满意足地说道："看来我们要加紧攻城了，雒城拿不下，何谈成都，士元你要尽快想个妥善法子。"

庞统虽知暂时找不到妥善的攻城办法，却也体会到刘备心焦，无奈只得先答应下来。此后刘备数次派兵攻城，皆无功而返。眼见在此处已耽搁了一年之久，刘备甚是焦躁。情急之下，他急召诸葛亮、张飞及赵云等人前来相助。

诸葛亮三人奉命入川，一路攻城略地，捷报频传。庞统这下子急了，向来稳健的他有些乱了分寸。自己辅佐主公入川已两年有余，一路攻城拔寨，打下了半壁江山，如今却被阻在这小小的雒城一年。如今诸葛亮带领张飞他们前来会合。眼见援军在蜀地节节胜利。不日便要来到雒城，倘若到时雒城仍未拿下，在他们面前岂非矮人一等。情势催人急，看来无论如何都得再寻个时机进攻，在诸葛亮他们到来前，攻下雒城。

庞统尚未找到合适时机攻城，刘备便接到了诸葛亮派马良送来的急信，信中写道："亮夜算太乙，罡星在西方，太白临于雒城之分，主将帅身上多凶少吉，望主公千万谨慎。"

刘备将信反复看了两遍，才递于庞统说道："孔明来信警示，当慎重行事。"

庞统接过信草草浏览了一遍，心里咯噔一下。诸葛亮的信犹如一柄利剑，刺向了他本已惴惴不安的心。这封信甭管说的是否实情，但此时送来，却有着一石二鸟的功效。往好处说诸葛亮确是担忧自己会遭遇不测，好意提醒。往坏处说则是担心自己攻下雒城，立下不朽之功，打破二人如今分庭抗礼的平衡，才妄图以此阻止自己率先攻城。

此时的庞统想法已然有些偏颇，但他自己却丝毫未觉。只赌气地奏请道："罡星在西，应主公合得西川，别不主凶事。太白临于雒城，先斩敌将泠苞，已应凶兆。主公万不可疑心，可急进兵。"

刘备迟疑不决，并未作声。庞统见他迟迟不下命令，情急之下竟跪于地上请命。刘备无奈，询问侍立于一旁素来稳重的蒋琬："蒋大人意下如何？"

蒋琬迟疑了片刻答道："可应之。"

刘备心中虽有些忐忑，但见庞统态度坚决，遂不再犹豫答应攻城。他招来几位大将细细商议对策，一番讨论后，商定由刘备亲率大军，黄忠为前锋，走大路正面攻之。庞统则率另一路兵马，由魏延作前锋，从侧面小路偷袭。

谁知临行前，庞统的坐骑病了，无奈之下，刘备将自己的白色的卢马让给他骑，自己则换骑了陈到的坐骑出发。

此刻的雒城帅帐里，刘循与张任正围着张地图讨论。张任指着一处通往雒城侧翼的小山坡说道："少主，若我是庞统，会兵分两路，一路正面主攻，一路侧翼包抄。喏，侧翼便选择此处为进攻路线，攻其不备。"

刘循仔细看了半晌，点头说道："确是最佳路线，但此时诸葛孔明率领的援军未到，怕是刘备不会轻易犯险。"

"错了，正因为诸葛孔明带领的援军节节胜利，庞统才会心急如焚。说白了，他是怕诸葛亮跟他抢功。你想啊，他陪着刘备在益州跟咱们打了两年多的仗，却被阻这雒城一年有余。如今刘备心急之下召来了诸葛孔明，他焉能不急？昨日听斥候来报，说诸葛孔明和赵云离此已不到两百里。故我预料庞统两日内必会发动殊死一战，我们二人还需做好万全准备。"

"将军分析得有理。我看将军似是胸有成竹，莫不是已有了周密部署？"

"少主便安心稳坐城内，应对刘备的正面攻击。末将则率领五千兵士前去落凤坡处设伏。我料那庞统定会从此处经过。"

"庞统身边肯定会随行一员大将作前锋，我猜会是魏延，此人也算智谋双全，将军区区五千兵如何应对？"刘循疑惑道。

"这个好办。我预备先放魏延所率的前锋过去，尔后专门射杀庞统所率的中军。少主请想，若荆州军失了军师会如何，定会溃不成军，我军又可休养一阵。"张任讳莫如深地说道。

"将军此计甚妙！庞统遇到将军，是他的不幸。"刘循伸出大拇指，高兴地赞道。他仿佛已看见了庞统一身血污坠落马下的场景，不免甚是高兴。

二人这边定好了计策。那边庞统也率军快速向侧翼挺进，依然是魏延为前锋。中军行至一处四野皆是密林的山坡时，庞统的心突然怦怦跳了起来，一种不好的预感笼罩了他。他勒马四望，却见周围一片静寂，连一只鸟兽的声音都未曾听到。庞统心里咯噔一下，心道此处怕是有埋伏，忙大声喊道："快，往回撤，此处恐有埋伏。"

哪知话音刚落，却见眼前万箭齐发，顷刻间庞统身上便如刺猬般插满了箭矢，鲜血染红战袍的那一刻，庞统凄凉地笑了。他笑自己壮志未酬便要奔赴黄泉，笑自己拼搏半生却终斗不过命运，笑自己百密却也有一疏，笑自己太过轻敌，未想到张任竟如此厉害，放过了魏延专打自己。倒地的一刹那，庞统的脸上有怅惘，有不甘，还有些许释然。

庞统想起了远在襄阳的亲人们，想起了周瑛与皆罗，想起了儿子宏儿，想起了月英，想起了父亲、叔父及堂兄他们，倘若听到自己逝去的噩耗将是何等悲痛欲绝。大丈夫死于疆场，乃幸事也。自己这一生，虽有许多遗憾，但从不后悔。他无限留恋地看了眼天空，平静地阖上了疲惫的双眼。

不久，刘备攻下雒城，兵临成都，马超果然信守承诺率大军前来投奔。随行的北宫清霏四处搜寻庞统身影不见，细问方知他已于几月前死于敌军乱箭之中。

悲痛欲绝的北宫清霏再顾不上其他，疯了似的找到庞统墓地，哭得肝肠寸断。随即在墓前剪下满头青丝，去往成都的乘烟观中做了姑子，自此与青灯古刹相伴。

　　每月的八月十五黄昏，北宫清霏皆会提了灯笼及酒水小吃，到庞统墓前喝上几杯，常常醉得人事不知，路过之人无不嗟叹她的如海深情。

　　惶惶不可终日的刘璋，见马超也归降了刘备，迫于压力不得已开城请降，刘备兵不血刃拿下成都，尔后称帝。

　　为表彰庞统的不世功勋，刘备追赐庞统为关内侯，谥号靖侯。

写于篇尾的话

汪禹同

历时近半年，《凤雏庞统》终于完稿了。对于这样一个知名历史人物，想写好并不容易。既要尊重史实，精确把握人物特点与历史事件，又要融合创新贴合时代需求，在严谨科学的基础上增加小说的延展性与趣味性，的确有一定的难度。为此，我与朱女士反复磋商，几经论证后才正式动笔。

庞统是个智勇双全、擅长奇谋的惊世之才。他是土生土长的襄阳人，出身世家大族，自小受过严格的传统教育，诗琴双绝，文武兼备。叔父庞德公教会了他一身本领及精湛医术，水镜先生司马徽则教会了他奇门遁甲、阴阳八卦，还有黄承彦、慧明大师都曾是他的引路人。他的一生是幸运的，因为有这几名当朝名士大儒授业解惑。但庞统的一生又是坎坷波折、几经起落的。从功曹到县令，从治中从事到军师，他一生立下过无数汗马功劳，也曾因狂放被孙权诟病。毋庸置疑，他一生的经历丰富又带有点悲剧色彩。

庞统这个人物我初次接触是在少年时读《三国演义》，罗贯中将他刻画得丑陋疏狂，却又智计百出。少时便和诸葛亮齐名，却又没有诸葛亮的际遇与幸运。于是我对这个人物产生了浓厚的兴趣，后来与朱女士一起讨论过他几次，都觉得他是个既让人敬佩又有些遗憾的人物，可以挖掘的东西很多，于是便起了写这本书的念头，直到如今全部完稿。

本书从庞统十岁时开始写起，到他三十六岁被蜀将张任射杀死于落凤坡结束。通篇用严谨细腻的笔触，将这个东汉末期的英雄人物再度鲜活地呈现于世人面前。

庞统自小勤读诗文，苦练武艺，有一颗济世扶弱之心。自刘表来荆州任荆州牧后，剿杀匪寇，仁厚爱民，襄阳变成了安稳祥和的世外乐土。庞统与当地其他的世家大族子弟蔡显、蒯祺、习温、习祯、向条等这些从小玩到大的世交好友一起，度过了十几年快乐安定的好时光。大家一起读书集会，游猎比武，日子过得算是惬意。这期间他行医济世，打抱不平，街头测字，单骑退兵，异地侦察，轰轰烈烈干了不少大事。

后来庞统结识了外地迁来的奇才诸葛亮，两人成为知己。诸葛亮与黄月英成亲后，备受打击的庞统远离家乡投奔东吴，在周瑜手下当了个功曹。后曹操伐吴，庞统献连环计，赤壁之战大胜。相关人等都加官晋爵，唯他这首功之人却未得封赏，他愤懑不平。后在好友鲁肃与诸葛瑾的劝导下才放下心结。

一直暗恋庞统的表姐司马皆罗从荆州前来投奔，他以往救过的周泰将军之女周瑛也钟情于他，非他不嫁，他不胜其烦。后周泰为女儿向孙权求情，孙权一纸诏令，进退两难的庞统无奈同时娶了两女，好在婚后生活还算美满。

不久庞统向周瑜建言攻打益州，周瑜同意，在回江陵的途中因箭伤发炎，死于巴丘。伤心欲绝的庞统为其送葬，满"五七"后回了荆州，投奔刘备。刘备为权衡各方关系，初始只让他当了个县令，他上任后三月不理政事，触怒了当地官员联名告之。张飞奉命前去督察，庞统一日断完一百多桩案件，无一处错漏，张飞大为惊异。不久刘备升庞统为治中从事。庞统献计攻打益州，与诸葛亮早期的《出师表》不谋而合。于是刘备带领庞统、黄忠、魏延、义子刘封等前往益州，先后拿下白水、涪关、绵竹，却在雒城被刘璋儿子刘循阻止一年多无法前进，无奈刘备只得命令诸葛亮前来援助。庞统情急之下强行攻城，被张任射杀于落凤坡，结束了他短暂却又辉煌的一生。

希望本书能为三国文化的宣传增添一抹亮色，也让这个已经久远了的历史人物再度呈现于这浩渺尘世，唤醒人们对于那个时代的一点记忆。

2024 年 7 月 3 日午夜

图书在版编目（ＣＩＰ）数据

凤雏庞统 / 朱红艳 , 汪禹同著 . -- 北京 : 中国文史
出版社 , 2024. 10. -- ISBN 978-7-5205-4884-7

Ⅰ . I247.5

中国国家版本馆 CIP 数据核字第 20247DH924 号

封面题签：胡抗美
责任编辑：梁　　洁
装帧设计：杨飞羊

出版发行：中国文史出版社

社　　址：北京市海淀区西八里庄路 69 号　　邮编：100142

电　　话：010-81136606　81136602　81136603（发行部）

传　　真：010-81136677　81136655

印　　装：北京联兴盛业印刷股份有限公司

经　　销：全国新华书店

开　　本：16

印　　张：25

字　　数：400 千字

版　　次：2025 年 1 月北京第 1 版

印　　次：2025 年 1 月第 1 次印刷

定　　价：89.00 元
